DIESE BRENNENDE LEERE

JORGE COMENSAL

ROMAN *Aus dem Spanischen von Friederike von Criegern* **ROWOHLT**

Die Originalausgabe erschien 2022
unter dem Titel «Este vacío que hierve»
bei Penguin Random House
Grupo Editorial, S. A. de C. V., Mexiko.

Die Zitate aus *Tina Modotti ist tot*
stammen aus: Pablo Neruda,
Aufenthalt auf Erden. Gedichte.
Deutsch von Erich Arendt.
Darmstadt/Neuwied:
Luchterhand 1984, S. 153 ff.

Deutsche Erstausgabe
Veröffentlicht im Rowohlt Verlag,
Hamburg, Februar 2025

Lektorat Michael Ebmeyer und
Claudia Jürgens, Berlin

Satz aus der Tiempos Text
bei CPI books GmbH, Leck
Druck und Bindung GGP Media GmbH,
Pößneck
ISBN 978-3-498-00331-9
Kontaktadresse nach
EU-Produktsicherheitsverordnung:
produktsicherheit@rowohlt.de

Wenig Tode sind vollkommen.
Die Friedhöfe sind voller Betrug.
Die Straßen sind voller Gespenster.

ROBERTO JUARROZ

There is a panther stalks me down:
one day I'll have my death of him;
his greed has set the woods aflame,
he prowls more lordly than the sun.

SYLVIA PLATH

1. TOKIO

Seit sie auf der Suche nach ihren Eltern auf dem abgebrannten Friedhof zwischen den Gräbern herumgeirrt ist, hat Karina das Gefühl, der Staub einer kosmischen Tragödie lasse ihren Verstand schwinden. Sie hat Angst, wie ihre Großmutter das Gedächtnis zu verlieren, als wäre Rebecas Alter eine ansteckende Krankheit. Seit zwei Monaten verlegt sie ihre Schlüssel, vergisst, Rechnungen zu bezahlen – der Strom wurde in ihrer Wohnung abgestellt, als sie an einem Samstag im Juli gerade die Waschmaschine angestellt hatte –, sie geht ohne Schirm aus dem Haus. An ihrem Geburtstag stand die Espressokanne auf dem Feuer, bis schwarzes Plastik vom Griff auf den Herd tropfte. Vor zwei Tagen hat sie vor dem versammelten Quantenphysik-Seminar das Universum kollabieren lassen – es dauerte eine ganze Weile, bis sie bemerkte, dass sie sich bei der Planck-Länge vertan hatte. Heute kann sie sich nicht erinnern, ob sie ihrer Großmutter Bescheid gesagt hat, dass es spät wird, weil ihre Kindheitsfreundin Mila sie zu einem mexikanischen Fest zum Unabhängigkeitsschrei eingeladen hat.

«Ohne Scheiß», sagt Mila. «Wie gut ist bitte dieses Sushi?»

Karina ist fünfundzwanzig, und Rebeca ist gerade neunzig geworden. Die eine hat das Gefühl, ihr Leben brauche sehr lange, um anzufangen, die andere ist verzweifelt, weil der Tod nicht kommen will.

«Ja, oder? So wie hier kriegst du es sonst nirgends.»

Karina hat der Verlockung widerstanden, Chutoro zu bestellen, das Köstlichste vom Thunfisch, denn sie hatte gelesen, dass die wenigen im Pazifik überlebenden Thunfische voller Mikroplastik und Schwermetall sind.

«Ich war seit Jahren nicht hier.»

Ihr Ex-Freund Mario hatte sie bei ihrem dritten Date hierher ausgeführt.

«Ich war überhaupt noch nie in der Zona Rosa», sagt Mila. «Ganz ehrlich? Ich dachte, hier gibt es nur zwielichtige Spelunken.»

«Dieses Restaurant gibt es seit Jahrhunderten.»

Das Tokio ist ein lebendes Fossil, ein Überbleibsel aus der Zeit, als sich die Boheme von Mexico City in diesem Viertel tummelte; von Jahrhunderten zu sprechen, ist eine der üblichen rhetorischen Übertreibungen, in Japan hätte diese Formulierung aber zutreffen können: Karina hat gelesen, dass die ältesten Hotels, Läden und Restaurants der Welt in diesem Inselstaat liegen, für den sie sich seit ihrer Jugend leidenschaftlich interessiert.

«Wirklich fantastisch. Habe ich ewig nicht gegessen, weil Rosi kein Sushi mag.» Rosi ist Milas Freundin, die Karina noch nicht kennt.

Während Mila ein Stück Sushi in die Sojasauce tunkt – die Schwerkraft ist so gering, dass der Kapillareffekt ausreicht, damit die Sauce durch die Hohlräume im Klebreis aufsteigt –, schaut Karina auf die Uhr. Es ist Viertel nach neun an diesem Freitagabend des 15. September 2030. Zwar ist die christliche Zeitrechnung nützlich, um Eroberungen, Unabhängigkeiten, Epidemien, Biografien und Abschlüsse zu datieren, doch verschleiert ihre kurze Skala das wahre Alter der Erde, die bereits mehr als viertausendfünfhundert Millionen Mal um die Sonne gekreist ist.

«Du, ich rufe kurz meine Großmutter an. Ich weiß nicht mehr, ob ich ihr gesagt habe, dass ich mit dir ausgehe.»

Mila hat sie vor zehn Tagen angerufen, um ihr zum Geburtstag zu gratulieren. Weil sie beide so viel um die Ohren haben, haben sie sich für heute zum Nachfeiern verabredet, und Karina war einverstanden, hinterher noch mit zu der Party zu gehen, denn sie kann Ablenkung gebrauchen. Von ihrer Doktorarbeit und von dem kollektiven Albtraum, der mit dem Brand von Chapultepec begonnen hat.

«Doña Rebe», ruft Mila gerührt, «ich habe sie seit Jahren nicht gesehen. Glaubst du, sie erinnert sich an mich?»

Die Hitzewelle, die das Land im Frühling verwüstete, wälzte sich in einer Nacht im Mai über die Hauptstadt. Monatelang hatte es nicht geregnet. Es war die schlimmste Dürre seit Beginn der Wetteraufzeichnungen.

«Aber klar.» Karina hält sich das Telefon ans Ohr. «Sie hat dich immer sehr gemocht.»

Der Park von Chapultepec wurde zur Geburtstagstorte einer Zivilisation, die mit Hitzewallungen ihren Eintritt ins höhere Lebensalter feierte. Die Feuerwehrleute und Soldaten brauchten vier Tage, um die Flammen zu löschen. Der Rauch hing noch wochenlang über dem Tal.

«Weil sie nicht wusste, dass du mein Crush warst», sagt Mila, «andernfalls, stell dir nur vor.»

Es schmeichelt Karina, dass ihre Freundin sich in sie verliebt hatte, als sie in der Oberschule waren.

Das Feuer brach am Panteón Civil de Dolores aus, dem Friedhof, auf dem Karinas Eltern seit achtzehn Jahren begraben sind. Ein grausiger Scheiterhaufen – auf dem ein noch nicht identifizierter Priester sein Ende fand – war der Auslöser der Katastrophe, die sechshundertfünfzig Hektar vertrockneter und kranker Vegetation, neunhunderttausend vernachlässigte Gräber, die Mauern von sieben Museen sowie fast die komplette im Zoo weggesperrte Fauna vernichtete.

«Das wusste sie nicht», sagt Karina, während sie dem Freizeichen lauscht, «aber ich habe ihr gesagt, sie soll aufhören zu fragen, ob du einen Freund hast, weil du nicht auf Männer stehst.»

Am Morgen des 26. Mai sah Karina entsetzt die Videos, die von den Wolkenkratzern im Paseo de la Reforma aus aufgenommen worden waren. Wie der Schaum eines vom Durst der ausgedörrten Stadt geschüttelten Bieres schwappte das Feuer über die Friedhofsmauern und breitete sich rasant im Park aus. Erst dachte man, es könnte die sechzehn asphaltierten Fahrspuren der Umgehungsstraße nicht überspringen, aber der Brand erschuf sein eigenes Gewitter, und die Blitze trugen die Flammen auf die andere Straßenseite.

«Echt? Und was hat sie gesagt?», fragt Mila überrascht. «Das hast du mir nie erzählt.»

Karina ist es nicht gewohnt, Ohrringe zu tragen, darum lenkt sie das Geräusch der gegen den Handybildschirm klimpernden Silberanhänger ab.

Ihre Großmutter geht nicht dran. Als sie auflegt, vergewissert Karina sich, «Vera R.» angerufen zu haben. Um Betrugsanrufe zu verhindern, hat sie die Nummer von zu Hause unter dem Namen der Astronomin gespeichert, die

die Inkongruenz zwischen der sichtbaren Masse der Galaxien und ihrer Rotationsgeschwindigkeit entdeckt hat. Vera Rubin wird die Entdeckung der Dunklen Materie zugeschrieben; Karina ist allerdings davon überzeugt, dass dieses Zeug ein Mythos ist und sich das merkwürdige Verhalten der Galaxien, das die Astronomin, die sie soeben angerufen hat, beschrieb, besser mit einer neuen allgemeinen Gravitationstheorie erklären ließe, so wie jener, an der sie gerade arbeitet.

«Wie bitte? Entschuldige.»

Sie wählt erneut, hofft, dass ihre Großmutter nun nah genug am Telefon ist, um dranzugehen. Schon vor einer ganzen Weile hat sie ihr ein schnurloses Gerät gekauft, doch der Akku ist ständig leer, und ihre Arthritis macht es der alten Dame unmöglich, die Knöpfe zu drücken, um Anrufe anzunehmen oder Nummern zu wählen. Nach dem Fiasko schloss Karina wieder das Telefon mit der Wählscheibe an, mit dem ihre Großmutter vierzig Jahre ihres Lebens verbracht hatte; eine Reliquie aus gelbem Bakelit, der Hörer so schwer, dass man ihn als Hantel benutzen könnte, um den Bizeps zu trainieren. So ist zumindest sichergestellt, dass er nicht schief auf der Gabel liegt.

«Was hat deine Abu gesagt, als du ihr erzählt hast, dass ich nicht auf Kerle stehe?»

Ein, zwei, drei, vier Mal klingelt es, dann springt die Mailbox an, die Karina nie eingerichtet hat.

«Weiß ich nicht mehr», sagt Karina fahrig, sie denkt daran, dass ihre Großmutter manchmal die 030 anruft, um nach der Uhrzeit zu fragen, und dann mit der schmerzlichen Realität konfrontiert wird, dass die Telefongesellschaft diesen Service nicht mehr anbietet.

Als sie erfuhr, dass der Friedhof abgebrannt ist, auf dem ihr Sohn und ihre Schwiegertochter begraben sind, wollte Rebeca unbedingt ihren Neffen Francisco anrufen, damit er nach dem Grab schaute. Karina musste etliche Male wiederholen, dass die Polizei die an den Park grenzenden Stadtviertel geräumt hatte und sich niemand ohne Sondergenehmigung der Zone nähern durfte.

«So eine Süße», sagt Mila, «ich erinnere mich, wie gern sie mit uns in die Eisdiele gegangen ist.»

Sie nahmen Zitronen- oder Himbeereis, ihre Großmutter Rompope. Dieses Eis aus Schnaps, Sahne und Zimt war die einzig akzeptable Form, Alkohol zu sich zu nehmen, wenn sie die zehnjährigen Mädchen hütete.

«Ja, das mag sie immer noch gern.» Karina wählt zum dritten Mal die Nummer von Vera R.

«Geht sie nicht dran?»

«Nee», sagt Karina und zieht dabei beunruhigt den Vokal in die Länge.

«Bestimmt redet sie gerade mit jemandem. Sie hat doch immer gern ein Pläuschchen gehalten.»

Schon seit vielen Jahren ruft niemand mehr an, außer den Televerkäufern und Karina selbst, die ihre Großmutter daran erinnert, dass sie ihr einen Tamal in die Mikrowelle gestellt hat oder dass sie ihre Tabletten nehmen soll, die auf einem Tellerchen neben dem Wasserglas auf dem Sims liegen. Niemand sonst ruft Rebeca an: Ihre Schwestern und Freundinnen sind gestorben. Francisco, der einzige Verwandte, der ihr in der Stadt noch bleibt, meldet sich nur im Dezember, um sie und Karina zum Weihnachtsessen einzuladen. Außer mit ihrem Neffen hat Rebeca nur noch mit ihrer Nachbarin Maru Kontakt, die hat aber den Brückentag vor dem 16. September genutzt, um ihre Familie in Celaya zu besuchen.

«Es ist ja nicht besetzt, sie geht bloß nicht dran.»

Sie hat jetzt genug Zeit gehabt, um vom Bett aufzustehen oder aus dem Bad zu kommen; es ist noch früh am Abend, und ihre Großmutter geht nie vor elf schlafen.

«Mir gefällt das nicht.»

Ihre Großmutter hat sich seit Jahren nicht mehr betrunken, weder hat sie die Kraft, um rauszugehen, noch das Geld, um jemanden zu beauftragen, ihr den geliebten Whisky zu kaufen.

«Ich mache mir Sorgen.»

Rebeca ruft gern ihre Nachbarin an, um sie zu Tlacoyos oder zu heißer Schokolade einzuladen. Karina lässt sie dann die in riesigen Ziffern notierte Nummer vorlesen und die zehn Zahlen wählen, als psychomotorische Übung. Ihre Großmutter verwählt sich oft. Manchmal landet sie bei fremden Leuten, manchmal antwortet eine so freundliche wie künstliche Stimme: «Die von Ihnen gewählte Rufnummer ist nicht vergeben.» Obwohl sie weiß, dass es sich um eine automatische Ansage handelt, entschuldigt sich die alte Dame bei ihr und beginnt ihren anachronistischen Kreuzweg von vorn, dreht zehnmal die Wählscheibe. Karina befürchtet, ihre Großmutter könne eines Tages so vergesslich werden, dass sie eine halbe Stunde an der Wählscheibe herumdreht und am Ende auf einem anderen Kontinent anruft, einem anderen Planeten, in einer anderen Galaxie oder in einer anderen Dimension. Welche Art von Zahlen braucht man wohl, fragte sie sich einmal zusammen mit ihrem Ex-Freund, um die Götter anzurufen? Die Quadratwurzel von minus eins, alle

Dezimalstellen von Pi, vielleicht Cantors transfinite Zahlen?

«Mach dir keinen Kopf», sagt Mila. «Sie ist bestimmt einfach nur eingeschlafen oder so.»

Oder so: Blind und mit all ihren Zipperlein, dem Überdruss und einer beträchtlichen Sammlung Schmerzen ruft ihre Großmutter immer häufiger den Tod an. Karina vermutet, dieses Mal ist er drangegangen.

2. HITZEWELLE

Rotes Abendlicht flutete um Mitternacht das Wachhäuschen, als die Fanfaren der Nationalhymne Silverio weckten. Er hatte am 25. Mai 2030 Nachtschicht am Haupteingang zum Panteón Civil de Dolores. Normalerweise waren sie zu zweit: Einer blieb im Wachhäuschen, während der andere die regelmäßigen Rundgänge machte. Da sich sein Kollege jedoch mit einer Lebensmittelvergiftung nach einem Meeresfrüchtesalat krankgemeldet hatte, blieb Silverio in der Wache und schlief ein, während *Fast and Furious 12* lief und der Friedhof in Flammen aufging. In den Schlaf gewiegt von den Schreien, Schüssen und Explosionen im Film, begriff er zunächst nicht, was draußen los war.

Mas si osare un extraño enemigo – er suchte erst mal die Fernbedienung, um den Fernseher auszuschalten und weiterzuschlafen –, *profanar con su planta tu suelo ... Und wagt es ein fremder Feind, mit seinem Fuß deinen Boden zu entweihen ...*

Silverio wusste, dass nur zweihundert Meter von ihm entfernt und unter einer gemeinsamen Grabplatte die sterblichen Überreste des katalanischen Musikers und des inzestuösen Poeten ruhten, die die mexikanische Nationalhymne komponiert hatten: Jaime Nunó und Francisco

González Bocanegra. Auch wenn einige Tote in der Rotunde der Illustren Persönlichkeiten, die 1876 zu Ehren der erlauchtesten Leichen eingeweiht worden war, einander näherstanden als diese beiden – Julián und Nabor Carrillo waren Vater und Sohn, Alfonso und Antonio Caso Brüder, Melchor Ocampo war der Schwager von José María Mata –, so waren Nunó und González Bocanegra doch die Einzigen, die sich ein Grab teilten. González Bocanegras Freundin – die laut Wikipedia auch seine Cousine war – hatte ihn eingesperrt, um ihn zu zwingen, die Verse zu schreiben, die nun im Wachhäuschen widerhallten, während Silverio den tiefen Schlaf abzuschütteln versuchte, in den ihn das vor dem Abendessen gerauchte Marihuana befördert hatte.

Er wusste auch, dass Nunó auf Einladung des Diktators Antonio López de Santa Anna – dessen amputiertes Bein ein Ehrenbegräbnis auf dem Friedhof von Tepeyac erhalten hatte – nach Mexiko gekommen war. Da er all diese und viele weitere Fakten über die Bewohner der Rotunde im Kopf hatte, nannten ihn seine Kollegen Chiquinerd, ein Beiname, der ihn etwas nervte, spielte doch *chiquito* auf seine geringe Körpergröße an. Seine Gelehrsamkeit beschränkte sich nicht auf die Biografien der einhundert Persönlichkeiten, die in der Rotunde ruhten; er konnte sich auch darüber ausbreiten, dass die sterblichen Überreste von José Guadalupe Posada, dem für seine Zeichnungen des Skeletts Catrina berühmten Karikaturisten, in einem Gemeinschaftsgrab lagen, und dass die Fotografin Tina Modotti – die einzige auf dem Panteón Civil bestattete Person, die Silverio dank einiger Aufnahmen eines US-Amerikaners nackt gesehen hatte – eine Freundin der weltberühmten Malerin Frida Kahlo gewesen war.

Bevor er den Fernseher ausschaltete, fiel Silverio ein rötliches Schattentheater auf, das auf der Übersichtskarte des Friedhofs tanzte, durch das Spinnennetz von Wegen, dessen Mittelpunkt die Rotunde war und an dessen ausfransenden Rändern die Gräber lagen, in denen die namenlosen Toten der Hauptstadt verwesten. Der «größte Friedhof Lateinamerikas», wie ein Schild neben dem Eingang verkündete, bestand aus zweihundertfünfzig Hektar Mausoleen, Krypten und Grabsteinen; im Süden grenzte er an die Avenida Constituyentes, im Osten an den zweiten Bezirk des Bosque de Chapultepec, und im Nordwesten trennte eine tiefe Schlucht die Nekropole von den Lomas de Chapultepec, dem wohlhabendsten Viertel der Stadt.

Denke, o geliebtes Vaterland, daran, dass ... Der Himmel leuchtete marsrot.

Woher kamen diese wabernden Lichter? Silverio wandte sich zum Fenster, und anstelle der üblichen Finsternis vor dem Friedhofsbüro blickte er in eine Wand aus Glut und Rauch.

«Fuck», sagte er, und die toten Soldaten, die der Himmel dem Vaterland mit jedem seiner Söhne geschenkt hatte, verwandelten sich in Flammen und marschierten im Takt der Hymne:

Für dich die Olivenkränze,
eine Erinnerung für sie im Ruhm,
ein Lorbeerzweig für dich im Sieg,
ein Grab für sie in Ehren!

Silverio schloss geblendet die Augen, und als er im Geist die Straßen des Friedhofs überflog – haufenweise verdorrtes

Gras, zerfallene Särge, geschmolzene Kerzen, mit trockenen Flechten bedeckte Bäume, Mülleimer voller Plastikflaschen und verwelkter Blumen, Zigarettenstummel, Feuerzeuge, weggeworfene Spitzen der Junkies, die Tag für Tag zwischen den Gräbern ein wenig Privatsphäre suchten –, da wurde ihm klar, alles war bereit für eine Feuerorgie.

3. DER BESUCH

Karina rennt die Stufen hinauf, erreicht keuchend ihre Wohnungstür im ersten Stock des Gebäudes Nummer 26 im Wohnkomplex El Altillo, steckt den Schlüssel ins Schloss, und anstatt ihn zu drehen, hält sie einen Moment inne, um das Pendeln des Schlüsselanhängers zu stoppen – die metallene Miniatur des Steuerrads vom Hauptschiff der Strohhut-Piraten aus dem Manga *One Piece*; dieser Schlüsselanhänger ist der einzige Gegenstand, der Karinas Otaku-Identität verrät. Das Steuerrad hängt nun bewegungslos, und Karina weiß nicht, wie sie das Eintreten weiter verzögern soll. Sie fürchtet, in der Wohnung ihre Großmutter in einem irreversiblen Zustand des thermischen Gleichgewichts mit ihrer Umgebung vorzufinden. Die Milchsäure brennt in ihren Oberschenkeln. Vor sieben Jahren, als sie in diese Wohnung in der Nähe der Universität zogen, waren die paar Treppenstufen weder für Karina noch für ihre Großmutter ein Hindernis. Rebeca war dreiundachtzig Jahre alt und daran gewöhnt, in ihrem Haus in Clavería treppauf und treppab zu laufen. Sie hatten nicht vorhergesehen, dass die Stufen bald zu einer Qual für die Knie der alten Dame und für die Ungeduld der jungen würden.

Schließlich dreht sie den Schlüssel im Schloss und stößt

die Tür auf. Unheilvolle Dunkelheit empfängt sie. Rebeca ist allergisch gegen Stille, deshalb läuft bei ihr immer das Radio oder der Fernseher. Karina tritt ein, ohne das Licht anzuschalten, und legt die Schlüssel auf den Esstisch – das Möbelstück aus Caoba-Holz versperrt den Eingang, es war nicht für ein so kleines Zuhause gemacht.

Zuerst sucht ihr Blick den Schaukelstuhl. Er ist leer, was ihre Furcht verstärkt, ihre Großmutter in einer misslichen Lage vorzufinden. Karinas Pupillen weiten sich, und sie erkennt ein Bündel auf dem Teppich zwischen Küche und Wohnzimmer. Wie immer greift ihr Verstand ihren Gefühlen vor. Sie denkt schon an den Umzug: Unmöglich kann sie jeden Tag auf die Stelle treten, an der ihre Großmutter starb. Sie wird ein Apartment in einer anderen Wohnanlage mieten. Vielleicht in der Villa Olímpica, am anderen Ende der Ciudad Universitaria. Dann hätte sie endlich Ruhe von den Schaukeln, die ständig unter ihrem Fenster quietschen. Und sie könnte den Nachbarschaftsklüngel und die dauernde Schnüffelei der Nachbarin Maru hinter sich lassen.

Mit jedem Schritt legt sie einige Monate zurück, bis sie ins Ausland zieht, um dort einen Postdoc zu machen.

«Wer bist du?», unterbricht sie eine schiefe und wegrutschende Stimme, die sie sofort erkennt. Nicht der Tod hat ihre Großmutter niedergerungen, sondern ihr alter Freund, der Suff.

Karina antwortet nicht. Ihr Schweigen ist die Strafe dafür, sie derart gequält zu haben. Sie tritt näher, ohne das Licht anzuschalten. Das Telefon spiegelt das bernsteingelbe Licht der Straßenlaternen vor dem Fenster. Der Hörer ist korrekt aufgelegt. Wo hat sie den Alkohol her? Wer kann sie am Abend eines 15. September besucht haben? Ihr Onkel und ihre Tante würden niemals an einem Freitag quer durch die Stadt fahren – oder vielleicht waren sie auf dem Weg und haben beschlossen, vorbeizukommen und Hallo zu sagen.

«Wer bist du?», wiederholt ihre Großmutter und hebt den Kopf, um die dunkle Silhouette besser zu erkennen, die immer näher kommt. Das Geräusch der Schritte ist ihr nicht vertraut, denn um sich bei der Party, zu der sie nun nicht mehr gehen kann, in Szene zu setzen, trägt Karina unbequeme Stöckelschuhe.

Wer sie ist? Sie weiß, dass ihr vollständiger Name Karina Miranda López lautet. Ihre Matrikelnummer ist MLK07051660C. Die japanische Kultur fasziniert sie. Sie ist davon überzeugt, dass die Allgemeine Relativitätstheorie für das Verständnis der wahren Natur der Schwerkraft nicht hinreichend ist.

«Wie kannst du es wagen, dieses Haus zu betreten?» Ihre Großmutter, von Telenovelas geschult, neigt zur Theatralik. «Dass du dich nicht schämst.»

Mit wem glaubt sie in ihrem Ethanoldelirium zu sprechen? Karina könnte sie aufklären, aber Groll und Neugier verschließen ihr die Lippen.

«Wenn du kommst, um sie abzuholen – das Mädchen weiß nichts.»

Wahrscheinlich ist sie selbst «das Mädchen», ihre Großmutter sieht in ihr immer noch das Enkelkind, das sie mit sieben Jahren bei sich aufnehmen musste.

«Hau ab!» Der Schrei trifft sie unvorbereitet; Karina macht einen Schritt zurück und verliert fast das Gleichgewicht. «Nach all dem, was du getan hast, wie kannst du es wagen ...?»

Langsam wird ihr das Gerede ihrer Großmutter unheimlich. Wovon spricht sie?

«Alles in dieser Welt hat seinen Preis, darum gehst du nicht ... was du meinem Sohn angetan hast, ist unverzeihlich.»

Wer mag diese Frau sein, die sie so hasst, und was kann sie ihrem Papá angetan haben, vor vielen Jahren, ehe er zusammen mit ihrer Mamá bei dem Unfall starb?

«Hast du mich gehört? Alles, was du ihm angetan hast, du Schickse» – die Beleidigung hat etwas verstörend Vertrauliches. «Aber das Mädchen soll nicht ... sie weiß von nichts.»

Karina vermutet nun, dass ihre Großmutter mit dem Geist ihrer Schwiegertochter spricht und dass sie selbst, eine schwarze Silhouette auf Absätzen, das Gespenst ihrer eigenen Mutter ist.

«Hau ab, verschwinde aus meinem Haus!»

Dass sie glaubt, in ihrem eigenen Haus zu sein, ist ein übliches Zeichen ihrer Trunkenheit.

«Du Miststück. Hau doch ab ...»

Das ist kein Befehl mehr, sondern ein Flehen.

Erschöpft lässt sie den Kopf wieder zu Boden sinken. Sie versucht nicht mehr, den Eindringling zu stellen, noch versucht sie aufzustehen. Sie stammelt das Schutzengelgebet, das sie jeden Abend mit Karina aufgesagt hat, als sie klein war. Heiliger Schutzengel mein, lass mich dir empfohlen sein, an diesem Tag, in dieser Nacht, ich bitte dich, beschütze mich.

«Das Mädchen weiß nichts», «was du meinem Sohn angetan hast» – wovon redet ihre Großmutter? Sie kann nicht glauben, dass Rebeca Sánchez Culebro, die geschwätzigste Frau der Welt, all die Jahre ein Geheimnis vor ihr bewahrt hätte. Was kann ihre Mutter verbrochen haben, dass ihre Großmutter sie derart hasst? Dieser Groll würde erklären, warum sie ihr hartnäckig jedes Andenken verweigert. Mit keinem Wort erwähnt ihre Großmutter die verstorbene Schwiegertochter. Als hätte sie nie existiert. Karina schreibt das ihrem tiefsitzenden Klassismus zu, ihrer Verachtung für die bescheidene Herkunft des jungen Mädchens aus Tijuana, das nicht mit dem Rest der Familie in die USA emigriert ist, sondern in die Hauptstadt ging, um an der Fachhochschule Ingenieurswesen zu studieren, und dann das Studium abbrach, um Carlos Miranda Sánchez zu heiraten, einen fast zwanzig Jahre älteren Mann.

«Das Mädchen weiß nichts», aber sie will alles wissen: den Ursprung und die Zukunft des Universums, das Atomgewicht von Gold und schwerem Wasserstoff, die Zahl der Sterne in dem Galaxienhaufen, in dem sich unsere Sonne befindet. Was hat ihre Mutter ihrem Papá angetan? Warum deckt ihre Großmutter sie, wenn sie sie so sehr hasst? Karina hat nicht viele Erinnerungen an ihre Eltern. Er war ein Säufer, sie eine fröhliche junge Frau. Und warum redet Rebeca mit einer solchen Gewissheit mit dem Schatten ihrer Schwiegertochter, als wären Karinas Eltern nicht vor achtzehn Jahren mit ihrem gelben Auto tödlich verunglückt?

Karina geht zur Wand und schaltet das Licht an. Die Veränderung des Raumes ist so gewaltig wie die des Universums, als es dreihunderttausend Jahre alt war. Die Photonen entwischten aus dem Gefängnis des ursprünglichen Plasmas, kosmisches Eiweiß, das immer noch in der Pfanne brät.

«Ay!», schreit Rebeca, vom Licht verletzt. Sie schirmt sich die Augen mit dem Unterarm ab.

Auf dem Tisch steht eine fast leere Whiskyflasche. Glenfiddich, achtzehn Jahre alt, Single Malt. Karina hat ihre Großmutter so oft in die Weinhandlung begleitet, dass sie weiß, was für ein edler Tropfen das ist. Wer hat ihr den geschenkt?

«Tut dir was weh?», fragt Karina sie von Weitem, besorgt wegen möglicher Verletzungen, die sich die alte Dame beim Fallen zugezogen haben könnte. Wenig fürchtet sie so sehr wie eine gebrochene Hüfte; dass sie dann behindert ist und ihre Pflege zum Vollzeitjob wird.

«Mein Mädchen», sagt die Alte liebevoll, «da bist du ja. Wie gut. Wie war es in der Schule?»

Es ist halb zwölf in der Nacht. Auf dem Flur zwischen Küche und Wohnzimmer liegen Porzellanscherben. Seit die Arthritis es ihr nicht mehr erlaubt, ein Glas fest zu umfassen, trinkt ihre Großmutter nur noch aus Tassen. Karina sammelt die Scherben auf und wirft sie in den Müll. Sie schaut sich den Inhalt des schwarzen Sacks genauer an: nichts Außergewöhnliches. Auf der Spüle steht ein Glas. Karina nimmt es und riecht daran: Auch in dem Glas war Whisky. Irgendjemand hat mit ihrer Großmutter gesoffen. Sie sucht nach Spuren von Lippenstift, findet aber keine.

Rebeca jammert und versucht aufzustehen. Hätte sie sich etwas gebrochen, würde es wehtun.

«Mein Blutdruck ist im Keller. Wahrscheinlich habe ich was Falsches gegessen.»

Niedriger Blutdruck oder Blutzucker sind schon immer ihre Lieblingsausreden für rauschbedingte Aussetzer; sie werde sich gleich hinlegen, auch wenn es erst vier Uhr nachmittags sei, das Schmerzmittel für die Gelenke mache sehr müde.

«Wer hat dich besucht?»

Ein Piepton meldet Karina eine neue WhatsApp.

«Niemand. Wer erinnert sich denn noch an diese arme Alte.»

Mila hat ihr geschrieben und fragt, wie es ihrer Großmutter geht.

Sie hat sich den Magen verdorben. Ich muss bei ihr bleiben :(

«Und wo kommt die Flasche her?»

Karina hält ihr die Whiskyflasche hin. Ihre Großmutter liegt immer noch auf dem Boden. In diesem Zustand kann Karina ihr nicht aufhelfen. Sie kann sie höchstens ins Schlafzimmer schleifen und dort irgendwie aufs Bett wuchten.

«Ich weiß nicht.» Sie wird vom Schluckauf unterbrochen, der in ihrem vom Alkohol gereizten Magen detoniert.

«Was soll das heißen, du weißt es nicht? Ihr habt fast die ganze Flasche plattgemacht. Sag schon.»

«Die Pfütze da gießt du aber nicht weg», sagt die Alte und versucht vergeblich, den Whisky zu retten, der sie in diese Lage gebracht hat. «Der ist noch gut, vielleicht mal für Gäste.»

«Wenn du mir nicht verrätst, wer ihn mitgebracht hat, muss ich ihn wegschütten.»

Das hat sie schon oft gemacht: den stinkenden Inhalt der Flaschen ins Spülbecken in der Küche oder ins Klo gekippt.

«Ich glaube, das war ein Geschenk, das ich noch irgendwo hatte. Aber ich kann mich nicht erinnern, von wem. Ich bin zu nichts mehr nütze, und Gott hat mich auch vergessen.»

Vielleicht leidet auch er unter Altersdemenz oder hat zu viel getrunken. Vielleicht ist die Schwerkraft eine Folge seiner kosmischen Trunkenheit. Während ihre Großmutter weiter klagt und lallt, macht sich Karina bereit, das alte Bündel Frau ins Schlafzimmer zu schleifen.

4. TEPO

Sobald er sich von der hypnotischen Anziehungskraft des Feuers lösen konnte, wollte Silverio die Feuerwehr rufen. Die Notfallnummern waren an die Wand gepinnt, aber er konnte sie nicht lesen, weil der Abdruck der Flammen noch grün auf seiner Retina loderte. Er blinzelte heftig und versuchte, seine Augen von der visuellen Spur des Brandes zu reinigen, doch er blieb blind in diesem Glanz. Also würde er versuchen, über Funk den diensthabenden Kollegen im Wachhäuschen im Nordwesten anzurufen, wo sich der Haustierfriedhof befand. Silverio befürchtete allerdings, dass der diesem entlegenen Posten am äußeren Tor zugeteilte Wächter wie üblich nach Hause gegangen war, nachdem er die Anwesenheitsliste unterschrieben hatte.

«Hier Zwo Zweiundzwanzig, Notfall an Tor eins, over.» Das Funkgerät knisterte; der Kamerad schlief sicher gemütlich in seinem Bett, den Wecker auf fünf Uhr gestellt, um sich dann die Uniform anzuziehen und zum Schichtwechsel wieder am Friedhof zu sein.

«Bitte kommen», schrie er ins Funkgerät, «ich wiederhole, Feuer am Haupteingang, over.»

Wer hatte denn auf dem Posten Dienst? Die Agenda des Chefs sah vor, grundsätzlich keine Nachtschichten an das weibliche Wachpersonal zu vergeben, also blieben nur Tinder, Yanimodo, Lord Petacas oder Don Jacinto, einer von ihnen musste der Faulpelz sein.

Nichts. Er kam auf die Idee, die 911 anzurufen anstelle der Feuerwehr. Die mexikanische Regierung hatte die US-amerikanische Notrufnummer kopiert; dank der Filme kannte die jeder. Er wählte die drei Ziffern, und ihm antwortete eine automatische Ansage: «Um die Polizei zu verständigen, wählen Sie die 1; um einen Krankenwagen zu rufen, wählen Sie die 2; um Unterstützung des Zivilschutzes anzufordern, wählen Sie die 3.» Silverio wählte die letzte Option, und die Nachwehen des Marihuanas ließen ihm die Wartezeit so lang erscheinen, dass er auflegte, bevor der Zivilschutz antwortete. Das wütende Nahen der Flammen machte ihm Angst, sie schlossen schon das Grabmal des Präsidenten Plutarco Elías Calles aus Sonora ein, dessen dürre Überreste im fernen Jahr 1969 zum Revolutionsdenkmal überführt worden waren.

In diesem Moment fiel ihm sein Freund Tepo ein, heimlicher Bewohner des Friedhofs, seit 1985 die Liebe seines Lebens bei einem Erdbeben der Stärke 8 auf der Richterskala umgekommen war.

Zu dieser nächtlichen Stunde dürfte Tepo bereits vom Alkohol ausgeknockt in seinem Heim, der luxuriösen Krypta Limantour, liegen. Da der wohlhabende Patriarch der Familie Limantour mit Porfirio Díaz ins Exil gegangen war und seine Nachkommen Mexiko vergaßen, als sie in den französischen, spanischen und österreichisch-ungarischen Adel einheirateten, beherbergte der gigantische gotische Bau schließlich nur den winzigen Sarg seines im Wiegenalter verstorbenen Kindes. Der pomadige Limantour war nicht nur die meiste Zeit der Diktatur Porfirios Finanzminister gewesen, er hatte sich im letzten Jahrzehnt des 19. Jahrhunderts auch für die Aufforstung des Bosque de Chapultepec eingesetzt – und dessen Ausdehnung verdreifacht, indem er die Grundstücke rund um den Panteón Civil de Dolores kaufte –, weshalb es nur natürlich war, dass er sich als Grabstätte seiner Familie ein Rondell am höchstgelegenen Punkt des Friedhofs wünschte, von wo aus er in alle Ewigkeit den besten Blick auf das Schloss und den Wald genießen konnte.

Tepo hatte keine finanziellen Sorgen in seinem Palast: Spenden aus dem informellen Wirtschaftssektor des Friedhofs hielten ihn über Wasser, ihn versorgten die Blumen- und Snackverkäufer, die fliegenden Getränke- und Zigarettenhändler sowie die Kleindealer, mit deren Tributzahlungen auch die Wächter ihren Lohn aufstockten.

Als Tepo in den 1980er-Jahren auf den Friedhof kam, verkaufte er zunächst Eisen aus verlassenen Grabstellen, Flechten und Moos für Weihnachtskrippen und Kerzenreste für die Lokale, in denen Mezcal ausgeschenkt wurde; seine merkwürdigste Handelsware waren die Schnecken, die er im Morgengrauen sammelte und an spanische Restaurants verkaufte, wo sie gekocht wurden.

«Irgendwann gibt es noch ein Erdbeben», warnte Tepo Silverio oft, wenn sie zwischen den Gräbern herumstreiften. «Und dann ist diese ganze Stadt aber so was von am Arsch.»

Vor lauter Erdbeben-Prophezeiungen hatte Tepo das Feuer sicher nicht kommen sehen, das von den höchsten Baumwipfeln des Friedhofs aus den sternenklaren Himmel über der Stadt kitzelte.

Silverio zog seine Stiefel an und band sie hastig zu. Vor dem Wachhäuschen empfing ihn das beängstigende Brausen des Feuers, dazu das Knistern von Holz und der spitze Schrei in der Hitze berstender Steine.

Da der Weg zur Krypta Limantour schon von den Flammen versperrt war, musste er einen großen Umweg machen. Nach achtzig Metern löste sich ein Schnürsenkel, und er stützte sich auf dem Grab von María del Carmen Lobotán Segovia – 1915 zwölfjährig verstorben – ab, um ihn wieder zuzubinden.

Ein paar Felder weiter stoppte ihn die Angst: Vor ihm spannte sich ein Feuerbogen zwischen einer von Flechten bedeckten Zeder und einem kahlen Jacaranda – die Dürre hatte die Blüte verzögert, der Baum trieb gerade erst grüne Blattknospen aus.

Um dieses Hindernis zu umgehen, musste er über etliche Grabsteine springen, bevor er dann, von den Flammen verfolgt, auf dem Weg weiterrannte, der zur Krypta seines Freundes führte.

Die Metalltür war angelehnt, das Vorhängeschloss fehlte, das Tepo anbrachte, wenn er in der Stadt herumstreifte. Silverio stieß die Tür auf und schaute in das finstere Loch, wo es sauer nach altem Schmutz roch. Das Feuer hatte dieses Feld noch nicht erreicht, aber durch den Lärm der brennenden Bäume konnte er nicht hören, ob Tepo in der Krypta atmete. Er hatte auch nichts, um die Grabstätte zu beleuchten. Wieso hatte er nur sein Handy nicht mitgenommen, als er das Wachhäuschen verließ?

«Tepo!»

Der Rauchgestank erinnerte ihn daran, wie einmal ein Bienenschwarm aus einem Pirú entfernt werden musste;

der Baum stand in der Nähe der Kapelle für die Abtreibungsopfer, die von einer ultrakatholischen Sekte auf der privaten Parzelle der Familie des Präsidenten Pascual Ortiz Rubio errichtet worden war. Die Imker hatten Smoker benutzt, um die Bienen zu betäuben und den Schwarm aus dem Loch im Baum zu holen. Silverio hatte aus sicherer Distanz zugeschaut, niemandem ohne weißen Overall, Hut mit Schleier und dicke Handschuhe war es erlaubt, sich zu nähern. Als sie die Königin gefunden hatten, genügte es, sie in einen winzigen Käfig zu sperren und in eine Kiste zu setzen, und der ganze Schwarm stürzte sich auf sie. Nachdem sich der größte Teil des Bienenvolks dort versammelt hatte, schlossen die Imker den Deckel und klebten ihn mit Klebeband zu. Sie brachten die Bienen nach Xochimilco, und das den Ungeborenen gewidmete Denkmal stank seitdem nach Rauch, als hätte es gebrannt.

«Tepo!» Silverio schlug, so fest er konnte, gegen die Metalltür der Krypta. «Wach auf. Alles brennt.»

Silverio konnte sein Pech nicht fassen. Wäre sie noch am Leben, hätte seine Hündin Pancha ihn rechtzeitig gewarnt, bevor der pyrologisch heterogene Brandherd – den Fachbegriff hatte er beim Kurs für Zivilschutz der Stadtverwaltung gelernt – außer Kontrolle geriet. Hätte sie nicht das vergiftete Blut getrunken, das die Santería-Priester als Opfergabe für einen Toten hingestellt hatten, den sie anrufen wollten, wäre Pancha bei ihm im Wachhäuschen gewesen und hätte gebellt, bis sie seine Aufmerksamkeit erregt hätte. Sie war eine schlaue und hellwache Hündin gewesen, perfekt für Wachdienste, grauhaarig, mager und klein wie er. Sie hatte so scharfe Sinne gehabt, dass sie, ganz gleich, in welchem Bereich des Friedhofs sie gerade unterwegs war, immer herbeigerannt kam, sobald Silverio zur Arbeit erschien.

Eines Tages war ihre Schnauze voller Blut. «Was hast du gefressen?», fragte er die Hündin, die energisch mit dem Schwanz wedelte. Er folgte der roten Spur bis zur Opfergabe, die auf dem Grab von Wilfredo Rosas Pérez stand, gestorben erst 2026. Da lagen Federn einer Guinea-Gans und Tabakblätter, und vermutlich mit Kohle aus Menschenknochen war auf den Grabstein eine Reihe von Symbolen gemalt worden. Silverio hatte sich einmal von ein paar Händlern vom Markt von Sonora schmieren lassen, die auf den Friedhof gekommen waren, um Knochen auszugraben. Schon bald begann Pancha zu krampfen. Er nahm sie auf den Arm und eilte zu einer Tierklinik, die er mal in Tacubaya gesehen hatte. Auf dem Weg übergab sie sich, und als sie die Praxis erreichten, war die Hündin bereits tot. Ihre sterblichen Überreste ruhten zu Füßen jenes Grabes, an dem er sie gefunden hatte, zusammen mit den Knochen von Ana Francisca Villamil Hernández, nach der sie Pancha hieß.

«Tepo!» Er schlug gegen die Tür der Krypta und schrie in das dunkle Maul des unterirdischen Palastes.

Das Hundebegräbnis hatte an einem Montag stattgefunden, denn an diesem Tag war der Friedhof für den Publikumsverkehr gesperrt. Silverio öffnete das Grab mit einem Spaten, den ihm Pablo «der Totengräber» Munguía geliehen hatte, lateinamerikanischer Boxmeister im Weltergewicht und Veteran unter den Friedhofsarbeitern. Tepo begleitete ihn zur Beisetzung, und weil keiner der beiden ein Grabgebet kannte, stimmte der Alte Lieder von José José an, während der Jüngere Erde auf Pancha warf.

Qué triste fue decirnos adiós … Wie traurig war es, uns Lebewohl zu sagen, als wir uns am meisten liebten, sogar die Schwalbe flog davon, da sie das Ende ahnte.

Tepo schüttete mit Äthylalkohol gemischte Orangenlimonade über den Grabhügel und stieß mit einem Schluck auf Pancha Chiquinerd an – die Idee, seinen Spitznamen als Nachnamen seines Haustiers zu verwenden, rührte Silverio; er hatte zwar eine dreizehnjährige menschliche Tochter, sich aber nie wirklich als Vater gefühlt.

Schließlich legte Silverio einen Strauß Nelken, den er von einem anderen Grab gestohlen hatte, auf die frische Erde.

«Tepo!»

Die Flammen kamen immer näher. Er durfte keine Zeit mehr verlieren. Er betrat die Krypta, entschlossen, seinen übel riechenden Freund wie einen Sack herauszuschleifen. Silverio war nicht bereit zu sterben. Er versorgte seine Mutter, die wegen des Todes ihres Mannes immer noch depressiv war, und seinen älteren Bruder, der im Gefängnis von Almoloya de Juárez saß, weil er mit dem Motorrad gegen einen Pfeiler gekracht war, als er vom Tatort eines Massakers auf feindlichem Gebiet floh. Abgesehen von diesen Verantwortlichkeiten wollte er nicht, dass sein Tod seiner Ex-Frau recht gab, die es für unschicklich hielt, auf einem Friedhof zu arbeiten. Das war eine der Keimzellen ihrer Trennung gewesen. Zunächst hatte Yadira verlangt, dass er seine Arbeit bei der Müllabfuhr aufgab, obwohl Silverios Vater sein Leben lang Müllfahrer gewesen war, denn sie fand das zu unhygienisch für ihre neugeborene Tochter. Er hörte auf sie, und dank einer Empfehlung seines Paten, der als Straßenkehrer bei der Stadt arbeitete, bekam er den Wachposten auf dem Panteón Dolores. Yadira fand den neuen Job ihres Partners noch beschämender und ungesünder als den vorigen.

Die ständig wechselnden Schichten waren zwar ermüdend, im Wesentlichen bestand sein Dienst aber darin, fernzusehen und in einem Park voller Grabkunst und nationaler Geschichte spazieren zu gehen, und dafür interessierte sich Silverio sehr. Abgesehen von der Rotunde der Illustren Persönlichkeiten, über die er sich stundenlang auf Wikipedia informierte, gab es dort die Sektoren der Militärakademie, der verfassungsgebenden Abgeordneten von 1917, der Piloten, die im Zweiten Weltkrieg gekämpft hatten, der italienischen und deutschen Immigranten. Zusätzlich zum Lohn und zu den Sozialleistungen kassierte er Schmiergelder und genoss Spenden der Substanzen, mit denen auf dem Friedhof gehandelt wurde. Ein Traumjob, den aufzugeben er nicht bereit war. Noch vor dem dritten Geburtstag seiner Tochter Daenerys hatten Silverio und Yadira ihre Lebensgemeinschaft aufgekündigt.

«Tepo?»

Als er die kühlen Decken in der Schlafnische seines Freundes betastete, erinnerte sich Silverio daran, dass der sich zuletzt beschwert hatte, wegen der Hitzewelle nicht in seinem Bett schlafen zu können. «Ein Scheißofen ist das», hatte er geklagt. «Als hätten sie das Höllenfeuer hochgedreht, du gehst kaputt.»

Sicher hatte er in dieser Nacht draußen geschlafen, vielleicht am Grab der Opfer des Erdbebens, wo seine Frau lag und von wo aus man über die Schlucht sehr leicht vom Friedhof fliehen konnte. Silverio dagegen hatte sich in Todesverachtung in den sengenden Bauch des Drachen begeben.

5. SCHWERKRAFT

Was nützt es Karina, die Schwerkraft so gut zu verstehen, wenn sie sie im Ernstfall nicht beherrschen kann? Sie ist völlig geschafft von der Kraftanstrengung, ihre Großmutter über den Flur zu ziehen. Vor dem Versuch, sie aufs Bett zu hieven, schnauft sie einmal durch, während die alte Dame unzusammenhängende Beschwerden brabbelt, den Kopf gegen die Matratze gelehnt.

«Das ist das erste Mal in meinem ganzen Leben, und wofür habe ich dich eigentlich großgezogen, dass du mich so rüttelst, für wen hältst du dich eigentlich, Mädchen?»

Karina ist überzeugt, dass sich die Raumzeit nicht wegen der Massenwirkung krümmt, sondern sich ausbreitet und verwirbelt wie eine enorme Flut aus Leere.

«Hör mal», sagt sie beiläufig zu ihrer Großmutter und hofft, dass sie sich entspannt und ihr gesteht, wer zu Besuch war, «erzähl mir doch mal, wie es war, worüber habt ihr euch denn unterhalten?»

Die Leere ist nicht fügsam. Sie widersetzt sich den Körpern, die sie durchdringen. Darum verdichten und verflüchtigen sich die Galaxien, darum weigert sich die der Gravitation unterworfene Masse ihrer Großmutter, den Boden zu verlassen.

«Ich habe gesagt, besser belassen wir es dabei, als wäre nichts geschehen und gut. Vielen Dank und gute Nacht.»

«Zu wem hast du das gesagt?»

«Zu wem wohl? Dummerchen.»

Trotz der Selbstsicherheit, die sie mit den Jahren gewonnen hat, machen die kindlichen Beleidigungen ihrer Großmutter sie immer noch wütend und verletzen sie ganz unverhältnismäßig.

«Keine Ahnung, sag's mir.» Vielleicht verleiht ihr der Zorn die nötige Kraft, um sie anzuheben.

«Ich werde es dir erzählen, damit du mich verstehst. Ich habe nur ein einziges Mal im Leben geliebt. Ich wusste nichts, gar nichts wusste ich, aber als Ramiro auftauchte und fragte, wem die Finca gehörte, da wusste ich, wem schon da mein Herz gehörte.»

Ihr Großvater Ramiro war als Geologe nach Tabasco gekommen, um nach Ölfeldern zu suchen.

«Da war es um mich geschehen. Señorita, geht es Ihnen gut?»

Karina fehlt die Geduld, sich zum tausendsten Mal die Geschichte anzuhören, wie sich ihre Großeltern verliebt haben, also beendet sie ihre Pause und macht sich bereit für das olympische Gewichtheben.

«Lass mich los!», schreit Rebeca, als Karina die Arme unter ihren Achseln durchschiebt.

Das Photon ist der Erzfeind des Gravitons. Darum weichen sie einander so beharrlich aus. Während das eine in irrwitzigem Tempo durch den Raum flieht, ohne dass die Zeit es einholen kann, bleibt das andere ganz ruhig, ist gar nicht wahrnehmbar, und um sich zu verändern, vervielfältigt es sich bloß.

«Ich hebe dich aufs Bett, okay?»

Karina hält die Luft an und kneift die Pobacken zusammen, drückt mit den Beinen, zerrt mit dem Rücken, das gesamte Universum wehrt sich gegen die Trennung ihrer Großmutter vom Planeten. Karina presst, spannt an, ihr schießt das Blut ins Gesicht. Sie bekommt ihre Großmutter nur wenige Zentimeter hoch und lässt sie wieder runter.

«Ay!», beschwert sich Rebeca über den schmerzhaften Plumps.

«Schrei nicht so», befiehlt Karina ihr, wütend über die beschämende Situation; wenn nun die Nachbarn das Gezanke hören und womöglich glauben, jemand tue der wehrlosen Omi in Apartment 103 weh.

«So dankst du mir alles, was ich für dich getan habe? Du hast es im Blut.»

«Ich versuche, dich hinzulegen, weil du dich hast volllaufen lassen.»

«Ich? Ich doch nicht! Sag das noch einmal, und du fängst dir eine.»

Besoffene sind wie kleine Kinder, der gleiche Zynismus, die mangelnde motorische Koordination, die Hemmungslosigkeit und Reizbarkeit. Aber sooft sich Rebeca auch schon die Kante gegeben hat, so schwatzhaft wie heute Nacht war sie noch nie. Karina sollte sich bei wem auch immer, der sie mit diesem edlen Tropfen besucht hat, bedanken. Auf eine ihr noch nicht erklärliche Art hängen die Worte, die ihre Großmutter an den Schatten gerichtet hat, mit dem Tod ihrer Eltern zusammen und mit dem Erwachen ihrer Erinnerung durch den Friedhofsbrand.

«Ich hebe dich jetzt noch mal hoch, und wenn du mir

nicht hilfst, bleibst du die ganze Nacht auf dem Boden. Willst du das?»

«Ich will, dass ihr mich zu meinem Mann legt, und dann nie wieder aufstehen.»

Der depressive Effekt des Alkohols auf das Nervensystem lässt die Alte schwer atmen: Wie immer, wenn sie trinkt, wird sie auch in dieser Nacht unfassbar schnarchen, und ihre Enkelin wird sich etwas in die Ohren stecken müssen, um überhaupt an Schlaf denken zu können.

«Bist du bereit? Ich schiebe dich aufs Bett.»

Karina könnte zum Portiershäuschen gehen und dort nicht nur fragen, ob sie jemanden gesehen haben, der mit einer Flasche in der Hand das Gebäude betreten hat, sondern auch darum bitten, ihr mit ihrer Großmutter zu helfen. Die Scham, die Wachleute erneut um einen Gefallen zu bitten und dass sie ihre Großmutter in diesem erbärmlichen Zustand zu sehen bekämen, bringt sie von diesem Gedanken ab.

Die Alte schreit auf, als sie den erneuten Angriff ihrer Enkelin spürt, die den Dingen mit einem gewissen *horror vacui* begegnet – genau umgekehrt zur Theorie von Aristoteles, der diesen ja den Dingen selbst zuschreibt.

«Nein, zieh mich nicht aus! Bitte, ich will mich jetzt nicht mehr waschen.»

Um sich auszudehnen, musste das Universum diesen ersten Widerstand überwinden und auf Kosten seiner eigenen Ewigkeit das Nichts zerreißen. Das Vergehen der Zeit ist die Spur, die dieses Opfer hinterlässt.

«Ich versuche, dich ins Bett zu bringen. Es ist fast Mitternacht.»

Karina hat gesehen, dass in Japan immer mehr Roboter

in der Altenpflege eingesetzt werden; eine ihrer Fähigkeiten besteht darin, die Pflegebedürftigen aus dem Bett zu heben und ins Bad oder zum Rollstuhl zu bringen. Dummerweise sind diese anthropomorphen Roboter so teuer, dass es in Mexiko billiger ist, für diese Arbeit Menschen zu beschäftigen.

«Lass mich, ich kann das alleine.»

Wäre es nicht schon so spät, sie würde umgehend Onkel Paco anrufen und ihn fragen, ob er zu Besuch war.

«Na dann, steh mal auf.»

Darauf zu beharren, dass das Universum mit dem Big Bang begonnen hat, ist grob und ungenau. Damit etwas explodiert, muss es eine bestehende Ordnung plötzlich und gewaltsam zerstören. Die Wissenschaft kann dazu keine gesicherten Angaben machen, was vor der Planck-Ära war, entzieht sich unserer Kenntnis; es braucht 43 Nullen nach dem Komma, um die Kürze dieses Intervalls als Sekundenbruchteil auszudrücken. Auf jeden Fall wird der Beginn des Universums – dessen Anomalien in einer Phase der Ausdehnung von keiner einzelnen physikalischen Theorie gefasst werden können – mehr dem unbeholfenen Abmühen ihrer Großmutter auf dem Boden geähnelt haben als einer explosionshaften Verteilung von Materie im Raum.

«Mir ist schwindelig.»

Ihre Großmutter hat es geschafft, sich hinzuknien, und stützt sich mit der Stirn am Bettgestell ab. Karina muss diese Haltung nutzen, bevor sich Rebeca wieder auf den Boden legt. Zuerst hebt sie den Oberkörper ihrer Großmutter an und platziert ihren Kopf und ihre Arme auf dem Bett. Die Alte murrt, aber Karina lässt sich nicht beirren. Sie umarmt sie von hinten, und in einem enormen Kraftakt schiebt sie, bis es ihr gelingt, Rebecas ganzen Oberkörper aufs Bett zu wuchten, wo sie auf dem Gesicht liegen bleibt, die Beine stehen über. Im letzten Arbeitsschritt muss Karina ihre Beine anheben und als Hebel benutzen, so den Körper ihrer Großmutter drehen und den Kopf in der Nähe des Kissens betten.

Karina schnaubt erleichtert, erschöpft und schweißgebadet. Sie zieht sie aus und legt ihr eine Windel an. Sie fragt noch einmal, wer sie besucht hat, und Rebeca wiederholt lediglich, dass Gott sie vergessen habe. Karina ist zu müde, um weiter nachzuhaken. Sie baut aus den Esszimmerstühlen ein Geländer ums Bett, damit ihre Großmutter wie in einem Gitterbettchen liegt und nicht im Morgengrauen herausfällt.

«Schlaf jetzt», sagt sie und löscht das Licht.

Während sie sich vor dem Spiegel die Zähne putzt, betrachtet sie die runde Nase ihrer Großmutter mitten in ihrem eigenen Gesicht. Die Fähigkeit des Gensatzes, Generationen zu überspringen und mit einer solchen Detailtreue die Form von knorpeligen Organen wie diesem zu reproduzieren, fasziniert sie immer wieder aufs Neue.

So spät in der Nacht ist Mila auf der Büroparty bestimmt schon betrunken. Mila wollte ihr Patricio vorstellen, einen Mathematiker, der als Risikoanalyst mit ihr dort arbeitet. Sie war überzeugt gewesen, dass die beiden sich gut verstehen würden und, wenn sie erst einmal ihre jeweilige Schüchternheit überwunden hätten, Telefonnummern austauschen und vielleicht sogar das Fest gemeinsam verlassen könnten. Anstatt sich damit zu verausgaben, ihren Körper gegen den ihrer Großmutter zu pressen, hätte Karina das Gleiche mit dem Körper von Patricio tun können, um zu einem vollkommen anderen Ergebnis zu gelangen. Weil unverbindlicher Sex sie nicht interessiert, findet sie das Spekulieren darüber eher vergnüglich als frustrierend. Sie hätte aber Lust gehabt, ihn kennenzulernen und die Party mit dem Verlangen danach zu verlassen, sich wieder einmal mit ihm zu unterhalten.

Als sie das Bad verlässt, schreckt das Quietschen der Tür ihre Großmutter auf.

«Wer ist da?», fragt sie ängstlich.

«Ich bin's, Karina.»

«Ah», sagt Rebeca erleichtert, «du bist das.»

6. DAENERYS

Als die Gastanks des Krematoriums explodierten, war Silverio gerade auf dem Weg zurück zum Eingang, er hatte den Weg parallel zur Friedhofsmauer genommen. In dieser Zone mit wenig Bäumen war er zwar in Sicherheit vor dem Feuer, doch der Rauch zwang ihn, gebückt zu gehen, um ungefähr zu erkennen, wohin er trat. Plötzlich war der Asphalt hell erleuchtet, er hörte ein vulkanisches Donnern und sah noch den Feuerpilz hinter der Rotunde aufsteigen, als ein heißer Luftstoß seine Augen reizte und ihn erblinden ließ. Aus Angst, zu stolpern und zu stürzen, ging er in die Hocke, und als er den kühlen Boden spürte, ging er auf alle viere und krabbelte weiter, als wäre er ein Hund. Seine einzige Orientierung war die Neigung des Wegs, der zum Hauptplatz hin abfiel. Die extreme Hitze und der Sauerstoffmangel verursachten eine bleierne Müdigkeit. Die Arme konnten ihn nicht mehr tragen, und er ließ sich fallen. Er wusste nicht, wie weit es noch bis zu den Büros war. Er erklärte sich für tot und nutzte die Verzweiflung, um das fade Leben zu bereuen, das er geführt hatte.

Da hörte er ein Bellen. Er erkannte Pancha, und ohne zu wissen, ob sie zu seiner Rettung wiedergekehrt war oder um ihn ins Jenseits zu geleiten, folgte er ihr. Mühsam zog er sich hoch und krabbelte vorwärts. Er wollte schreien, konnte aber nur husten. Er kroch weiter und stieß schon bald gegen gebogenes Plastik. Das musste der Eimer sein, den sie vor dem Bad stehen hatten und benutzten, wenn die Wassertanks wegen der Dürre in der Stadt mal wieder leer waren. Er hatte die Friedhofsbüros erreicht und war in Sicherheit.

Den Rest der Nacht wartete Silverio auf die Feuerwehr. Die Einzigen, die sich am Eingang des Friedhofs blicken ließen, während die Gräber brannten, waren neugierige Anwohner der Siedlungen América, 16 de Septiembre und Daniel Garza.

«Papá?»

Als das Telefon klingelte, saß Silverio auf dem Schemel und trank gegen seine Dehydrierung und die unerträglichen Kopfschmerzen eine Cola.

«Hier ist Daenerys, deine Tochter.»

Ihm tat weh, dass es Daenerys für nötig erachtete, ihre Verwandtschaftsbeziehung zu erklären. Seit Jahren hatte er sie nicht gesehen. Weil er sich mit den Unterhaltszahlungen schwertat, war er mit Yadira, seiner Ex-Partnerin, völlig zerstritten. Das finanzielle Elend Silverios war einer regelrechten Pechsträhne kostspieliger Zwischenfälle geschuldet. Sein Vater war gestorben, sein großer Bruder war im Gefängnis gelandet, und seine Mutter konnte wegen der Depression, die sie bekommen hatte, weil sie verwitwet war und ihr Sohn als Auftragskiller im Gefängnis von Almoloya saß, nicht mehr arbeiten. Außer der Miete für das winzige Haus, in dem er mit seiner Mutter wohnte, musste Silverio auch die inoffiziellen Gebühren zahlen, die das Gefängnis dafür erhob, dass die Insassen morgens nicht tot in ihren

Zellen aufwachten. Yadira hätte ihn vor ein Familiengericht bringen können, hielt ihn aber lieber auf Abstand.

«Tochter, Tochter.» Er wiederholte das Wort, beseelt von seiner hoffnungsvollen Bedeutung. «Wie cool, dass du mich anrufst. Ich habe die Nummer nicht erkannt.»

Silverio wusste nicht einmal, dass seine Tochter schon ein Telefon hatte, und auch nicht, dass Yadiras Freund es ihr zum Geburtstag geschenkt hatte.

«Mamá hat gesagt, dass du in Chapultepec arbeitest.» Yadira verheimlichte ihrer Tochter, dass ihr Vater auf einem Friedhof arbeitete. «Ich habe gerade gesehen, dass der Zoo brennt. Weißt du, ob sie die Tiere rausgeholt haben?»

«Ich wäre fast gestorben, mein Kind.»

«Ohne Scheiß? Wo warst du denn?»

«Auf dem Friedhof.»

Er schämte sich nicht dafür, Wärter auf dem ersten öffentlichen Friedhof von Mexico City zu sein.

«Hier ging das los mit dem Tohuwabohu. Du machst dir keine Vorstellung.»

«Ist der Zoo da in der Nähe?»

«Nein», antwortete er, enttäuscht, dass seiner Tochter die Tiere wichtiger waren als ihr eigener Vater. «Der ist ein Stück weiter weg.»

«Ich habe schon so viel gegoogelt», Daenerys klang sehr verängstigt, «und nirgendwo steht, ob es den Tieren gut geht.»

«Die gesamte Feuerwehr ist in die Richtung gefahren, also bestimmt, ja. Warst du vor Kurzem mal im Zoo?»

Silverio hatte sich die ganze Nacht darum bemüht, die Feuerwehr zum Friedhof zu rufen, aber alle Einheiten waren mit dem bisschen Wasser, das sie in ihren Tanks lagerten, in den ersten Bezirk des Bosque de Chapultepec geschickt worden. Im Panteón ließen die Behörden das Feuer wüten, bis es von alleine erlöschen würde.

«Ja. Vor zwei Wochen waren wir da.»

«Wer?»

Silverio spürte zwischen den Stichen der Migräne einen Pikser Eifersucht.

«Die ganze Schule. Wir sind ins Schloss und in den Zoo gegangen. Wir haben eine Giraffe gesehen, die gerade erst geboren war. Die ist noch so mini, die hat jetzt bestimmt schreckliche Angst.»

Silverio trank einen Schluck Cola. Ein wenig Marihuana hätte geholfen, den Schmerz zu lindern, der in seinem Kopf hämmerte. Sobald er die Augen schloss, sah er wieder die Flammen vor sich, den grellroten Funkenregen, der um ihn herum niederging, als er sich zum Ausgang durchschlug, vor der blendenden Explosion.

«Ich mache mir solche Sorgen um die Giraffen, die Flamingos, die Kalifornischen Kondore, sie stehen auf der Roten Liste der vom Aussterben bedrohten Tierarten.»

«Hör mal, meine Tochter», Silverio waren die vom Aussterben bedrohten Tiere so was von egal, «als ich eben glaubte, mein letztes Stündchen hätte geschlagen, habe ich ganz doll an dich gedacht. Ich will, dass wir uns häufiger sehen. Ich rede mit deiner Mamá, damit sie da nichts gegen hat, ja? Es ist nicht richtig, dass du so gar nichts von deinem Papá hast.»

Daenerys antwortete nicht.

«Hast du mich gehört?»

«Ja, schon gut. Sagst du mir Bescheid, wenn du was wegen den Tieren rausfindest?»

«Klaro, ich sag dir Bescheid. Gehst du jetzt in die Schule?»

«Fällt aus. Sie haben gesagt, man soll nicht auf die Straße gehen, um nicht zu atmen.»

«Echt? Warum?»

«Wegen dem Rauch. Der ist ganz schön doll. Hast du das nicht gesehen?»

Nachdem er aufgelegt hatte, trank Silverio auf seinem Schemel weiter seine Limo und fing an, im Internet nach Informationen zu suchen. Ihm war nicht klar gewesen, was für ein apokalyptisches Chaos der Brand in der Megacity verursacht hatte: alle Flüge gestrichen, die Hauptstraßen gesperrt, Tausende von Menschen aus den Siedlungen rund um den Park evakuiert und in Militär- und Polizeibussen zu Notunterkünften im Sportpalast und im Foro Sol gebracht. Die Ausfallstraßen waren verstopft von Autos, deren Insassen der giftigen Luft im Tal zu entfliehen versuchten.

Nach einer Weile sah er im Westen eine Karawane von Fahrzeugen auftauchen, die von Polizeiwagen mit Blaulicht begleitet wurde. Endlich hatte sich jemand daran erinnert, dass auch der Friedhof in Flammen stand.

7. KRANKEN-GESCHICHTE

Sie hätte nie gedacht, dass sie einmal im Wartezimmer einer luxuriösen Klinik für plastische Chirurgie Zeugin der Landung eines riesigen, mit Pandabären bemalten Flugzeugs werden würde, in dessen Innerem die Firma China Cargo zwei geklonte Welpen von Xin Xin transportiert, der Pandabärin, die beim Brand im Zoo von Chapultepec umgekommen ist. Die alte Bärin war der letzte Panda der Welt, der nicht dem chinesischen Staat gehörte. Sie war Nachkommin eines Pandapaares, das Mexiko geschenkt worden war, bevor die Politik des asiatischen Imperiums hinsichtlich ihrer Botschafter der Spezies *Ailuropoda melanoleuca* so restriktiv wurde.

Da sie an diesem 19. Februar 2031 viel zu früh in der Klinik ist – noch eine Stunde bis zum Termin bei Dr. Pedro Rodríguez Winter –, kann Karina die gesamte Willkommenszeremonie für die Pandas auf einem gigantischen Bildschirm verfolgen. Um sie herum wartet eine bunte Mischung Patienten: Jugendliche im Prozess der Geschlechtsangleichung, ein Mann, dessen Gesicht durch eine Tracht Prügel entstellt ist, ein Trio von Damen in den Siebzigern, die sich gemeinschaftlich Botox spritzen lassen wollen, und eine Frau, die bei ihrem Eintreffen viel zu laut verkündet hat, sie werde eine Liposkulptur vornehmen lassen.

Karina hat das Klemmbrett auf den Knien liegen; die Ankunft der Pandas hält sie davon ab, den Fragebogen auszufüllen, mit dem ihre Krankengeschichte nachgezeichnet werden soll.

Vollständiger Name: Leonor Llorente Calles.

Als sie das aufschreibt, fragt sie sich, ob ihr Betrug moralisch vertretbar ist. Wenigstens erleidet Leonor Llorente Calles den Identitätsdiebstahl *post mortem*, er beeinträchtigt sie also in keinster Weise. Im Prinzip findet Karina es nicht verwerflich, zu lügen, falsche Tatsachen vorzuspiegeln und Regeln zu missachten, solange es in der Absicht geschieht, die Wahrheit herauszufinden. In der Physik erlaubt man sich viel größere Freiheiten, wenn es darum geht, die Realität zu erforschen: Man nimmt sechs, sieben, neun oder elf Dimensionen an, man postuliert allen Ernstes Eigenschaften mit negativen Werten, irreale Zahlen, arbiträre Konstanten. Die Natur liebt es, sich zu verbergen – ihr Doktorvater zitiert diese Worte Heraklits nur zu gerne –, und um sie zu entdecken, ist jede Finte recht.

Geburtsdatum: Sie spielt mit der Idee, den Geburtstag ihrer Mutter aufzuschreiben, den 2. Juni, aber die Vernunft rät ihr, die Unwahrheiten nicht unnötig zu vermehren, um sich nicht in Widersprüche zu verwickeln und letztlich zu verraten, also schreibt sie Tag und Monat wahrheitsgemäß auf, 5. September, zieht sich aber zwei Lebensjahre ab und ist 2007 geboren.

Alter: Gott und die Welt wiederholen bis zum Erbrechen, sie sehe viel jünger aus, als sie ist, noch fast kindlich, kaum zu glauben, dass sie schon Doktorandin und Dozentin an der Fakultät für Naturwissenschaften sei; darum wird es niemandem verdächtig vorkommen, dass Leonor dreiundzwanzig Jahre alt ist und nicht fünfundzwanzig wie Karina.

Beruf: Toningenieurin. Wie gerne hätte Karina den Sound von Anime-Filmen gestaltet!

«Als Nächstes», sagt die Stimme, die die Zeremonie im Hangar kommentiert, wo inzwischen die Transportkisten mit den geklonten Pandas ausgeladen worden sind, «werden die Mädchen und Jungen von der Elba-Esther-Gordillo-Grundschule ein sehr schönes Lied singen, das 1981 für Tohui komponiert wurde, den ersten mexikanischen Panda, der außerhalb Chinas geboren ist. Damals wurde dieses bewegende Stück von der Sängerin Yuri dargeboten, und sie wird heute den Kinderchor leiten.»

Aktuelle Medikation: Leonor leidet, anders als Karina, nicht an Depressionen, also unterschlägt sie die fünfzehn Milligramm Escitalopram, die sie seit anderthalb Monaten jeden Abend nimmt.

Bevor sie mit dem Antidepressivum anfing, hatte sie Mila nach ihren Erfahrungen damit gefragt. «Uff», sagte die in einer Sprachnachricht, «supergut. Ganz ehrlich, ich wollte sie nicht absetzen, als ich entlassen wurde. Ganz ehrlich, diese Welt ist schlicht nicht zu ertragen ohne solche Smarties. Ich glaube ja, die sind das chemische Äquivalent für Religion. Und jetzt gerade denk ich, das kommt sogar billiger, als zur Messe zu gehen und mit diesen ganzen Verboten zu leben.»

Medizinische Vorgeschichte: Karina zieht eine Linie quer über das leere Feld, zum Zeichen, dass sie keinerlei medizinische Vorgeschichte hat.

Allergien: Weil sie die Nüchternheit ihrer Krankengeschichte langweilt, beschließt sie, dass Leonor allergisch gegen das Gift von Bienen ist, deren Quasi-Aussterben dazu geführt hat, dass sie nun ganz ohne das Risiko leben kann, von einer gestochen zu werden.

Kleine Pandas, gebt fein acht,
hier gibt es alles, was ihr braucht,
Spiele, Blumen, Bambus auch
und Tierlein, die in Frieden leben!

Da alle internationalen Bemühungen um Nachkommen für Xin Xin und ihre Tante Shuan Shuan gescheitert waren, baten Forscher im Auftrag der chinesischen Regierung den Zoo von Mexico City um Zellproben von Xin Xin, um sie zu klonen und so die genetische Vielfalt des mexikanischen Pandastammes zu erhalten. Als der Zoo brannte und der Tod der alten Bärin bestätigt wurde, verkündete die chinesische Regierung eilig, dass sie den mexikanischen Panda bereits geklont und beschlossen habe, Mexiko die ersten beiden Exemplare zu stiften. Dass Xin Xin in aller Heimlichkeit geklont worden war, löste bei all dem Wehklagen in den internationalen Medien über das Massensterben der Wildtiere beim Brand des Zoos keine Missstimmungen aus. Die Behörden der mexikanischen Hauptstadt nahmen das Angebot ohne Zögern an, und noch bevor der Wiederaufbau des Zoos von Chapultepec abgeschlossen war, bereiteten sie die für den Empfang der Tiere nötige Infrastruktur vor.

Während sie ihre familiäre Vorgeschichte auf dem Patientenbogen notiert, fragt sich Karina, welche Verwandtschaftsbeziehung zwischen Xin Xin und ihren Klonen besteht. Sind sie ihre Töchter, ihre Zwillinge, oder sind sie sie selbst? Könnte man sagen, dass sie auch Töchter von Tohui sind, auch wenn diese sie nicht geboren hat und sie erst siebenundzwanzig Jahre nach ihrem Tod auf die Welt kamen?

Die Empfangsdame der Klinik ruft eine Regina auf. Eine etwa fünfzehnjährige trans Jugendliche steht auf und geht in Begleitung ihrer Mutter den Gang zu den Sprechzimmern hinunter. Die übrigen Patientinnen und Patienten beäugen einander und fragen sich neiderfüllt, wer als Nächstes drankommen wird und welche ästhetischen Unzufriedenheiten sie an diesem Ort zusammenbringen. Was glauben sie wohl, warum Leonor da ist? Vielleicht denken sie, dass sie unter der unspektakulären Größe ihres Busens oder der übertrieben vorspringenden Stirn leidet.

Kleine Pandas von Chapultepec,
wir wollen euch hier wachsen sehen
und im Zoo besuchen gehen,
werdet glücklich, liebe Schwestern,
kleine Pandas von Chapultepec!

Nachdem der riesige, verstimmte Kinderchor drei Minuten lang vor den sedierten Körpern der Pandas gesungen hat, klatscht das im Präsidenten-Hangar versammelte Publikum Beifall.

Was den Artenschutz angeht, war der Tod Xin Xins beim Brand keine Katastrophe. Ihr hohes Alter hatte sie schon lange davon abgehalten, sich in ihrem prächtigen Garten zu bewegen, ihre Pfleger mussten ihr die Bambuszweige vor die Nase halten. Trotz dieser Umstände löste ihr Tod ein wesentlich größeres Medienecho aus als der von fruchtbaren Exemplaren wesentlich stärker bedrohter Tierarten wie etwa der Kalifornischen Kondore, der Schneeleoparden, der Mexikanischen Wölfe oder der Vulkankaninchen.

«Nun hören wir die Worte seiner Exzellenz, des Botschafters der Volksrepublik China in Mexiko, Dr. Shi Jie.»

Karina steht auf und bringt der Rezeptionistin ihre Krankengeschichte. Als sie sich umdreht, um wieder an ihren Platz zu gehen, bemerkt sie, wie der Mann mit dem entstellten Gesicht schnell den Blick von ihrem Körper abwendet. Er hat wahrscheinlich geprüft, ob sie zum Vorgespräch für ein Po- oder Wadenimplantat gekommen ist; wenn der Kerl eine übergriffige Fantasie hat, wird er vermutlich auch über eine vulvovaginale Straffung nachgedacht haben, diese Leistung bieten die Doktoren Higashi und Navarrete in der Klinik ebenfalls an. Er wird aber nicht darauf kommen, weshalb Leonor Llorente Calles, die seit bald hundert Jahren tot ist, an diesem Morgen wirklich die Sprechstunde von Dr. Rodríguez Winter aufgesucht hat.

8. NIEDERE MACHT

Karina betrachtet die phosphoreszierenden Sterne an der Zimmerdecke. Sie kann nicht schlafen. Von der olympiareifen Kraftanstrengung, mit der sie ihre Großmutter hochgehoben und ins Bett gelegt hat, hat sie Rückenschmerzen. Sie erinnert sich pausenlos an ihre Worte, als wären sie der Refrain eines schlimmen Ohrwurms. «Das Mädchen weiß von nichts; was du meinem Sohn angetan hast, ist unverzeihlich; alles in dieser Welt hat seinen Preis ...» Sie versucht, sich abzulenken, an etwas anderes zu denken, sich nicht mehr mit Selbstvorwürfen zu quälen wegen der Gutgläubigkeit, mit der sie vor einiger Zeit Milas Vermutung abgebügelt hat, ihre Großmutter könnte wieder trinken.

«Nein», antwortete sie im Brustton der Überzeugung. «Auf keinen Fall. Sie fragt schon lange nicht mehr nach Alkohol. Mindestens seit drei Jahren. Und weil ich das Geld verwalte und sie nicht mehr alleine rauskann – nee.»

«Ah, wie gut, Schatz. Ich weiß noch, wie besorgt du immer warst. Wie ist es dir eigentlich in der Gruppe ergangen, die meine Mamá dir empfohlen hat?»

Mila bezog sich auf Al-Anon, die Selbsthilfegruppe von Angehörigen von Trinkern, die aus den Anonymen Alkoholikern hervorgegangen ist.

«So lala. Die waren schon cool» – ein Mitglied der Gruppe war eine Freundin von Milas Mutter, die eine Ehe mit einem Trinker durchlitt –, «aber den spirituellen Teil fand ich anstrengend. Ich war mit Abstand die Jüngste. Ich weiß nicht. Weil meine Großmutter schon so lange nicht mehr trinkt, bin ich dann nicht mehr hingegangen.»

Al-Anon hält sich an die Grundlage der zwölf Schritte zur Genesung der Anonymen Alkoholiker, und Karina ist schon beim zweiten Schritt ins Straucheln geraten. Der verlangt, an eine höhere Macht zu glauben, die einem den gesunden Menschenverstand zurückgeben wird, der während der co-abhängigen Beziehung zu einer alkoholkranken Person verloren gegangen ist. *Höhere Macht* ist der neutrale Deckname, den sie in der Organisation Gott gegeben haben, um die Skeptiker nicht zu vergraulen. Karina erkannte schnell, dass das Programm ihr nicht helfen würde, mit der Abhängigkeit ihrer Großmutter umzugehen, solange sie nicht an einen liebevollen und zugewandten Gott glaubte, der sich um das Wohlbefinden seiner Geschöpfe kümmerte. Da ihr dieser Glaube an eine höhere Macht unmöglich war, blieb Karina den virtuellen Treffen der Gruppe fern, sobald sie an der Uni angefangen hatte.

«Ein Glück, dass du sie nicht mehr gebraucht hast», sagte Mila, um den Druck herauszunehmen. «Ich glaube, es tut deiner Abu echt gut, dass sie aus diesem Haus raus ist, wo alles für sie voller Erinnerungen war und so furchtbar dunkel, viel zu groß, kalt, total runtergekommen. Ganz ehrlich: Ich fand es schon immer ein bisschen deprimierend.»

Für Karina ist es nicht leicht gewesen, in diesem aus den Fugen geratenen englischen Chalet an der Avenida Azcapotzalco aufzuwachsen. Anfang der 1930er-Jahre hatte es ein Geschäftsführer der Raffinerie El Águila gebaut, ohne zu ahnen, dass der mexikanische Staat die Erdölindustrie wenige Jahre später enteignen würde.

«Mich hat es auch immer runtergezogen», bekannte sie. «Darum habe ich immer so gerne bei dir übernachtet, auch wenn meine Großmutter dann die Gelegenheit genutzt hat, sich so richtig vollllaufen zu lassen.»

Dank ihrer frühen Romanze mit der Naturwissenschaft hat Karina schon als Heranwachsende angefangen, an die niedere Macht der Elementarteilchen, der Vakuumfluktuation, der Wasserstoffbrücken, der organischen Moleküle, der Desoxyribonukleinsäure, der Hormone und der Stammzellen zu glauben. In ihrem Weltbild war kein Raum für immaterielle Wesen jedweder Ordnung.

«Puh, ja», stimmte Mila ihr zu. «Ich weiß noch, sie sah manchmal aus wie eine Boxerin, mit all den blauen Flecken, die sie hatte. So hart, Kari. Wie gut, dass es vorbei ist.»

«Ja», sagte Karina mit einer Erleichterung, die ihr rückblickend dämlich vorkommt. «Aber da wir gerade beim Thema sind – ich rufe sie noch mal an, vielleicht geht sie ja diesmal dran.»

Da Rebeca dies nicht tat, nahm Karina an, dass sie entweder tot oder in einem sehr ernsten Gesundheitszustand war.

«Kannst du nicht eine Nachbarin bitten, mal zu eurer Wohnung zu gehen und nach ihr zu schauen? Vielleicht stimmt nur was mit dem Telefon nicht, und ihr geht es gut.»

Das wäre eine Möglichkeit gewesen, hätte sie nicht die WhatsApp-Gruppe «Bewohnervereinigung Gebäude 26» verlassen. Sie hatte es nicht mehr ertragen, dass in der Gruppe so viele Videos und Nachrichten über Gespenster geteilt wurden. Seit Mai beteiligte sich die Mehrheit der Anwohner von El Altillo eifrig am kollektiven Wahn, der Brand habe auf dem Friedhof Millionen von Geistern wiederbelebt, die nun unterwegs seien, um die Hauptstadtbevölkerung zu erschrecken. Die Nachbarn mit zu viel Tagesfreizeit nahmen nachts Handyvideos von den Schaukeln auf dem Spielplatz auf und warteten darauf, dass der Wind sie in Bewegung setzte, um so den unumstößlichen Beweis für ein Gespensterkind einzufangen, das in diesem Augenblick dort schaukelte.

«Die Einzige, mit der ich mich einigermaßen verstehe, ist über die Feiertage im Ausland», antwortete Karina.

Einer verbreiteten Theorie zufolge hat das Feuer die Knochen und Stimmen von Neuem erwärmt. Aus der Vergessenheit kehren die Toten zurück, und ihre verstummten Namen ertönen erneut. Die vom Rauch getrübte Luft vibriert im Rhythmus der Silben ihrer Spitz- und Kosenamen und ihrer Verwandtschaftsverhältnisse. Es erwachen die Großmütterchen und die Toños, der Tripas und die Chole. Alte, Kinder, Arbeiter und Studierte stehen wieder auf.

Sie erscheinen in Träumen, sie bewegen sich im Schatten, suchen die altbekannten Orte auf und stoßen an neue Möbel, laufen gegen Türen, die dort eingesetzt wurden, wo einst ihre Betten und Gärten waren. Auf der Suche nach anderen Verstorbenen klingeln sie, und wenn die Nachbarn «Wer ist da?» fragen, antwortet ihnen ein Luftzug.

«Und warum redest du nicht mit einem der Portiers des

Wohnblocks? Da ist doch immer jemand, oder? Die die Parkschranke bedienen.»

Eine hervorragende Idee, und Karina ärgerte sich, dass ihr das nicht selbst eingefallen war.

Der Wachmann, der ans Telefon ging, willigte ein, mal nachzusehen. Er sagte, er würde sie in einer Viertelstunde zurückrufen. Um sie abzulenken, während sie auf seine Rückmeldung wartete, fragte Mila sie, wie es mit der Doktorarbeit voranging. Karina antwortete, ihr Ziel sei es, eine alternative Gravitationstheorie vorzulegen, die mit der Quantenmechanik kompatibel sei und es erlauben würde, die erstaunlich schnelle Expansion des Universums zu verstehen. Ihre Forschung gehe zu langsam voran, die bisherigen Ergebnisse seien allerdings vielversprechend.

«Weißt du, was großartig wäre? Wenn deine Theorie dabei helfen würde, dass die Kernfusion endlich funktioniert.» Mila bezog sich auf die wieder und wieder aufgeschobene Hoffnung, dass man mit Nuklearfusionsreaktoren saubere und unerschöpfliche Energie produzieren könne. «Du musst die Welt retten, echt, wir sind so was von am Arsch.»

«Ja, das wäre großartig», stimmte Karina zu. «Aber ich glaub's nicht.»

Sie hat sich so oft gefragt, ob es richtig war, sich in einer vom Klimawandel, von geplünderten Rohstoffreserven und dem Kollaps der Biosphäre verwüsteten Welt einem so exquisiten und von der Umweltkrise entkoppelten Thema wie der Quantengravitation zu widmen. Ihr einziger Trost ist die Möglichkeit, dass ihre Entdeckungen unvorhersehbare Anwendungen finden würden, so wie es auch bei Einsteins Relativitätstheorie der Fall ist, ohne die es weder Satellitenkommunikation noch Ortungssysteme gäbe.

«Wer weiß», sagte Mila.

«Ich könnte mir höchstens vorstellen, dass sie dazu nützt, neuartige Raumschiffe zu entwerfen, die andere Planeten erreichen und vielleicht den radioaktiven Müll mitnehmen oder Material für Solarzellen herbringen können. Aber keine Ahnung, das ist reine Science-Fiction.»

«Daran habe ich überhaupt keine Zweifel», antwortete ihre Freundin. «Wer hätte sich schon vorstellen können, was in China mit der Gentechnik abgeht?»

Mario, Karinas einziger Ex-Freund – der Philosophiestudent, mit dem sie ihren ersten Sex hatte –, hatte sich das sehr gut vorstellen können, als sie sich vor fünf Jahren kennenlernten. Sein Interesse an Science-Fiction und Gedankenexperimenten hatte ihn auf diese neue Welt der Biotechnologie vorbereitet.

«Hast du schon Retortenfleisch probiert?» Karina begeisterte die Möglichkeit, Hühnchenbrust oder Thunfischfilet zu essen, das durch Zellmultiplikation im Labor entstand, ohne dass Käfige, Netze oder Schlachthöfe involviert wären.

«Noch nicht. In Interlomas gibt es ein paar Restaurants, die es auf der Karte haben, aber weil es Importware ist, ist es sauteuer.»

«Allerdings. Hoffentlich machen sie da Fortschritte. Ich ruf noch mal beim Portier an, mal sehen, was da los ist.»

Ein anderer Wachmann ging ans Telefon. Sie bat darum, ihr den Kollegen zu geben. Der hatte schon an der Wohnung geklingelt. Niemand schien zu Hause zu sein. Niemand hatte geöffnet. Nichts war zu hören.

Karina sah ihre bösen Vorahnungen bestätigt. Sie dachte, dass nun die Zukunft gekommen sei, sie aber stattdessen zurückgefallen war, zurück in die Zeiten, als ihre Großmutter mit dem Alkohol kämpfte, bis sie schließlich k.o. zu Boden ging.

Rebeca lebt – das Schnarchen aus dem Zimmer nebenan bestätigt das alle zehn Sekunden – und soll damit nicht aufhören, ehe Karina nicht herausgefunden hat, wer an diesem Abend zu Besuch war und was sie seit Jahren vor ihr verheimlicht.

«Bitten wir um die Rechnung? Ich muss nachsehen, was los ist.»

Mila bot ihr an, sie im Auto nach Hause zu fahren. Karina lehnte ab, mit gutem Grund nahm sie an, dass sie mit der Metro schneller wäre, vor allem da die Avenida Insurgentes wegen der Militärparade am nächsten Morgen schon gesperrt war.

Als sie zur Metrostation ging, bereute sie es, die unbequemen hochhackigen Schuhe angezogen zu haben. Jetzt, mit den schmerzenden und nackten Füßen auf der Decke – bei der nächtlichen Hitze mag sie sich nicht zudecken – erinnert sich Karina an die dumme Furcht, mit der sie sich in der Bahn gefragt hat, ob Bestatter am 16. September arbeiten und schnell kommen würden, um die Leiche abzuholen und für ihre bescheidene Beisetzung vorzubereiten (außer Maru und Onkel Paco fiel ihr niemand ein, den sie dazu einladen könnte); die Vorstellung, einen ganzen Tag mit einer Toten in der Wohnung zu verbringen, hat sie fertiggemacht. Wie hat ihre Großmutter dem Schatten, der durch die Zimmer lief, so richtig gesagt: Das Mädchen weiß von nichts. Um nicht mehr dieses Mädchen zu sein, würde Karina alles herausfinden müssen.

9. FLEISCH

Silverio lag regungslos im Sarg. Die dämliche Kerze in seinem Kopf wollte nicht ausgehen. Die Dunkelheit blähte die Minuten auf, und in jede einzelne passten zwanzig Werktage. Er war so alt wie Jesus Christus. Seine Mutter hatte ihn gewarnt. Auch der Brand war ein Vorzeichen gewesen. Was glaubst du, warum du ausgerechnet an diesem Tag arbeiten musstest? Aus dem gleichen Grund, warum er die Schicht am Donnerstag, Dienstag und Sonntag davor gehabt hatte, Donnerstag, Dienstag und immer so weiter zurück, bis er um Urlaub gebeten hatte, um Totenwache bei seinem Vater zu halten, und als er wiederkam, gab es einen neuen Dienstplan mit veränderten Zeiten. Darum, das ist alles. Und was denkst du, warum du als Einziger dran warst? Ich war nicht als Einziger dran, ich war nur der einzige Depp, der gekommen ist. Aus Gründen. Irgendwas ist in dich gefahren. Sie haben dich benutzt. Wofür denn benutzt? Die Antwort kam geräuschlos. Der zwischen den Gräbern kauernde Tod griff ihn an. Niemand entkommt mir.

Um Zeit totzuschlagen, ließ er sein Leben an sich vorüberziehen. An dem Samstag, als er seine Tochter wiedergesehen hatte, wollte sie als Erstes nach Chapultepec fahren. Alles war verbrannt, und das triste Viertel Ecatepec lag weit entfernt von der Gartenkolonie Morelos, wo Daenerys mit ihrer Mamá, ihren Onkeln, Tanten und Großeltern lebte. Ihr war das egal: Sie wollte möglichst nah an den Ort der Geschehnisse, von denen sie wie besessen war.

Er erschrak, als er sie nach all den Jahren sah. Silverio hatte nicht damit gerechnet, dass ein dreizehnjähriges Mädchen größer wäre als er, und er fragte sich, ob sie wirklich seine Tochter war oder ob Yadira sie ihm untergeschoben hatte. Sein erster Scherz war, wenn sie so weiterwachse, werde sie aber einen extralangen Sarg brauchen. Mies. Ganz mieser Spruch. Wenn du willst, fahren wir nach Chapultepec. Glaubst du, wir können zum Zoo gehen? Da die ganze Vegetation verbrannt war, konnten sie von der Straße aus die Gehege erkennen, in denen die Hyänen, Löwen, Kamele und Giraffen gelebt hatten. Es sah aus wie ein von der Dürre zerstörter Bauernhof. Daenerys betrachtete ihn, als wäre es ihrer. Ich will wissen, was mit den Tieren passiert ist. Na ja, die sind alle tot, hast du doch gesehen. Aber was haben sie mit ihnen gemacht? Keine Ahnung.

Sie sahen, dass neben dem Eingang für Bedienstete des Zoos ein Wachmann stand. Komm mal mit.

«Guten Tag, Meister.»

«Guten Tag.»

Silverio zeigte ihm seinen Ausweis von der Gemeindeverwaltung Miguel Hidalgo.

«Ich arbeite hier im Panteón Dolores, und als ich gerade so vorbeispazierte, dachte ich: Da frag ich doch mal den Kollegen. Ich denke nämlich darüber nach, mich versetzen zu lassen, um nicht mehr den ganzen Geistern ausgesetzt zu sein. Da oben ist es ganz schön duster. Wie behandeln sie euch hier? Ist es hart?»

«Ich bin hier erst seit zwei Jahren, es ist okay. Na ja, jetzt weiß ich ja nicht, was noch passiert, aber es war halb so wild. Natürlich arbeite ich samstags und sonntags, das ist ein Nachteil.»

«Da oben auch. Ich hatte Schicht, als alles hochgegangen ist.»

«Echt jetzt?»

«Ja. Fast hätte das Mädchen hier keinen Papá mehr gehabt.»

«Hier war nur noch der Nachtwächter. Weil wir direkt beim Umweltministerium angestellt sind, arbeiten wir nur von acht bis fünf. Um vier fangen wir schon an auszufegen.»

«Die lassen euch echt fegen?»

Silverio regte sich auf, dass das Wachpersonal Putzdienste ausführen musste.

«Ja, aber die Leute. Ausfegen sagen wir, wenn es Zeit ist, die Besucher Richtung Ausgang zu scheuchen. Ständig hockten da irgendwelche Künstler rum, um die Tiger zu malen, und gingen stundenlang nicht wieder weg. Einmal kam einer nicht von der Toilette, der hatte Dünnpfiff», der Wachmann wurde von seinem eigenen Lachen unterbrochen, «und kam nicht hoch.»

«Der Arme. Hast du das gehört?»

Daenerys lächelte. Es war das erste Mal, dass er sie lächeln sah. Doch, sie war seine Tochter: Sie hatte das gleiche unbezähmbare Gebiss wie er. Zähne an den unmöglichsten Stellen, und die Arme schämte sich, sie zu zeigen.

«Und einmal war da ein Mann, dem ist sein Handy in die Tigergrube gefallen, plopp, an einer ziemlich tiefen Stelle. Der wollte nicht gehen, ehe er das Teil nicht wiederhatte, weil das ein iPhone weiß der Geier welche Nummer war.

Nein, hab ich gesagt, kommen Sie morgen wieder, heute können wir es nicht rausholen. Bis die Tiger ihr Abendessen haben und dann eingesperrt sind, wird es spät, und wir müssen ja auch mal nach Hause.»

«Aber sicher», gibt ihm Silverio recht. «Sagen Sie mal, was ist eigentlich mit den ganzen Tieren passiert? Sind die dann hier begraben worden?»

«Nein, von wegen. Früher ja. Der Eisbär, das Nilpferd, das Nashorn, die wurden noch begraben. Aber jetzt hat das Militär sie alle weggeschafft. Die haben ja jetzt hier die Regie übernommen, das haben Sie ja sicher mitgekriegt?»

Silverio hatte gesehen, wie die Streitkräfte Gräben aushoben, noch glühende Wurzeln ausrissen, Bauschutt wegschaufelten, Straßensperren errichteten, durch das verlassene Viertel patrouillierten und durch den Park spazierten, als wäre er ihr Zuhause.

«Wo haben sie die wohl hingebracht?»

«Es hieß, sie würden sie einäschern, sie hätten dafür einen Ort, aber wissen Sie, was ich glaube? Dass sie Eintopf draus gemacht haben. Wenn man nur mal bedenkt, wie viele Mäuler die durchfüttern mussten. Die haben ja Unmengen Soldaten zu der Kaserne da oben gekarrt. Büffel, Bison, das ist wie Rindfleisch. Hirsch, Zebra. Ein Jammer, dass es keine Elefanten gab, das hätte für ein Jahr Pozole gereicht.»

«Das glaube ich nicht», sagte Silverio, den der entsetzte Gesichtsausdruck seiner Tochter nervös machte. «So lange, wie es gedauert hat, bis sie überhaupt hier reinkonnten, da war doch alles schon verdorben, oder? Erst recht bei der Hitze.»

«Glauben Sie, die Hamburger bei McDonald's sind frischer? Nein. Die mischen da was drunter, damit man es nicht schmeckt, und fertig ist die Laube. Aber kommt natürlich drauf an. Manche Tiere waren total verbrannt. Andere waren noch gut. Und außerdem, der Rauch selbst – es gibt doch auch geräucherten Schinken, nicht wahr?»

Daenerys weinte. Als der Wachmann das sah, sagte er schnell, er habe es nicht ernst gemeint, es sei nur ein Scherz gewesen. Silverio traute sich noch nicht, sie zu umarmen. Außerdem war sie so groß, dass er ihr nicht seine Schulter zum Ausweinen anbieten konnte.

«Dann gehen wir mal», sagte Silverio.

Ihr Ausflug war in der Kategorie schlechtestes Vater-Tochter-Wiedersehen für den Oscar nominiert.

«Kann ich zur Toilette?», fragte Daenerys den Wachmann mit verweinter Stimme.

«Nee, leider nicht, das ist hier blöderweise nicht erlaubt. Außerdem sind ja die ganzen Rohre geschmolzen, und wir haben hieß bloß noch ein Dixi-Klo.»

Im Gebäude der Friedhofsverwaltung, das gleich an der Avenida Constituyentes lag, waren die Sanitäranlagen unbeschädigt geblieben.

«Hältst du es noch aus, bis wir oben am Friedhof sind?»

Daenerys schüttelte den Kopf. Silverio war sich nicht sicher, ob sie ihnen was vormachte oder wirklich aufs Klo musste.

«Na gut», ließ sich der Wachmann erweichen. «Aber mach schnell. Einfach immer geradeaus. Wenn dich jemand anhält, sagst du einfach, du bist vom Ministerium.»

In diesem Augenblick hatte sich Silverio nicht vorstellen können, dass er an diversen Kundgebungen vor dem Umweltministerium teilnehmen würde, bevor er in diesem Grab endete.

«Sag ihnen, du bist eine von den Stipendiatinnen der Umweltbehörde Sedema.»

Silverio wartete mit dem Wachmann draußen. Sie unterhielten sich weiter über das Vorgehen der Armee beim Brand. Es hatte reichlich Skandale gegeben, unter anderem wurden die Soldaten beschuldigt, die Supermärkte von Polanco geplündert und mit Traktoren und Baggern die Werke im Skulpturengarten des Museums für Moderne Kunst zerstört zu haben.

«Ihre Tochter braucht aber lange», sagte der Wachmann nach zehn Minuten genervt.

«Na, Sie wissen doch», antwortete er, ohne es selbst zu wissen, «wie das mit den Frauensachen so ist.»

«Verstehe. Kein Wunder hat sie so geweint.»

«Genau.»

Endlich tauchte seine Tochter an der Zufahrt auf. Sie war sehr ernst, wirkte zornig.

«Hast du es gefunden?»

Sie nickte und bedankte sich. Silverio gab dem Wachmann die Hand und verabschiedete sich kameradschaftlich.

Sie entfernten sich vom Eingang und gingen auf dem Paseo de la Reforma zur Metrostation Chapultepec.

«Was ist los, Tochter, was wolltest du da drin?», fragte Silverio neugierig und besorgt. «Musstest du wirklich?»

Nein. Sie wollte den Horror hinter den Kulissen sehen. Die Bilder hatten sich in ihre Augen eingebrannt. Die ausgetrockneten Tränken, die stumme Voliere, die zerbrochenen Vitrinen, die leeren Käfige, die verrußten, verbrannten, versengten Informationsschilder. Wie hatte er so dumm sein können, sie da reingehen zu lassen? Auch wenn sie so groß war, dass sie als Stipendiatin des Umweltministeriums durchgehen konnte, war Daenerys noch ein Kind.

«Wieso hast du das gemacht, meine Tochter?» Aus seinem Mund klang das Wort wie Fake. «Hör auf zu weinen. Ich lade dich zum Essen ein.»

Was für eine bescheuerte Art, Salz in die Wunde zu streuen: Pozole aus Pandabären vielleicht, gegrillter Strauß, Weißwedelhirsch-Hamburger?

«Worauf hast du Appetit?»

Silverio erinnerte sich an Daenerys' lustlosen Blick. Er hatte nicht geahnt, dass in ihr so subversive Pläne köchelten. Seine größte Sorge war, Yadira würde erfahren, dass er sie in den verwüsteten Park mitgenommen hatte. Doch Daenerys hielt dicht. Am selben Abend schickte sie ihrem Papá eine Nachricht: *Ich hab der Chefin gesagt, dass Du mit mir bei den Pyramiden von Teotihuacán warst. Juhu! Vielleicht machen wir das ja mal. Na dann.*

Nun hätte er gerne sein Handy gehabt, um die Selfies anzuschauen, die sie auf der Spitze der Sonnenpyramide gemacht hatten. Hätte er in der Unterwelt Netz gehabt, er hätte seiner Tochter eine Nachricht geschickt. *Benimm Dich. Hör auf Deine Mamá. Du bist das Beste, was mir je passiert ist.*

10. SCHNEE

Das Unsichtbare hat Karina immer fasziniert: das zu Kleine, Subtile, Unmerkliche. Ihr bester Kindheitsfreund war der Elektromagnetismus. Eines Tages, als ihre Großmutter in Begleitung einer Flasche die Platten von Agustín Lara hörte, pflückte sie die ganze Deko vom Kühlschrank und riss die Magnete ab, um mit ihnen zu spielen. Sie ließ gerne Dinge schweben. Sie band Fäden um Schrauben und Büroklammern und hob sie mit den Magneten vom Tisch. Mit der Zeit fand sie heraus, dass ihre Faszination für den Magnetismus mit einer verdächtigen Eigenschaft zu tun hatte: Wie war es möglich, dass ein kleiner Magnet die Macht hatte, die Erdanziehung zu besiegen und Schrauben anzuheben? Von dieser Inkonsistenz aus begannen ihre Zweifel an den Theorien, die die Schwerkraft mit der Kern- oder der elektromagnetischen Kraft gleichsetzten.

Wenn ihre Neugier sie dazu gebracht hat, die allgegenwärtige Schwerkraft anzuzweifeln, wie hat sie dann so lange leben können, ohne die Geschichte ihrer eigenen Vergangenheit zu hinterfragen? Einer schier endlosen Reihe von Details hat sie nie Beachtung geschenkt, obwohl sie ihr nun alarmierend vorkommen: zum Beispiel, dass es von ihrer Mutter fast keine Fotos gibt. Nicht einmal auf den Fotos von ihrer Taufe ist ihre Mutter zu sehen. Als hätte ihre Großmutter die Bilder von ihr vernichtet, um sie verschwinden zu lassen.

Beim Durchblättern der alten Fotos ist sie schon zu weit in die Vergangenheit gereist. Sie ist in den 1960er-Jahren gelandet, im schneebedeckten Garten des Hauses in Clavería. Da hatte ihre Großmutter mit dem Projekt, auf diesem Fleckchen Azcapotzalco einen Wald wie in Tabasco zu pflanzen, gerade erst begonnen. Die Palme in der Ecke erträgt mit tropischem Stoizismus dieses weiße Zeug, das sie verbrennt, die Rosenbüsche fragen sich, wann sie an den Nordpol verpflanzt worden sind, die Orchideen beteuern, man wolle sie wegen ihrer Schönheit umbringen, die Engelstrompete glaubt zu träumen, das Elefantenohr will am Raureif lecken, denn er sieht aus wie Salz, und die Monstera öffnet in jedem Blatt acht Mäuler, um verzweifelt zu schreien, dass ihr furchtbar kalt ist. Was ist bloß los? Der Einzige, der er es versteht, ist der Bambus. Er kennt den Schnee. Ganz ruhig, es ist nur gefrorenes Wasser. Wie kann das Wasser sein, widerspricht der arrogante Feigenkaktus, siehst du nicht, dass es Stacheln hat?

Der Streit der Pflanzen ereignete sich am 11. Januar 1967, als es zum letzten Mal in Mexico City schneite. Karina weiß dieses Datum auswendig, denn sie liebt diese weiße Materie, die ihre Großmutter fotografierte, als sie gerade erst dort im Tal angekommen war, und die Karina nie mit eigenen Augen gesehen hat.

«Ich wäre am liebsten gestorben», sagt ihre Großmutter, wenn sie die Anekdote vom Schneefall erzählt. «Ich war eine frisch verheiratete Dame aus der Hitze von Chontalpa und gerate in so eine verfluchte Eiseskälte ... An dem Tag, als es schneite, sagte ich zu meinem Mann: Du Nichtsnutz, du hast mich angelogen, das ist nicht der Distrito Federal, du hast mich nach Sibirien gebracht!»

Karina fing an, sich für Schnee zu interessieren, als sie in einem Buch der Anonymen Alkoholiker einen Bericht las, der «Frischer Schnee» hieß. Geschrieben hatte ihn ein Mann, der schon ganz unten angelangt war und mit dem Trinken aufhörte, nachdem er eine ekstatische Nachtwanderung durch den Schnee gemacht hatte. Er trat betrunken aus der Kneipe, und als er die weißen Straßen sah, beschloss er, zu Fuß zu gehen, anstatt ein Taxi zu nehmen (er hatte es nicht eilig, nach Hause zu kommen, er war frei, seit seine Frau ihn verlassen hatte). Also durchquerte er den Park, stapfte voller Wonne durch die weiße Pracht, spazierte viele Blocks weit und verspürte dabei einen großen inneren Frieden und eine ungekannte Wärme. Als er zu Hause ankam, graute schon der Morgen, und er war so müde und so frei, dass er sich aufs Bett fallen ließ, ohne sich auszuziehen, und sofort einschlief. Als er aus tiefem Schlaf erwachte, zog er sich die Schuhe und die Socken aus und sah, dass seine Zehen violett waren und die Nägel schwarz. Im Krankenhaus sagten sie ihm, da sei nichts mehr zu machen, sie mussten amputieren.

Die gefährliche Schönheit des Schnees weckte Karinas Neugier auf diese kristalline Gestalt von Wasser, die sie noch nie von Nahem gesehen hatte. Ihre digitalen Erkundungen weckten bald darauf noch eine andere Leidenschaft, die japanische Kultur, da sie auf den *Sekka Zusetsu* stieß, einen Katalog aus dem 19. Jahrhundert mit siebenundneunzig Arten von «Sekka» oder «Schneeblumen», wie der Feudalherr Doi Toshitsura den Gegenstand seiner Forschungen nannte. Mehr als zwanzig Jahre seines Lebens widmete er der Betrachtung von Schneeflocken unter einem holländischen Mikroskop.

In der Nachfolge Toshitsuras machte es sich der Physiker Nakaya Ukichirō ein Jahrhundert später zur Aufgabe, Schneeflocken im Labor herzustellen und die meteorologischen Gründe für ihre formale Diversität zu systematisieren. Auf Grundlage seiner Beobachtungen an der Universität von Hokkaidō, der nördlichsten Insel des japanischen Archipels, entwickelte der Physiker das Diagramm von Nakaya, um die Morphologie der Schneeflocken in Abhängigkeit von der Temperatur und der Übersättigung von Wassermolekülen in der Luft zu klassifizieren. Nakayas Buch *Snow Crystals: Natural and Artificial* wurde Karinas Bibel. Sie betrachtete die Abbildungen mit der gleichen Leidenschaft, wie sie ihre lüsterneren Mitschüler für Fotos von Pornostars empfanden.

Da Karina im Vorbereitungskurs für die Hochschulzulassung ziemlich viel Freizeit hatte – die Schule fiel ihr leicht, und ihre Großmutter konnte sich noch selbst um den Haushalt kümmern –, schaute sie sich Videos an, las Artikel und fand heraus, dass auch im 21. Jahrhundert die Schneeflocken noch viele Geheimnisse bargen. Zwar war inzwischen gut erforscht, warum die Form und Polarität der Wassermoleküle die Neigung begünstigten, hexagonale Kristalle zu bilden, doch nach wie vor gelang es nicht, die fraktale Harmonie zu simulieren, die das Wachstum und die Verzweigungen ihrer symmetrischen Spitzen koordinierte. Es wäre naiv anzunehmen, dass die Quantenverschränkung auf der makroskopischen Ebene von Schnee wirken könnte. Aber was dann? Bevor sie das Studium der Physik begann und sich mit den Gleichungen Einsteins vertraut machte, hatte Karina mit dem Gedanken geliebäugelt, sich der Kristallografie des Wassers zu widmen.

Dank der Animes kannte Karina Yuki Onna, die Schneefrau: eine Yōkai, im japanischen Volksglauben eine Seele, die im Winter das Leben verloren hat. Eine Göttin, die keine Spuren im Schnee hinterlässt und deren Augen, ähnlich wie bei der griechischen Medusa, jeden erfrieren lassen, der in sie blickt. Sie erscheint des Nachts und bei Gewitter, und manchmal trägt sie ein Kind in den Armen, das eigentlich ein Eisklotz ist. In der Region Oguni wird sie Yuki Jorō genannt, die Schneedirne. Karina suchte die Mangas, in denen sie vorkommt: *Bleach*, *Ranma ½*, *Yu Yu Hakusho*.

Von allem, was Karina mit eigenen Händen berührt hatte, kam das Zitronensorbet in der Gelateria Chiandoni echtem Schnee am nächsten. Die Eisdiele war 1940 von einem italienischen Partisanen eröffnet worden. Seit sie nach Mexico City gezogen war, ging ihre Großmutter gerne dorthin und war geradezu vernarrt in ein Wandgemälde, das eine von der Insel San Giorgio Maggiore aus betrachtete venezianische Karnevalsszene zeigte. Das Zitronensorbet von Chiandoni war strahlend weiß und hatte die Textur von Raureif; äußerlich ähnelte es wohl sehr dem geschmacklosen Wasserschnee, der vor der Klimaerwärmung auf die Gipfel der Vulkane Mexikos gefallen war. Einer der Hauptgründe – der kindlichste und heimlichste –, warum Karina davon träumte, nach Cambridge oder Genf zu gehen, war der Wunsch, mit Schnee zu leben. Stiefel und Handschuhe zu tragen, sich vor dem Betreten des Labors die Handschuhe auszuziehen und die Finger in die eisige Masse zu tauchen.

Als sie in die Wohnung im Komplex El Altillo zogen,

wollte Karina die lange Wand ihres Zimmers mit japanischen Schneelandschaften dekorieren. Sie verbrachte viele Stunden mit der Suche; sie starrte am Bildschirm auf Holzschnitte, bis ihr die Augen brannten. Als Erstes sah sie sich bei Utagawa Hiroshige um, dem berühmten Künstler des Ukiyo-e, Nachfahre von Samurai, die sich seit Urzeiten dem Löschen von Bränden gewidmet hatten. Es schneite nur auf ein paar wenigen seiner *Hundert Ansichten von Edo*, und keine davon weckte in ihr den Wunsch, jeden Morgen ihr gegenüber zu erwachen. Dann sah sie das Werk von Katsushika Hokusai durch, dessen Druck *Die große Welle von Kanagawa* sie monatelang als Bildschirmhintergrund gehabt hatte. Von Hokusai gab es viel mehr verschneite Landschaften, und Karina druckte sich seine *Kraniche auf verschneiter Kiefer* aus, um mit ihnen fortzufliegen, wenn die Umstände sie zu sehr bedrückten. Auch Hasui Kawases *Zojoji-Tempel im Schnee* druckte sie aus; seine Begabung, fallenden Schnee darzustellen, war unvergleichlich. Der Holzschnitt, auf dem ein starker Nachtwind den Schnee verwirbelt, während ein westlich gekleideter Mann mit Schirm, Hose und Mantel auf den Tempel von Zojoji zugeht, gehört zur zweiten Serie seiner *Reiseerinnerungen*, 1922 angefertigt und mit dem Siegel gestempelt, das er benutzte, bis das große Erdbeben von Kantō im Jahr 1923 alle seine Holzplatten und Werkzeuge zerstörte.

Da hängt es, ihrem Bett gegenüber, das Bild, von dem sie bei Office Depot einen Farbdruck anfertigen und das sie dann in Copilco rahmen ließ: *Zojoji-Tempel im Schnee.*

Wie lange schaut sie nun schon dieses belanglose Foto an? Sie schaut auf die Uhr, tadelt sich selbst und sucht weiter. Die Chronologie stimmt nicht ganz, die Bilder aus der

Kindheit und Jugend ihres Vaters gehen durcheinander. Kindergeburtstage, Abschlussfeiern, die Pyramiden von Teotihuacán, ihr Vater auf einem Dreirad, ihr Vater vor seinem ersten Auto posierend, die Großeltern Miranda unter einem gigantischen Baum – wahrscheinlich der Tule von Oaxaca –, das Schwarz-Weiß-Foto eines Hundes, ihr Vater auf dem Schoß eines plumpen Weihnachtsmannes, ihr jugendlicher Vater im Anzug, Arm in Arm mit ihrer Großmutter, das Foto beschnitten. Wahrscheinlich wollte Rebeca es nicht wegwerfen, weil es sie zusammen mit ihrem Sohn zeigt und sie beide glücklich in die Kamera blicken, ohne zu ahnen, was sie in der Zukunft erwartet. Er sieht aus wie ein fröhlicher, aufmüpfiger Junge; sie wie eine stolze Mutter, in deren Lächeln die unverkennbare Gelassenheit eines milden Alkoholpegels liegt. Rechts im Bild war noch jemand, ein Mann in einem weißen Hemd, der ihren Vater brüderlich umarmt; von ihm ist nur der abgetrennte Arm übrig, der wie ein heruntergefallenes Fragezeichen auf der Schulter ihres Vaters liegt. Wer war das, und warum fiel er der Zensur zum Opfer? Das Foto ist so grob beschnitten, dass hier zweifellos ihre Großmutter selbst zur Schere gegriffen hat. Wenn sie sie befragt, wird sie Demenz vorschützen.

«Ich weiß es nicht mehr, aber sieh nur, wie gut Carlitos und ich getroffen sind. Kaum zu glauben, dass ich das gewesen sein soll.»

«Und wem gehört dieser Arm?», fragt Karina.

Das Gesicht ihrer Großmutter verhärtet sich.

«Keine Ahnung.» Sie lügt wie die Schwerkraft, wenn sie mit Newton'schen Gesetzen die Umlaufbahn des Merkurs erklären soll. «Irgendein Kerl, der sich ins Bild geschmuggelt hat.»

11. VERSCHWÖRUNG

Ein Mann in schwarzem Hemd und mit orangefarbener Krawatte kam mit ausgestreckter Hand auf Silverio zu, der zögerte, bevor er sie nahm und drückte, denn er hatte sich am zersprungenen Glas des Wachhäuschens verletzt, als er dort nach seinem Handy suchte. Der Schmerz beim Händedruck lenkte ihn vom Namen des Anwalts von der Rechtsabteilung der Einheitsgewerkschaft der Arbeiter von Mexico City ab.

«Sieht so aus, als wärst du die einzige Pappnase, die gestern Nacht zur Arbeit gekommen ist, oder?»

«Ja», antwortete Silverio. «Mein Kollege hat sich krankgemeldet.»

«So ein Zufall, nicht wahr?», sagte der Anwalt in einem sarkastischen Ton. Silverio wusste nicht, was antworten. «Okay, ich möchte, dass du mir zeigst, wo du warst, als das Krematorium explodiert ist. Kannst du laufen? Du wirkst etwas benommen.»

«Nein, alles bestens», antwortete er mit gekränktem Stolz. «Gehen wir.»

Sie nahmen zunächst den Weg Richtung Nordwesten. Der Rauch war noch nicht verflogen, sie konnten kaum ein paar Meter weit sehen.

«Wie verstehst du dich mit deinen Chefs?», fragte ihn der Anwalt in einem schon weniger freundschaftlichen Verhörton.

«Gut», antwortete er reflexartig. «Normal.»

Eigentlich hatte er überhaupt keine Beziehung zu ihnen; sein direkter Vorgesetzter, der Aufseher der Wache, hockte immer in seinem Büro und schaute Fußball, und der Direktor der städtischen Friedhöfe tauchte nur zu besonderen Anlässen wie dem *Día de los Muertos* auf.

«Die werden dieses Desaster jedenfalls nicht überleben. Du wirst sehen, wenn sich jetzt die Lage ein bisschen beruhigt hat, werden viele Politiker zurücktreten. Mein Rat wäre, versuch nicht, da einem die Treue zu halten, sonst reißen die dich bloß mit, wenn sie fliegen. Du musst im Team der Gewerkschaft spielen, nicht in dem der Stadtverwaltung, ist das angekommen?»

«Positiv.»

«Du siehst nervös aus, besorgt. Erzähl mir, was passiert ist.»

«Nichts. Ich habe furchtbare Kopfschmerzen vom Rauch und von der Hitze.»

«Die Explosion hat dich kalt erwischt, stimmt's?»

Der Anwalt legte nun übertriebenes Mitgefühl in seine Stimme.

«Ja, total.»

«Also, zwei Möglichkeiten: Entweder du hast die Bombe gelegt und hattest keine Zeit mehr abzuhauen, oder du hattest keinen Schimmer, und deine Chefs hätten dich um ein Haar zum Teufel geschickt.»

«Was?» Silverio konnte den Anschuldigungen des Anwalts nicht folgen.

«Tu nicht so. Du glaubst doch nicht ernsthaft, das war ein Unfall? Guck dich mal um.»

Sie standen vor einem der Gastanks, die aus ihren Halterungen neben den Krematoriumsöfen geflogen waren. Er lag aufgerissen auf einem Grab mit grünen Mosaiken, der Metallzylinder sah aus wie eine von einem Riesen zertretene Bierdose.

«Na ja, ich glaub schon?»

Silverio nahm an, der Grund war der gleiche wie bei vorigen Bränden auf dem Friedhof: Ein Stück Glas – eine Scherbe aus dem kaputten Fenster einer Krypta oder ein altes Marmeladenglas mit Zutaten für ein Hexenritual – hatte wie eine Lupe gewirkt und die Sonnenstrahlen auf dem trockenen Gras gebündelt.

«So einfach, wie du glaubst, ist das nicht. Gerade wegen ihrer Gutgläubigkeit sind viele unserer Mitglieder am Arsch, ne? Apropos, wie stark ist hier der Kult der Niña?»

Der Anwalt schien zu wissen, dass die Verehrung der Santa Muerte, ebenso wie der Drogenkonsum und die illegalen Opferrituale, unter den Friedhofsmitarbeitern weit verbreitet war.

«Ziemlich, um ehrlich zu sein. Tatsächlich waren ...» Silverio hielt inne. Er war unschlüssig, ob er verraten sollte, dass als Erste am frühen Morgen die Totengräber aufgetaucht waren, die in diesem Monat für den Altar der Santa Muerte zuständig waren, der im Inneren des gigantischen Mausoleums für den Politiker und Geschäftsmann Matías Romero aus Oaxaca errichtet war. Sie kamen, um den Schädel der Heiligen zu putzen und sie für alles, was auf ihrem Territorium geschehen war, um Vergebung zu bitten.

«Was?», fragte der Anwalt. «Raus mit der Sprache, Silvio.»

Hätte er sich nicht bei seinem Namen vertan, wäre Silverio vielleicht redseliger gewesen.

«Na ja, ich habe schon gesehen, wie die Santeros hierherkommen und ihre Sachen durchziehen, aber wir behalten sie immer im Auge. Sie lassen ihre Kerzen brennen, wenn sie gehen. Wir sagen ihnen immer, das ist gefährlich, aber sie hören nicht auf uns.»

«Du meinst, das war wegen einer Kerze? Da habe ich meine Zweifel. Gehen wir mal zum Krematorium und gucken, wie es da aussieht. Wo entlang?»

«Da lang», sagte Silverio und zeigte zur italienischen Parzelle, deren Ruinen aus weißem Marmor aussahen wie das zu römischen Zeiten vom Vesuv in Schutt und Asche gelegte Pompeji.

Das Krematorium lag in Trümmern. Der hohe Schornstein des alten Ofens von 1909 zerbröckelte langsam weiter, Ziegel für Ziegel.

«Jetzt schau dir das an. Bist du auch einer von denen, die glauben, die Zwillingstürme wurden mit Flugzeugen zerstört?»

«Was für Türme?»

«In New York. Zwei Wolkenkratzer. Da warst du wahrscheinlich noch gar nicht geboren, aber die haben sie gesprengt und dann behauptet, das waren die Flugzeuge, die da reingeflogen sind. Tu was für deine Bildung und such das im Internet.»

«Ah, ich weiß schon.» Silverio war beim Anschlag vom 11. September 2001 erst fünf Jahre alt gewesen. «Aber heute Nacht ist mir nichts Komisches aufgefallen. Zumindest da drüben am Eingang war alles normal.»

«Wenn du dich weiter doof stellst, muss ich noch annehmen, dass sie auch dich geschmiert haben, damit du weg-guckst.»

«Wie kommen Sie denn darauf? Sie sehen doch, wie es mir geht, ich wäre fast draufgegangen.»

Silverio war noch aufgewühlt, weil er dem Tod so nahegekommen war. Er wollte kündigen, rausrennen, seine Mutter umarmen und dann zu seiner Tochter gehen und sie um Verzeihung bitten, dass er so verantwortungslos gewesen war.

«Und das ist der einzige Grund, warum ich dir glaube, dass du mich nicht verarschen willst, oder besser gesagt: Du hast niemanden verarscht, du Hanswurst, du bist der Gearschte. Aber jetzt pass mal auf. Wenn sie dir ein paar Scheinchen angeboten haben, damit du die Klappe hältst, geht mir das am Arsch vorbei. Von mir kriegst du keinen aufs Dach. Aber an der Gewerkschaft darf nichts hängen bleiben. Die werden jetzt sicher mit der Leier kommen, dass man eine private Sicherheitsfirma beauftragen muss, weil ihr ein paar Nichtsnutze seid, oder? Hinter diesem Chaos» – er zeigte auf die Ruinen des Krematoriums – «stecken diejenigen, die diese Stadt privatisieren wollen. Hast du eine Vorstellung, was hier der Quadratmeter kostet? Zwischen Reforma und Santa Fe. Direkt neben Lomas und Polanco. Ohne Scheiß. Wir stehen hier auf den wertvollsten Grundstücken des Landes. Von ganz Lateinamerika, würde ich sogar sagen. Und du denkst, die Immobilienmafia überlässt das den Toten?»

«Nee, das hab ich nicht gedacht.»

«Denk böse, und du liegst richtig.»

Indem er das sagte, zog der Anwalt eine zerknüllte Plastiktüte aus der Tasche.

«Wie heißt noch mal dein Kollege, der nicht gekommen ist, weil er Dünnpfiff hatte?»

Der Anwalt ging zum Schutthaufen und fing an, Steinchen in seine Tüte zu sammeln.

«Tomás Carranza.»

«Glaubst du, sie haben ihn geschmiert, damit er nicht zur Arbeit kommt?»

Vom Imbissstand der Tampicos war nichts mehr übrig. Sie zahlten ihre monatlichen Zuwendungen an den Chef der Wache, damit sie vor dem Krematorium ihr Zeug verkaufen durften. Ein gutes Geschäft, denn die Öfen brauchten mindestens zwei Stunden, bis ein Körper eingeäschert war. Da waren immer Leute, die warteten.

«Keine Ahnung, aber gestern habe ich gesehen, dass er in seiner Statusmeldung gepostet hatte, wie er einen Austern-Cocktail isst. Die sind doch sogar verboten, weil das Meer so vergiftet ist.»

«Hilf mir mal eben, das hier wegzuräumen. Ich will mir ein paar Stücke von tiefer unten holen.»

Silverio nutzte die Gelegenheit, ihn nach dem Zweck dieser Sammlung zu fragen.

«Die schicken wir ins Labor, um zu sehen, ob Reste von Dynamit oder einem noch fieseren Sprengstoff dran kleben. Bevor sie die Beweise verschwinden lassen.»

«Ah, okay.»

Silverio hätte ihm erklären können, dass es gebrannt hatte, bevor das Krematorium explodiert war, aber das hätte sein Alibi zunichtegemacht, demzufolge er ohne besondere Vorkommnisse seine Runde drehte, als er plötzlich einen gewaltigen Knall hörte.

«Und Núñez?» Der Anwalt meinte den Chef der Wachmannschaft.

Silverio zuckte mit den Schultern. Was konnte er über

diesen Kerl sagen? Er sackte die Hälfte der Schmiergelder ein, die die Wachen von den Drogendealern und fliegenden Händlern abkassierten. Aber das hatte nichts mit dem Brand zu tun, und für Silverio hätte es keinen Vorteil bedeutet, die Korruption anzuzeigen, die auf dem gesamten Friedhof herrschte.

«Na ja, nichts, weil Tomás nicht rechtzeitig abgesagt hat, haben sie keinen Ersatz gesucht. Abgesehen davon kommt der Chef an den Wochenenden nicht.»

«Deine Chefs haben gesagt, sie kommen mit den Gutachtern zum Krematorium. Wo zum Geier bleiben die?»

Der Anwalt nahm sein Handy und tippte eine Nummer ein. Es vergingen zehn Sekunden. Niemand antwortete.

«Vielleicht sind sie schon wieder weg wegen dem ganzen Rauch.»

Nicht nur die Migräne plagte Silverio, es brannte auch bei jedem Atemzug fürchterlich.

«Zuzutrauen wäre es ihnen, den feinen Herrschaften. Dass bloß ihre Mokassins nicht schmutzig werden. Ich meine, wie lange kriegen die jetzt schon kein Wasser von der anderen Seite der Stadt? Zehn Tage?»

Bei Silverio im Haus war nie genug Druck in den Leitungen, darum kauften sie illegal abgezweigtes Wasser und fingen in der Regenzeit das Wasser aus den Dachrinnen in Fässern auf.

«Alle wollen von dort wegziehen, weil das ganze Wasser aus dem Cutzamala-System bloß hier ankommt. Wo ist die Schlucht?»

Silverio zeigte nach Norden.

«Ah, da kommt das ganze Wasser runter. Stell dir mal vor, da zu wohnen. Diese Gegend ist Gold wert.»

Wieso erzählte ihm der Anwalt das alles? Stellte er ihn irgendwie auf die Probe?

«Da habe ich nie drüber nachgedacht», sagte Silverio mit ehrlicher Einfalt.

«Die machen das schon genial, die Arschlöcher. Da unten haben die das Feuer noch gar nicht gelöscht. Stell dir vor, die ganzen ausgedörrten Ahuehuetes-Stämme. Cuauhtémoc, Condesa, Polanco, die Zona Rosa haben sie schon komplett evakuiert. Jetzt stell dir mal vor. Die Preise gehen in den Keller. Sie kaufen billig, reißen alles ab, bauen neu und ersticken im Geld.»

«Sie können mir nicht zufällig sagen, ob das Feuer im Zoo gelöscht ist?»

Silverio dachte, der Anwalt als Gewerkschaftsvertreter aller städtischen Angestellten von Mexico City inklusive der Wachleute und Pfleger des Zoos wüsste vielleicht, was an diesem Ort los war, den er selbst noch nie besucht hatte. Seine Eltern hatten ihre Urlaubstage nie für touristische Ausflüge genutzt, sondern immer bloß für Fahrten in ihre Heimatdörfer.

«Keine Ahnung, aber kannst Gift drauf nehmen, dass sie den nach dieser Scheiße auch dichtmachen und da ein Einkaufszentrum mit Büros und Wohnungen und allem Pipapo hinsetzen. So haben sie ja schon das Auditorio hochgezogen, mit einer Sondergenehmigung. Alles wollen sie privatisieren.»

Silverio traute sich nicht, seine Frage zu wiederholen und zu erklären, dass seine Tochter sich wegen der Zootiere verrückt machte.

«Aber die können doch die Rotunde nicht abreißen.»

«Selbst wenn nicht. Aber was, wenn sie jetzt nach dem

Brand Lomas räumen und sich dann die Genehmigung holen, in dem Bezirk Gebäude hochzuziehen? Erst schmieren die Preise ab, und sie kaufen alles auf, dann ändern sie die Nutzungsrechte. Genauso wie damals mit den Taubenschlägen, mit denen sie ganz Polanco zugebaut haben. Außer dass es hier Wasser geben wird. Und der Druck, mit dem es hier runterkommt, reicht auch noch für den dreißigsten Stock. Wirst schon sehen, wie durch den Brand die Preise in Lomas und Bosque abstürzen. Und dann kauft die Immobilienmafia alles.»

«Krass», sagte er ehrlich erstaunt. Der Anwalt hatte ihn überzeugt, das Feuer musste Teil einer Verschwörung sein.

«Und jetzt denk noch an die ganzen Leute aus dem Norden, die kommen, um hier zu leben. Die Klimaflüchtlinge aus Monterrey bringen viel Kohle mit, und die kommen ja nicht alle in Interlomas unter.»

Sein Handy unterbrach ihn.

«Dein Chef», sagte der Anwalt, bevor er dranging. «Ja? Ingenieur, ich suche Sie hier im Fegefeuer, wo stecken Sie denn?»

Die Antwort zog sich in die Länge und war, dem Gesichtsausdruck des Anwalts nach zu urteilen, beunruhigend.

«Nicht Ihr Ernst. Scheiße. Wo sind Sie? Nein, ich bin mit einem Genossen vom Wachdienst unterwegs. Wir kommen zu Ihnen.»

Mit finsterer Miene legte er auf.

«Sagt dir ein Steinkreis was, irgendwo bei den Massengräbern?»

Die Frage schlug Silverio aufs Gemüt. Natürlich sagte ihm der was: Es war das Grab der Opfer des Erdbebens von 1985, wo auch Yolanda lag, Tepos Frau.

«Ja, klar.»

«Da gehen wir jetzt hin. Sieht aus, als hätten wir ein Problem.»

12. DIE URNE NOAH

Als sie die Metrostation verlässt, trifft Karina auf eine lange Schlange von Besucherinnen und Besuchern, die alle Xin Xins geklonte Pandas sehen möchten. Die Videos von ihren süßen Baby-Pirouetten und die futuristische Aura ihrer Empfängnis *in vitro* haben die Pandas zu den Superstars des neuen Zoos von Chapultepec gemacht, der mit sechs Monaten Verspätung am 15. Juni 2032 endlich eröffnet worden ist.

Sie will schon auf dem Absatz kehrtmachen – sie ist nicht bereit, stundenlang auf der Straße zu warten –, als eine der Freiwilligen brüllt, dass alle, die nicht auf den Pandahügel wollen, sich nicht anstellen müssen.

Karina ist auf Empfehlung ihrer Psychologin hier. Sie soll in die Sonne, an der frischen Luft spazieren gehen und die Wunden ihrer Kindheit auskurieren. Ihre Eltern sind nie mit ihr in den Zoo gegangen. Jetzt muss sie mit sich selber gehen, mit dem blassen und traurigen Mädchen, das sie seit zwei Jahrzehnten geknebelt in sich trägt.

Am Hauptplatz, gleich hinter dem Eingang, befindet sich das Zoo-Museum, es ist in einem Jugendstilbau untergebracht, der immer noch nach frischer Farbe riecht. Im Inneren gibt ein bebilderter Rundgang Einblick in die

Geschichte der zoologischen Gärten, vom Vivarium des Königs Moctezuma bis zur Gegenwart, zeigt dabei auch die Tierparks des 18. Jahrhunderts, die grausamen Käfige der Wanderzoos und den modernen Bioparco von Rom, der den Biologen Alfonso Herrera bei der Konzeption des Hauptstadtzoos inspirierte. Die Ausstellung versucht ganz offensichtlich, den Wiederaufbau des Zoos zu rechtfertigen, indem sie die diversen Programme zur Bewahrung der genetischen Vielfalt, zur Nachzucht in Gefangenschaft und zur medizinischen Versorgung bedrohter Tierarten hervorhebt.

In der Mitte des Platzes steht ein Mausoleum, das die Asche einiger beim Brand verendeter Tiere birgt. Mit der Gestaltung des Monuments wurde ein Künstler beauftragt, der sein Werk «Die Urne Noah» nannte. Es ist eine Stahlskulptur, die ein sehr hohes, rundliches Schiff darstellen soll, aus dessen Bullaugen die üblichen Klischeetiere blicken: Elefanten, Bären, Giraffen, Krokodile und langmähnige, vermenschlichte Löwen, deren kindisches Lächeln nichts vom Todeskampf der hier Geehrten verrät. Rund um das biblische Schiff deutet ein Teich das Hochwasser nach der genozidalen Flut Gottes an. Am Ufer des Tümpels, auf dessen Grund schon die Wunschmünzen funkeln, ist eine Metallplakette angebracht, auf der Namen und Spezies der Bewohner des alten Zoos eingraviert sind.

Während Karina die beklemmende Liste studiert, macht eine endlose Reihe von Besucherinnen und Besuchern Selfies mit der Skulptur im Hintergrund. Sie ärgert sich über die Leute, die vor diesem Grabmal ihr eitles Lächeln aufsetzen. Haben die vergessen, was vor zwei Jahren an dieser Stelle geschah? Natürlich, antwortet sie sich selbst mit misanthropischer Bitterkeit. Die zweidimensionale Tyrannei der Gegenwart lässt nur die Erinnerung an das zu, was sie vor fünf Minuten auf einem Bildschirm gesehen haben. Sie machen zwanghaft Fotos, um diese Simulation am Laufen zu halten, um nicht zu merken, dass im Hintergrund ihrer Selbstbildnisse eine Welt in noch qualmenden Ruinen liegt.

«Entschuldigung, könntest du ein Foto von uns machen?» Die Frage kommt von einer Frau mit dem Akzent von Yucatán.

«Klar», antwortet Karina.

Die Familie posiert vor der Arche, und Karina wählt den Bildausschnitt so, dass der Apparat die Liste der toten Tiere fokussiert. Der Schneeleopard, der Riesenpanda, die Roten Pandas, der Ozelot, die Schimpansen, die Mexikanische Rotknie-Vogelspinne, der Steinadler, die Aras, die Lemuren, die Hyänen, die Axolotl, die Blauäugigen Baumfrösche, der Grizzly, die Strauße, die Mönchsrobbe, die Chamäleons, die Fischotter, die Brüllaffen, die Bergziegen, die Borneo-Fasane, die Spornschildkröte, die Kronenkraniche, die Skorpione, die Blauen Morphofalter, die Elefanten. Alle passen aufs Foto.

13. FLAUSEN

Silverio hatte sich kaum drei Mal mit seiner Tochter getroffen, als Yadira ihm per Sprachnachricht drohte: Wenn er nicht begänne, den Unterhalt pünktlich zu überweisen, und nicht aufhörte, ihr Vegetarierflausen in den Kopf zu setzen, würde sie Daenerys verbieten, ihn weiter zu sehen.

Silverio beschränkte seine Antwort auf eine Reihe von Fragezeichen. Er hatte schon versprochen, den Unterhalt zu zahlen, sobald er sich von dem finanziellen Rückschlag erholt hätte, den der Brand für die Friedhofsmitarbeiter bedeutete. Ihm war zwar aufgefallen, dass seine Tochter aß wie ein Spatz, er hatte das aber nicht mit dem Vegetarismus in Verbindung gebracht, einer Praxis, die Silverio so esoterisch vorkam wie Buddhismus oder Baseball, diese Sportart, die in den letzten Jahren sehr populär geworden war.

Yadira erklärte, sie habe massive Veränderungen bei ihrer Tochter bemerkt, seit diese sich mit ihm traf. Sie wollte weder Fleisch noch Milchprodukte essen, keine Kleidung aus Polyester mehr tragen oder ins Auto von Yadiras Freund steigen. Als wäre sie plötzlich zu einer neuen Religion konvertiert, die ihr alles Mögliche verbot, vom Chicharrón auf dem Markt bis zum Deoroller.

Silverio schlug ihr vor, keine falschen Anschuldigungen zu erheben, sondern stattdessen mit ihrer Tochter über das sechste massive Artensterben zu sprechen, ein Thema, über das Daenerys wie besessen redete und das hinter ihren neuen Gewohnheiten stecken dürfte.

«Wenn du so gut über diesen Hirnfurz informiert bist, mit dem sie sich beschäftigt», sagte sie in einer dreiundvierzig Sekunden langen Sprachnachricht, «dann rede du doch mit ihr, mal sehen, ob sie auf dich hört. Die Chefin macht solche Sperenzchen nicht mit, das weißt du ja, und das hat sie ihr auch schon verklickert: Wenn sie nicht isst, was auf den Tisch kommt, dann setzt sie sie vor die Tür, dann wollen wir mal sehen, wie vegan sie ist. Echt jetzt. Sie sieht aus wie achtzehn, aber das Mädel ist gerade mal dreizehn. Wenn das die Art ist, wie du dich einbringen willst, nur zu. Früher war sie lieb, hat brav gelernt, nichts zu meckern. Kaum trefft ihr euch, hab ich eine Zapatistin zu Hause. Und verrat ihr bloß nicht, dass ich dir das gesagt habe, das macht alles nur schlimmer.»

Die körperliche Entwicklung seiner Tochter machte Silverio keine Sorgen, sie war schließlich schon über einen Meter siebzig groß, aber er wollte nicht, dass die Mangelernährung sich auf ihre schulischen Leistungen auswirkte, denn er sah in ihr eine echte Hoffnung auf geistige Höhenflüge. Niemand aus seiner Familie hatte je den Vorbereitungskurs für die Uni geschafft. Daenerys könnte die erste Gómez mit Hochschulabschluss werden.

«Sag mal, was soll das heißen, dass du nicht mal mehr Käse essen willst?»

Daenerys ließ die Pupillen hinter die Lider rollen. Sie sah aus, als wäre der Dämon der Genervtheit in sie gefahren.

«Gehst du mir jetzt auch damit auf die Eier?», fragte sie ihren Vater.

«Nicht doch, ich respektiere dich, aber ich mache mir Sorgen, wenn du nicht ordentlich isst. Was ist, wenn du mir eines Tages umkippst?»

Sie verwarf diese Möglichkeit mit einer überheblichen Geste.

«Als ich mal mit meinem Chef auf dem Mülllaster unterwegs war, bin ich ohnmächtig geworden, weil ich nicht gefrühstückt hatte. Aber jetzt pass auf: Ich fuhr auf dem Dach mit, saß da auf einem Sack mit Plastikflaschen und bin runtergefallen. Nur weil meine Zeit noch nicht gekommen war, habe ich das überlebt, die hätten mich sonst überfahren. Das wär's gewesen, und dich gäbe es dann gar nicht.»

«Und was ist dir passiert?»

«Ich bin zum Glück auf ein Auto gefallen, hinten auf den Kofferraum. Das hat mich abgefedert. Aber fast hätte ich mich umgebracht. Nur weil ich nicht gefrühstückt habe.»

«Aber ich frühstücke ja. Amarant mit Tejate.»

«Aber Eier, Milch, Proteine. Der Homo sapiens braucht Proteine. Was glaubst du, wofür die Eckzähne da sind? Nicht zur Zierde.»

«Hast du mal die vom Gorilla gesehen? Die sind riesig, und Gorillas fressen nur Blätter und Früchte und so.»

«Ja, kann sein, aber die müssen sich nicht krummarbeiten, die fressen einfach, was sie so finden, der Tisch ist ja reich gedeckt am Amazonas.»

«Am Amazonas gibt es keine Gorillas.»

«Na, wo auch immer.»

«Sie leben in den Urwäldern von Ruanda und dem Kongo.»

Die Plaudereien mit Daenerys offenbarten seinen Mangel an zoologischer Bildung. Zu Diego Rivera, José Clemente Orozco oder David Alfaro Siqueiros, den drei in der Rotunde ruhenden Muralisten, könnte man ihm jede beliebige Frage stellen, aber zu Kraken oder Orang-Utans besser nicht, davon hatte er keine Ahnung.

Silverio überzeugte sich später nach dem Treffen, dass es in Südamerika tatsächlich keine Gorillas gab, dafür aber Verwandte der Nashörner, die Tapire. Sie sahen aus wie lang gezogene Schweine. Anders als der Gorilla, der einen winzigen Penis hatte, besaß der Tapir einen ellenlangen Schlauch, quasi einen Arm mit eigenem Willen. Wenn er ein Weibchen begattete, waren seine Stöße langsam und unkonzentriert, als fände er Sex langweilig.

«Was ich zu erklären versuche, ist, dass du vernünftig essen musst, das Hirn ernähren, Dany, wenn nicht – ich meine, willst du denn so bleiben, wie sagt man, so halb ...» Durch die Gespräche mit seiner Tochter war Silverio vorsichtig geworden mit diskriminierender Sprache. «Du weißt schon. Außerdem, und verrat ihr bitte nicht, dass ich das gesagt habe, kocht deine Großmutter Jesu wirklich lecker. Ihre Fleischklöße, ohne Scheiß, die habe ich am meisten vermisst, als deine Mutter mir den Laufpass gegeben hat.»

«Und mich nicht, oder was?»

«Doch, natürlich. Ich meinte nur von den Gerichten, die sie gekocht hat.»

«Aber du hast mich nie besucht, bevor ich dich angerufen habe.»

Dieser Vorwurf war lange Zeit im Inneren seiner Tochter gereift.

«Das stimmt so nicht, Dany, ich hab dir schon erklärt, wie es war. Das war mir alles zu viel damals.»

«Schon gut», beschwichtigte sie.

«Was ich nur sagen wollte: Wir machen uns Sorgen, weil du so radikal bist mit deiner Diät.»

Also belehrte Daenerys ihn über das Leiden der Hühner, die Massenschlachtungen von Millionen Tieren, wenn in einer Farm ein Virus auftauchte, über die Wasserverschmutzung durch die Aquakulturen, über die Tatsache, dass Delfine und Schildkröten in den Thunfischnetzen starben. Irgendwann in ihrer Rede berief sich Daenerys in Bezug auf die Folter an Legehennen auf die Autorität ihrer Lehrerin als zuverlässige Quelle. Silverio kam auf die Idee, dass vielleicht sie der schlechte Einfluss war, den Yadira suchte.

«Ah, und deine Lehrerin, wie war das? Ist die etwa auch Vegetarierin?»

«Ja. Sie isst schon seit Jahren kein Fleisch mehr, und sie ist nicht magersüchtig, wie Mamá behauptet.»

«Wie alt ist sie?»

«Keine Ahnung, so wie du.»

Er hätte sie gern gefragt, ob sie hübsch war, aber diese Art von Vertraulichkeiten konnte er sich bei seiner Tochter nicht erlauben.

«Da haben wir es doch. Sie ist schon erwachsen, du aber nicht. Hätten sie mir mehr zu essen gegeben, wäre ich heute vielleicht nicht so mickrig.»

«Und was ist verkehrt daran, ein bisschen mickrig zu sein? Ich wäre gerne kleiner.»

«Du weißt nicht, was du da sagst. Als ich zwölf war, habe ich ganze Ballen nasser Pappe geschleppt. Dreißig Kilo auf einmal, wenn nicht mehr. Wenn ich besser gegessen hätte, wäre dein Papá nicht nur pummelig, sondern schön groß.»

Bei seinen phallischen Forschungen hatte Silverio herausgefunden, dass der Penis des Blauwals größer war als er.

«Und was bringt es uns, groß zu sein, wenn wir die Welt zugrunde richten?»

Silverio schnalzte missbilligend mit der Zunge.

«Meine Fresse, die Welt geht aber nicht zugrunde.»

Daenerys sah ihn mit einer Mischung aus Mitleid und Verachtung an, als wäre er ein hoffnungsloser Fall. Sie widersprach nicht mehr. Sie nahm ihr Handy heraus und begann, Tiervideos auf TikTok zu schauen.

Als sich die Wogen geglättet hatten, versuchte Silverio es noch einmal und schlug ihr vor, sie könne ihn am kommenden Sonntag nach Almoloya begleiten, wo er mit seinem Bruder etwas besprechen musste. Auf dem Rückweg könnten sie in La Marquesa halten, einem Pinienwald, wo man Quesadillas essen und Quad fahren konnte. Daenerys war einverstanden.

14. DER KRIEG DER EMUS

Das Emu-Ei gleicht dem Universum. Als sie auf dem Bildschirm die Schale mit den im Licht des Inkubators blaugrün schimmernden Flecken betrachtet, erinnert das Ei Karina an die ovale Karte von der kosmischen Hintergrundstrahlung, mit der das gesamte Weltall ausgekleidet ist. Das älteste existierende Licht überhaupt, und nun bricht es sich vor den Kameras der Tierklinik, wo der einzig überlebende Zoobewohner des Feuers aufgenommen worden ist.

«Guten Tag», sagt Mario mit tieferer Stimme als sonst, um seine Rolle als männlicher Part zu betonen. «Wir haben einen Termin mit Dr. Gutiérrez, um das Heim zu besichtigen.»

Das Emu-Paar, das neben den Schwänen, Flamingos und Aras im Zoo gelebt hatte, starb an Hitzschlag. Als der Kadaver des Männchens geborgen wurde – der Tod hatte es im Nest ereilt –, kam unter ihm ein riesiges, perfekt erhaltenes Ei zum Vorschein. Es wurde durchleuchtet, seine Temperatur geprüft, ein Stethoskop angelegt, und so stellte sich heraus, dass sich im Inneren ein lebendiges Wesen befand.

Die Entdeckung ging viral: Dass der Vater sich geopfert, die Aufgabe der Brut höhergestellt hatte als sein eigenes Leben, löste große Rührung aus und war von erzieherischem Wert, ganz besonders, da es sich um ein Männchen handelte, das verantwortungslose Geschlecht par excellence. In den sozialen Medien verbreiteten sich Memes über die Unterschiede zwischen Emu-Männchen und menschlichen Machos. Karina hat keinen Sinn für derartigen Zeitvertreib, aber die Aufnahmen vom Schlüpfen des Kükens fesseln sie. Sie würde sie gerne mit Mario teilen, der ihr seit dem Montag des Feuers nicht mehr geschrieben hat.

«Wie alt ist die Dame, die Sie unterbringen möchten?», fragt Dr. Gutiérrez Mario.

Viele glauben, der Emu sei ein Verwandter des Straußes, allerdings stammt er nicht aus Afrika, sondern aus Australien. Seine hervorstechende Besonderheit ist weder das grüne Ei noch die blaue Haut seines langen Halses, sondern die männliche Brutpflege. Der Vater widmet sich vollkommen selbstlos dem Nachwuchs; seine Hingabe kostet ihn in den acht Wochen, bis die Küken schlüpfen, ein Drittel seines Gewichts. Vielleicht verlieben die Emu-Männchen sich in die Eier wie in kostbare Schmuckstücke, so wie Gollum sich in Saurons Ring verliebte – dieser Vergleich stammt von Mario, der ihr das Video per WhatsApp geschickt hat.

«Siebenundachtzig Jahre», antwortet sie der Ärztin. «Sie ist noch ganz klar im Kopf und gut zu Fuß, aber sie kann nicht mehr alleine für sich sorgen.»

Unter dem Licht des Brutkastens zeigt sich der Schnabel des Kükens zwischen den türkisfarbenen Bruchstücken, die noch an der inneren Eihaut haften. Deren rötlicher Ton wirkt wie von Menschenblut befleckt.

«Sie hat gerade erst Geburtstag gehabt», ergänzt Mario, vielleicht soll es eine unterschwellige Erinnerung daran sein, warum er seine Freundin überredet hat, ein Pflegeheim zu suchen: Ihre Großmutter ist kürzlich gestürzt, als sie die Treppen im Haus hinunterstieg.

Das Küken stolpert und fällt auf den gepolsterten Boden des Brutkastens. Es dreht sich auf dem Stoff und kann nicht aufstehen. Seine schwarzen und weißen Federn sind so zart wie Härchen. Die dreizehigen Füße dagegen knorrig. Dinosaurierkrallen. Es schafft keine zwei Schritte, ohne wieder hinzuplumpsen.

«Ist sie denn einverstanden mit der Heimunterbringung?» Die Ärztin ist wahrscheinlich an Familien gewöhnt, die ihre Alten gegen deren Willen unterbringen wollen.

Karina zögert. Sie sind auf Marios Betreiben hier. Es wäre die Möglichkeit, gemeinsam für ein Aufbaustudium ins Ausland zu gehen. Beide sind im letzten Semester, sie in Physik, er in Philosophie. Aber nur unter Vorbehalt hat Karina eingewilligt, die Casa de Retiro Santa Inés zu besichtigen. «Ich schwöre dir, keine Nonnen», sagte Mario. «Du wirst schon sehen.» Es sei ein altes Gebäude in der Siedlung Letrán Valle.

«Guck mal», schreibt Karina Mario auf WhatsApp und kopiert den Link zur Liveübertragung des Schlüpfens.

Die Unbeholfenheit von Neugeborenen ähnelt der von Betrunkenen. Sie ähneln sich auch sonst in vielem: Sie sind unausgeglichen, tollpatschig, laut, sie neigen zum Weinen, Kotzen und Stürzen. Vielleicht trinken Alkoholiker deshalb: Sie sehnen sich nach dem Frieden der Neugeborenen, dem Einssein mit der Gegenwart, der unmittelbaren Empfindung, dem Bewusstsein ohne Schleier oder Moskitos, ohne Traumata oder Unsicherheiten, dem reinen Gefühl, dem Reflex – ob im Unbehagen, im Vergnügen oder im Abreagieren.

«Ich schau's mir an», antwortet er nach fünf Minuten.

Stephen Hawking hatte sie zusammengebracht. Karina hatte auf YouTube ein Video gefunden, das *Why Are We Here?* hieß. Mit seiner Roboterstimme erklärte der englische Physiker, die Philosophie sei tot und die modernen Naturwissenschaften hätten diese obsolet gewordene Disziplin abgelöst bei der Suche nach Erkenntnissen und Antworten auf grundlegende Fragen wie jene, die seinem Vortrag den Titel gab. Diese vom Guru der Astrophysik ausgesprochene Räumungsklage hatte Karinas Widerspruchsgeist geweckt, weshalb sie die Website der Philosophischen Fakultät aufsuchte und sich für das Wahlfach *Metaphysik I* einschrieb. Sie erwartete, dass es sich dabei um einen Einführungskurs in Themen handelte, die zumindest dem Namen nach etwas mit Physik zu tun hatten, doch stattdessen fand sie sich in einem vollkommen esoterischen Seminar wieder, in dem es um Zombies ging, um Außerirdische, um Wissenschaftlerinnen, die in Räumen eingesperrt waren, in denen es nichts Rotes gab, um das Gehirn im Tank und Thermostate mit Bewusstsein.

«Wir haben noch nicht mit ihr geredet», sagt Mario. «Aber wir gehen zum Studieren ins Ausland, und sie kann nicht mehr alleine leben.»

Der erste Witz, den der Professor machte und über den sich alle außer ihr kaputtlachten, ging so: Alle Philosophen beginnen als Materialisten, weil sie sich für die Neurowissenschaften begeistern, dann lesen sie David Chalmers – Karina notierte sich gewissenhaft den Namen – und werden

Dualisten, dann lesen sie Strawson und werden Panpsychisten, dann lesen sie Berkeley und werden Idealisten, und schließen hören sie auf zu lesen und gehen nach Tibet. Wäre sie nicht die einzige Frau im Kurs gewesen, hätte Karina ihn abgebrochen, aber so fühlte sie sich verpflichtet, als Spionin im Raum zu verbleiben. Das war eine gute Entscheidung, denn nicht nur lernte sie dort Mario kennen, sondern sie gelangte auch zur Überzeugung, dass das menschliche Bewusstsein als Abgrund des Unerklärlichen im wissenschaftlichen Weltbild klaffte und dass die Unfähigkeit, es vom menschlichen Gehirn aus zu erklären, der spirituellen, metaphysischen und übersinnlichen Spekulation mehr denn je Tür und Tor öffnete.

«Gut. Wie ich Ihrem Bruder schon am Telefon sagte» – sie stellen nicht richtig, dass Mario nicht ihr Bruder, sondern ihr Freund ist –, «ist just ein Bett frei geworden.»

Es ist also gerade jemand gestorben, sein thermischer Abdruck wärmt noch die Eingeweide der Matratze.

«Es ist in einem Dreibettzimmer, die anderen beiden Bewohnerinnen sind sehr gut beieinander, motorisch autonom und so weiter.»

Niemals würde ihre Großmutter akzeptieren, mit zwei Fremden in einem Zimmer zu schlafen. Niemals. Sie würde sich mit Zähnen und Klauen dagegen wehren, aus ihrer privaten Höhle gezerrt zu werden.

Als die australischen Soldaten 1918 aus dem Ersten Weltkrieg zurückkehrten, wollten sie weiterkämpfen. Sie vermissten die Waffen, die Zeltlager, die reinigende Therapie des Tötens. Stattdessen erhielten sie Ländereien im Osten der Insel und sollten friedliche Bauern werden. Ihr einziger Sieg war die Ernte. Aber sie wollten töten. Die Jahre vergingen, und 1932 erfasste die Weltwirtschaftskrise auch Australien. Die ärgsten Feinde der Farmer waren die Emus, die ihre Felder leer fraßen. Da sie Schießpulver im Blut hatten und sich in schrecklicher Sehnsucht nach dem Krieg verzehrten, beschlossen sie, den Gegner gemeinsam zu bekämpfen.

«Und wie ist das hier mit dem Essen?», fragt Mario. «Ihre Großmutter ist da ein bisschen speziell.»

Die Weltkriegsveteranen beantragten bei der Regierung Waffen. Sechzigtausend von ihnen waren an der Front gefallen. Sie hatten sich den Dank der Regierung redlich verdient. Sie schilderten, wie sie versucht hatten, die Vögel mit Stacheldraht aufzuhalten, sie hatten sogar Schützengräben ausgehoben, wie damals in Nordafrika. Auch mit Hunden und mit Schüssen in die Luft seien sie gegen die Emus vorgegangen. Doch nichts davon habe funktioniert, daher sähen sie sich genötigt, um Maschinengewehre zu bitten und die Eindringlinge mit Bleisalven zu empfangen.

Es gab das Gerücht, die Emus seien von den Geistern vertriebener, versklavter, ermordeter Aborigines besessen. Es war dringend nötig, sie auszurotten. Wenn möglich, mit Lewis-Maschinengewehren. Allen verfügbaren.

Zwei dieser Gewehre wurden ihnen tatsächlich übergeben. Nicht viel für einen Guerillakrieg auf riesigem Territorium. Sie begannen zu schießen.

«Also», sagt die Dame mit einer gewissen Gereiztheit, als würde sie ihnen mit ihrer Antwort einen riesigen Gefallen tun, «wir bereiten hier alles nach den Vorgaben einer geriatrischen Ernährungsberaterin zu. Natürlich haben wir kein Menü à la carte, aber wir geben uns die größte Mühe, Speisen zuzubereiten, die unseren Bewohnerinnen und Bewohnern schmecken.»

«Deine Großmutter isst doch alles, oder? Sie hat einen gesunden Appetit.»

Emus schlucken Steine, mit denen sie in ihrem Kaumagen die Nahrung zerkleinern. Zur besseren Verdauung fressen sie auch gerne Kohle. Diese Vorliebe teilen sie mit den Straußen, und auf diesem Verhalten beruht möglicherweise der Mythos, dass sie gern den Kopf in den Sand stecken. Das sensationslüsterne Internetportal des Zoos von Guadalajara behauptet, im Verdauungstrakt eines einzigen Emus seien mehr als vierzig Kilogramm Steine gefunden worden. Die Zahl kann nicht stimmen, sonst müssten die Emus ja in der Lage sein, ihr Eigengewicht an Verdauungshilfen mit sich herumzuschleppen. Zwar sind ihre Beine dick und muskulös, es ist dennoch undenkbar, dass sie mit einer solchen Last im Leib mit fünfzig Kilometer pro Stunde durch die australische Steppe rennen könnten.

«Besprechen Sie es mit ihr. Gegen eine Kaution in Höhe eines Monatsbeitrags können wir den Platz für sie reservieren. Meine Empfehlung, falls sie nicht recht überzeugt ist, wäre, ihr erst mal zu sagen, es handele sich um einen Probeaufenthalt, während Sie auf Reisen sind, oder so etwas, und dann verlängern wir nach und nach. Das ist manchmal einfacher.»

Der Krieg war blutig, und die Emus siegten. Sie erlitten allerdings hohe Verluste. Dieses Frischgeschlüpfte, für das der Vater sein Leben gegeben und das er vor dem sinnlosen Hitzetod bewahrt hat, während sich der ganze Zoo in Rauch, Panik und Glut auflöste, ist ihr entfernter Nachfahre. Der Auserwählte, um die im Massaker Gefallenen zu rächen. Dieses zarte Küken wird eines Tages die Truppen der Riesenvögel anführen müssen, um an den Küsten

Australiens anzulanden und ihre Heimat zurückzuerobern. Sie werden die Steine aus ihren Kaumägen auf Surfer und Rettungsschwimmer abschießen. Auf den Standarten ihrer Legionen werden die Häupter ausgerotteter Emus prangen, die der Geister aus Tasmanien und von anderen Inseln, wo sie bereits verschwunden sind – auf King Island brauchten die Siedler zu Beginn des 19. Jahrhunderts nur drei Jahre, um die kleinste Emu-Art auszulöschen. Die Rächer werden das Opernhaus von Sydney dem Erdboden gleichmachen, sie werden in die abgebrannten Eukalyptuswälder einfallen, in die endlosen Fotovoltaik-Wüsteneien, in die aus dem Meer bewässerten Gen-Sojafelder. Und dieses Waisenkind wird sie anführen.

«Wie fandst du es?», fragt Mario, als sie das Heim verlassen und auf dem Weg zur Metrostation einen Park in der Colonia del Valle durchqueren.

«Gut. Ein bisschen klein. Ganz schön eng haben sie es da.»

«Das ist normal in diesen Heimen. Ich glaube nicht, dass wir uns von der Miete für die Wohnung etwas Eleganteres leisten können.»

Karina rührt und erschreckt es, dass Mario im Plural spricht, als wären sie ein Ehepaar.

«Sie kann doch in ihrer Wohnung bleiben.»

«Und wer passt dann auf sie auf? Bei meinem Großvater gingen jeden Monat dreißigtausend Peso für Pflegerinnen drauf.»

«Das ist Wahnsinn.»

«Klar, aber es ist halt harte Arbeit, und es geht nicht, dass das weiter du machst. Du musst hier raus – wir müssen diese Entscheidung jetzt treffen, damit wir zusammen weggehen können. Einen Platz im Heim findet man nicht so leicht. Die haben sonst Wartelisten für Jahre.»

«Ich weiß nicht, ob ich wirklich wegwill.»

Da es keine Waagen oder Skalen gibt, um diese Art von Gewicht numerisch zu bestimmen, kann Karina Mario nicht erklären, wie schwer die Verantwortung für Rebeca auf ihr lastet.

«Nicht mit mir?»

«Nein, das hat damit gar nichts zu tun. Ich darf sie nicht allein lassen.»

«Was du nicht darfst, ist, in diesem Land festzustecken, weil du glaubst, du musst sie pflegen.»

«Das ist ja kein Gefängnis, wir sind halt hier geboren. Warum müssen wir denn alle weg?»

«Weil dein Geist die besten Bedingungen braucht, um sein Potenzial zu entfalten. Hier wirst du irgendwann alleine sein, von den Leuten um dich herum kapiert bald niemand mehr, was du machst.»

«Und warum bleibst du nicht hier? Wenn ich dir so wichtig bin?»

«Ich meine deine Kollegen und dass die Physik auf höchstem Niveau sich woanders abspielt, zum Beispiel in England.»

Marios Lieblingsszenario: Sie würden in verschiedenen Städten Großbritanniens leben und sich nur an den Wochenenden treffen.

«Aber sag mal, wenn ich hierbleiben müsste, um sie zu pflegen, würdest du dann auch bleiben?»

Diese selbstlose Option ist Mario nicht in den Sinn gekommen. Seine Lippen beben, als er nach Argumenten sucht, um seinen Egoismus zu rechtfertigen.

«Ich glaube, wir haben die gesellschaftliche Verantwortung, dorthin zu gehen, wo wir unseren Beitrag zum menschlichen Wissen maximieren können. Diese Möglichkeit aus persönlichen Gründen auszuschlagen, kommt nicht infrage, das wäre total reaktionär, damit stellst du die Familie vor das Gemeinwohl.»

Ihr Anstand hindert sie daran, «Fick dich doch» zu antworten, was Mario selbst zweifellos tun würde, falls es ihn akademisch voranbrächte. Die Philosophie ist tot, wie Hawking gesagt hat – den seine Ehefrau in den langen Jahren seiner Krankheit bis zur Erschöpfung gepflegt hat.

«Ich weiß nicht», sagt sie schließlich. «Ich denke drüber nach.»

Karina hat darüber nachgedacht und denkt drei Jahre später immer noch darüber nach: Wie ihr Leben wohl aussähe, wenn sie mit Mario zum Aufbaustudium nach Großbritannien gegangen wäre, weit weg von ihrer Großmutter, vom Institut, von El Altillo und vom Panteón Dolores.

15. OPFER

Silverio wollte sich nie an der kultischen Verehrung beteiligen, die seine Kollegen dem Gerippe darboten; sie legten ihm bunte Tücher über die Schultern und setzten ihm glitzernde Modeschmuck-Krönchen auf. Manchmal platzierten sie einen Globus oder einen Fußball in der zum Himmel geöffneten Knochenhand; manchmal klemmten sie ihm die Joints zwischen die Finger, die sie bei ihren Zeremonien rauchen würden, und dann wieder ein Bündel Geldscheine, von dem sie Amulette kaufen würden. Oft ließen sie es die ganze Nacht dort liegen, und Silverio war meist so klamm, dass er in Versuchung geriet, sich die Scheine zu nehmen, was er aber nie tat, weniger aus Angst vor La Muerte als aus Respekt vor den Kollegen.

Die hätten ihren Spaß, wenn sie ihn fänden. Er wollte die Weiße Dame nicht anbeten, das hat er nun davon, jetzt guck, wie es mit dem Chiquinerd geendet ist. Siehst du, Blödmann? Wir haben dir gesagt, lass ein paar Talerchen für ihren neuen Altar springen, aber du hast dich gedrückt.

Nachdem er auf Wikipedia gelesen hatte, dass Ignacio «El Nigromante» Ramírez, dessen Grab in der Rotunde zwischen denen von Juan N. Méndez und Jesús González

Ortega lag, als erster Atheist Mexikos galt, hatte Silverio im Internet nach weiteren Atheisten gesucht und so einige gefunden. Sie sagten, die Bibel sei voller Ungereimtheiten und die Evolution brauche keinen intelligenten Schöpfer, um alle Kreaturen zum Leben zu erwecken. Das Universum sei nicht das Ergebnis eines göttlichen Erlasses, sondern einer völlig zufälligen Explosion; so wie die des Krematoriums. Er hätte gerne mit Karina über diese Themen geredet. Sie gefragt – wenn sie erst einmal die Angelegenheit mit ihren Eltern geklärt hätten –, ob sie auch glaubte, dass die Materie aus nichts entstanden sein könnte.

Wie weit war er doch von der Wahrheit entfernt gewesen, als er mit Hacke und Spaten die Krypta Limantour verließ und ohne Furcht vor den Mächten der Finsternis den Walzer «Sobre las olas» pfiff. Nun, da er dem Tod ins Auge geblickt hatte, bereute er. Welch törichter Hochmut, welche atheistische Anwandlung hatte ihn dazu gebracht, jede Vernunft fahren zu lassen? Was hätte es ihm ausgemacht, der Knochenfrau ab und zu ein paar Zigaretten auf den Altar zu legen? Was hätte es ihn gekostet, ihr mal eine Kerze anzuzünden? Er hätte ihr eine von Jaibas Flaschen mitbringen können. Er hätte sie um Erlaubnis bitten können, ehe er ihre Kisten durchwühlte und sich an ihrem Eigentum verging. Aber er hatte es nicht getan.

Er dachte daran, wie er die Behörden belogen hatte, damit sie glaubten, Tepo sei bei einem Opferritus zu Tode gekommen. Er wollte die Kollegen von der Gewerkschaft nicht anschwärzen, also erwähnte er die Santa Muerte nicht.

«Ja, ich habe gesehen», hatte er den Ermittlern von der Staatsanwaltschaft gesagt, «wie die gekommen sind, um für ihre Teufel Sachen zu verbrennen, für die Orishas, den Eleguá, Beelzebub, Changó, all so was.»

«Und warum haben Sie die nie angezeigt?»

Silverio log dreist weiter. «Na ja, aus Angst, ehrlich gesagt. Die haben ja ihre Kräfte und können einem Schaden zufügen oder einen sogar verfluchen. Da hält man sich besser raus.»

Silverio hatte Mühe, das Lachen zu unterdrücken. Nur zu gerne schluckten die Behörden seine Version der Ereignisse. Nie wären sie darauf gekommen, dass das Opfer des Rituals kein Priester war, sondern ein simpler Trunkenbold, der sich nachts zum Rauchen ins Gras gelegt hatte.

Tepos Priestersoutane war ein Geschenk von Silverio gewesen. Sein Vater hatte sie vor Unzeiten im Müll gefunden und mit nach Hause gebracht, wo sie dann viele Jahre lang als Tischdecke diente. Als seine Mutter zum evangelikalen Christentum der Hallelujas konvertierte, wollte sie dieses perfide Tuch nicht mehr im Haus haben und wies Silverio an, es mit zum Friedhof zu nehmen und die Kollegen vom Krematorium zu bitten, es bei der nächstbesten Einäscherung mitzuverbrennen. Anstatt seiner Mutter zu gehorchen, gab er Tepo die Soutane, damit er sich in kühlen Nächten damit zudecken konnte.

Während einer der Ermittler die Leiche fotografierte, dachte Silverio darüber nach, welche Konsequenzen es hätte, wenn die Wahrheit ans Licht käme. Zweifellos würden sie ihn entlassen, wenn sich herausstellte, dass er nicht nur einen Obdachlosen auf dem Friedhof geduldet, sondern ihn auch mit Kleidung versorgt und mit ihm gekifft hatte. In der Wirtschaftskrise konnte er sich nicht den Luxus erlauben, seinen Job zu verlieren und künftig nicht mehr für staatliche Einrichtungen arbeiten zu dürfen.

«Haben Sie hier mal irgendwelche Hinweise auf Menschenopfer bemerkt?»

«Nicht dass ich wüsste. Blut habe ich schon manchmal gesehen, aber ich könnte nicht sagen, wovon.»

«Und wenn Sie Blut gefunden haben, haben Sie das nicht gemeldet?»

«Je nachdem. In der Regenzeit nicht, da wird es ja gleich weggespült.»

Seine Geschichte hatte alle überzeugt. Ihn bewahrte sie vor der Arbeitslosigkeit, der katholischen Kirche bescherte sie einen Märtyrer und der Regierung einen teuflischen Skandal, der die öffentliche Aufmerksamkeit von all den Korruptionsskandalen und anstehenden Gesetzesreformen ablenkte.

Vielleicht war das Vergehen, für das er büßen musste, nicht die Grabschändung, sondern die Verleumdung der Santeros. Silverio ärgerte sich, die ihm vom Leben geschenkte Chance, den Friedhof zu verlassen, nicht genutzt zu haben. Hätte er die Wahrheit gesagt und wäre entlassen worden, dann wäre er vielleicht nun wieder bei der Müllabfuhr, und seine Tochter wäre stolz auf ihn, weil die Arbeit ihres Papás dazu beitrug, die Plastikmenge im Meer zu verringern. Das Karma hätte ihm seine Redlichkeit mit einem Schatz vergolten, vielleicht mit einem in eine Windel gestopften Verlobungsring, einem Goldring mit einem riesigen Diamanten, der es ihm ermöglichen würde, ein Auto zu kaufen und mit Daenerys Urlaub an einem Strand zu machen, wo sie Wale beobachten könnten.

An dieser Stelle seiner Träumerei fiel ihm ein anderer

Schatz ein, den sein Vater im Müll gefunden hatte. Ein Vibrator, batteriebetrieben. Weil er weiß war und keine phallische Form hatte, dachte sein Vater, es sei ein Küchengerät, und brachte ihn seiner Frau als Geschenk mit. Auch sie erkannte nicht, um was es sich handelte, und bewahrte den Gegenstand in der Schublade mit den Teigschabern und Schöpfkellen auf. Silverio, der nicht mal in die Nähe der Küche kam, wusste nichts von seiner Existenz, bis Yadira das Teil eines Tages fand, als sie ihrer Schwiegermutter beim Kochen half.

«Was haben wir denn hier?», fragte sie schelmisch.

«Ich glaube, das ist, um Eiweiß aufzuschlagen, aber die Batterie ist leer.»

Nachdem Yadira und Silverio sehr gelacht hatten, nahmen sie die Batterien aus der Fernbedienung vom Fernseher, um das Ding auszuprobieren. Yadira musste ins Kissen beißen, damit ihre Schwiegereltern im Nachbarzimmer sie nicht stöhnen hörten. Vielleicht trug dieses Vorspiel dazu bei, dass sie in dieser Nacht mit Daenerys schwanger wurde. Sein Vater pflegte zu sagen, der Müll sei eine Goldmine. Wie recht er hatte.

16. ENTROPIE

Nachdem sie lange wach gelegen und sich den Kopf zerbrochen hat, wer an diesem Abend ihre Großmutter besucht haben könnte, steht Karina auf und sucht nach den Beruhigungstropfen, die die Ärztin ihrer Großmutter verschrieben hat. Psychopharmaka nimmt sie nur zu besonderen Anlässen, wenn sie vor Nervosität nicht einschlafen kann oder volle Konzentration braucht, um eine Arbeit für die Uni zu beenden. Sie will nicht die ganze Nacht wach bleiben, also lässt sie sich drei Tropfen Clonazepam unter die Zunge fallen und geht wieder ins Bett.

Sie schließt die Augen und wird gleich darauf vom Getöse des Feuerwerks und der Militärhubschrauber geweckt, die als Teil der Parade zum 16. September in Richtung des historischen Stadtzentrums donnern. Ihr tut der Rücken weh von dem Kraftakt, ihre Großmutter bis zum Bett zu ziehen und hochzuheben. Sie ist sehr müde, lässt aber nicht zu, dass die lockenden Laken die Suche nach Spuren in der Wohnung verzögern.

Eine Stunde eingehender Inspektion bringt kein Ergebnis. Weder Haare auf der Sessellehne noch Bons vom Einkaufen oder Servietten mit Lippenstiftspuren im Müll. Die Wachleute am Eingang haben keinen Besuch registriert, und die Nachbarn in der Wohnung 101 – sie hat sich überwunden und dort geklingelt – haben niemanden kommen oder gehen sehen.

Um halb elf am Vormittag hört sie ihre Großmutter leise stöhnen.

Sie geht in ihr Zimmer und begrüßt sie.

«Wie hast du geschlafen?»

«Ich bin schon fast weg, mein Kind. Gott wird sich an mich erinnern.»

Es ist eine alte Tradition, dass ihre Großmutter zu sterben glaubt, wenn sie verkatert aufwacht.

«Gestern Abend hast du viel getrunken», sagt Karina ungerührt. «Wer hat dich besucht?»

«Ich sterbe», sagt Rebeca in Karinas Erinnerung, sieben Jahre zuvor in einem billigen Hotel in Wien. Am Abend hatte sie mit den ungarischen Likören, die sie aus Budapest mitgebracht hatte, ein rauschendes Fest gefeiert. Ihre Großmutter war seit zwei Wochen ununterbrochen betrunken. Karina hätte nicht erwartet, dass ihre Europareise von einer Dauerparty ruiniert würde, die ihre Großmutter mit ihren Reisebekanntschaften feierte: eine Gruppe pensionierter Mitarbeiterinnen der Petróleos Mexicanos und eine Chilenin, die alleine auf Hochzeitsreise gegangen war, nachdem sie herausgefunden hatte, dass ihr Bräutigam sie mit einer anderen betrog.

«Hast du mich gehört? Wer hat dich gestern Abend besucht?»

«Ich weiß nicht. Ich erinnere mich nicht. Wahrscheinlich der Tod, um mir Bescheid zu sagen, dass ich mich verabschieden soll.»

Ob der Mann gekommen ist, dessen Arm sie auf dem

Foto entdeckt hatte? Als sie nicht einschlafen konnte, hat Karina im Internet den Preis des Whiskys recherchiert, den sie im Wohnzimmer gefunden hatte. Glenfiddich, achtzehn Jahre, Single Malt, «From the valley of the deer». Siebenhundert Milliliter für tausendfünfhundert Peso – fast die Hälfte dessen, was sie als Stipendiatin der Fakultät für Nuklearwissenschaften im Monat erhält.

«Ich gehe ins Museum.»

Sie hatte keine Lust, ihrer Großmutter zu erklären, dass sie zum Wiener Zentralfriedhof wollte, um das Grab des Erfinders der statistischen Mechanik zu suchen.

«Willst du mitkommen?»

Mit achtzehn Jahren war Karina bereits davon überzeugt, dass die statistische Mechanik der Schlüssel sei, um die Welt zu verstehen: von der Schwerkraft bis zu den Kriegen, vom Ursprung des Lebens bis zur Klimakrise. Darum wollte sie ein Selfie an Boltzmanns Grabstein machen, auf dem die mathematische Definition der Entropie stand:

S = K. LOG W

LUDWIG BOLTZMANN

1844 – 1906

«Geh in dein Museum. Genieß das Leben, mein Kind. Ich werde deinen Großvater wiedersehen.»

Als sie von ihrem Spaziergang zurückkam, trank ihre Großmutter bereits mit ihren neuen Freundinnen österreichisches Bier.

«Du kannst nicht behaupten, dass niemand da war; hier ist das schmutzige Glas, das er stehen gelassen hat, und die Flasche, die ihr getrunken habt.»

Rebeca wirkt überrascht.

«Welche?»

Es war das erste Mal, dass die beiden Mexiko verließen. Sie hatten nie die Mittel gehabt, um ins Ausland zu reisen, doch die Differenz zwischen dem Verkaufspreis des Hauses in Clavería und dem Preis für die Wohnung in El Altillo war groß genug, um diese glamouröse Belohnung zu finanzieren; mit der Aussicht darauf hatte Karina ihre Großmutter überreden können, ihr heruntergekommenes Haus zu verkaufen.

«Ich bin zu alt, um in der Welt herumzustreunen.»

«Du bist zweiundachtzig. So alt nun auch wieder nicht. Kannst du dir vorstellen, wie es wäre, das Schloss von Versailles anzuschauen? Angeblich kann man in Madrid den Palast der Herzoge von Alba besichtigen.»

Als treue Leserin und Archivarin der Zeitschrift *¡Hola!*, die sich ganz dem müßigen Leben der Könige und Adeligen widmete, fand die Großmutter die Aussicht, deren pompöse Domizile kennenzulernen, zu verlockend, um sich dem Plan noch zu widersetzen.

«Eine sehr teure Flasche Whisky. Wer auch immer da war, muss viel Geld haben.»

Nachdem sie ihre Großmutter hatte überreden können, die Reise über den Atlantik anzutreten, bestand die nächste große Herausforderung darin, sie zur Trennung von ihrer gewaltigen Zeitschriftensammlung zu bewegen. Rebeca war überzeugt, dass eine komplette Sammlung der spanischen Ausgabe von *¡Hola!* ein Vermögen wert war. Laut *Mercado Libre* und anderen Internetportalen ließen sich zwar einzelne Sondernummern verkaufen, die Kollektion jedoch brächte nichts ein.

«Dann nehmen wir sie eben mit in die neue Wohnung.»

«Die passen da nicht rein, Abu, besser verkaufen wir sie für das, was wir eben dafür kriegen.»

Da es siebzig Kilo Papier waren, bot ihnen ein Trödler hundert Peso und nahm dann Hunderte aufeinandergestapelte Fürsten, Prinzessinnen, Gräfinnen, Salonlöwen und Influencerinnen in einem riesigen Handwagen mit Autoreifen mit.

«Ay, ay, ay. Mir zerspringt der Kopf. Ich halte das nicht mehr aus. Lieber Gott, jetzt nimm mich doch mit ...»

Karina unterdrückt ihr Mitgefühl; sie kann jetzt nicht nachgeben und ihre Großmutter aus der Befragung entlassen. Je mehr Zeit vergeht, desto leichter wird Rebeca sich auf die Amnesie zurückziehen können und verheimlichen, was in der Nacht passiert ist.

«Ich hole dir eine Kopfschmerztablette, aber erst sagst du mir bitte, wer gestern Abend da war. Als ich kam, hast du mit einer Frau geredet und ihr höchst merkwürdige Dinge gesagt. Dass sie meinem Papá etwas angetan hat.»

Sie erinnert sich mit Rührung daran, wie sie vor der Europareise beschlossen hatte, das Hafele-Keating-Experiment zu wiederholen, um die von der Relativitätstheorie prognostizierte Zeitdilatation zu messen. Sie besorgte sich zwei Digitaluhren mit Sekundenanzeige, die sie auf exakt die gleiche Zeit stellte. Eine von den beiden ließ sie im Haus in Clavería zurück, das sie noch nicht ganz ausgeräumt hatten, die andere nahm sie mit nach Europa. Beim Start schaute sie mit der wilden Hoffnung darauf, nun zu sehen, wie sich mit wachsender Entfernung von der Erdoberfläche die Zeit beschleunigte.

Das Originalexperiment war im Oktober 1971 mit Atomuhren und mit zwei Flugzeugen durchgeführt worden, die in gegensätzlicher Richtung rund um die Erde flogen. Die Physiker hatten vorhergesagt, dass die von der Flughöhe verursachte gravitative Zeitdilatation t plus die von der Reisegeschwindigkeit verursachte Dilatation beobachtbare Differenzen in der Zeit erzeugen würden, welche die Uhren auf der Erde und die Uhren im Flugzeug messen würden. Diese vorausberechneten Abweichungen traten tatsächlich ein. Das Experiment bewies, dass – wie in Einsteins Theorie postuliert – die Zeit auf der Erde langsamer «verging» als im Himmel.

«Ruf Pater Luis an.»

Sie meint den Priester der Gemeinde San Lucas, der kleinen Kirche aus dem 16. Jahrhundert, die Rebeca in Clavería besuchte.

«Sag ihm, er soll mir die Letzte Ölung geben.»

Bei ihrer Rückkehr nach Mexiko erwartete Karina nicht, irgendeinen Unterschied zwischen den von den beiden Uhren angezeigten Zeiten zu sehen – die nur in Nanosekunden messbare Differenz wäre von deren Mechanik nicht zu erfassen –, doch das theoretische Krümelchen Zeitvorsprung gab ihr das Gefühl, nicht aus Europa zurückgekehrt zu sein, sondern aus der Zukunft. Da sie gerade erst das Vorbereitungsjahr für die Universität abschloss, unterschied sich ihre Auffassung von Raumzeit und Gravitation noch nicht von der Einsteins.

«Gestern Nacht warst du total betrunken. Darum bist du in dieser Verfassung. Wenn du mir nicht sagst, wer gestern Abend bei dir war, muss ich dich künftig einschließen; es kann nicht sein, dass du mir solche Sachen verheimlichst. Willst du das?»

Ihre Großmutter öffnet die Augen und blickt zum Himmel.

«Siehst du, Alter?» Seit einem halben Jahrhundert spricht sie mit ihrem toten Ehemann. «Sie wollen mich einsperren wie ein wildes Tier.»

Karina stürmt wütend aus dem Zimmer, um jetzt bloß nicht loszuweinen, ihre Großmutter anzuschreien, sie zu schütteln und zu zwingen, ihr das Geheimnis zu verraten.

17. BESESSEN

Er versuchte, für seine größten Fehler Buße zu tun. Sich den Namen von Yadira tätowieren zu lassen (später hat er ihn in eine Schlange verwandelt). Nicht früher um seine Tochter gekämpft zu haben. Nicht mit seiner Mutter zur Halleluja-Freikirche konvertiert zu sein. Schließlich hatte Jesus auch im Grab gelegen und war zurückgekehrt. Aber das einzige Mal, dass Silverio mit seiner Mutter zu so einem Gottesdienst gegangen war, hatte er das nur getan, weil sie ihm eine Falle gestellt hatte.

«Pastor Gonzalo hat gesagt, wegen der Hitzewelle werden sie allen von uns, die neue gerettete Seelen mitbringen, einen Ventilator schenken.»

Dem spirituellen Führer seiner Mutter zufolge war der Klimawandel ein böser Vorgeschmack auf das künftige Höllenfeuer. Die Geretteten würden nicht unter der Hitze leiden.

«Halleluja, Brüder», und alle antworteten: «Halleluja!»

«Bitten wir Jesus darum, dass er uns die Türen seines ewigen Herzens öffne. Bring uns, Jesus, mit deiner göttlichen Gnade in die Gegenwart des Vaters. Wir bitten dich, wohne uns inne, dein Heiliges Wort durchdringe uns und führe uns nach Zion, um dich zu lobpreisen.»

Alle paar Wörter des Pastors murmelte seine Mutter ein Amen.

«Wir bitten dich, stehe Guadalupe, Tomás, Adal, Bryan, Marisa, Chuy, Macrina, Obed und Jessica bei. Wir danken dir mit großer Freude, dass heute Silverio unter uns ist, Sohn unserer Schwester Luz.»

Woher kannte der Pastor seinen Namen? In diesem Augenblick hätte er Verdacht schöpfen müssen.

«Halleluja!»

Er war selbst schuld. Er wusste doch, wie abergläubisch seine Mutter war, wieso hatte er ihr bloß erzählt, dass er in der Nacht vor dem Brand Stimmen gehört hatte? Obendrein hatte er ihr gegenüber erwähnt, dass eine alte Frau ein Gespenst im Gewitter gesehen hatte und dass seine Kollegen sich schon krankschreiben ließen aus Furcht vor dem ungestillten Hunger des Friedhofs. Er hatte sonst niemanden, dem er etwas erzählen konnte. Daher seine unbedachte Schwatzhaftigkeit.

«Halleluja!», schrie seine Mutter mit irrer Inbrunst.

Dank einer mächtigen Klimaanlage war es in der Kirche ziemlich kühl. Trotz der Hitze draußen konnten die Hallelujas ihre Wollsakkos anbehalten, die Krawatten oder Tücher, mit denen sie sich herausgeputzt hatten, um dem guten Jesus ihre Hymnen zu singen. Da Silverio keine eleganten Kleider besaß, hatte seine Mutter ihn als Kellner verkleidet: schwarze Hose und ein weißes Hemd, zu groß für ihn, weil es noch von seinem Papá stammte.

Es fing ganz harmlos an: Musik, Gesang und Hallelujas. Seine Mutter stimmte gleich mit ein, die Augen geschlossen und die Arme erhoben, als erwartete sie, dass der gute Jesus vom Himmel herabkäme, um sie zu entführen.

«Hören wir nun, liebe Schwestern, die Heilige Schrift, das Markus-Evangelium, liebe Brüder, Kapitel fünf, Vers eins. Wer möchte es für uns lesen?»

Eine Frau in einem maßgeschneiderten rosa Kostüm ging mit ihrer Bibel in der Hand zum Altar und stellte sich ans Mikrofon. Am Abend zuvor hatte Silverio Tacos de Canasta gegessen, mit Bohnen, Chicharrón, Kartoffeln und Chorizo. Die Bohnen waren wahrscheinlich ranzig gewesen, weshalb er an diesem Morgen üble Blähungen hatte.

«Und sie kamen ans andre Ufer des Sees in die Gegend der Gerasener. Und als er aus dem Boot trat, lief ihm alsbald von den Gräbern her ein Mensch entgegen von einem unreinen Geist. Der hatte seine Wohnung in den Grabhöhlen.»

Einer, der auf dem Friedhof lebte, wie sein Freund Tepo; was für ein witziger Zufall.

«Und niemand konnte ihn mehr binden, auch nicht mit Ketten; denn er war oft mit Fesseln und Ketten gebunden gewesen und hatte die Ketten zerrissen und die Fesseln zerrieben; und niemand konnte ihn bändigen.»

So stark war Tepo nicht, aber auch zum Fürchten, wenn er in Wut geriet.

«Und er war allezeit, Tag und Nacht, in den Grabhöhlen und auf den Bergen, schrie und schlug sich mit Steinen. Da er aber Jesus sah von ferne, lief er hinzu und fiel vor ihm nieder und schrie laut: Was willst du von mir, Jesus, du Sohn Gottes, des Allerhöchsten? Ich beschwöre dich bei Gott: Quäle mich nicht! Denn er hatte zu ihm gesagt: Fahre aus, du unreiner Geist, von dem Menschen! Und er fragte ihn: Wie heißt du? Und er sprach zu ihm: Legion heiße ich; denn wir sind viele. Und er bat Jesus sehr, dass er sie nicht aus der Gegend vertreibe. Es war aber dort an den

Bergen eine große Herde Säue auf der Weide. Und die unreinen Geister baten ihn und sprachen: Lass uns in die Säue fahren! Und er erlaubte es ihnen. Da fuhren die unreinen Geister aus und fuhren in die Säue, und die Herde stürmte den Abhang hinunter in den See, etwa zweitausend, und sie ersoffen im See.»

Silverio verlor den Faden, weil er sich die Stampede der besessenen Schweine vorstellte, den Tumult über dem Wasser, den infernalischen Chor ihres Grunzens. Was für eine Verschwendung: Mit diesem Fleisch hätte man eine ganze Stadt ernähren können.

«Halleluja!», schrie die Versammlung, als der Pastor dem Einband seiner Bibel einen Kuss aufgedrückt hatte.

Silverio nutzte das musikalische Zwischenspiel nach der Lesung und vor der Predigt, um seinen Beckenboden zu entspannen und einen weiteren unreinen Geist loszuwerden, der sicher zum Treibhauseffekt beitrug.

«Schwestern, was ist Jesus bei den Gerasenern geschehen? Obwohl er sie von den unreinen Geistern befreit hatte, die den besessenen Mann bewohnten, erzählt uns der Evangelist am Ende des Kapitels, dass sie ihn anflehten, ihr Land zu verlassen. Warum bitten sie ihn zu gehen, meine Brüder, wenn er sie doch von dem Geiste Legion befreit hat?»

Die Antwort lag auf der Hand: Er hatte ihnen zweitausend Schweine geklaut. Wie viel wohl jedes davon wert war? Wie viele Tausend Tacos, Supertacos, Schmackofatztacos hätte man aus diesen unschuldigen Schweinchen machen können? Zweitausend Dämonen in einem einzigen Vagabunden, das schien ihm maßlos übertrieben. Wie viele würden in ihn selbst hineinpassen? Allein in meinem Schwanz, dachte er grinsend, finden zwei Legionen Platz.

Nachdem alle Schweine des Dorfes in den Abgrund gestürzt waren, blieb den Leuten nichts anderes übrig, als Vegetarier zu werden.

«So handelt das Böse in der Welt», fuhr der Pastor fort. «Es weist den ab, der Gutes tut, es verbannt ihn. Wie oft ist es euch passiert, dass jemand nicht mehr mit euch sprach, wie oft waren andere euch böse, nur weil ihr jemandem helfen wolltet, weil ihr die Wahrheit sagtet, weil ihr mit den toxischen Partnern eurer Kinder, eurer Geschwister oder eurer Bekannten nichts zu tun haben wolltet? Die Gerasener sind wie unsere Familien. Jedes Mal, wenn ihr die Dämonen vertreiben wollt, die in eurem drogenabhängigen Bruder wohnen, in eurer Mutter, die sich scheiden lassen will, in eurer Tochter, die feiern geht und sich anzieht, als wäre ihr Körper nichts wert, jedes Mal, wenn ihr die Schweine in den Abgrund jagen wollt, dann wehren sie sich und flehen euch an, sie in Frieden zu lassen.»

Pastor Gonzalo ließ sich lang und breit darüber aus, welche Gestalten der Teufel annehmen könne, um die Menschen vom guten Jesus zu entfernen. Dazu fielen Silverio einige solcher Gestalten ein, die er sehr appetitlich fand: Nicky Ginger, Abella Danger, Luna Grande, die Señorita Noir. Er wurde schon ganz rattig, als er an diese wunderschönen Pornosternchen dachte, da kam der Pastor auf den Brand im Panteón Dolores zu sprechen: ein untrügliches Zeichen für das Reich Satans in diesem Land.

«Der Böse stellt seine Legionen zusammen, Brüder und Schwestern, er rekrutiert Seelen für die letzte Schlacht, die nicht mehr fern ist. Darum ließ er all die Verdammten aus ihren Gräbern auferstehen. Darum müssen wir in diesen Zeiten besonders achtgeben: Der Dämon Legion, den Jesus aus jenem Mann vertrieben hat, ist heute mitten unter uns!»

Das war subtil, beiläufig, aber offensichtlich: Mehrere Blicke richteten sich in diesem Moment auf Silverio, als wäre er derjenige, der zwischen den Gräbern wohnte.

«Darum wollen wir uns nun erheben und den Herrn lobpreisen mit unserem ganzen Körper.»

Seine Mutter sprang auf und begann, in die Hände zu klatschen. Die Lautstärke des Sacropop steigerte sich.

«Und was passiert jetzt?», flüsterte Silverio seiner Mutter ins Ohr.

«Das wirst du schon sehen», antwortete sie. «Ein Wunder.»

«Ich bin ziemlich hungrig, ich glaube, ich warte draußen.»

«Du kannst jetzt nicht gehen!», rief sie entsetzt. «Wie sollen wir denn sonst die Frau vom Pastor um die Mikrowelle bitten? Reiß dich zusammen.»

«Den Ventilator, meinst du?»

«Natürlich.»

«Aber was kommt denn noch?»

«Nicht mehr viel», log seine Mutter.

Nur das Schlimmste kam noch.

18. STIMMCHIRURGIE

Der Fernseher im Wartezimmer zeigt noch immer die protokollarischen Reden zum Empfang für die geklonten Pandas. Die Außenministerin rühmt die bemerkenswerte Großzügigkeit der chinesischen Regierung, die Mexiko die gerade angekommenen Pandas zum Geschenk gemacht hat und nicht bloß als Leihgabe überlässt, wie sie es sonst mit ihren schwarz-weißen Botschaftern zu handhaben pflegt.

«Zum Dank für diese großzügige Geste der Brüderlichkeit schenkt Mexiko China ein Paar junger Jaguare, die im kommenden Monat nach Peking reisen werden, um in diesem Teil der Welt zu Botschaftern Mittelamerikas zu werden.»

Die Versammlung applaudiert pflichtschuldig, und Karina sucht auf dem Tisch mit den Zeitschriften nach weiterer Ablenkung. Sie hat sich nicht getraut, ihre neue Manga-Anthologie von Junji Ito mitzunehmen, die sie gerade liest, *Venus in the Blind Spot* heißt sie in der englischen Übersetzung, online gekauft. Bei der Manga-Lektüre in diesem Wartezimmer gesehen zu werden, wäre ihr peinlich. Leonor ist keine Otaku wie sie, sie interessiert sich nicht für Mangas und Animes. Leonor greift lieber, so wie jetzt, zu einer beliebigen Ausgabe der Zeitschrift *¡Hola!*, um sich über Ereignisse von höchster Relevanz auf den neusten Stand zu bringen, zum Beispiel: «Maxima von Holland riskiert alles und gewinnt mit ihrem neuen Party-Look».

Als sie das Klatschblatt durchblättert, denkt Karina an die Nasenoperation, der Leonor sich unterziehen will. Zwar hat sie sich nie körperlich attraktiv gefunden, dennoch hätte Karina nicht ernsthaft in Betracht gezogen, ihr Aussehen chirurgisch zu verändern. Sie hält das für Geldverschwendung und eine Quelle überflüssiger Schmerzen. Sollte sie jemals wieder eine Beziehung haben, dann nicht dank der Größe ihrer Brüste oder der Form ihres Kinns, sondern wegen intellektueller Affinität, Otaku-Komplizenschaft und dem Wunsch, Kräfte zu bündeln, um die Quantenprosa der Welt zu entziffern. Leonor dagegen ist fest entschlossen: Sie möchte sich ihre Nase operieren lassen, um ihrem Vater mehr zu gleichen, dessen Fotos sie in der Handtasche hat. Wird sich dadurch das Timbre ihrer Stimme sehr ändern? Wird sie sich in den Sprachnachrichten, die sie ihren Freundinnen schickt, nicht mehr wiedererkennen? Ändert sich der Geruchssinn? Könnte es passieren, dass sich wegen irgendeiner Anomalie in der Narbenbildung ihre olfaktorische Empfindlichkeit potenziert und sie am Ende eine so feine Nase hat wie ein Spürhund? Leonors Leben könnte unerträglich werden. Alle Ausscheidungen der Haustiere zu riechen, die Eintopfgerichte und den Schweiß der Leute, die Deodorants, den noch ein Jahr nach dem Brand penetranten Gestank der verkohlten Tiere. Könnte sie das aushalten?

Die Assoziationskette von Gerüchen ruft Karina einen Vers von Shakira in Erinnerung, der Lieblingssängerin ihrer verstorbenen Mutter: «desarrollaste mi sentido de olfato», «dank dir lernte ich zu riechen». In ihrer Jugend hat Karina den Song «Antología» umgedeutet: Für sie war es keine Klage nach einer Trennung, sondern eine elegische Liebeserklärung. Mit diesem Lied besänftigte sie die Sehnsucht nach ihrer Mutter, die es gerne inbrünstig gesungen hatte, wenn sie kochte oder längere Strecken im Auto durch die Stadt fuhr. Karina stimmt der jungen Shakira zu, wenn sie sagt: «und auch wenn es heißt, die Zeit heilt alle Wunden: Der Schmerz ist immer noch da». Auch neunzehn Jahre haben nicht gereicht, um den schmerzhaften Verlust zu übertönen.

Wenn sie die Lektionen ihrer Mutter anthologisiert, erinnert sich Karina daran, wie sie ihr die Sterne zeigte, wie sie Flan Napolitano für sie zubereitete, wie sie sie auf den Arm nahm, um mit ihr zusammen zu fröhlicheren Liedern als diesem zu tanzen. Wenn Shakira singt: «Aber du hast mir den letzten Hinweis nicht gegeben, ich weiß noch immer nicht, wie soll ich ohne deine Liebe leben?», dann kommen Karina die Tränen, weil sie statt einer liebevollen und lebensfrohen Mutter eine kränkelnde, krittelnde, alkoholkranke Großmutter hat.

Karina greift auf dieses und weitere Lieder zurück, um die schönsten Erinnerungen an ihre Mutter am Leben zu erhalten. Ihre größte Angst ist, sie zu vergessen, als Erwachsene überhaupt keine emotionale Bindung mehr zu ihr zu haben. In letzter Zeit hört sie wieder die alten Platten. Die Bedeutung vieler Lieder hat sich für sie verändert. Vor allem diese Hymne, die ihre Mutter mit einer für eine verheiratete Frau viel zu lodernden Wut sang: «Ciega, sordomuda», «Blind, taub und stumm».

Shakira hat sich auch die Nase operieren lassen, und die Veränderung ihrer Stimme ist nur für diejenigen wahrnehmbar, die ihre Lieder mit obsessiver und professioneller Aufmerksamkeit hören. Menschen wie Leonor, sie ist ja Toningenieurin. Während sich Karina auf die Vibrationswellen des luftleeren Weltraums spezialisiert hat, widmet sich Leonor den Wellen im von Luft erfüllten Raum. Wenn der Chirurg sie fragt, wird sie sagen, sie arbeitet als Freelancerin für verschiedene Tonstudios und macht Postproduktion fürs Kino. Wenn nötig, wird sie damit prahlen, dass das Foro Sol sie letztes Jahr als Tonchefin für Shakiras Konzerte engagiert hat.

Ihre Mutter wollte sie Shakira nennen, aber ihr Vater und ihre Großmutter waren dagegen. Also suchte Margarita einen ähnlichen Namen, der die gleiche Silbenzahl hatte, die gleichen Vokale und der den Buchstaben K enthielt. Darum wurde sie Karina genannt. Das gefiel ihrer Großmutter auch nicht wirklich, aber wenigstens klang es für sie nicht wie der Name einer Puffmutter.

Wenn Dr. Pedro Rodríguez Winter in der Nasenchirurgie so ein Virtuose ist, wie behauptet wird, könnte Leonor ihn dann nicht auch darum bitten, ihr operativ zu einer Stimme zu verhelfen, die klänge wie die der jungen Shakira? Für eine solche Heldentat müssten auch andere Teile des Stimmapparats operiert werden, etwa der Kiefer, die Nebenhöhlen, der Gaumen, die Luftröhre; mit Unterstützung eines Kieferorthopäden müsste man sogar die Zahnstellung verändern. Leonor würde weder Kosten noch Mühen scheuen, denn ihr größter Traum ist, eine Karaoke-Bar zu betreten – Leonor liebt Karaoke, auch wenn Karina es nicht ausstehen kann –, das Mikrofon zu ergreifen, um die Tonspur von «Moscas en la casa» zu bitten und das Lied dann so sanft und langsam zu singen, als wäre sie ein von der kolumbianischen Diva besessenes Medium, die offenen Vokale im Wort «nada» extrem nasalierend, die Tage ohne ihren Liebsten, «so voller Nichts», «tan llenos de nada». Die Leute würden applaudieren, berührt von ihrer Darbietung und beeindruckt von der perfekten Imitation.

«Leonor?»

Kürzlich hat Karina einen dieser neuen virtuellen Sänger gehört, deren Stimmen von fortgeschrittener KI auf der Grundlage riesiger Datenmengen zu den Vorlieben des Publikums generiert werden. Nicht nur ist ihr Timbre jeweils genau auf das musikalische Genre abgestimmt; die digitalen Sänger treffen auch absolut jeden Ton, ihnen verrutscht kein einziges Vibrato oder Sfumato, und so gewöhnt sich das Publikum allmählich an eine Perfektion, die wirklich menschlichen Stimmen keine Chance mehr lässt. Wie sie in einem Kommentar unter einem Video von Genetrix Blue gelesen hat, einer der berühmtesten künstlichen Diven von Sony: «Wer mit den Göttern gevögelt hat, will keine Sterblichen mehr küssen.»

«Leonor?»

Eine Zeit lang suchte Karina nach Tonaufnahmen von ihrer Mutter. Sie hätte gern ein synthetisierendes Programm damit gefüttert, um dann hören zu können, wie sie ihr abends Märchen vorlas oder ihr die Anime-Lieder vorsang, die sie so mochte. Doch sie fand keine einzige Aufnahme.

«Leonor Llorente!»

Die Rezeptionistin, in Diskretion geschult, hat es aufgegeben, Leonor bei ihrem Vornamen zu rufen. Endlich reagiert Karina, schnellt empor wie eine Sprungfeder, wirft die *¡Hola!* auf den Tisch und geht zur Empfangsdame, die ihr die Tür zum Flur mit den Sprechzimmern aufhält.

«Entschuldigung, ich war in Gedanken woanders.»

«Kein Problem», antwortet die Rezeptionistin mit unterkühlter Herzlichkeit, ohne zu ahnen, warum Leonor so lange gebraucht hat, bis sie merkte, dass sie gerufen wurde. «Hier entlang. Zuerst gehen wir ins Fotostudio.»

«Was?»

«Ja, wir machen ein paar Fotos, damit du mit dem Arzt am Bildschirm besprechen kannst, was gemacht werden soll.»

Karina hat sich noch nie fotogen gefunden. Sie will sich weigern, fliehen, vorgeben, gerade über einen Notfall informiert worden zu sein. Meine Mutter ist in ihrem Spinning-Kurs umgekippt, tut mir leid, ich muss sofort los. Doch sie bleibt. Sie folgt der Arzthelferin in den winzigen, fensterlosen Raum, wo sie die Bilder von ihr machen wird. Karina hat es nie gemocht, in die Kamera zu lächeln. Leonor aber lächelt, kneift, vom Blitz geblendet, die Augen zu und hält dann still – blind, blöd, taub und stumm, tollpatschig, töricht, im Profil und mit ernstem Gesicht, damit die Nase nicht ihre Form verändert.

19. REINKARNATION

Er hielt es für möglich, dass er gestorben war, ohne es zu merken, um dann plötzlich im Embryo eines Tiers aus der Zukunft zu reinkarnieren. Vielleicht war er keine menschliche Leiche im Inneren eines Sargs, sondern der Fötus eines geflügelten Fleischfressers in einem schuppigen Ei. Das musste es sein: Seine Seele war gewandert und befand sich nun in einem unterirdischen Nest unter dem Körper seiner Mutter, die manchmal mit ihren Krallen an der Eierschale kratzte.

Als er noch ein Mensch war, wuchs das Ei Silverios im Leib seiner Mutter heran. So war es bei den Säugetieren, den Haien, manchen Froscharten. Aber nun, da er ein Drache war, reifte er in einem Erdloch heran. Wie lange es wohl dauern würde? Vielleicht gehörte es zur Entwicklung, dass er zuerst seine vergangene Identität vergessen musste, die Erinnerungen an die Genüsse und Enttäuschungen, die er in den dreiunddreißig Jahren seines arbeitsreichen, bekifften, verpennten, gewerkschaftlich organisierten, pornophilen, einsamen Chiquinerd-Lebens angesammelt hatte. Wenn er schlüpfte, wüsste er nicht mehr, wer er Jahrhunderte vorher gewesen war, in den ersten Dekaden des letzten Jahrtausends, in dem noch der Mensch herrschte.

Dabei hätte er gerne ein paar Erinnerungen ins nächste Leben mitgenommen. Wie sein Vater ihn einmal auf der Lehmpiste zur großen Halde den Müllwagen fahren ließ. Den salzigen Geschmack des Meerwassers von Acapulco, das er ein einziges Mal gekostet hatte. Die rosa Zunge von Pancha, die ihm vor Freude das Gesicht abschleckte, wenn er zur Arbeit kam. Die apokalyptische Rothaarige, die das Grab von Sor Juana in der Rotunde aufgesucht hatte – sie war so schön, dass Silverio es nicht übers Herz brachte, ihr zu sagen, dass unter dem Kenotaph keine menschlichen Überreste lagen, weil die im Kloster gefundenen Knochen der Poetin nie sicher hatten zugeordnet werden können.

Nicht nur die guten Erinnerungen hätte er gerne aufbewahrt. Auch die Kälte, die er an der Schläfe spürte, als bei einem der vielen Überfälle im öffentlichen Nahverkehr eine Waffe auf ihn gerichtet wurde. Den Tag, als sein Bruder im Kokainwahn auf ihn losging und ihn verprügelte. Als er sah, wie Doris, seine Freundin aus der Schlucht, lasziv mit einer anderen Frau tanzte. Den Geruch der Leichen, die schon stark verwest in die Gemeinschaftsgräber gebracht wurden. Und natürlich wollte er sich an diese eine Nacht erinnern, die letzte, als er dem Tod in die Augen geblickt hatte.

Wenn er als Drache aus dem metallischen Ei schlüpfte, wäre die Welt um ihn herum eine ganz andere: die Stadt im See von Texcoco versunken, die Vulkane aktiv, die Axolotl riesig, die Chihuahuas eine verwilderte Meute; es gäbe fleischfressende Jacarandas, Wale, die wieder aus dem Meer gekrochen waren, zivilisierte Raben, vegetarische Tiger und weiße Haie wie immer – denn die Haie waren seit vierhundert Millionen Jahren ihrer Form treu geblieben. Vielleicht würden Schildkröten am Ufer des Sees ihre Eier legen, in den Sand, der die Gräber der Rotunde bedeckte, und wenn sie mit ihren Flossen die Gruben dafür aushoben, würden sie die Fossilien berühmter Menschen durcheinanderbringen. Silverio wäre ein Drachenbaby ohne Gedächtnis, gefährlich und schutzlos, riesig und leicht entflammbar. Seine Mutter, der wildeste Engel auf Erden, würde ihn mit einem Nahrungsbrei aus Braunbären und analphabetischen Primaten füttern. Sie brächte ihm über den Ruinen der Wolkenkratzer von Santa Fe das Fliegen bei. Eines Tages, beim Flug durch die heiße Kohlendioxidluft, würde er aus den Wolken die Schlucht erblicken, in der er in seinem vorigen Leben gewohnt hatte. Er würde ein unerklärliches Heimweh verspüren. Er würde hinabgleiten, um die archäologische Stätte zu erkunden, und beim Graben mit seinen Krallen die Glocke finden, die sein Vater auf dem Müllwagen geläutet hatte. Metall auf Metall, die Glocke würde erklingen und in ihm den Wunsch wecken, eine Familie zu gründen. Er würde eine Feuergarbe ausstoßen und wieder losfliegen, auf der Suche nach einem läufigen Weibchen.

20. BLUTEIS

Der neue Zoo ist so aufgebaut, dass die Besucher ihn in der gleichen Reihenfolge durchqueren wie die ersten Menschen den Planeten. Afrika, Asien, Europa, Ozeanien, Amerika. Am einen Ende die Katzen Südafrikas und am anderen die Pinguine Patagoniens. Zu Beginn ihres Rundgangs kehrt Karina also in die Savanne zurück. Es ist heiß und gibt keinen Schatten. Sie hat Angst, aber nicht vor den wilden Tieren, sondern vor der Menschenmasse, die sich an der Brüstung über dem felsigen Löwengelände ballt.

«Mamá, was fressen die da?»

Es heißt, sie seien bei einem Drogenbaron beschlagnahmt worden. Die feudale Bezeichnung ist in diesem Fall treffend. Neben seiner Privatarmee, seiner eigenen Kirche und seinem Palast besaß der Herr auch eine Sammlung exotischer Fauna. Ein erheblicher Teil der Zootiere stammt aus solchen Landgütern, die in dieser neuen Phase im Kampf gegen das organisierte Verbrechen enteignet wurden. Sie waren Trophäen, Glücksbringer und Henker, eine Zurschaustellung der Macht, die selbst die größten Raubtiere unterwerfen konnte.

«Sieht aus wie Chamoy-Eis am Stiel. Wer hätte bei dieser Affenhitze nicht Lust auf ein Bon Ice?»

Die riesigen Katzen lecken geradezu zärtlich an den roten Eisblöcken. Karina stellt sich die makabre Liebenswürdigkeit vor, mit der die Pfleger Plastikschüsseln mit Blut füllen und in den Gefrierschrank stellen.

«Was meinst du wohl, warum die rot sind? Ich glaube, ein paar Innereien tun die da auch mit rein.»

Karina hört gerne fremden Gesprächen zu. Es hat ihr immer Spaß gemacht, in Cafés, im Bus, auf Astronomie- und Mechanik-Konferenzen als Gespenst unterwegs zu sein.

«Igitt, du lügst doch.»

«Aber du magst doch auch Blutwurst.»

Das Blut hat die Farbe von verrostetem Eisen, dem Metall, das in der Lunge oxidiert und den Brennstoff des Lebens im Körper verteilt.

«Glaubst du, die Narcos haben die mit Christen gefüttert?»

Die Vorfahren dieses Löwenrudels haben in Afrika bestimmt wilde Hominiden gefressen, schwächliche Zweibeiner, leichte Beute, die an den Wasserläufen unterwegs war und Steine für Faustkeile und Pfeilspitzen suchte.

«Zweifellos.»

Bevor das Blut schmilzt und die Erinnerungen durchtränkt, die schon lauern – jene Szenen, die sie sich wegen allem, was sie herausgefunden hat, erschüttert vorstellen muss –, kehrt Karina den Löwen den Rücken und setzt ihren einsamen Weg in den Norden Afrikas fort.

21. BISNESS

Als 2025 der Panteón Dolores hundertfünfzig Jahre alt wurde, organisierte die Direktion eine Jubiläumsfeier auf dem Hauptplatz. Neben dem leeren Grab von Plutarco Elías Calles wurde ein Pavillon errichtet, und für das Publikum stellte man hundertfünfzig Klappstühle auf. Silverio warf sich in Schale. An dem Event nahm Prominenz wie der Bürgermeister, der Nationaldirektor des Bestattungsinstituts Gayosso sowie eine Historikerin teil, die ihre Doktorarbeit den öffentlichen Friedhöfen von Mexico City gewidmet hatte.

Wie die Dozentin von der Universidad Iberoamericana erklärte, waren Friedhöfe die Brutkästen der menschlichen Zivilisation. Der Wunsch, die Toten zu begraben, führte zur Erschaffung heiliger Stätten. Die Toten wurden als Erste sesshaft. In den Träumen riefen sie ihre Hinterbliebenen, damit diese sie nicht alleine ließen. Die Lebenden blieben in der Nähe ihrer Vorfahren und gründeten so die ersten Dörfer. Von der Aussaat ihrer Toten inspiriert, lernten sie, auch Samen in den Boden zu bringen, den Lauf des Mondes zu beobachten und an die Wiederauferstehung zu glauben.

Zehntausend Jahre später bat der englische Geschäftsmann Juan Manuel Benfield – der seine Tochter auf einem

Stück Brachland hatte beerdigen müssen, weil die Kirche die Beisetzung von Anglikanern und Protestanten auf ihren Gottesäckern verbot – die Regierung von Präsident Sebastián Lerdo de Tejada um Erlaubnis, den ersten laizistischen Friedhof auf dem Hochplateau von Dolores zu gründen, einem weitläufigen Terrain im Norden des Dorfs Tacubaya. Die Genehmigung erhielt er unter der Auflage, einen Bereich der Nekropole den berühmten Männern der Nation zu widmen.

Es war ein Jammer, dass der Friedhof trotz seiner bedeutenden Geschichte und Genealogie in Vergessenheit geraten war, die Straßen leer und die Rotunde in Ruinen. Der Opfertod des Priesters, der Brand sowie der Skandal um gestohlene Gräber vergraulten die Kundschaft. Niemand wollte seine Angehörigen in diesem verfluchten Grund beerdigen; dem Arbeitsmangel folgte das Verschwinden der «Hilfsarbeiter», ein Euphemismus für all die Totengräber und Handwerker, die als Selbstständige auf dem Friedhof arbeiteten, ohne Vertrag oder Sozialleistungen. Auch die angestellten Arbeiter erschienen nicht mehr zum Dienst oder nur noch, um ihre Stundenzettel zu unterschreiben und der Santa Muerte auf ihrem Altar, den sie in der Kapelle für die abgetriebenen Kinder versteckt hatten, Opfergaben darzubringen. Das Fernbleiben vom Arbeitsplatz hatte seine Gründe nicht allein darin, dass nichts zu tun war; die Angestellten hatten auch Angst davor, dass der Friedhof in seinem Hunger nach Toten sich diese auf eigene Rechnung beschaffen würde, weshalb sie besser so wenig Zeit wie möglich auf seinem Hoheitsgebiet verbrachten.

«Gestern Nacht ist hier oben ein Laster verunglückt, auf der Avenida Constituyentes. Auf gerader Strecke bergauf, so als hätte der Friedhof selbst ihn runtergezogen, kommt her zu mir. Bumm. Vier Tote.» – «Ich habe letztens am Schuppen Blutstropfen gesehen.» – «Als ich neulich zum Pinkeln runtergegangen bin, habe ich hinter der Mauer einen zerfetzten Hund gefunden.» – «Ich habe da drüben Schreie gehört wie von einer Hexe.» – «Ah ja, du Held, und wie schreien Hexen?», fragte Silverio spöttisch. «Genau wie deine Mamá, wenn ich sie knalle», gab der Kollege zurück. «Das hättest du wohl gern», antwortete er und verbarg seine Empörung.

Nichts aus dieser großen Bandbreite an Ängsten schreckte Silverio, der weiter stoisch und vertragsgetreu seine Stunden abarbeitete und seine Aufgaben erfüllte.

«Guten Tag», sagte um vier Uhr nachmittags eine Dame, die mit den Fingerknöcheln an die Scheibe des Wachhäuschens klopfte. «Sein Sie der Senijor Silveriu?»

Silverio wunderte sich, dass eine derart mexikanisch aussehende Frau – sie war so dunkelhäutig wie er und hatte dichtes, glattes und tiefschwarzes Haar – ein so schlechtes Spanisch sprach.

«Ja, bitte?»

«Die Senijorita Lupei hat gesagt, ich soll mit Sie reden über was.»

Bestimmt eine dieser US-Amerikanerinnen, die nie richtig die Sprache ihrer ausgewanderten Eltern gelernt hatten.

«Moment, ich komme eben raus.»

Lupita hatte ihm angekündigt, dass eine Dame ihn wegen einer inoffiziellen Angelegenheit aufsuchen würde. Wenn da ein Bisness zustande käme, müsste er ihr natürlich eine Provision zahlen.

«Meine Omi ist hier begabt», sagte sie – ihre Zunge war nicht in der Lage, jemanden zu *begraben*. «Und meine

Mamá ist sehr alt, und immer und immer kommt sie in ihren Traum, seit dem Feuer. Aber sie hat nicht Green Card und kann nicht hierher fliegen, und meine Omi sagt, sie will nicht mehr allein sein hier. Also komme ich, und sie sagen: Jetzt kann man nicht machen den Prozess, sie nach USA zu holen. Aber meine Mamá ist ganz alt und kann nicht ruhig sein.»

«Ich verstehe», sagte Silverio mit professionellem Ernst. «Ja, gut, es ist wirklich sehr schwierig, eine Erlaubnis zu bekommen für das, was Sie mir da erzählen. Ich weiß natürlich nicht, was Ihnen Señorita Lupe im Büro gesagt hat.»

«Ich will zahlen, und dann kommt meine Omi mit mir. Sie sagt mir, ich frage dich und Sie wissen, wer kann sie rausholen und mir geben.»

Laut Strafgesetzbuch, Paragraf 281, könnte Silverio bei seinem Bruder im Gefängnis landen, wenn er die Großmutter auf eigene Faust exhumierte. «Es wird mit einem bis zu fünf Jahren Gefängnis bestraft, I. wer ein Grabmal, ein Grab, eine Grabstätte oder einen Sarg schändet, II. wer sich an einem Leichnam oder menschlichen Überresten durch Verunglimpfung, Verstümmelung, Gewalt oder Nekrophilie vergeht. Besteht die Nekrophilie in der Vornahme des Geschlechtsverkehrs, so beträgt die Freiheitsstrafe vier bis acht Jahre.»

«Das Problem ist, dass diese Dinge sehr hart bestraft werden», sagte er mit betroffenem Gesicht; mal sehen, wie viel die Kundin ihm anbieten würde. Bei einer anständigen Hausnummer wäre er bereit, das Risiko einzugehen; da er weder vorhatte, die Großmutter der Dame zu zerstückeln, noch, den Koitus mit ihr zu vollziehen, betrüge die Höchststrafe ja wohl nur zwei Jahre.

«Ich kann dir zweihundert hier geben und achthundert mehr, wenn alles fertig.»

Tausend Peso reichten bei Weitem nicht als Kompensation für das Risiko und die Mühen, ein Grab zu öffnen und mit den verdorrten Überresten darin zu hantieren. Silverio war nicht daran interessiert, diesen Job für weniger als dreitausend zu erledigen, zumal er Lupita sicher um die fünfhundert abgeben müsste.

«Uff, ich weiß nicht. Es gibt ja fast keine Totengräber, niemand will hier noch arbeiten, der Friedhof ist verbranntes Terrain, um es mal so zu sagen.»

Allerdings hatte Silverio entschieden, dass er sich trotz seiner Position als Wachmann grundsätzlich nicht zu schade wäre, für ein paar Peso extra ein bisschen Erde umzugraben.

«Zuerst müsste man schauen, in welchem Zustand das Grab ist. Zement kaufen, Ziegelsteine, was man halt braucht, damit es hinterher wieder so aussieht wie vorher. Und dem Wachmann an dem Tag ein Trinkgeld geben, damit er woanders langgeht. Also, es ist kompliziert.»

«Ich habe nur tausendfünfhundert Dollar in bar, aber ich habe sie nicht dabei. Ich kann das dir holen und noch mal fünfhundert aus dem Automaten. Das sind dann Pesos, ich weiß nicht, wie viel.»

Silverio hatte Mühe, seine Freude zu verbergen, als er begriff, dass die Kundin ihm für den Job nicht tausend Peso anbot, sondern zweitausend Dollar.

«Okay, ja, das dürfte reichen. Wie lange wollen Sie bleiben?»

«So schnell wie möglich, ich zahle zu teuer hier in der Nähe. Ich weiß nicht, kannst du mir Asche geben. Ich kann nicht Knochen rüberbringen, weißt du? Ich nehme Bus, und mein Mann fährt mit dem Auto für mich, aber ich kann im Zoll nicht Knochen haben.»

«Nein, natürlich nicht. Daran habe ich nicht gedacht, aber klar, das ist möglich, ich glaube, dafür berechnen sie noch mal hundert.»

«Okay.»

Silverio bat die Señora Kimberly, eine Stunde zu warten, dann könne sie ihm das Grab ihrer Großmutter zeigen. Sie gab ihm zweihundert Dollar – in dieser Nacht las Silverio die Wikipedia-Seite über Benjamin Franklin –, und sie verabredeten sich für drei Tage später, um die Sache abzuschließen.

Nachdem er sich von ihr verabschiedet hatte, suchte er sich einen Wechselkurs-Rechner im Internet, um genau zu wissen, wie viel er mit diesem Job verdienen würde. Wow. Nur Rapper und Boxer verdienten in einer einzigen Nacht so viel Geld. Mit siebzigtausend Peso konnte er zwei Computer kaufen, einen für seine Tochter und einen für sich, und seine Mutter in eine Privatpraxis bringen, für die Behandlung des Prädiabetes, den sie in der Klinik bei ihr diagnostiziert hatten. Er würde die Wikipedia-Artikel und die Dokumentarfilme auf YouTube nicht mehr auf dem winzigen Display seines Handys anschauen müssen.

Er konnte seiner Mutter nicht erzählen, woher sein neuer Reichtum stammte, also verbreitete er zu Hause die frohe Botschaft, die Regierung würde ihm einen saftigen Bonus zahlen, um ihn für seine traumatische Erfahrung als Überlebender des Friedhofsbrandes zu entschädigen.

22. KILOMETER 29

Als Karina angefangen hat, sich über Co-Abhängigkeit einzulesen, eine der häufigsten Störungen bei Angehörigen Suchtkranker, fühlte sie sich ihrer Einzigartigkeit beraubt, denn sie erkannte, dass sie voll in das Profil der aufopferungsvollen und kontrollierenden Persönlichkeit passte, streng mit sich selbst und nachsichtig mit anderen, von einer Mischung aus Schuldgefühlen und Groll wegen ihrer dysfunktionalen Großmutter geplagt. Sie unternahm eine bewusste Anstrengung, die fixe Idee zu unterdrücken, die alte Dame selber zu pflegen, konnte jedoch den Gedanken nicht abschütteln, dass es ihre Pflicht war. Rebeca hatte sie schließlich nicht nur mit liebevoller Hingabe aufgezogen, sie hatte auch ihr Haus verkauft und ihr Erbe ausgegeben, damit ihre Enkelin ein so anspruchsvolles wie am Ende schlecht bezahltes Fach studieren konnte. Bei ihr in Mexiko zu bleiben und bis zu ihrem Tod mit ihr zu leben, war das Mindeste, um sich für das zu revanchieren, was Rebeca für sie getan hatte.

Karina vermutet, das Gewicht ihrer moralischen Schuld könnte sich verschieben, wenn sie hinter das Geheimnis ihrer Großmutter käme. Ihre Selbstachtung ist daran gekoppelt, dass sie Rebeca pflegt, und das Rätsel der unverzeihlichen Tat könnte der Schlüssel zu ihrer Befreiung sein. Darum hat sie sich mit einem solchen Feuereifer in die Nachforschungen geworfen: Sie vermutet, dass ihre ersehnte Unabhängigkeit mit dem zusammenhängt, was sie aufzuspüren entschlossen ist.

Viele Spuren, denen sie nachgehen könnte, hat sie nicht, wohl aber zwei verdächtige Vorgänge: das Verschwinden aller Dokumente zum Tod ihrer Eltern und die Säuberung der Familienfotos. Der Autounfall, bei dem sie ums Leben kamen, könnte den Schlüssel zur Lösung bieten. Der Version ihrer Großmutter zufolge hatte ihr Vater am Steuer gesessen, doch ihn traf keine Schuld, denn bei starkem Regen sei ein Lastwagen von der Gegenfahrbahn abgekommen und frontal in das Auto geprallt, in dem ihre Eltern aus ihrem Urlaub in Acapulco zurückkehrten.

Vielleicht hatte es weder Laster noch Regen gegeben. Es war sogar möglich, dass ihr Vater nicht am Steuer saß – und dass ihre Großmutter in ihrem Delirium deshalb die Schwiegertochter anklagte, sie habe ihrem Sohn Furchtbares angetan.

Karina hat die Wetterdaten vom Nachmittag des 16. März 2012 überprüft und festgestellt, dass weder für Morelos noch für Mexico City Regen verzeichnet war.

Wenn ein entgegenkommender Laster ihren Vater von der Straße gedrängt hätte, müsste das Unglück auf der alten Landstraße geschehen sein und nicht auf der breiten, mautpflichtigen Autobahn, die die Hauptstadt mit Acapulco verbindet. Sie beschließt, die ganze Strecke virtuell abzufahren, um Stellen zu suchen, wo sich der Unfall ereignet haben könnte.

«Guten Appetit», sagt sie zu ihrer Großmutter, nachdem

sie ihr die Champignonsuppe hingestellt und sich ihr gegenübergesetzt hat.

«Und mein Lätzchen?», beschwert sich Rebeca und meint die Plastikschürze, die ihre Enkelin ihr umbindet, damit sie sich mit ihrem Tatterich nicht jedes Mal, wenn sie den Löffel zum Mund führt, die Bluse bekleckert.

«Richtig», sagt Karina und holt sie aus der Küchenschublade.

«Ich glaube, du bist verliebt», sagt ihre Großmutter. «Wann stellst du ihn mir vor?»

«Wen?», fragt Karina, während sie ihr die Bänder im Nacken verknotet, unter dem weißen Haar. «Ich bin mit niemandem zusammen.»

«Ich wünschte, du hättest einen Freund, damit du nicht ganz so alleine bist, wenn ich sterbe.»

«Dafür habe ich jetzt keine Zeit.»

In ihrem winzigen Büro im Institut für Nuklearwissenschaften reist sie virtuell zum Rathaus von Tlalpan, wo die Avenida Insurgentes zur Landstraße nach Cuernavaca wird und zu den Vulkanhängen des Ajusco anzusteigen beginnt.

«Ich war sieben Jahre lang die Freundin von Papá.» Rebeca vertut sich immer öfter und nennt ihren Mann Ramiro «Papá» statt «Großvater». «Er kam mich im Dorf besuchen, bis ich mir irgendwann sagte: Es ist gut jetzt. Und dann habe ich ihm erzählt, dass ich zu einem Fest in Villahermosa eingeladen war und ein junger Mann aus gutem Hause mich ausführen wollte, aber ich wüsste nicht, ob ich ihm sagen sollte, dass ich schon verlobt war. Und, was hast du zu ihm gesagt?, fragte er, ziemlich sauer. Dass ich ihm Bescheid sagen würde, wenn ich mal wieder in Villahermosa wäre. Na, sagte er, dann rede ich mit deiner Mamá, und wir heiraten. Ist gut, sagte ich, und zu mir selbst: Na siehste.»

Bei Kilometer 29 findet sie die erste scharfe Kurve, direkt an einem Abgrund, der ziemlich tief zu sein scheint. Zwischen der Fahrbahn und dem Nichts sind zwei Barrieren: eine verbeulte Leitplanke und dahinter eine Steinmauer mit Zebramuster. Der doppelte Schutzwall und die vielen Kreuze legen nahe, dass es ein unfallträchtiger Ort ist. Außerdem steht dort eine kleine orangefarbene Kapelle, und über der Leitplanke hängt eine Plane mit dem Foto eines Motorradfahrers und der Aufschrift: «Ruhe in Frieden, Peloncito. 1995–2027.»

«Ich suche ein schönes Foto von ihm raus und stelle es auf den Altar für die Toten.»

Hier könnte es passiert sein. Obwohl sich Karina aus Prinzip nicht von numerischen Koinzidenzen beeinflussen lässt, fällt ihr doch auf, dass Kilometer 29 eine Primzahl ist – ihr Professor in Zahlentheorie führte gerne fantasievoll aus, dass die natürlichen Zahlen, die nur durch eins und durch sich selbst teilbar sind, Primzahlen hießen, weil sie *primitiv* seien und keine *kombinatorischen Komplexe.* Diese Zahlen stehen am Ursprung der gesamten arithmetischen Ordnung. Kilometer 29 könnte am Ursprung ihres Lebens stehen. Es wäre interessant, die Straßen unter dem Aspekt der Fraktale zu studieren, auf der Suche nach geografischen Mustern, nach denen sich Entfernungen mit Kurven, Geraden oder Steigungen assoziieren ließen.

«Ist nicht schon bald der *Día de los Muertos*?», fragt Rebeca. «Welchen haben wir heute?»

Drei Kilometer weiter stößt sie auf die Einfahrt zu einem Restaurant namens El Mirador. Aber der Panoramablick ist getrübt: Über der Stadt hängt eine graue Glocke aus Schmutzpartikeln. Dennoch kann man die aufgereihten Krater der Vulkane erkennen, die einst den Texcoco- vom Xochimilco-See trennten. Wer würde sich dort zum Essen hinsetzen wollen, mit Blick auf diese Hügellandschaft ohne Seen, verschlungen von der wuchernden Stadt? Sie fährt weiter und gelangt an ein Schild, auf dem «Schutzgebiet Chichinautzin» steht. Dieser Pinienwald krönt den vulkanischen Höhenzug, der das Tal von Mexiko verschließt und es in eine Seenlandschaft ohne natürlichen Abfluss verwandelt. Sie passiert das Dorf Topilejo und erreicht eine Zone mit Ackerland. Schwermütig erwägt sie die Möglichkeit, diese Felder könnten das Letzte gewesen sein, was ihre Eltern sahen, nicht ahnend, dass das Ende ihres Lebens unmittelbar bevorstand.

«Zehnter Oktober», stellt Karina klar. «Es ist noch etwas hin, aber ich will einen hübschen Altar bauen, wegen allem, was passiert ist.»

Auf dem Satellitenbild der Landstraße sind die konischen Formen all der Vulkane zu erkennen, die den Weg säumen: Pelado, Tesoyo, Palomito, die Cardos, der Oyameyo, die Ollas, Ocopiasco, Caldera, Cima I und II, Joyo, Cajete, Tulmiac, Pipiritillo, sie kann nicht glauben, dass es auf so begrenztem Gebiet so viel tellurische Aktivität gibt, so viel eiternden Fels, so hoch aufgetürmt, dass er mitten in den Tropen Berge mit subalpinem Klima bildet.

«Was ist denn passiert?», fragt ihre Großmutter, sie weiß es wirklich nicht.

«Der Brand auf dem Friedhof.»

Karina ist kurz davor, die Grenze zwischen Mexico City und dem Bundesstaat Morelos zu überqueren, die auf Google Maps als eine rot gepunktete Linie eingezeichnet ist, dem ungleichmäßigen Verlauf der Berggipfel folgend.

«Ah, richtig, aber das ist ja Gott sei Dank schon vorbei.»

Der Weg von den Vulkanen hinab führt an keinen Schluchten entlang. Bald erreicht sie das Dorf Tres Marías, wo sich die Landstraße und die Autobahn fast berühren, getrennt nur durch eine schmale Reihe von Absteigen für die Reisenden.

«Beeil dich mit der Suppe, die Fleischklößchen sind schon heiß.»

Ihre Großmutter hat noch nicht bemerkt, dass Karina die Fleischklößchen schon seit einigen Jahren mit veganem Hack zubereitet.

«Ich bin satt.»

«Du hast fast nichts gegessen. Wenn du willst, lass die Suppe stehen, aber zwei Fleischklößchen musst du essen.»

Hinter Tres Marías geht es wieder bergab, der bewaldete Hang neigt sich immer stärker, und sie gelangt an eine Weggabelung: links nach Coajomulco, rechts nach Cuernavaca. Als Linkshänderin hat sie den Impuls, links abzubiegen, doch ergibt es keinen Sinn, einen Umweg zu machen und Coajomulco zu besuchen. Sie fährt weiter bergab, einem weißen Auto hinterher. Eine Folge von Querstreifen auf dem Asphalt warnt vor einer scharfen Kurve. Sie liest auf einem Wegweiser: «Cuernavaca 15 Kilometer».

«Sag mal, wo wir gerade vom Friedhof reden, ich wollte dich was fragen. Wurde der Fahrer des Lasters, der am Unfall meiner Eltern schuld war, eigentlich festgenommen? Du hast mir nie gesagt, ob du ihn kennengelernt hast. Darüber denke ich zurzeit oft nach.»

Die engste Kurve der Strecke, wo sie den gefährlichsten

Abhang erwartet hat, ist von dicht stehenden Bäumen gesäumt und liegt an einem eher sanft abfallenden Hang. Keine Absturzgefahr. Das Oyameles-Wäldchen ist ein lieblicher Ort.

«Denk da nicht dran. Es war ein Unfall, fertig. Gottes Wille.»

Ein Schild erinnert daran, bei Nebel die Scheinwerfer anzuschalten.

«Aber haben sie den jetzt festgenommen oder nicht, den Lastwagenfahrer?»

Ein Fußgängerüberweg – neun weiße Streifen auf dem Asphalt – zeigt ihr, dass sie schon am Rand von Cuernavaca angekommen ist. Sie hat viele gefährliche Kurven durchfahren, aber Schluchten gab es keine mehr, seit sie sich im Bundesstaat Morales befindet. Ungefähr fünfhundert Höhenmeter ist sie abgestiegen, und die Vegetation hat schon das Verschwenderische der Tropen. Der Versuch, die Fahrt zu rekonstruieren, war, wie befürchtet, eine ergebnislose Fleißarbeit. Es wäre auch ein Wunder gewesen, achtzehn Jahre nach dem Verschwinden ihrer Eltern auf Google Maps Beweise zu finden, aber der Asphalt und die Berge schweigen – ebenso wie die Großmutter, die Behörden, die Zeitungen, niemand redet mit ihr.

«Ich erinnere mich nicht. Ich glaube nicht.»

Wieder ist Karina in einer Sackgasse gelandet, der Weg versperrt von der Vergesslichkeit ihrer Großmutter. Rebeca reicht es zu behaupten, sie könne sich an etwas nicht erinnern, um es dann wirklich zu vergessen.

«Woher wusste man dann, dass ihnen ein Laster entgegenkam?»

«Irgendwer wird es gesehen haben. Keine Ahnung. Warum fragst du mich so aus? Mir tut schon der Mund weh, das Gebiss hat sich gelockert. Ich muss zu dem Arzt, der dir die Backenzähne gezogen hat, weißt du noch?»

Natürlich weiß Karina noch. Sie war siebzehn, und ihre Weisheitszähne konnten in der Enge ihres neotenischen Primatenkiefers nicht aufrecht durchs Zahnfleisch brechen, sondern drückten schräg von unten gegen die davor liegenden Backenzähne, sodass ihr Gebiss sich schmerzhaft zu verschieben begonnen hatte. Der Kieferchirurg, der ihnen empfohlen worden war, hatte seine Praxis im zwanzigsten Stock eines luxuriösen Hochhauses in Lomas. Der Eingriff sollte zwanzigtausend Peso kosten. Karina suchte einen billigeren Chirurgen in Azcapotzalco, aber ihre Großmutter bestand darauf, dass nur der Allerbeste ihre Enkelin operieren dürfe; also rief sie ihren Neffen an und tat, was sie am meisten hasste: Sie bat um Almosen.

«Lenk nicht vom Thema ab, ich habe dich was gefragt.»

«Und ich sage dir, dass mir der Mund wehtut. Was soll ich denn machen?»

Karina stellt fest, dass sie schon fast zu spät dran ist für ihren Kurs um sechzehn Uhr.

«Ich muss an die Uni. Wenn ich zurück bin, tu ich dir Salbe drauf.»

Weil sie die ganze Zeit im Hinterkopf hat, dass sie wieder in die Wohnung muss, um Rebecas Zahnfleisch zu verarzten, kann sie sich nicht konzentrieren. Sie sitzt in ihrem Büro im Institut, auf dem Bildschirm Google Maps in der Schwebe über der Landstraße 94, eingefroren in der Zeit hinter einem weißen Auto, kurz vor Cuernavaca.

Am liebsten würde sie weiterfahren, fliehen, die Umgehungsstraße nehmen und der Landstraße bis an den Pazifik folgen, doch sie hat keine andere Wahl, als zu wenden und auf der kurvenreichen Strecke zurückzukehren, wo der Regen und ein Geisterlaster sich einst verbündeten, um sie zur Waise zu machen. Sie wird die Avenida Insurgentes nehmen und an der Eje 10 nicht rechts nach El Altillo abbiegen, sondern immer weiter nach Norden fahren, bis zum Haus in Lindavista, wo sie als Kind mit ihren Eltern gelebt hat. Sie ist nie wieder dort gewesen. Dank ihrer Mutter, die für den Fall, dass sie sich verläuft, mit ihr geübt hat, weiß sie die Adresse immer noch auswendig. Sie weiß auch die Handynummer ihrer Mutter noch, aber das wird ihr nichts nützen. Calle Ayacucho 27, Hinterhaus, Wohnung 303, Colonia Torres de Lindavista.

23. BARONIA

Wenigstens nervten die Mücken nicht, das war der einzige Vorteil, wenn man zwei Meter unter der Erde lag. Wenn er nachts zu Hause war, bekam er wegen der Moskitos, die in den Blumentöpfen der Nachbarn gediehen, kaum ein Auge zu. Auf dem Friedhof war der Belagerungszustand noch schlimmer gewesen, bevor das Feuer alles ausgeräuchert hatte. Die Wasserbecken waren brackige Brutstätten für Larven, die sich in erwachsene Blutsauger verwandelten, ihm mit ihrem Sirren den Schlaf zerschossen und ihn mit Stichen überzogen, wenn er draußen seine abendlichen Runden drehte. Es war bereits belegt, dass sich aufgrund der gestiegenen Temperaturen die Tigermücke im Tal von Mexiko angesiedelt hatte.

Der Brand hatte auch die Ameisen ausgelöscht, die Käfer, die Heuschrecken und die Schnecken. Als Silverio das seiner Tochter gegenüber ansprach, um ihr zu zeigen, dass er um die Biodiversität besorgt war, regte sie sich fürchterlich auf und erzählte ihm vom großen Insektensterben auf der ganzen Welt.

Im Schmetterlingshaus des Zoos gab es ein lebendes Fossil, von dem sie jede Menge Fotos gemacht hatte, als sie mit der Schule dort war. Der Falter hieß *Baronia brevicor-*

nis und war eine endemische Art – diese Vokabel gehörte nicht zu Silverios Wortschatz –, die nur im Flussbecken des Balsas zwischen Morelos und Guerrero vorkam. Mit der Aufzucht in Gefangenschaft versuchte man zu verhindern, dass er wegen der Waldbrände im Biosphärenreservat Huautla, seinem letzten Refugium, ausstarb. Er war deutlich weniger spektakulär als der Monarchfalter oder der riesige Blaue Morphofalter, aber sein Wert lag darin, dass er bereits seit siebzig Millionen Jahren auf der Erde existierte. Dieser unscheinbare Schmetterling hatte den Meteoriten überlebt, der den Dinosauriern den Garaus gemacht hatte. So alt war er.

«Und wie konnte er das überleben?», fragte Silverio sie.

«Im Zoo haben sie uns erklärt, dass die Raupen in die Erde kriechen und sich vergraben, um als Puppen zu überwintern» – *Puppe* war ein weiteres Wort, das Silverio in diesem Zusammenhang nicht kannte –, «und auf diese Weise kommen sie sehr lange ohne Wasser aus. Darum haben sie wohl überlebt, und als sie wieder rauskamen, war die Lage nicht mehr ganz so übel.»

Daenerys war fasziniert vom Konzept der lebenden Fossilien, von Spezies, die über enorme Zeitspannen und trotz aller Katastrophen unverändert blieben. Auf Google hatte Silverio die Quastenflosser gefunden (ganz fürchterliche Fische), die Pfeilschwanzkrebse, den Nautilus (eine Mischung aus Schnecke und Tintenfisch), die Baumfarne und die Silberfischchen, von denen es im Friedhofsarchiv wimmelte. Er fand heraus, dass diese elenden Papierfresserchen seit mehr als dreihundert Millionen Jahren auf der Erde waren, also noch viel länger als die Schmetterlinge von Huautla, und dass ihre Stärke in einer für Insekten ungewöhnlichen

Langlebigkeit lag sowie in einer enormen Fähigkeit zu fasten. Silberfischchen konnten vier Jahre alt werden und eines davon ganz ohne Nahrung auskommen – das wären ja bei Silverio entsprechend zwanzig Jahre, ohne einen Bissen zu essen. Deshalb war es so schwierig, sie loszuwerden. Trotz all der Insektenvernichtungsmittel, die die Stadtverwaltung bezahlte, trotz der Säckchen mit Duftnelken, die sie in allen Winkeln des Archivs deponierten, tauchten die perversen Lepismae immer wieder zwischen den Büchern auf. Indem sie die Seiten auffraßen, auf denen die Beerdigungen verzeichnet waren, aßen sie auch die Toten auf.

Eines von ihnen muss den Namen von Karinas Großvater gefressen haben, dessen Knochen ganz in seiner Nähe ruhten.

24. NOSE JOB

Die Arzthelferin, die die Patientinnen und Patienten fotografiert, heißt Patricia. Leonor hat sie nach ihrem Namen gefragt, um Karinas Nerven zu beruhigen; sie ist immer etwas ängstlich, wenn sie mit fremden Leuten interagieren muss, selbst wenn die so nett und zuvorkommend sind wie das Klinikpersonal.

Nach der Fotositzung bringt Patricia Leonor in das Sprechzimmer von Dr. Rodríguez Winter. Ein nüchternes und elegantes, streng minimalistisch eingerichtetes Büro. Der Drehstuhl des Chirurgen ist leer. Karinas Hoffnung sinkt, als sie bemerkt, dass nirgendwo Familienfotos zu sehen sind. Dr. Rodríguez Winter teilt sich das Sprechzimmer sicher mit anderen Chirurgen, weshalb keiner von ihnen den Raum mit Urkunden oder Familienbildern persönlicher gestalten kann. Links neben dem Schreibtisch steht ein Regal mit wenigen Büchern, einer in einem transparenten Plastikblock eingekapselten Medaille und einem psychedelischen Alebrije – dieses Fabelwesen ist eine Art Rhinozeros mit Flügeln und Eidechsenzunge.

«Wenn du schon Platz nehmen magst?», sagt die Helferin. «Ich bin gleich wieder da, mit dem Doktor.»

Leonor setzt sich hin und wischt sich Karinas schwitzige

Hände am Rock ab. Für den Besuch dieser exklusiven Klinik hat sie sich wie für einen Cocktailempfang gekleidet, mit den Stöckelschuhen, die sie seit der unseligen Nacht des 15. September nicht mehr getragen hat.

Karina schaut auf ihre Armbanduhr und bemerkt, dass Leonor nie im Leben so ein buntes, plumpes und kindisches Teil tragen würde. Mit zitternden Fingern beeilt sie sich, das Accessoire von ihrem Handgelenk zu bekommen; sie versteckt es in ihrer Handtasche neben dem beschnittenen Foto von ihrem Vater, das sie als Glücksbringer mitgenommen hat. Um sich zu beruhigen, atmet sie tief ein, hält die Luft an und stößt sie schnell wieder aus, als sich die Tür öffnet und ein stämmiger, sonnengebräunter Mann eintritt; er trägt einen hellblauen Kasack, als käme er direkt aus dem Operationssaal.

«Leonor. Wie geht es dir?»

Der Arzt hat ihren Namen bestimmt gerade in der Mappe gelesen, die er in der Linken hält.

Karina steht auf und reicht ihm die Hand. Das Lächeln des Arztes ist das eines unwiderstehlichen Schwindlers.

«Nimm bitte Platz. Entschuldige die Verspätung, aber in diesen Wochen haben wir immer wahnsinnig viele OPs. Das ist der vollste Monat.»

Karina runzelt die Stirn, das saisonale Phänomen, das der Arzt erwähnt, macht sie neugierig. Obwohl sie sich nicht traut, nachzufragen, erklärt er es ihr.

«Wegen der guten Vorsätze zu Neujahr füllt sich im Januar die Sprechstunde, und dann setzen wir die Eingriffe zu dieser Zeit an und sind bis Mitte Februar ausgebucht. Vielen Leuten ist es wichtig, nach den Ferien wiederhergestellt zu sein. Aber gut, erzähl bitte, was führt dich zu uns?»

Die Schönheit des Arztes bringt Leonor aus der Fassung, sie steht in viel engerem Kontakt zu ihrem sexuellen Appetit als Karina. Das kantige, vorspringende Kinn, der wohlgerundete Bizeps, die angegrauten Koteletten, die der athletischen Erscheinung eine gewisse Reife verleihen.

«Ich dachte, na ja, ich habe gehört, dass Sie im Bereich der Rhinoplastie sehr renommiert sind, und darum bin ich da.»

«Du hast über mich recherchiert und alles», stellt er geschmeichelt fest. «Perfekt, sehr gut.»

Er blickt erst sie an und dann in die Blätter mit ihrer Krankengeschichte.

«War deine Mamá nicht mal bei mir? Du kommst mir so bekannt vor.»

Sie fürchtet, dass der Arzt, gewohnt, Gesichtszüge zu analysieren, die muskuläre Anspannung bemerkt, die das Erkanntwerden bei ihr auslöst. Karina fürchtet, er könnte erraten, wer sie wirklich ist.

«Nein, meine Mamá war nie ...»

«Okay. Witzig, ich vergesse nie ein Gesicht. Leonor Llorente Calles, das klingt stark. Wie möchtest du genannt werden?»

«So halt.» Darüber hat sich Karina keine Gedanken gemacht. «Oder Leo, das geht auch.»

«Leo, bist du am Ende auch einer? Sternzeichen Löwe?»

Der Arzt senkt wieder den Blick, um in den Formularen ihr Geburtsdatum zu überprüfen.

«Nein», antwortet er sich selbst, «du bist Jungfrau.»

Karina lächelt und denkt, dass sie sich niemals den Nasenknorpel von jemandem operieren lassen würde, der seine Patienten nach ihren Sternzeichen befragt.

«Darum hast du schon alles über mich und über die Rhinoplastie nachgelesen, stimmt's? Kaum jemand benutzt diesen Begriff, weißt du, was die meisten zu mir sagen? Dass sie wegen einem *Nose Job* da sind. Und ich sage dann, das sollen sie bitte nicht so nennen, wenn ihre Ehemänner dabei sind, denn wenn die schwerhörig sind, werden sie furchtbar eifersüchtig.»

Er lacht sich über seinen eigenen Witz kaputt. Sie setzt ein Lächeln auf und läuft rot an wegen der Vorstellung, bei dem Arzt eine Fellatio vorzunehmen. Anders als Karina hat Leonor anscheinend keine Abneigung gegen Oralsex.

«Keine Sorge, das war ein Scherz. Nicht wahr, Paty? Pass auf, ich bin der Meinung, man muss sich wohlfühlen miteinander. Vertrauen ist die Basis dafür, dass ein ästhetischer Eingriff gut gelingt. Wenn du mir nicht sagen kannst, das will ich, und ich dir nicht sagen kann, das steht dir nicht, lass uns lieber dies oder jenes machen, dann funktioniert es nicht. Verstehst du? Wir müssen beide ganz ehrlich miteinander sein.»

Wäre sie ehrlich, würde sie ihm sagen, dass sie eigentlich nicht da ist, weil sie sich für Rhinoplastie interessiert. Sie möchte wissen, ob auch er die letzten achtzehn Jahre – in drei Wochen werden es neunzehn sein – gelebt hat, ohne die Wahrheit zu kennen.

«Ja, klar», antwortet Leonor mit Bestimmtheit. «Tatsächlich wollte ich Sie fragen ...»

«Duz mich doch bitte», unterbricht er sie. «Denk dran, wir reden hier ganz im Vertrauen.»

«Könnte ich ein Glas Wasser bekommen?» Karina schaut zu Patricia. «Mein Mund ist ganz trocken.»

«Aber natürlich», sagt der Arzt. «Paty, tust du uns den Gefallen?»

Jetzt, da die Helferin das Sprechzimmer verlassen hat, könnte Karina Pedro fragen, ob er sich an Carlos Miranda erinnert, den Freund seines Vaters. In diesem Augenblick würde der Arzt verstehen, warum ihm Leonor so bekannt vorkam. «Du bist ...» – «Ja», würde sie ihn unterbrechen. «Ich bin seine Tochter.» – «Warum bist du hier?» – «Weil ich gerade die Wahrheit herausgefunden habe.»

«Sobald Paty wieder da ist, laden wir die Fotos im Programm hoch, und dann schauen wir uns mal die Leonor der Zukunft an.»

Leonor hat nicht besonders viel Zukunft vor sich. Karina weiß das und sollte es ihm sofort sagen, ehe Patricia zurückkommt, doch sie schämt sich zu sehr dafür, sich für jemand anderen ausgegeben zu haben. Das war eine unnötige und kontraproduktive Vorsichtsmaßnahme. Der Arzt hätte wohl kaum gewusst, wer sie ist, sobald er den Namen Karina Miranda López in der Krankenakte gelesen hätte. Bevor sie dem Arzt ihre wahre Identität gestehen kann, muss sie Leonor opfern, sie muss sagen, dass dies nicht ihr Name ist, sie muss sich ein Skalpell in die Lippen rammen, einen schmerzhaften Sagittalschnitt setzen und sich die Maske vom Gesicht reißen. Erschrocken würde der Arzt das gehäutete Gesicht seiner Patientin erblicken. Hilft alles nichts. Dafür ist sie hier. Die Tür öffnet sich.

«Bitte schön», sagt Patricia und reicht ihr das Glas Wasser.

«Danke», antwortet Leonor mit einem erleichterten Lächeln.

25. DAS GESPENST AUS DER 303

Vor achtzehn Jahren hat Karina mit ihrem Chihiro-Rucksack und ihrer Totoro-Brotdose dieses Gebäude verlassen. Solange ihre Eltern nicht in der Stadt waren, sollte sie bei ihrer Großmutter bleiben. Sie ist nie wieder an diesen Ort zurückgekehrt, an den sie nur eine Handvoll eingefrorener und stummer Erinnerungen hat. In den Beeten am Eingang wucherten früher dichte, Schatten spendende Pflanzen, sie sind durch einen tristen Kunstrasenteppich ersetzt worden.

Sie hat beschlossen, sich für das Gespräch mit den Nachbarn eine falsche Identität zuzulegen. Der Name, den sie sich ausgesucht hat, gehörte der Bewohnerin des schönsten Grabs, das sie auf dem Panteón Dolores finden konnte. Nun heißt sie also Leonor Llorente Calles und ist die Tochter einer alten Freundin von Margarita López, der Dame, die früher mit ihrem Mann und ihrer Tochter in der Wohnung Nummer 303 lebte.

Karina hat keine Schauspielerfahrung. Die einzige Rolle, die sie je gespielt hat, war eine Blume beim Frühlingsfest, daher sind ihre theatralischen Fähigkeiten darauf beschränkt, Bestäuber zu empfangen, Fotosynthese zu betreiben und zu Hits aus den Nullerjahren zu tanzen.

«Wer ist da?», fragt eine von der Gegensprechanlage verzerrte Männerstimme.

«Guten Tag», Leonor räuspert sich, bevor sie weiterspricht. «Entschuldigen Sie, ich wüsste gern, ob Señora Margarita López zu Hause ist. Ich weiß nicht, ob sie noch hier wohnt.»

«Nein, die wohnt hier nicht.»

«Wissen Sie, meine Mamá ist schwer krank.» Leonors Mutter hat Krebs im Endstadium; die vielen Löcher in den Geschichten ihrer Figuren machen Karina nervös. «Ich bin auf der Suche nach Margarita, sie war als Kind ihre beste Freundin. Sie kennen nicht zufällig die Familie oder wissen, wie ich sie finden könnte?»

Leonor ist sich nicht sicher, ob die Freundin ihrer Mutter noch verheiratet ist oder ob sie sich hat scheiden lassen, ob sie Kinder hat oder lieber zwei Hunde adoptiert hat.

«Nein, keine Ahnung. Tut mir leid.»

«Seit wann wohnen Sie hier? Entschuldigen Sie die Frage, nur um zu wissen, wie lange ...»

Der Mann, der in der Wohnung lebt, in der sie aufgewachsen ist, hat schon aufgelegt. Also klingelt Leonor bei der Nachbarwohnung.

«Ja?» Diesmal ist es eine Kinderstimme.

«Hallo, guten Tag, kann ich mit deiner Mamá sprechen?» Karina würde lieber mit einer Frau reden, auch wenn der Ausschnitt von Leonors Bluse bei einem Mann sicher mehr Wirkung zeigen würde.

«Sie ist nicht da», sagt das Kind und verbessert sich sofort. «Also, sie ist da, aber sie duscht gerade.»

«Okay, danke.»

Bei den Wohnungen 301 und 304 meldet sich niemand. Bei der 201 antwortet ihr eine schlaftrunkene junge Frau, die den Namen Margarita auch noch nie gehört hat, bei der 202 erzählt ihr ein alter Mann, dass er gerade erst hier eingezogen sei, weil seine Tochter, eine erfolgreiche Unternehmerin im Gastronomiesektor, ihn aus Gründen in dieser Wohnung untergebracht habe, die er dann mit einer erschöpfenden Detailfülle erläutert. Bei der 203 keine Reaktion.

Ein Auto hält vor dem Haus, und aus dem Fond steigt eine Frau mit dunkler Brille und Schlabberhose.

«Guten Tag», sagt Leonor zu der Frau, die sich der Tür nähert und dabei in ihrer riesigen Handtasche nach den Schlüsseln sucht.

«Guten Tag», erwidert sie mit heiserer Stimme und einem karibischen Akzent, den Karina keinem konkreten Land zuordnen kann. Der Frau ist anzumerken, dass sie die ganze Nacht nicht geschlafen und exzessiv getrunken hat.

Angesichts ihrer Jugend und ihres ausländischen Aussehens ist es unwahrscheinlich, dass diese Frau ihre Eltern gekannt hat, aber Leonor kann keine Gelegenheit ungenutzt lassen, um in das Gebäude zu gelangen.

«Entschuldige, Folgendes, meine Mamá ist schwer krank, und ich suche ihre beste Freundin aus der Kindheit, Margarita López. Mamá hatte ihre Adresse aufgeschrieben, aber ich habe schon bei der 303 geklingelt, und die kennen sie nicht. Ich setze gerade Himmel und Hölle in Bewegung, um sie zu finden; es würde meine Mamá sehr glücklich machen, wenn sie sich noch verabschieden könnte. Du kennst nicht zufällig jemanden, der was über sie weiß, wo sie hingezogen ist, keine Ahnung?»

Die Frau nimmt die Sonnenbrille ab, dahinter kommen riesige gerötete Augen mit tiefschwarzen Augenringen zum Vorschein.

«Wie heißt sie, hast du gesagt?»

«Margarita López.»

«Margarita ... War sie mit einem älteren Mann verheiratet?»

«Ja, ich glaube schon.»

Die Beschreibung ist vollkommen zutreffend, aber diese junge Ausländerin kann sie unmöglich gekannt haben.

«Kennst du sie?»

«Ich kenne den Mann, leider.»

Karina ist enttäuscht, ganz offensichtlich verwechselt sie ihre Eltern mit anderen Leuten.

«Komm mit.» Sie winkt sie heran, ihre Finger sind mit schier endlosen schwarzen Kunstnägeln versehen. «Ich bringe dich zu Betty. Ich wusste, dass heute irgendwas geschehen würde, ich wusste bloß nicht, was.»

«Warum?», fragt Leonor.

«Das kann dir gleich Betty erzählen, die kennt die Geschichte.»

Karina fürchtet, diese Nachbarin könnte sie wiedererkennen.

«Wie heißt du noch mal?»

Im Aufzug drückt die Nachbarin mit dem Zeigefingernagel den Knopf zum vierten Stock. Ihr Alkoholatem flutet den engen Kasten.

«Leonor. Und du?»

«Venecia.»

Sie kneift die Augen zusammen und schüttelt den Kopf.

«Quatsch, falscher Kanal. Ich heiße Juana.»

Wahrscheinlich hat sie Karina erst den exotischen Fantasienamen genannt, unter dem sie auf ihren nächtlichen Touren, wo sie wie viele andere ausländische Frauen ausgebeutet wird, ihre wahre Identität verbirgt.

«Juanita», sagt Señora Betty, als sie die Tür öffnet. «Jetzt guck dir an, in welchem Aufzug du mich erwischst.»

«Hallo, meine Schöne, wie geht es dir? Darf ich dir Leonor vorstellen? Ich habe sie unten getroffen. Was glaubst du, wen sie sucht?»

«Wen denn?»

«Eine Dame, die in der 303 gewohnt hat. Margarita.»

Betty zieht halb überrascht, halb empört die Augenbrauen hoch.

«Ganz genau», sagt die Frau aus der Karibik.

«Kommt rein, kommt rein. Aber guckt bitte nicht so genau auf das Chaos.»

Karina erkennt den Boden mit dem Karo-Parkett wieder, die Aufteilung der Fenster, den Flur, der in die beiden Zimmer führt, die zum Parkplatz hinausgehen.

Leonor erzählt ihre Geschichte, sie ist hier, um die Freundin ihrer Mutter zu suchen; Señora Betty hört ihr geduldig zu, ohne sich anmerken zu lassen, ob sie sie erkennt.

«Also, schau mal», sagt Señora Betty, «ich bin vor vierundfünfzig Jahren in dieses Haus gezogen, als es gerade fertig war. Ich habe hier alles erlebt. Ich war nie eine Tratschtante, aber wenn so was passiert wie damals, dann kriegt man es halt mit, ob man will oder nicht.»

«Was ist denn passiert?», fragt Leonor gespannt.

«Ich kannte die Freundin deiner Mutter ... Ich bezweifele nicht, dass sie als Kind ganz reizend war, aber später ... na ja, ein besonders guter Mensch ist sie nicht gewesen.»

«Das wissen wir nicht», mischt sich Juana ein. «Man kann nie wissen, was eine Frau durchmacht, bis es so weit kommt.»

«Das ist richtig», sagt die Alte mit geheuchelter Unparteilichkeit. «Manchmal täuscht sich eine in dem Mann, den sie heiratet. Ich glaube, sie hatte es sehr schwer. Er war sicher zwanzig Jahre älter als sie, und in der Krise, das Jahr weiß ich nicht mehr, da wurde er arbeitslos und fing an zu trinken.»

Die Beschreibung ihres Vaters ist schmerzhaft, aber wohl nicht ganz verkehrt; in der Krise von 2008 war die Firma, für die er im Vertrieb arbeitete, bankrottgegangen.

«Sie hatten ein Töchterlein. Und die Freundin von deiner Mami hat den lieben langen Tag geschuftet, um die Familie zu ernähren. Sie und ihr Mann haben viel gestritten. Bis hierher hat man ihr Geschrei gehört.»

Karina kann sich nicht an Streitereien erinnern.

«Sie haben Teller zerschmissen, sie hat geweint, sie haben sich sogar den Tod an den Hals gewünscht. So war das. Und einmal frühmorgens, plötzlich: PENG! Ich fahre aus dem Schlaf und mache mir riesige Sorgen. Was war das?, frage ich meinen Mann. Keine Ahnung, wahrscheinlich ein Feuerwerkskörper, schlaf weiter. Gut, wir schliefen also wieder ein. Erst am Montag kam die Polizei. Und dann erfuhren wir, dass sie ihn tot aufgefunden haben, erschossen. Von der Ehefrau und der Tochter keine Spur. Abgehauen. Wir haben nie erfahren, ob sie sie gekriegt haben.»

Karina hat große Mühe, das hysterische Lachen zu unterdrücken, das diese absurde Nachricht in ihr auslöst – ihre Mutter soll mit ihr geflohen sein, nachdem sie ihren Vater erschossen hat?

«Sie hat ihn getötet?»

Sie tut so, als wäre sie ehrlich entsetzt über diese Nachricht.

Señora Betty nickt.

«Ich bin sicher, er hatte es verdient.» Juana schlägt sich auf die Seite der Täterin.

«Kann sein. Ich vermute ja, das Mädchen war so, weil der Vater, ja, keine Ahnung, was der mit ihr gemacht hat. Da legt jemand Hand an eine meiner Töchter – und ich schaue weg? Und meistens passiert es ja in der Familie.»

Karina ärgert sich, dass diese Unbekannte suggeriert, ihr Vater hätte sie missbraucht, aber das kann sie nicht zeigen, sie muss so tun, als würde diese sensationsgeile Horrorgeschichte, die ihr hier aufgetischt wird, sie nicht persönlich betreffen.

«Als du mir gesagt hast», schaltet sich Juana ein, «dass die Freundin deiner Mamá die aus der 303 war, hatte ich so eine Vorahnung, denn seit ich in diesem Haus wohne, spüre ich, dass es hier spukt. Schau, ich arbeite als Tänzerin. Betty weiß das. Ich schäme mich nicht dafür. Ich komme spät nach Hause, manchmal, so wie heute, sogar erst am nächsten Tag, aber unter der Woche so um vier, fünf Uhr morgens. Wenn ich ins Haus komme, ist alles still. Und dann höre ich ihn.»

Sie deutet mit ihrem endlosen schwarzen Nagel hinüber zu der anderen Wohnung.

«Da sitzt er fest. Als ich Betty irgendwann gesagt habe, ich höre ein Gespenst in der Wohnung drei, da hat sie es mir erzählt.»

«Das muss er sein», sagt Señora Betty. «Wir haben schon versucht, ihn rauszubekommen. Ein Medium war da, das

Juanita geholt hat. Aber er geht nicht, und ich weiß nicht mehr, wie er hieß. Ich habe ihn nie richtig gekannt. Sie habe ich öfters gesehen, sie brachte ja jeden Tag ihre Tochter zur Schule und ging arbeiten. Der Mann stand spät auf, und wenn er abends mal ausging, blieb er bis zum Morgengrauen weg, wir sind uns nie begegnet. Weißt du nicht, wie er hieß?»

Leute, die mit einer solchen Inbrunst an Gespenster glauben, kann Karina nicht ernst nehmen. Sie ist sicher, dass sie in die Hände zweier vom Aberglauben verwirrter Weiber gefallen ist.

«Ihr Mann?», fragt Leonor mit gerunzelter Stirn. «Nein, weiß ich nicht.»

«Als einmal die heutigen Nachbarn aus der 303 nicht da waren, haben wir ihm sogar einen Weg aus Kerzen bis zur Straße gebaut, damit er rauskommt. Aber er geht einfach nicht. Also gut, ich denke mal, die Freundin deiner Mami hat ihren Namen geändert, und wer weiß, wo sie hin ist. Ich nehme an, jemand hat auf sie gewartet, denn sie hat ihr Auto stehen gelassen. Einen gelben Sportwagen hatten sie, und der stand hier noch jahrelang herum. Mit platten Reifen und voller Staub. Ich habe dem Portier damals sogar Geld gegeben, damit er ihn wäscht. Er sah furchtbar aus, aber wir konnten ihn nicht abschleppen lassen, weil er ja vielleicht noch für die Ermittlungen gebraucht wurde. Es war ein Beweisstück.»

Das Auto hat Karinas Selbstsicherheit überfahren. Sie hat nicht damit gerechnet, dass Señora Betty es erwähnen würde. Dass es auf dem Parkplatz seinem Schicksal überlassen worden sei, passte nicht zur Geschichte des vermeintlichen Unfalls, den ihre Eltern damit hatten. Zugleich kommt es ihr sehr unwahrscheinlich vor, dass die Nachbarin ausgerechnet dieses Detail erfunden hat; gerade wegen seiner Belanglosigkeit ist es glaubhafter als die Geschichte vom Mord und von der Flucht. Karina kann sich nicht erinnern, dass ihre Eltern ein anderes Auto besessen haben als das gelbe. Lebhaft erinnert sie sich dagegen daran, wie ihre Mutter sich ärgerte, wenn sie einstiegen und der Aschenbecher überquoll.

«Diese Wohnung ist verflucht», erklärt Juana. «Betty hat mir erzählt, dass es da noch niemand länger als zwei Jahre ausgehalten hat. Er vertreibt die Leute. Mal sehen, wie lange die Neuen bleiben, die sind nämlich Freiberufler und hocken die ganze Zeit zu Hause.»

«Das gelbe Auto», sagt Leonor. «Können Sie sich an die Marke erinnern?»

«Uff, ich habe keine Ahnung von Autos», sagt die Dame. «Aber ich glaube, es hatte vorne dran ein Pferd.»

Das war er. Ein Ford Mustang. Karina erinnert sich, ihn erst kürzlich auf einem der Fotos von ihrem Papá gesehen zu haben, vor dem Laden des Gebrauchtwagenhändlers, wo er ihn gekauft hatte, noch bevor er Margarita kennenlernte. Das Bild hatte ihre Großmutter gemacht.

«Ich weiß nicht, ob du deiner Mamá erzählen willst, was passiert ist», sagt Juana. «Aber es würde uns wirklich sehr helfen, wenn wir den Namen des Mannes wüssten, um Kontakt mit ihm aufzunehmen. Das Problem mit Geistern ist, wenn du sie nicht direkt ansprichst, merken sie nicht, dass du mit ihnen redest. Sie hören dich einfach nicht.»

Es muss eine andere Erklärung geben. Vielleicht waren ihre Eltern in einem Mietwagen verreist, weil der Mustang kaputt war oder wegen eines Strafzettels nicht bewegt werden durfte.

«Ich frage meine Mamá», sagt Leonor. «Der Portier kannte ihn auch nicht?»

«Nein», sagt Señora Betty. «Der ist ein junger Kerl, er ist nur an den Werktagen da, seit vielleicht drei Jahren. Und das ist ja ewig her. Mindestens zehn Jahre, würde ich sagen.»

Achtzehn Jahre, sechs Monate und vierzehn Tage.

Leonor schreibt sich Juanas Telefonnummer auf, um ihr Bescheid zu sagen, wenn sie den Namen herausfindet, und verabschiedet sich auf dem Gang von beiden Nachbarinnen. Sie tritt in den Aufzug, und anstatt Erdgeschoss zu drücken, fährt sie in die dritte Etage. Sie möchte die Wohnung zumindest von außen sehen. Als sie vor der Tür steht, stellt sich Karina vor, wie sie klingeln und ihre Mutter ihr mit einem Lächeln die Tür öffnen würde. Komm rein, mein Schatz, ich habe auf dich gewartet. Warum sagen sie, du hast Papá getötet? Warum sagt meine Großmutter, was du ihrem Sohn angetan hast, sei unverzeihlich? Wo warst du? Warum hast du mich verlassen?

Als hinter der Wohnungstür Schritte zu hören sind, läuft Karina rasch die Treppe hinunter. Bevor sie auf die Straße tritt, wirft sie noch einen Blick auf den Parkplatz. Sie erinnert sich, wie sie immer wieder über diesen Betonboden zum gelben Auto ihrer Eltern gerannt ist. So oft hat sie sich ausgemalt, wie das Auto in eine Schlucht stürzt, dass es ihr nun schwerfällt, es sich ohne Beulen und kaputte Scheiben, ohne erschlaffte Airbags und verkohltes Armaturenbrett vorzustellen. Eine Panikattacke drückt ihr die Brust zusammen und schnürt ihr die Kehle zu. Sie geht zur Straße und eilt zur Metrostation. Jede Frau, die ihr begegnet, könnte ihre Mutter sein. Nicht zu fassen, was hier mit ihr geschieht. Sie muss sich beruhigen. Ganz sicher gibt es eine vernünftige Erklärung. Am besten wird es sein, mit Onkel Paco zu reden, dem einzigen Cousin, den ihr Vater in der Stadt hatte, und mit seiner Frau Celia, die Karinas einzige Verbündete war, wenn sie versuchte, ihre Großmutter bei Familienfeiern vom Trinken abzuhalten. Vielleicht können die beiden ihr helfen, den Knoten zu entwirren, der ihr den Atem nimmt.

26. MILCHSTRASSE

Sie hat noch nie die Exkremente von Zebras gesehen oder gerochen. Sie kann sie nicht mit denen von Pferden vergleichen, da sie die auch nicht kennt. Ihr Pferdewissen ist quasi inexistent. Sie weiß, dass es Cowboys gibt, Pferderennen, Polo-Partien, Kutschfahrten für Touristen, Springreitturniere, Ausritte und berittene Polizei, aber ihr Leben ist so eintönig urban verlaufen, dass ihr jegliche eigene sinnliche Erfahrung mit Pferden fehlt. Sie findet den beißenden Geruch, den diese Bällchen verströmen, belebend. Sie weiß nicht, ob es sich um einen Kurzschluss in ihrem Gehirn handelt oder einfach um Wertschätzung des Neuen, was so selten geworden ist während ihrer Depression.

«Himmelherrgott», sagt eine Frau mit einem Kung-Fu-Panda-Shirt, «wie das stinkt.»

Sie ist den Geruch anderer Fäkalien gewohnt, denn ihre Großmutter hat in den letzten Jahren oft unter Durchfall oder spontanem Stuhlgang gelitten. Ihr Verdauungstrakt wird immer anfälliger und unzuverlässiger. Karina hat schon in einer Bettpfanne Kotproben sammeln und zur Untersuchung ins Labor bringen müssen.

«Was machen die wohl mit dem ganzen Kacki?», fragt die Tochter der Frau mit protowissenschaftlichem Elan.

Die Zebras grasen in der Ferne, ihr schwarz-weißes Fell verleiht ihnen Eleganz. Gerne betrachtet sie ihre borstigen Mähnen, den Haarschopf, mit dem sie aussehen wie griechische Soldaten oder Punkgitarristen. Sie denkt an die Göttin Athene im Wappen der Philosophischen Fakultät, wo Mario studiert hat. Sie haben sich schon lange nicht mehr geschrieben.

«Das sind ja Unmengen», sagt die Frau zu ihrer Tochter. «Das könnte man da draußen als Dünger benutzen, nötig wäre es ja.»

Karina kommt eine Nachricht in den Sinn, die vor ein paar Jahren die astronomische Community in Aufregung versetzte. Man hatte herausgefunden, dass sich eine Mistkäferart in Südafrika nachts am Licht der Milchstraße orientierte. Um in ihre Höhlen zurückzukehren, nachdem sie eine riesige Kugel Exkremente gesammelt haben, lassen sich die Insekten von dem milchigen Flecken leiten, der sich über den klaren Himmel der Savanne zieht.

«Bei den Preisen für Düngemittel», sagt der Vater im arroganten Ton des selbst ernannten Experten, «könnte das ein gutes Geschäft sein. Sie holen inzwischen ja sogar schon Guano vom Meeresgrund hoch.»

Die Käfer sind etwa fünf Zentimeter groß. Die Milchstraße hat einen Durchmesser von hunderttausend Lichtjahren und eine maximale Dicke von zweitausend Lichtjahren, sie besteht aus mehr als hundert Millionen Sternen, auf sechs Arme verteilt, und einer noch weitaus größeren Zahl von Planeten und Asteroiden; unsere bescheidene Sonne liegt etwa fünfundzwanzig Millionen Lichtjahre von ihrem brodelnden Zentrum entfernt. Der Unterschied zwischen der Größe des Insekts und der Galaxie erfüllt Karina mit einem heiteren Staunen. Die Natur ist unendlich überraschend, und sie hätte gern jemanden, mit dem sie ihre Verwunderung teilen könnte.

«Was ist Guano?»

Das Mädchen hat definitiv das Zeug zur Forscherin.

Karina würde sie gern fragen, ob sie weiß, warum Insekten im Vergleich zu den anderen Landtieren allesamt klein sind. Sie würde ihr erklären, dass Insekten keine Lungenbälge haben und auch kein Kreislaufsystem wie die Wirbeltiere, weshalb sie auf eine Reihe von Öffnungen im Körper angewiesen sind, um ihr Gewebe mit Sauerstoff zu versorgen. In einer Zeit, als die Luft viel mehr Sauerstoff enthielt, wurden die Insekten auch deutlich größer als heute.

«Das ist das Kacki von den Vögeln. Das ist dafür gut, damit die Pflanzen mehr wachsen.»

Karina steht seit mehr als fünf Minuten wie hypnotisiert vor einem Haufen Scheiße.

«Und warum unter dem Meer?»

«Weil der Meeresspiegel gestiegen ist. Vor ein paar Tausend Jahren lag er viel tiefer.»

«Und warum ist er gestiegen?»

«Weil die Gletscher schmelzen.»

«Was ist ein Gletscher?»

«Ein Eisberg.»

«Und warum schmelzen sie?»

«Weil es sehr heiß ist.»

Diese didaktische Erinnerung an den Klimawandel treibt Karina zur Eile an. Wenn sie weiterhin so langsam durch den Zoo geht, wird sie Afrika nie verlassen.

27. GEIER

Vier große Vögel kreisen über dem Friedhof. Weil sie die ausgebreiteten Flügel kaum bewegen, getragen von der Konvektion der erwärmten, in kühlere Höhen aufsteigenden Luft, sehen diese unbekannten Vögel aus wie Figuren an einem sich über der Wiege der Toten drehenden Mobile. Karina betrachtet sie fasziniert. Sie steht neben der Eisenbank, auf der Maru und ihre Großmutter im Schatten ihres Sonnenschirms plaudern, auf dem Schoß der Nachbarin liegt ein Strauß hitzemüder Tuberosen. Hier, auf dem belebten Hauptplatz des Friedhofs, warten sie, bis sie an der Reihe sind, ein Mototaxi zu besteigen, um herauszufinden, in welchem Zustand das Familiengrab ist. Die Nachbarin war so freundlich, sie in ihrem Auto herzufahren.

«Es werden immer mehr», sagt eine jugendliche Männerstimme neben ihr. Karina dreht sich um. Es ist ein Mann, den sie vorher nicht bemerkt hat. «Vor zwei Wochen habe ich achtzehn gezählt.»

Der Juni ist nicht nur ein sehr schwüler, sondern auch ein politisch heißer Monat gewesen. Aus Protest gegen die lauwarmen Reaktionen der Regierung hat das Erzbistum von Mexiko all seine Kirchen geschlossen und wird sie erst wieder öffnen, wenn der Opfertod des Geistlichen aufgeklärt ist, dessen Identität bisher rätselhaft bleibt. Im Nationalpalast ist eine Kommission einberufen worden, um den Fall zu untersuchen, ebenso wurde ein Schutzprogramm für alle Priester im Land aufgelegt. Das Verbrechen, das Ende letzten Monats die ganze Stadt in Atem hielt, gilt als Beweis, wie weit die «finsteren Kulte» der Santa Muerte, des Jesús Malverde, des heiligen Judas Thaddäus und anderer Gottheiten der Santería verbreitet sind. Zur politischen Polarisierung und zur Umweltkrise kam die spiritistische Panik wegen der entflohenen Geister, wodurch die Popularität von Hexern und Schamanen deutlich stieg.

«Was sind das für Vögel?», fragt Karina den Aufseher. Sie vermutet, dass es Geier sind, aber diese Art hat sie in der Stadt noch nie gesehen.

Maru hat darauf gedrängt, das Grab aufzusuchen. Sie hatte in den Nachrichten gehört, dass viele Leute, die nach dem Brand den Friedhof besuchten, erschüttert feststellten, dass ihre Toten schon hatten weichen müssen, um Platz zu schaffen für neue Beisetzungen. Als Karina ihrer Großmutter anbot, allein nachzusehen, protestierte Rebeca vehement, sie schien plötzlich wie besessen davon, ihren Mann und ihren Sohn zu besuchen.

«Rabengeier», antwortet der Wächter in genau dem Augenblick, als einer von ihnen die Richtung ändert und aufzusteigen beginnt.

Maru musste einem der Autowäscher hundert Peso zahlen, damit er die große Transportkiste beiseiteräumte, mit der ein Parkplatz in der Nähe des Eingangs blockiert war. Sie kam vom Fußmarsch erschöpft an dem Treffpunkt an, wo Karina und Rebeca sie erwarteten.

«Gab es die hier schon immer?»

Karina hat gelesen, dass einer der größten Verluste des Zoos das Paar Kalifornischer Kondore war, die größten und am stärksten bedrohten Aasfresser der Welt.

«Nein, die sind erst jetzt gekommen. Ich denke, wegen des Geruchs. Mit dem Zoo und den Seen, das war ganz schön heftig.»

Der lärmende Motor des Mototaxis – ein Moped mit einem Anhänger für zwei oder drei Passagiere – zwingt Karina, ihre nächste Frage aufzuschieben. Da Autos auf dem Friedhof noch nicht wieder zugelassen sind, aber alte Leute wie Maru und Rebeca nicht in der Lage sind, die Gräber ihrer Verwandten zu Fuß zu erreichen, ist die Nachfrage nach Mototaxis sehr hoch, und man muss sich in Wartelisten eintragen.

«Warum stinken die Seen?»

«Weil alle Fische tot sind. Unmengen. Der Gestank kam bis hierher.»

«Sind wir endlich dran?», fragt ihre Großmutter, die seit dem Morgen ungeduldiger und gereizter ist als sonst.

«Noch nicht», muss Karina sie enttäuschen. «Vor uns standen ungefähr fünf Leute auf der Liste, und es sind gerade erst zwei weg.»

In dem Mototaxi sitzen zwei ziemlich junge Frauen. Zunächst verurteilt Karina sie für ihre Faulheit, wegen der nun Leute, die das Transportmittel wirklich nötig haben, länger warten müssen, aber als die beiden aussteigen, sieht sie bei der einen den vorspringenden Bauch einer Hochschwangeren. Die andere ist wahrscheinlich ihre Schwester. Wo mag der Vater des Babys sein? Das verweinte Gesicht der Schwangeren lässt Karina vermuten, dass sie ihn gerade besucht haben.

«Wie grausam», beschwert sich Rebeca, «unmöglich, alte Damen hier so warten zu lassen!»

«Gleich kommen ein paar auf einmal», sagt der Aufseher, der weiterhin gesellig neben der Bank steht.

«Sagen Sie mal», fragt ihn Maru, die immer gerne mit Fremden plaudert, «warum stehen dahinten so viele Leute?»

Neben dem Bürogebäude hat sich eine Menschenmenge versammelt, die, wenn man genauer hinsieht, vor dem Friedhofsarchiv Schlange steht. Der Aufseher erklärt, dass viele Leute die Gräber ihrer Angehörigen nicht mehr fänden, weil eine frühere Friedhofsverwaltung schwunghaften Handel mit dem heimlichen Wiederverkauf der eigentlich als Dauerruhestätten deklarierten Parzellen betrieben habe.

«Die armen Leute», sagt ihre Großmutter in einem gleichgültigen Ton, den Karina nicht nachvollziehen kann, denn sie könnten ja selbst Opfer und das Grab ihrer Eltern längst gestohlen sein.

«Und was haben sie mit den Überresten aus den Grabstellen gemacht?», fragt sie.

«Überreste werden ja dauernd rausgeholt, denn anders als vor dreißig Jahren werden heute keine Dauerruhestätten mehr vergeben. Wenn die Familie nicht beantragt, dass man ihr die Überreste aushändigt, kommen sie ins Ossarium im hinteren Bereich des Friedhofs. In welchem Feld befindet sich Ihre Parzelle?»

Karina fällt auf, dass man auf dem Friedhof nicht von Gräbern spricht, sondern von Parzellen.

«Ich weiß es nicht mehr», sagt ihre Großmutter. «Aber ich kenne den Weg.»

Karina erinnert sich dunkel: die gepflasterte Straße mit monumentalen Krypten zu beiden Seiten, die Rotunde der Illustren Persönlichkeiten, der hohe Schornstein des Krematoriums – als Kind dachte sie, er reiche bis in den Himmel –, und dann verlief der Weg mehrere Felder lang im Schatten der Bäume.

«Die Leute sind wütend, weil sie nicht aufzufinden sind», sagt der Wachmann. «Und jetzt versuchen Sie mal, denen zu erklären, dass es nicht unsere Schuld ist; diejenigen, die diese krummen Geschäfte gemacht haben, arbeiten ja schon längst nicht mehr hier.»

«Das ist wirklich traurig», sagt Maru. «Nicht einmal die Toten entgehen der Korruption.»

«Wann haben Sie denn Ihre Parzelle erworben?»

«Da waren Sie noch gar nicht auf der Welt», sagt Rebeca. «Mein Mann ist vor vielen Jahren gestorben. Vor wie vielen, mein Kind?»

Karina antwortet nicht. Sie ist gebannt vom sanften Kreisen der Geier, die über das Unheil wachen, bereit, sich daran gütlich zu tun. Welche Aromen halten sich in dieser Höhe, für den Geruchssinn des Menschen nicht wahrnehmbar? Bisons, Zebras, Elefanten, Antilopen, Rehe, Emus, Axolotl, Eichhörnchen, Kakadus, Karpfen – Millionen verwester Kadaver. Schon der Gedanke verursacht ihr Übelkeit.

«Kari», sagt Maru.

«Vor siebenundfünfzig Jahren», antwortet sie mechanisch.

«Hui, das ist lange», sagt der Wachmann. «Und haben Sie sie nicht wieder genutzt?»

Das Verb *nutzen* tut weh: Die Beerdigung der Toten kann doch kein Nutzen sein, es ist eine heilige Notwendigkeit.

«Doch, vor achtzehn Jahren», sagt Karina. «Aber wir kommen nicht oft her.»

Sie schämt sich zuzugeben, dass sie das Grab seit zehn Jahren nicht besucht haben; seit sie mit fünfzehn in der Schule die Aufgabe bekam, einen Dokumentarfilm über ihre Familie zu drehen. Ihre Großmutter weigerte sich, zum Panteón zu gehen, doch als Karina ihr sagte, sie selbst würde ihn auf jeden Fall besuchen, willigte sie schließlich ein, sie zu begleiten.

«Ah, gut», sagt der Wachmann. «Die meisten Grabstellen wurden vor gut zehn Jahren gestohlen, also sollte Ihre eigentlich noch da sein. Ach, sehen Sie, da kommen ja zwei.»

Für einen Moment denkt Karina, er spricht von zwei Toten, und schaudert – fast erwartet sie, ein paar Zombies den Weg herunterkommen zu sehen, aber es sind dann doch nur zwei Mototaxis, die ihre Fahrgäste absetzen und anschließend frei sind, um sie zur Parzelle ihrer Familie zu bringen.

«Gütiger Gott», sagt Maru, «ich habe schon fast einen Sonnenstich. Auf TikTok sagen sie, die ultraviolette Verseuchung ist superheftig.»

Sie verabschieden sich vom Wachmann, als die Frau, die die Fahrten zuteilt, sie aufruft, eins der Gefährte zu besteigen. Bevor sie sich in den Metallanhänger zwängt, schaut Karina noch einmal zum Himmel und bemerkt, dass einer der Geier fehlt. Wo er wohl hin ist? Ob er hinabgestiegen ist, um ein verlassenes Grab aufzusuchen? Seine Abwesenheit scheint ihr ein fürchterliches Vorzeichen zu sein.

28. DIE GIRAFFE

Eine halbe Stunde nachdem er Daenerys bei ihren Großeltern abgesetzt hatte, schrieb ihm Yadira eine knappe und angriffslustige Nachricht.

ka was das soll mit dem megafon!

Vater und Tochter hatten einen großartigen Tag im historischen Stadtzentrum verbracht; nachdem sie das Megafon besorgt hatten, aßen sie noch ein Eis und fuhren zur Aussichtsplattform der Torre Latinoamericana hoch.

Keine Ahnung was was soll?

Silverio rieb seiner Ex-Partnerin gern unter die Nase, dass «keine Ahnung» mehr als zwei Buchstaben hatte.

Die nächste Nachricht war ein dreiminütiger Redeschwall, in dem sie ihn daran erinnerte, dass er kein Sorgerecht habe und keine eigenmächtigen Entscheidungen treffen dürfe – «machen, wonach ihm der Schwanz steht», in Yadiras Worten – und schon gar nicht seiner Tochter so ein Protestgerät kaufen, das sie ins Gefängnis bringen könnte.

«Ich weiß schon, in deiner Familie ist man cool damit, im Knast zu sitzen», sagte sie gehässig, «aber ich will nicht, dass meine Tochter nach Santa Marta kommt, weil sie als Krawallschwester auf irgendwelchen Scheißdemos herumbrüllt.»

Außerdem beschwerte sie sich, dass er Geld aufbringen könne, um ihr so ein Instrument des sozialen Aufruhrs zu kaufen, aber nach wie vor keinen Unterhalt zahlte, wie es seine Pflicht wäre. Silverio war stinksauer: Wenn er seiner Tochter kein Geld gab, flippte Yadira aus, und wenn er seine Nebeneinkünfte einer ganzen Woche dafür ausgab, ihr das beste Megafon zu kaufen, das sie finden konnten, flippte Yadira auch aus. Ein Klassiker.

Ihr passiert nichts. Darum gehe ich doch mit auf die Demos.

«Und wenn die Bullen sie schnappen?»

Er schickte ihr einen Sticker, der ihr sagen sollte, mach dir keine Sorgen. Yadira antwortete mit einem Sticker, auf dem ein Hund sagte: «Aber sicher», womit sie darüber spottete, wie wichtig er sich nahm.

«Echt jetzt, das kannst du nicht machen.»

Silverio antwortete mit einem der christlichen Sticker, die ihm seine Mamá immer schickte: ein Kätzchen mit Heiligenschein und der Legende «Mit Christus kann ich alles».

«Fick dich», antwortete Yadira als Sprachnachricht. «Sie kommt in Teufels Küche, wenn sie da mit dem Megafon rumläuft. Außerdem, so groß, wie sie ist, sehen sie ja alle sofort. Sie kriegt schon dauernd blöde Sprüche wegen ihrer Größe, und du Arsch gibst ihr ein Megafon, damit sie noch mehr auffällt. Du weißt, dass sie Gira genannt wird, weil sie aussieht wie eine Giraffe? Die haben lauter bescheuerte Memes mit ihr gemacht, von wegen dass sie oben an die Ampeln stößt und so. Und jetzt das Megafon. Ich schick sie zu dir, wenn sie sich wieder umbringen will, weil irgendein Scheißmeme mit ihr viral gegangen ist. Das kann nicht dein Ernst sein.»

Silverio hatte nicht gewusst, dass seine Tochter wegen ihrer Größe gemobbt wurde. Allein der Gedanke trieb ihn zur Weißglut. Er hatte nicht wenig Lust, ihre Peiniger zu Hackfleisch zu machen. Er würde sich aus der Schlucht einen fetten Oberschenkelknochen besorgen und dann ab zu ihrer Schule, die Kackbratzen gegen die Wand klatschen und ihnen klarmachen: Wenn ihr euch noch einmal mit Daenerys Gómez anlegt, landet ihr aber so was von in der Notaufnahme mit diesem Knochen im Arsch.

Anstatt seiner Tochter zu verraten, dass er ihren Spottnamen kannte, versuchte er es mit unterschwelliger Psychologie. Er las alles, was man über Giraffen erfahren konnte, und als sie eines Tages in der Metro unterwegs waren, kam er so spontan, wie er nur konnte, auf das Thema zu sprechen.

«Weißt du, was ich Krasses gelesen habe? Giraffen sind die härtesten Tiere der Welt, echt jetzt. Bei der Geburt fallen sie erst mal zwei Meter runter, weil die Mutter ja steht. Kein anderes Tier legt bei der Geburt so einen irren Sturz hin, aber das Giraffenbaby sagt sich, kein Ding, und rappelt sich sofort auf, damit die Löwen es nicht schnappen. Und dann, ich hab ja gedacht, der lange Hals ist, um die Blätter von den Bäumen zu fressen, aber weißt du, die haben den, um sich wegzukloppen in der Balz. Die holen quasi mit dem ganzen langen Hals aus und dann zack!, mit dem Kopf. Ich habe Videos angeguckt, das ist heavy.»

Auch wenn er eigentlich nur vorgehabt hatte, das Selbstbewusstsein seiner Tochter zu stärken, bis sie vielleicht sogar stolz auf ihren Spitznamen wäre, begeisterte sich Silverio inzwischen tatsächlich für die Extravaganzen der Giraffe, deren lateinischer Name *Giraffa camelopardalis* auf ein Kamel mit Leopardenflecken anspielte.

«Woher weißt du das?», fragte seine Tochter ernst.

«Was?» Silverio stellte sich dumm.

«Dass sie mich so nennen. Stalkst du mich?»

«Nein. Wie denn? Ich kam nur so drauf. Ich habe mich daran erinnert, wie du mir von der Giraffe erzählt hast, die im Zoo geboren wurde, beim Brand, und na ja, ich habe mich eben daran erinnert. Und weißt du, was ich noch gesehen habe? Dass im allerersten Video, das auf YouTube hochgeladen wurde, zwei Elefanten in einem Zoo bei den Gringos drauf sind. Hast du das mal gesehen? Also, quasi aus der Internet-Steinzeit, ich glaube, 2007 oder noch früher. Aber ich habe nicht drauf geachtet, ob es die mit den großen oder die mit den kleinen Ohren waren. Wie war das gleich?»

«Die Armen.»

«Warum? Die sahen ganz happy aus.»

Das Ablenkungsmanöver hatte funktioniert. Wenn etwas Daenerys verlässlich wütend machte, waren es Wildtiere in Gefangenschaft.

Sie erzählte ihrem Vater, wie in einem Zoo in den USA ein Asiatischer Elefant mit einer Überdosis LSD getötet worden war. Sie hatten es ihm verabreicht, um ihn in einen Zustand zu versetzen, der dem hormonellen Aufruhr glich, der Elefantenmännchen periodisch befällt und bei dem ihr Testosteronspiegel um das Siebzigfache ansteigt und sie aggressiv, gefährlich, unbezwingbar macht.

Das Opfer hieß Tusko und lebte im Lincoln Park Zoo von Oklahoma. Fünfzig Mikrogramm Lysergsäurediethylamid genügen, um beim Menschen Halluzinationen hervorzurufen. Nach einer groben Hochrechnung der Dosis, die bei einem so schwergewichtigen Tier wie Tusko nötig wäre, wurden ihm 297 Milligramm LSD gespritzt. Der Jungbulle brach schon bald zusammen, erlitt Krämpfe, die man mit einer hohen Dosis Psychopharmaka sowie einem Barbiturat linderte, das in den USA sonst bei Hinrichtungen verwendet wurde. Tusko verendete bei dem Experiment, dessen grausame Resultate 1962 in der Zeitschrift *Science* veröffentlicht wurden.

«Nee, oder, ohne Scheiß? Und wofür haben sie ihm das Zeug gegeben?»

«Um zu sehen, ob er davon genauso durchdreht, wie wenn bei denen das Testosteron steigt. Es ging um die Frage, ob sich damit Elefantenmännchen kontrollieren ließen.»

«Wie übel. Aber so läuft das. Sie kontrollieren uns mit Drogen. Pass bloß auf, ja? Dass du mir nichts einwirfst, was sie dir in der Schule oder auf einer Party anbieten. Du sagst einfach Nein, dass du cool bist.»

«Mamá sagt, du hast dir so einiges eingeworfen.»

Er dachte an seine wilde Zeit und verfluchte innerlich Yadira, weil sie ihn bei Daenerys schlechtmachte. Er hätte seiner Tochter sagen sollen, dass ihre Mutter ihm erzählt hatte, wie die Mitschüler sie als «Giraffe» verspotteten.

«Sie soll mal nicht übertreiben. Aber darum sage ich dir ja, das ist nichts für dich.»

Er fühlte sich alt, und das Gespräch machte ihm Lust, eine neue halluzinogene Paste zu probieren, Frog hieß sie, als Hommage an das psychoaktive Sekret von *Incilius alvarius*, der Colorado-Kröte. Einigen TikTokern zufolge erschloss dir Frog andere Dimensionen der Realität und erlaubte es, mit den körperlosen Seelen zu kommunizieren. Viele Leute, die sich seit dem Friedhofsbrand von Geistern verfolgt fühlten, nahmen Frog, um in Kontakt mit ihnen zu treten und ihnen beim Transzendieren zu helfen.

Unter dem Vorwand, sich mit Tepos Geist in Verbindung setzen zu wollen, erwarb Silverio in einem Laden in seinem Viertel eine Dosis Frog und nahm sie am Grab der Erdbebenopfer zu sich, wo sein Freund ums Leben gekommen war. Parapsychologische Studien behaupteten, eine einzelne Zelle eines Verstorbenen reiche aus, um seinen Geist zu *channeln*. Er war sicher, dass die Spurensicherung nicht alle verkohlten Partikel von Tepo beseitigt hatte, und so sollte es genug Material geben, um die Verbindung herzustellen.

An einem Montagnachmittag bestand keine Gefahr, auf Friedhofsbesucher zu treffen. Er ging noch bei der Krypta Limantour vorbei und holte sich ein Kissen von Tepo, dann lief er zur Gedenkstätte für die Erdbebenopfer. Er legte sich auf den gerade nachwachsenden Rasen und bettete den Kopf auf das schmutzige Kissen seines Freundes. Es war wichtig, dass er es bequem hatte. Er legte sich die Frogpille auf die Zunge. Er schloss die Augen und rief seinen Freund.

Die Pille löste sich in seinem Mund auf und hinterließ einen merkwürdigen Geschmack, eine Mischung aus Minze und verbrannten Reifen. Er schluckte Spucke und spürte, wie sich in seinem Mund ein rauer Ballon aufblähte. Was er dann ausspuckte, war ein psychedelischer Frosch. Er musste lachen, dass die erste Halluzination, die Frog bei ihm hervorgerufen hatte, eine so wortwörtliche war. Er legte sich wieder hin, machte es sich gemütlich und sah, wie sich die Wolken am Himmel in einen weißen Baum verwandelten, der seine Wurzeln in den Horizont grub. Eine Herde Giraffen tauchte auf und begann, das Wattelaub der Wolken abzurupfen. Zuerst machten diese Riesen ihm keine Angst, aber als sie die Wolken gestutzt hatten, begannen die fliegenden Schlangen, in die sich die Giraffen verwandelt hatten, das Blau des Himmels anzuknabbern und apokalyptische Löcher hineinzureißen, durch die aasfressende Engel stürzten, göttliche Geier, die Silverio in Angst und Schrecken versetzten und sich sogleich auf die Suche nach Seelen machten, die noch entbeint werden mussten. Silverio blieb ganz ruhig liegen, er war sich bewusst, das alles geschah nur in seinem Hirn, das von den Küssen der unter seiner Kleidung hüpfenden Frösche in Aufruhr versetzt wurde. Er wollte sie sich mit Schlägen vom Leib halten, aber dabei schlug er sich nur den eigenen Kopf an einem schwarzen Felsen an. Statt Blut kam Rauch aus der Wunde. Er folgte ihm mit dem Blick bis zum Himmel und sah, dass das von Giraffen geöffnete Loch bereits ein riesiger hellblauer Stollen war. Darin saß auf einem Thron ein Elefant, der die Realityshow der Realität anschaute und mit dem Rüssel *Palomitas* aß, Popcorn mit Flügeln, Augen, weißen Federn, das ihm aus dem Maul rieselte, und mit roter Tinte schreckliche Verse aus einer wüsten Bibel an den Himmel schrieb.

Schwanger mit Kröten, begann die Erde zu gebären. Tepo war ohne Ankündigung gekommen. Kumpel, sagte er wie immer. Entschuldige, Bruder, dass ich dich nicht gerettet habe. Der Lärm eines Flugzeugs durchschnitt die Luft, und Silverio konnte nicht mehr hören, was sein Freund ihm sagte. Das Flugzeug war real, der Effekt der Droge ließ nach. Was hast du gesagt? Der Bocksbeinige, der Chivo, der Chivo hat mich betrogen – Silverio wollte nicht mehr unter dem Einfluss von Frog stehen –, ich wollte den ganzen Scheiß nicht anzünden, er hat sich als meine Yoli verkleidet und mir gesagt, ihm sei kalt. Darum habe ich ihm ein Feuerchen gemacht, und ehe ich mich's versah, stand ich schon selbst in Flammen. Es war nicht deine Schuld, Tepo, du warst blau. Es war deine Schuld, Chiquinerd, du bist der Teufel. Tepo verschwand, und Silverio schmeckte auf einmal die Erde, auf der er bäuchlings lag. Die Wunde im Himmel war wieder verheilt. Keine Frösche und keine Giraffen mehr, nur Federn, überall weiße Federn, und das Kissen zerfetzt.

29. MOTOTAXI

An Bord des Mototaxis, das sie auf der Suche nach der Ruhestätte ihrer Eltern zusammen mit Maru und ihrer Großmutter durch das Gelände voller geschwärzter Grabsteine und verkohlter Baumstämme fährt, denkt Karina an Tetsuya Fujita, einen japanischen Meteorologen.

Im September 1945 besuchte Fujita die Friedhöfe von Nagasaki. Er hatte nicht die Absicht, die Toten zu ehren, sondern er suchte nach Spuren der Atombombenexplosion, mit der die nordamerikanischen Feinde sein Land in die Knie gezwungen hatten. Er wollte verstehen, was passiert war, und die Bambusstäbe, die als Blumenvasen auf den Gräbern benutzt wurden, waren wie Fotoabzüge der Explosion. Fujita stand kurz vor seinem fünfundzwanzigsten Geburtstag, er war in Karinas Alter. Und er war ein richtiger Detektiv. Indem er die Brandspuren im Inneren der Bambusstäbe vermaß, konnte er den Ort und die Höhe berechnen, in der die Bombe explodiert war, die seine vulgären Feinde – dieselben, die ihn Mr Tornado nennen würden, als er später an der Universität von Chicago arbeitete – «Fat Man» getauft hatten.

Hier ist keine Atombombe gefallen. Hier ist einfach das Leben rasend schnell gerostet. Das ist alles. Feuer, diese

Horde chemischer Reaktionen von Kohlenstoffverbindungen mit Sauerstoff. Feuer, dieser unbeständige und gefährliche Schutzengel, der die Menschen schon lange, bevor sie zum Homo sapiens wurden, erleuchtet, ernährt, gewärmt und beschützt hat.

Wäre dies ein japanischer Friedhof, wären die Grabplatten bedeckt mit der Asche der Bambusvasen und von den ... Sie braucht eine Weile, bis ihr der Name der Holztäfelchen einfällt, mit denen bei buddhistischen Totenritualen die Verstorbenen geehrt werden; sie tragen als Inschrift ein Mantra, den Namen des Toten und den des Stifters. *Sotoba* heißen sie.

«Hier ist es nicht», sagt ihre Großmutter, als sie an der Ostmauer des Friedhofs entlangfahren. «Es war nicht an der Mauer. Junger Mann, junger Mann!»

Das Pflaster ist in einem so schlechten Zustand, dass die drei Frauen auf ihren Sitzen im Mototaxi durchgeschüttelt werden und beben, als wären sie von einem Dämon besessen und das Gefährt brächte sie zusammen mit einem Strauß epileptischer Tuberosen zu der Zelle, die ihnen in der Hölle zugewiesen ist. Die trostlose Landschaft verstärkt den Eindruck, dass sie sich weit entfernt vom Paradies befinden.

«Ganz ruhig», sagt Karina zu ihr und bedeutet gleichzeitig dem Fahrer, er solle sie nicht beachten und weiterfahren. «Wir müssen außenrum, weil der Weg am Krematorium vorbei gesperrt ist.»

Der Taxifahrer hat sie nach Kategorie, Parzelle, Reihe und Gräberfeld gefragt, aber Karina und ihre Großmutter konnten keine dieser Angaben machen. Seit zehn Jahren sind sie nicht hier gewesen. Rebeca behauptet dennoch, sich genau zu erinnern, wie man zu dem Grab gelangt. Von der Rotunde der Illustren Persönlichkeiten aus könne sie sich ganz sicher orientieren. Allerdings ist die gesamte Zone zwischen der Rotunde und dem Krematorium noch wegen der Verwüstungen gesperrt, die die Explosion der Gastanks angerichtet hat. Der Fahrer schlug ihnen vor, in dem Gebiet um das Krematorium ein paar Runden zu drehen und von da aus über die Parzelle der Gefallenen Adler zurückzukehren – dort ruhen die Militärpiloten, die seit dem Zweiten Weltkrieg bei der Erfüllung ihrer Pflicht gestorben sind.

«Nicht zu fassen», sagt Maru. «Ich hätte nie gedacht, dass es in Chapultepec einen so riesigen Friedhof gibt.»

In Karinas Erinnerung war der Friedhof so dicht bewachsen wie ein Wald, die Gräber immer im Schatten der Bäume, eine vollkommen andere Landschaft als diese Ödnis.

«Junger Mann», ruft Rebeca dem Fahrer voller Ungeduld zu. «Jetzt biegen Sie endlich ab, wir fahren ja viel zu weit.»

«Nein, Abu, wir müssen einen Bogen fahren. Geduld.»

«Aber hier ist es nicht», jammert Rebeca.

Die Sonne brennt gnadenlos auf die verrußten Gräber und auf die Angehörigen, die sie mit Besen und Bürsten reinigen. Karina ärgert sich, dass sie nicht daran gedacht hat, Putzzeug für den Grabstein mitzubringen.

«Wart geschwind», sagt Maru, um Rebeca zu beruhigen, «dein Mann und dein Sohn zeigen uns bestimmt gleich den Weg, damit wir sie finden.»

«Wir waren so lange nicht hier, weil wir weit weggezogen sind, damit das Mädchen zu seiner Uni gehen kann.»

Karina hofft, dass ihre Großmutter mit ein paar Gebeten bei den Gebeinen der Toten die fixe Idee loswird, der Geist ihres Vaters würde sie heimsuchen, und dass sie aufhört, jedes Geräusch, jeden Pfiff, jeden verpassten Telefonanruf und Ausfall des Fernsehbildes auf seine unsichtbare Anwesenheit zurückzuführen.

«Das hier ist die Parzelle der Gefallenen Adler», brüllt der Taxifahrer, als hätte ihr Ausflug einen touristischen Zweck. Es handelt sich um eine kleine, eingezäunte Parzelle. Auf den vertikalen Steinen sind Luftfahrtsymbole und Wappen der Luftwaffe abgebildet.

«Was hat er gesagt?», fragt ihre Großmutter.

Karina wiederholt es ihr und erklärt, dass dort die Piloten der Armee begraben sind.

«Hier ist es nicht!», sagt sie wütend. «Junger Mann, anhalten!»

«Nein, Abu, lass ihn, er muss uns hintenrum hinbringen. Ganz ruhig.»

«Sag mal, Rebe», sagt Maru, um sie abzulenken, «hast du die vielen Gräber gesehen, die diese Mosaiken aus bunten Fliesen haben, als wären es Badezimmer? Die haben es am besten überstanden. Aus denen entwischen die Gespenster vielleicht nicht so leicht.»

Der Motor des Mopeds, das den kleinen Metallanhänger schleppt, kämpft mit der Steigung. Karina fragt sich, ob sie dem Chauffeur ein Trinkgeld geben sollte, zusätzlich zu dem Fahrpreis, den sie schon am Eingang bezahlt hat.

Er hält an einer Kreuzung, wo der Weg mit einem gelben Flatterband des Zivilschutzes abgesperrt ist, das an einem Grabstein und an einem verkohlten Baumstamm befestigt ist.

«Hier rechts runter ist es noch ein Feld bis zum Krematorium. Wo soll's langgehen?»

Karina erinnert sich, dass sie immer rechts abgebogen sind, wenn sie aus der Gegenrichtung kamen, weshalb sie jetzt links abbiegen müssten.

«Da lang», sagt Rebeca und blickt nach rechts.

«Aber weißt du nicht mehr, dass es bergab ging? Ich glaube, es ist da lang», sagt Karina und zeigt in die entgegengesetzte Richtung.

«Aber da kommen wir doch gerade her», sagt die Alte.

«Nein, wir sind eine riesige Runde gefahren.»

In diesem Augenblick gleitet der Schatten eines Geiers über das Pflaster der Kreuzung. Er fliegt Richtung Osten, wie um Karinas Annahme zu bestätigen, er sei gekommen, um ihnen bei ihrer Suche zu helfen.

«Sie können sich nicht an die Nummer der Parzelle erinnern?», fragt der Fahrer erneut.

«Ich erinnere mich, dass sie direkt neben einer riesigen Zeder lag.»

Karina kann nicht mehr als zwei oder drei Baumarten unterscheiden, darum muss sie, um einen verkohlten Zedernstamm zu erkennen, auf Google Bilder von diesem Baum suchen. Am ehesten kommt ihr *Cupressus lusitanica* bekannt vor.

«Schwer zu sagen», erwidert der Fahrer. «Viele Bäume sind umgestürzt, weil ihre Wurzeln verbrannt sind.»

«Wie furchtbar», sagt Maru. «Und Sie, was glauben Sie, weshalb jemand so etwas Furchtbares macht?»

Der Taxifahrer zuckt mit den Schultern und presst die Lippen zusammen. Bestimmt dürfen die Friedhofsarbeiter nicht mit den Besucherinnen und Besuchern über diese Angelegenheit reden.

«Also», sagt Karina, die langsam auch die Geduld verliert. «Wir fahren noch ein Feld da runter, und wenn wir nichts wiedererkennen, drehen wir um.»

«Ich weiß nicht, ob man Ihnen gesagt hat, dass dieser Service eine Höchstdauer von zwanzig Minuten hat. Danach kostet es extra.»

«Das hat man mir nicht gesagt», antwortet Karina, die sich sicher ist, dass ihr noch etwa fünf Minuten bleiben. «Wie viel wäre das denn?»

«Das Gleiche wie eine neue Fahrt.»

«Komplett?», fragt Maru empört, sie ist geizig bis ins Mark. «Seien Sie nicht so, wir haben es ja noch nicht mal gefunden.»

«Sie haben doch gesehen, wie viele Leute warten, wir kommen kaum hinterher.»

«Ist gut», sagt Karina, «aber dann sollten wir uns jetzt beeilen.»

Egal, wie viel es kostet, sie muss ihre Großmutter zum Grab bringen und ihr die Ängste nehmen.

Sie suchen weiter. Sie fahren zwei Felder weiter, biegen rechts ab, kommen in eine Sackgasse und machen kehrt. Sie klappern Feld um Feld ab, in konzentrischen Kreisen, immer auf der Suche nach der Leiche einer Zeder oder irgendeinem anderen Zeichen.

«Anhalten, anhalten!», ruft Rebeca und zeigt auf ein Grab, das zwei Meter von der Straße entfernt ist. «Das da. Da ist es.»

Maru feiert den Fund mit einem Applaus.

«Welches?», fragt Karina.

«Das Kreuz da drüben, ich habe es selbst aufgestellt.»

Karina steigt aus dem Anhänger und geht zum Kreuz. Die Grabplatte ist von Staub bedeckt.

MAMITA
DU BIST NICHT TOT, DU
SCHLÄFST NUR IN DER ERDE,
UND IN UNSERM HERZEN BIST DU WACH.
ISABEL ECHEVERRÍA
6. AUGUST 1967

«Das ist es nicht», sagt Karina enttäuscht.

«Was steht denn da?», fragt ihre Großmutter.

Was nutzt es ihr, das zu wissen, sie kennt die Tote doch gar nicht.

«Es ist das Grab einer Frau.»

«Von hier aus sieht es genauso aus.»

«Dann sind wir bestimmt ganz nah dran», ergänzt Maru.

Die löchrige Logik ihrer Nachbarin erweist sich als falsch, als sie wieder dort landen, wo sie hergekommen sind, an der Parzelle der Gefallenen Adler. Karina schaut in den Himmel und sucht nach den Geiern, erblickt aber keinen.

«Dann muss es dort sein», sagt Rebeca im Brustton der Überzeugung und weist mit ihrer arthritischen Hand in eine Gegend, die sie bereits abgesucht haben.

«Sagen Sie mal, Señor», fragt Maru mit makabrer Neugier, «wo war denn das mit dem Priester?»

Der Fahrer fuchtelt unbestimmt in der Luft herum.

«Dahinten raus, ist ein Stück weg.»

«Oh, wirklich?», fragt Maru enttäuscht. Vielleicht hat hinter ihrem Angebot, die beiden herzufahren, nur eine perverse Lust am Gaffen gestanden, sie hat den Ort sehen wollen, an dem der Geistliche bei lebendigem Leib verbrannt ist. «Wie weit ungefähr?»

«Man kann da nicht durch», wiegelt der Chauffeur ab.

«Ich denke mal, ich muss Sie jetzt wieder zum Eingang fahren. Wir sind bald eine Stunde unterwegs, und ich kriege Ärger, wenn ich nicht zurückkomme.»

«Noch ein kleines Stückchen da hoch», sagt Rebeca. «Ich habe das Gefühl, da ist es.»

«Da kommen wir gerade her», sagt Karina, tief enttäuscht. Das Geld für das Mototaxi war für die Katz. «Du hast doch gehört, er muss zurück. Wir sind seit einer Stunde unterwegs. Ich komme noch mal wieder und suche in Ruhe.»

«Oh, sicher nicht», sagt ihre Großmutter feindselig. «Wir gehen hier erst weg, wenn wir es gefunden haben.»

30. KLAUSTROPHOBIE

Trotz des übernatürlichen Schwebezustands, in dem er sich befand, zermalmt vom fleischgewordenen Hunger des Todes, konnte Silverio seine lukrativen Vergehen nicht bereuen.

Der Zweck (die Toten sollten zu ihren Familien zurückkehren, und Daenerys sollte zum Kieferorthopäden gehen) heiligte die Mittel (die Exhumierung und illegale Überführung sterblicher Überreste). Er konnte ja verstehen, dass der Friedhof und die Sensenfrau das Begräbnis-Embargo leid waren, aber er, der nur dafür lebte, die Rechnungen anderer Leute zu bezahlen, hatte mit seinen Diensten niemandem geschadet. Im Gegenteil: Seine Kunden weinten vor Dankbarkeit, wenn er ihnen – weit weg vom Friedhof, damit niemand Verdacht schöpfte – die improvisierten Urnen ihrer Toten überreichte. Es war wirklich ungerecht, dass sein Bruder, der so viele Menschenleben auf dem Gewissen hatte, alle Bequemlichkeiten des Gefängnisses von Almoloya genießen durfte, während Silverio in dieser finsteren, unterirdischen Zelle die schlimmsten Entbehrungen erlitt. Jaiba tötete Leute, Silverio gab sie dem Leben zurück.

Die bitterste Ironie an dem Ganzen war, dass Silverio gar nicht versucht hatte, Knochen zu entwenden, als der Tod ihn wie eine wütende Raubkatze angefallen hatte; er war im Gegenteil gerade dabei gewesen, sie zurückzulegen. Der rasende Angriff der Klapperdürren im Gewand eines Tieres war das Resultat eines Missverständnisses gewesen.

Seine Lage war furchtbar, wach und eingequetscht in einer Metallkiste. Seine Tochter hatte recht: Niemand, nicht einmal die stumpfsinnigsten und wohlschmeckendsten Tiere, hatte es verdient, an so engen, dunklen und schlecht belüfteten Orten gehalten zu werden. Jetzt verstand er die grotesken Szenarien, die Daenerys heraufbeschwor: die Hühner in den Legebatterien und die Küken mit ihren entzündeten Schnäbeln unter der ewigen Sonne der Ställe, die aufeinandergestapelten Schweine, die zum pausenlosen Milchgeben gezwungenen Kühe.

«Es ist okay, dass du Veganerin sein willst», hatte Silverio ihr an dem Sonntag zugestanden, als sie zu den Pyramiden von Teotihuacán fuhren. «Aber zwinge es den anderen nicht auf. Was ist, wenn dir mal ein Kerl gefällt, und der sagt dir, er will nicht aufhören, Fleisch zu essen? Willst du den dann abblitzen lassen?»

«Klar. Mit so einem könnte ich nie zusammen sein.»

«Sag niemals nie, das kannst du nicht wissen. Man entscheidet nicht, in wen man sich verliebt. Wer sagt dem Herz, was es tun soll? So, Kumpel, hör mal auf, so zu schlagen, ganz ruhig jetzt?»

«Aber sicher kann man das entscheiden. Ich glaube nicht an die romantische Liebe, echt nicht.»

Silverio fragte sich, ob dieser Mangel an Glaube Schlüsse auf ihre sexuelle Orientierung zuließ.

«Ach so?», erwiderte er vorsichtig. «Warum nicht?»

«Die war für nichts gut, außer um Gewalt zu rechtfertigen und sexuelle Belästigung, und dass ihr euch als unsere Herren aufspielen könnt. Ich will das nicht.»

«Aber willst du nie einen Freund haben?»

«Vielleicht nicht. Ich weiß nicht.»

Wenn Silverios Mutter erführe, dass ihre Enkelin lesbische Neigungen hatte, würde sie sie wahrscheinlich in ihre Kirche schleifen, damit der Pastor sie genau wie ihn exorzierte.

«Und wenn du Mutter werden willst, wie stellst du das an?»

«Ich will keine Kinder in diese Welt setzen.»

«In welche dann?»

«Hahaha.» Sie fingierte sarkastische Heiterkeit. «Ich lach mich tot.»

«Nein, ich frage ganz im Ernst. Wie sollte die Welt denn sein, wie würdest du sie wollen? Lieber wie in Teotihuacán, wo sie Menschen und auch Tiere geopfert haben, die du so magst?»

Auf der Mondpyramide waren neben den Überresten einer ganzen Gruppe menschlicher Opfer auch vierzehn Schädel von Wölfen und vier von Pumas gefunden worden.

«Oder lieber wie in der Zeit, als die Frauen ohne Erlaubnis ihres Ehemanns das Haus nicht verlassen durften?»

«Das ist schrecklich», sagte Daenerys.

Silverio konnte den tiefen Kummer, den er an diesem Sonntagnachmittag im Gesicht seiner Tochter gesehen hatte, nicht vergessen. Er hatte sich nicht getraut zu fragen, was so schrecklich war. Ihn quälte der Gedanke, dass dieser bittere Pessimismus sich mit dem Verschwinden ihres

Papás noch verschärft haben könnte. Er hätte in diesem Moment gern etwas Aufmunternderes gesagt: Die Welt war immer schon schrecklich, aber sie ist so krass viel besser geworden, seit du da bist. So was zum Beispiel. Er hätte ihr gern geschworen, dass er trotz der Dürren und Überschwemmungen, des Artensterbens, der Plünderungen, der Genoziddrohnen, der Kinderterroristen, des Diabetes, der Moskitos, der Bakterien, der Niederlagen der Nationalmannschaft und der Hexereien seiner Ex-Schwiegermutter, dass er trotz all dieser Übel und trotz des Grabes, in dem er nun lag, es nie bereut hatte, sich in Yadira verliebt zu haben, ein romantischer Ausrutscher, ohne den sie nicht geboren wäre, sie, Sturmtochter und Unverbrannte, Mutter der Drachen, Sprengerin der Ketten, Beschützerin des Tierreichs, Daenerys Gómez.

31. LEMUREN

Als sie zu den Straußen kommt, erinnert sich Karina an den Emu, den sie im Video hat schlüpfen sehen.

«Guckt mal», sagt ein Mann zu einer Gruppe von Kindern, «das sind die größten Vögel der Welt.»

Sie vermutet, dass sie den Emu sehen wird, wenn sie nach Australien kommt. Sie muss die nächste Eiszeit abwarten, damit der Meeresspiegel sinkt und sie die Inseln Ozeaniens überqueren kann. Den neusten Berechnungen zufolge haben die Treibhausgase ein Niveau erreicht, das Eiszeiten für die nächsten zweihunderttausend Jahre verhindert.

«Warum fliegen die nicht weg, Onkel?»

Wahrscheinlich sind es Waisenkinder in der Obhut eines Ehrenamtlichen.

«Weil sie zu schwer sind.»

Bei ihren Nachforschungen über die Emus hat Karina gelesen, dass die großen Laufvögel wie die Kasuare, Nandus und Strauße aufgehört hatten zu fliegen, weil nach dem Aussterben der Dinosaurier gewaltige Mengen an Futter am Boden zur Verfügung standen. Einige der bisher fliegenden Vögel stellten sich auf deren Konsum um und büßten im Lauf der Zeit die Fähigkeit zu fliegen ein. Das Gleiche war den Dodos auf Mauritius passiert und den Pinguinen, als sie das submarine Bankett der Südmeere entdeckten.

«Die mag ich nicht», murmelt ein Kind ganz in Karinas Nähe.

Der Junge hat nicht bemerkt, dass sie ihn gehört hat. Er wirkt sehr ernst und hält sich etwas abseits. Er spricht mit sich selbst, sein Tonfall ist emotionslos. Auch wenn überhaupt nichts intrinsisch Schlechtes daran ist, dass jemandem die Strauße nicht gefallen, ist der Kommentar doch ein Zeichen einer tiefen Verletzung, verursacht möglicherweise vom Verlassenwerden oder von frühkindlicher Misshandlung. Mindestens einer von hundert Menschen ist zu keinerlei Empathie fähig und empfindet nicht die geringste Schuld, wenn er moralische Regeln verletzt oder Gesetze bricht, hat sie irgendwo gelesen.

Unauffällig bleibt Karina in der Nähe des Jungen, um zu hören, was er noch sagt. Als der Betreuer ihnen die Giraffen zeigt, murmelt er: «Wie eklig.»

Man muss schon eine frühreife Verderbtheit haben, damit Giraffen Ekelgefühle in einem auslösen. Diese kindliche Verachtung von Tieren ist Symptom einer sehr gefährlichen Krankheit – tatsächlich ist die Neigung, Tiere zu quälen, eines der wichtigsten Anzeichen, um psychopathische Kinder zu erkennen.

Sie würde es dem Betreuer gerne mitteilen: Dieser Junge ist krank, jemand muss sich um ihn kümmern und seine noch formbare Psyche behandeln, nicht dass diese sich weiter verkrümmt und ihn kriminell werden lässt.

«Wie heißt dieser Affe?», fragt ein Mädchen, das eifrig den Namen eines jeden Tieres lernen möchte.

«Kacka», sagt der Junge finster.

Einer seiner Kameraden dreht sich zu ihm um, und der Junge schaut ihm in die Augen und wiederholt, ohne zu lachen, was er gesagt hat.

«Er heißt Kacka.»

Der andere bekommt Angst.

Karina erinnert sich an Marcela, eine fiese Mitschülerin, die sie in der Grundschule hatte. Einmal spitzte sie einen Buntstift an und rammte ihn in den Oberschenkel des hübschesten Mädchens der Klasse, einer Blondine mit blauen Augen, deren Mutter ihr immer Zöpfe mit Schleifen machte. Marcela nannte Karina Kackarina.

Sie folgt der Kindergruppe und kommt in Madagaskar an. Sie merkt, dass der Betreuer sie misstrauisch beäugt. Dass diese junge Frau ihnen folgt, beunruhigt ihn, möglicherweise will sie ein Kind entführen. Karina tut so, als fiele ihr nicht auf, dass er sie beobachtet, und entfernt sich wie zufällig von der Gruppe, um sich den Informationskasten zu den Langschwanzlemuren anzuschauen.

«Echt jetzt», klagt ein Mann. «Die sind auch vom Aussterben bedroht?»

«Jimmy fehlt nur der Schwanz, dann kann er hier mit einziehen.»

Ständig hört sie, wie Zoobesucher ihre Bekannten mit Tieren identifizieren. «Guck mal, da ist dein Cousin.» – «Der da sieht aus wie Juan.» – «Aus diesem Käfig bist du entwischt, stimmt's?» Sie tun es in scherzhaft verunglimpfender Absicht, und ihre witzig gemeinten Vergleiche stützen sich auf die Grundannahme der Minderwertigkeit von Tieren. Karina missbilligt diesen plumpen Anthropozentrismus ebenso wie die geistige Trägheit, die sich darin ausdrückt, dass man Tiere nur als Abbilder vertrauter Menschen betrachtet. Und während sie sich diesen Gedanken hingibt, fällt ihr auf, wie sie ihrer Großmutter immer ähnlicher wird, die gnadenlos das Verhalten von Prominenten kritisiert, in deren Leben sie durch ihre Zeitschriften herumschnüffelt.

Sie will keine sauertöpfische Moralistin werden, sie wünscht sich vielmehr, dass ihr Geist – anstatt es sich auf dem Thron der intellektuellen Überlegenheit bequem zu machen – sich eine neugierige und schelmische Unruhe bewahrt, so wie sie diese niedlichen «auf Madagaskar endemischen Feuchtnasenprimaten» an den Tag legen, die ihren Namen von den Totengeistern der römischen Mythologie haben. Was würde der kleine Tierhasser von ihnen halten? Wahrscheinlich würde er ihnen einen gespitzten Bleistift in den Rücken rammen.

32. XXX

Daenerys musste den Protesten gegen die Ankunft der Pandaklone fernbleiben, denn ihre Mutter, die sie überwachte, um über ihr Verhältnis zu Silverio auf dem Laufenden zu bleiben, erteilte ihr am Tag der Landung Hausarrest und für zwei Wochen Handyverbot. Auf diese Weise verhinderte Yadira, dass sie wegen aufständischer Aktivitäten im Hauptstadtgebiet festgenommen und vor Gericht gestellt würde. Das verzieh ihre Tochter ihr nicht. Nach einem Streit, bei dem ihre Mutter sie aus dem Haus jagte – was immer häufiger vorkam –, stand Daenerys eines Freitagabends vor der Tür ihres Papás, ohne Handy, ohne Geld.

Am nächsten Tag waren die monatlichen Schutzzahlungen für seinen Bruder fällig. Darum musste ihn Daenerys zum zweiten Mal in die Haftanstalt von Almoloya begleiten, was ihn sehr freute, denn so konnten sie sich den ganzen Weg lang über Theorien zu außerirdischem Leben unterhalten. Ein weiterer Vorteil, sie dabeizuhaben, bestand darin, dass er nicht die hundertfünfzig Peso für ein Schließfach vor dem Gefängnis zahlen musste, um dort Gürtel, Handy, Schlüssel, Schnürsenkel und auch sonst alles, was man als Waffe benutzen könnte, zu deponieren.

Beim Treffen mit Jaiba prahlte er, seine Tochter sei bei ihm eingezogen und warte draußen auf ihn. Doch als er das Gefängnis verließ, war Daenerys übel gelaunt, und statt mit ihm nach Cuajimalpa zurückzufahren, wollte sie wieder nach Ecatepec. Silverio schrieb diese Sprunghaftigkeit dem Hormonchaos der Pubertät zu.

Von diesem Tag an wich Daenerys ihm aus. Sie konnte die Wochenenden nicht mehr mit ihm verbringen, weil sie viele Hausaufgaben aufhatte, und obwohl ihre Mamá sie nicht allein auf die Demos ließ, blieb sie ihnen lieber fern, als mit ihm zu gehen.

Ihrer Ausflüchte überdrüssig, tauchte Silverio eines Morgens unangekündigt bei seinen Ex-Schwiegereltern auf. Daenerys akzeptierte mit zusammengebissenen Zähnen, mit ihm unten auf dem Markt einen Saft trinken zu gehen.

«Sag mal, was habe ich dir denn getan? Nicht mal an deinem Geburtstag bist du ans Telefon gegangen. Deine Abu wollte bei uns zu Hause mit dir feiern. Ich wollte dir Pilz-Pozole machen.»

«Ich habe dir doch schon gesagt, dass ich viel zu tun habe.»

«Verarsch mich nicht, Dany, du schreibst ja keine Doktorarbeit. Wolltest du nicht bei mir wohnen und was weiß ich nicht alles? Butter bei die Fische, sag mir jetzt, was ich dir getan habe. Deine Mamá weiß wie immer von nichts, aber irgendwas wird diese Giftschlange dir doch erzählt haben, damit du bei ihr bleibst.»

«Sie weiß es nicht mal», verteidigte Daenerys sie.

«Was weiß sie nicht mal? Dass wir das letzte Mal in den Knast gefahren sind? Ich habe dir schon gesagt, ich geh nur wegen deiner Abuelita hin, damit sie ruhig schlafen kann.»

Daenerys reagierte nicht.

«Wegen der Kohle, die ich nach Almoloya gebracht habe? Ich habe dir schon gesagt, dass mir ein Geschäft in die Binsen gegangen ist, aber ich krieg das schon hin mit deinem Unterhalt. Und mein Bruder kommt dieses Jahr vielleicht schon raus.»

Seine Tochter schüttelte den Kopf.

«Was denn?»

«Soll ich es dir sagen?»

«Spuck's aus.»

«Weißt du noch, als sie mir das Handy weggenommen hatte? An dem Tag, als du mir dann deins überlassen hast, habe ich darin nach Nachrichten gesucht, was für ein Mist am Flughafen gelaufen ist. Und da habe ich deinen Verlauf gesehen.»

Silverio schoss die Schamesröte ins Gesicht; er wünschte, die Erde täte sich auf und vom Boden des Lochs ragten ein paar Mammutzähne empor, um ihn aufzuspießen und von dieser Demütigung zu befreien. Er lebte seit so vielen Jahren allein, dass er es sich abgewöhnt hatte, seine Suchverläufe zu löschen, die außer Wikipedia auch Pornhub, Xvideos und pornogratis.mx beinhalteten sowie weitere Seiten mit obszönen Inhalten.

Er könnte sich wegen der Verletzung seiner Privatsphäre entrüstet zeigen; er könnte behaupten, er habe ein Virus gehabt, das automatisch und unkontrolliert jede Nacht Pornoseiten aufrief; er könnte an ihr Mitleid appellieren und ihr erzählen, dass er für ein bisschen Extrageld zig Gräber hatte öffnen und dort mit bloßen Händen die grauenhaftesten Überreste hatte herausholen müssen, dass er von Untoten träumte wie den Weißen Wanderern aus *Game of Thrones* und dass erotische Videos ihm halfen, auf andere Gedanken zu kommen; er könnte sie fragen, was daran falsch war, Pornos zu schauen, alle Männer machten das schließlich; er könnte sich als letzte Option entschuldigen und ihr scheinheilig schwören, nie wieder solche Filmchen anzusehen.

«Warum hast du mir nichts gesagt?», fragte er seine Tochter schließlich, kleinlaut wie ein Hund mit eingeklemmter Rute.

«Was hätte ich dir denn sagen sollen? Ich habe halt gemerkt, dass du nicht so toll bist, wie ich dachte, das ist alles.»

«Nein, Dany, sag das nicht. Ich weiß nicht, was du gesehen hast, aber in den WhatsApp-Gruppen werden immer so eklige Sachen rumgeschickt.»

Er konnte nicht zugeben, dass er ein echter Fan dieser Clips war.

«Du weißt doch, wie das ist. Und dann klicke ich ahnungslos drauf, und dann kommt halt so was.»

«Klar», sagte seine Tochter und glaubte ihm kein Wort. «Lass uns besser gehen, ja? Ich habe wirklich viel zu tun.»

Daenerys' Mitschüler schauten sich bestimmt viel schlimmere Sachen an. Er war in diesen Dingen altmodisch, ein Romantiker, der auf sexuelle Begegnungen zwischen besten Freundinnen stand, zwischen frustrierten Frauen und sinnlichen Klempnern, zwischen Hauskäufern und verführerischen Immobilienmaklerinnen.

«Auch wenn du mir nicht glaubst, ich schwöre, ich mach so was nie wieder auf. Gib mir noch eine Chance.»

Es war nicht so einfach, auf dem Friedhof Sexualpartnerinnen zu finden. Übrig waren nur noch ein paar Totengräber, alles Männer. Was erwartete seine Tochter, wie er seine

Triebe besänftigen sollte? Er hatte es schon mit Tinder versucht, aber wenn er im Chat gefragt wurde, was er beruflich machte, verschwanden die meisten Frauen wie Gespenster. Wenn eine mal *dark* genug war, um mit einem Friedhofswärter auszugehen, erledigte sich die Angelegenheit mit dem ersten Treffen. Trotz all der Tutorials, die Silverio sich angeschaut hatte, konnte er der Versuchung nicht widerstehen, das Gespräch an sich zu reißen, und erteilte schließlich ausschweifende Lektionen in mexikanischer Geschichte. Sein Leben war dieses Meme, in dem es hieß: Es gibt kein zweites Date, aber wenigstens weiß sie jetzt, wer die Märtyrer von Tacubaya waren.

«Im Moment wäre es mir lieber, wenn wir uns nicht sehen. Sorry.»

Silverio traute sich nicht, sie zu umarmen. Er wusste, dass er für sie schmutzig war, besudelt von weiblichen Ejakulationen (er liebte diese wasserreichen Orgasmen), von Gleitmitteln, von fremdem Sperma.

«Danykind, sei nicht so, du fehlst mir so sehr. Mit wem soll ich denn sonst über Korallen und Wale und das alles reden? Die schaue ich mir nämlich sehr wohl an, nur dass du es weißt, all die Tiervideos, die du mir immer geschickt hast. Ich schwöre dir, die anderen Links öffne ich nicht mehr.»

Er war sich sicher, wenn er sich nur genug anstrengte, würde er ganz anständig masturbieren können, beim Anblick von TikTokerinnen.

«Oder sag du mir, was ich machen kann, damit du mir noch eine Chance gibst. Wann immer du willst, kannst du nach meinem Handy verlangen, und ich zeige es dir.»

«Wozu? Dann gehst du halt anonym drauf und fertig. So machen es alle. Warum seid ihr bloß so?»

Endlich zeigte seine Tochter ihren Frust.

«Ihr seid solche Schweine.»

«Es ist schlecht. Ich weiß doch. Aber gib mir nicht die Schuld an Dingen, die ich nicht mal selbst suche.»

«Wirklich?»

Daenerys wollte ihm glauben, und auch wenn seine Lüge bitter schmeckte, musste er weiter darauf herumkauen, wollte er die Beziehung zu seiner Tochter retten.

«Wirklich. Mehr noch: Wenn du nicht willst, brauchst du nicht zu mir nach Hause zu kommen, aber lass mich mit dir auf die Demos gehen. Was ist das denn, dass die den Zoo wiedereröffnen wollen, nach allem, was passiert ist? Ich habe sogar schon überlegt, was wir machen könnten, um denen einen Schreck einzujagen.»

«Was denn?»

Daenerys sah ihm zum ersten Mal während des ganzen Gesprächs in die Augen. Endlich hatte Silverio etwas gefunden, womit er ihr wieder näherkommen konnte. Seine Antwort musste kraftvoll sein, überzeugend. Diese Chance durfte er sich nicht entgehen lassen.

33. LEONOR

Karina irrt zwischen den Gräbern umher, die Augen und der Hals brennen ihr vom Staub, den die vielen Besucher des Friedhofs aufwirbeln. Wieso ist sie nicht auf die Idee gekommen, einen Mundschutz mitzunehmen? Vom Fahrer des Mototaxis unter Druck gesetzt, sind Maru und ihre Großmutter zum Eingang des Friedhofs zurückgefahren, und sie ist geblieben, um alleine weiterzusuchen. Systematisch läuft sie jeden Weg in dem Feld ab, in dem sich ihrer Großmutter zufolge ganz sicher das Familiengrab befindet.

Der wegen der Explosion des Krematoriums abgesperrte Bereich ist ganz in der Nähe. Sie kann nicht ausschließen, dass ihr Großvater und ihre Eltern auf der anderen Seite des gelben Flatterbands vom Zivilschutz liegen.

«Iiiiih!» Ein spitzer Schrei reißt sie aus dem stumpfen Trott ihrer Gedanken. Ihr Puls schnellt hoch.

«Was ist los?!», schreit eine andere Stimme.

«Ein Totenkopf!», antwortet die erste.

«Zeig!», schreit eine dritte mit kindlicher Aufregung.

Sie ist es leid, fremde Namen zu lesen, belanglose Daten und kitschige Epitaphe. Mit schier übermenschlicher Geschwindigkeit berechnet sie die Dauer jedes Lebens. Serafín González Lara. 1.X.1954, 28.III.1999: vierundvierzig Jahre. Wahrscheinlich ein Unfalltod, wie bei ihren Eltern. Oder er hatte einen Herzinfarkt, ihm ist ein Aneurysma geplatzt, ein Messerstich, Überdosis, es gibt so viele Arten, vor der Zeit zu sterben. Siebzig Jahre, neunundzwanzig Jahre, neunundneunzig Jahre, unzählige Daten von Geburtstagen, Geburten, Kaiserschnitten, Torten, Wünschen, die Leute im Geist formulierten, bevor sie die Kerzen auspusteten. So viel beerdigtes Leben macht sie ganz benommen, so viel Jugend, Alter, Liebe, Übermaß an angehäuften Gefühlen, eine Panikattacke schleicht sich an, und sie hat das Fläschchen mit dem Öl aus dreißig Kräutern nicht dabei, dessen Duft sie beruhigt. Weder das noch ihren Plüsch-Axolotl. Auch nicht den Schlauch, um sich mit kaltem Wasser abzuspritzen. Nicht die Zimmerdecke mit phosphoreszierenden Sternen. Sie will hier nicht umkippen, keine Tachykardie erleben, nicht die paradoxe Atemnot des Hyperventilierens. Hilfe. Hier ist niemand. Ein Stück entfernt putzt eine Familie mit Bürsten und Seifenwasser einen Grabstein.

Die Panik nährt sich von der Lähmung. Dabei steht es ihr frei, von hier zu fliehen, und das tut sie jetzt. Sie geht eilig bis zu einer Querstraße und beschleunigt ihre Schritte in die Richtung, wo sie den Ausgang vermutet. Die Hände und die Füße kribbeln. Sie ist voller Angst und schämt sich dafür.

Sie hastet weiter, nur vorwärts unter der sengenden Sonne, und als sie es fast geschafft hat, hält sie an einem Grab inne, um durchzuatmen und sich zu beruhigen. Ein sehr alter Grabstein, verziert mit zwei Händen, die eine Kerzenflamme abschirmen. Der Anblick der Skulptur entspannt sie.

LEONOR LLORENTE DE ELÍAS CALLES
1902 – 1932

Das Grab ist bald hundert Jahre alt. Der Nachname Elías Calles klingt sehr vertraut. Sie weiß, dass ein mexikanischer Präsident so hieß. Vielleicht liegt hier seine Frau begraben, und die Parzelle ist deshalb so großzügig. Sie stellt sich eine schöne, üppige Frau vor, unglücklich in ihrem goldenen Käfig. Instinktiv macht sie ein Foto von dem Grabstein. Auf dem Display des Telefons sieht sie, dass es schon halb zwei ist. Sie will nicht in den Mittags- und Schulschlussverkehr geraten. Nachdem sie das Foto gemacht hat, geht sie zum Ausgang. Die Menschenmenge steht immer noch an den Friedhofsbüros. Maru und ihre Großmutter sitzen auf keiner der Metallbänke rund um den Platz. Die Panik kehrt sofort zurück und droht mit Vergeltung. Sie nimmt das Handy wieder heraus und sucht Marus Nummer, um zu fragen, wo sie stecken. Bevor sie die Nummer wählt, tippt ihr jemand auf die Schulter. Sie dreht sich erschrocken um. Es ist der Wachmann, mit dem sie zuvor über die Geier geredet hat, die über dem Friedhof kreisen.

«Ist das Grab aufgetaucht?», fragt der junge Mann in seltsam vertraulichem Ton.

«Nein. Ich habe es nicht gefunden. Haben Sie zufällig die beiden Damen gesehen, mit denen ich hergekommen bin? Sie sind vor mir zurückgefahren …»

«Ja. Ich habe sie ins Wachhäuschen eingeladen, damit Doña Rebe keinen Sonnenstich bekommt.»

Er kennt den Namen ihrer Großmutter. Wahrscheinlich hat sie ihm in ihrer üblichen Geschwätzigkeit schon ihr ganzes Leben erzählt, mit allen peinlichen Details.

«Ach, wie nett, vielen Dank.»

«Komm mit rüber. Deine Großmutter macht sich schon Sorgen.»

34. EXORZISMUS

Pastor Gonzalo hielt seine Hände über Silverio und stellte fest, dass er von Dämonen befallen war.

«Es sind verfluchte Seelen, die beim Brand auf dem Panteón Dolores erwacht sind.»

Der Priester wusste, dass Luz' Sohn in jener Nacht auf dem Friedhof gearbeitet hatte; damit bestätigte sich, es war ein abgekartetes Spiel, mit dem seine Mutter ihn in die Kirche gelockt hatte.

«Die Legion ist stark, aber der gute Herr Jesus vermag alles.»

Der Pastor schloss die Augen und hob die Arme zum Himmel.

«Sende mir deine Kraft, allmächtiger Herr und Freund, um diesen gequälten Mann zu retten. Kreuz, Kreuz, mein lieber Herr Jesus, halleluja!»

Die Gemeinde streckte die Arme aus, sperrte Silverio in einem Käfig aus gekreuzten Händen ein und schrie «Halleluja», in begeisterter Erwartung des Exorzismus. Ihm gefiel es gar nicht, im Mittelpunkt der Aufmerksamkeit dieser Fanatiker zu stehen. Seine Mutter stammelte Gebete. Andere schwankten hin und her, als würden sie furchtbar betrunken tanzen. Silverio blieb ruhig, also übertrieb nun der Priester seinen Kampf und begann, am ganzen Körper zu zittern. Der Beelzebub, sagte er, verbrenne ihm die Hände, um ihn von seinem Opfer fernzuhalten. Er bat um einen Eimer Eiswürfel.

«Mein Sohn», flüsterte ihm seine Mutter flehend ins Ohr, während sie darauf warteten, dass der Lakai des Priesters aus der Kirchenküche zurückkam. «Wehr dich nicht, lass zu, dass der Pastor dir hilft.»

Silverio blickte sie halb entsetzt, halb enttäuscht an. Wie konnte seine eigene Mutter glauben, er wäre voller Dämonen? Seit Wochen machte sie sich Sorgen um ihn, weil er so oft fort und ständig müde war. Dass er einer Nachtarbeit als Knochenausgräber nachging, verheimlichte er ihr. Doch da er jedes Mal schmutzig und erschöpft nach Hause kam, hatte seine Mutter längst erraten, dass er auf dem Friedhof geheime Dinge tat. Dass ihr Sohn aus kommerziellem Interesse und mit satanischem Eifer Leichen ausgrub, ahnte sie allerdings nicht.

Später sollte sie ihm gestehen, sie habe aus seinem Zimmer merkwürdige Geräusche gehört, ein bestialisches Stöhnen, das sie den Dämonen zuschrieb, die von ihm Besitz ergriffen hätten. Silverio bat sie, ihm die Geräusche genauer zu beschreiben, und begriff gleich, wo das Missverständnis lag. Was sie als infernales Grunzen gedeutet hatte, waren die Laute der Tiere, denen er beim Sex zusah. Die Schildkröte *Geochelone sulcata* stieß beim Orgasmus ein raues Husten aus, die Tiger brüllten, die Rüssel der Elefanten gaben kakofonische Konzerte, wenn die Hormone sie verrückt machten. Nichts Perverses lag in diesen Geräuschen, nur Natur. Nein, Chefin, es ist so: Wenn ich nicht schlafen kann, gucke ich mir Dokus an, wo es sich die Tiere gut gehen lassen. Die Wahrheit war so seltsam, dass sie die Hypothese von der satanischen Besessenheit nur zu bestätigen schien.

«Halleluja, lieber Herr Jesus, befreie diesen Mann von dem Bösen, das ihn von innen verfaulen lässt!»

Die ganze Gemeinde brüllte los. Ein paar Frauen schrien «Halleluja», «Jesus» oder «Amen, amen, amen», als würden sie mit einem Gott vögeln. Silverio überlegte: Würde er sich fallen lassen und auf dem Boden winden, wie es die Spinnerin vor ihm getan hatte, wären alle glücklich und würden ihn in Ruhe lassen.

Unter dem kollektiven Druck schloss er die Augen, bereit, sich den ekstatischen Hallelujas anzuschließen. Er begann zu zucken, als tanzte er zum Rhythmus der elektronischen Musik, die in manchen Nächten die Schlucht von Cuajimalpa flutete. Pastor Gonzalo sah sich durch dieses Verhalten ermutigt und fing an, die Dämonen mit Schreien anzufeuern. «Verlasst diesen Körper, Verdammte, raus da, verlorene Legion Satans! Raus!»

Der Chor der Hallelujas sprang ihm bei.

«Raus!»

Silverio erkannte unter den schreienden Stimmen die seiner Mutter, sie klang aufgewühlt. Sie tat ihm leid. Wie hatten sie ihr nur derart das Gehirn waschen und sie in einen Zombie verwandeln können?

Der Pastor kreischte immer näher an seinem Gesicht und spuckte ihm eine Kaskade von Schmähungen gegen den Beelzebub und seine Heerscharen über die flatternden Augenlider. Irgendwann waren es keine verständlichen Wörter mehr, die der Pastor schrie. Silverio wusste schon, dass sie in dieser Gemeinde manchmal in Zungen redeten.

«Halil, habarahat, chederin, tschua, tschua, baaaar!»

Es war wirklich schauderhaft. Der Pastor brüllte wie von Sinnen. Silverio fürchtete, wenn er sich jetzt nicht auf den Boden warf und sich wand, um die Dämonen abzuschütteln, könnte seine Mutter einen diabetischen Schock erleiden; auch sie schrie zunehmend, als wäre sie völlig außer sich. Er tat es für sie. Er entspannte alle Muskeln, wurde Molluske und ließ sich fallen.

35. EIN ENGEL

Als Karina das Wachhäuschen betritt, trinkt ihre Großmutter gerade mit einem Strohhalm aus einer Dose Bier. Sie sitzt auf einem Drehstuhl vor einem Monitor, auf dem die Bilder etlicher Überwachungskameras zu sehen sind.

«Und? Hast du es gefunden?»

«Wo hast du das Bier her?»

«Deiner Abu ist da draußen schwindelig geworden von der Hitze, da bin ich los, um ihr eine Cola zu kaufen» – Maru hält die Dose in der Hand –, «und als ich zurückkam, hatte sie schon den jungen Mann für ein Bier zum Oxxo geschickt.»

«Mit welchem Geld?»

«Mit dem Wechselgeld vom Mototaxi», erklärt Maru und ergänzt leiser: «Deine Abu wollte kein Trinkgeld geben, weil er uns so gehetzt hat.»

«Gut, mein Mädchen, hast du das Grab gefunden?»

Ein Bier auf nüchternen Magen genügt, um eine Frau ihres Alters betrunken zu machen, also möchte Karina den Abschied abkürzen und ihr die Dose abnehmen, bevor sie sie ausgetrunken hat.

«Nein. Morgen komme ich mit mehr Zeit wieder und suche weiter.»

«Ich habe es dir gesagt», jammert ihre Großmutter. «Man hat sie uns gestohlen. Was machen wir jetzt? Wohin wirst du mich bringen, wenn sich Gott an mich erinnert? Ach je.»

«Denk nicht daran, Rebe, du bist doch gesünder als ich.»

«Und woran soll ich sonst denken, in meinem Alter? Vor fünfzig Jahren habe ich dieses Grab für die Ewigkeit gekauft und gedacht, da ruhe ich eines Tages bei meinem Mann. Und jetzt haben sie meinen Mann verschwinden lassen. Was habe ich getan, dass Gott mich so straft?»

«Der junge Mann hat schon gesagt, wenn Kari es nicht findet, sucht er es für uns, nicht wahr?»

«Ja, Señora, machen Sie sich keine Sorgen. Ich bin sicher, wir finden es.»

«Wirklich», beharrt Karina, «morgen komme ich wieder und suche weiter.»

«Wir haben dem jungen Mann schon den Namen von deinem Papá und deinem Abuelito genannt, er schaut im Register nach», sagt Maru.

«Den von meiner Mamá habt ihr ihm nicht genannt?»

Rebeca saugt am Strohhalm, und die Flüssigkeit steigt ihr in den Mund. Eigentlich sind Plastikstrohhalme seit Jahren verboten, aber sie werden immer noch in der ganzen Stadt benutzt.

«Ihre Mami liegt auch hier?»

«Ja, auch sie», sagt Karina, verärgert über den Eifer, mit dem ihre Großmutter ihre Mutter aus ihrer Vergangenheit zu löschen versucht. «Ich komme gleich morgen früh und frage nach.»

«Das Problem ist», erklärt der Wachmann freundlich, aber in etwas herablassendem Ton, «dass es im Moment zwei, drei Wochen dauert, die Daten herauszusuchen. Die

Leute stehen Schlange, um ihre Angaben zu machen, und wenn sie wiederkommen, erhalten sie die Informationen in einem Dokument. Weil so viele Leute kommen, dauert es von Tag zu Tag länger. Deshalb habe ich den Señoritas schon gesagt, wenn Sie möchten, schaue ich selbst nach und gebe Ihnen dann Bescheid.»

Karina gefällt die Aussicht, sich die erneute Pilgerreise zum Friedhof zu sparen, das endlose Warten in der Sonne, und dann noch wochenlang weiter das Gejammer ihrer Großmutter über den Raub des Grabs zu ertragen. Wie viel der Wachmann wohl für diesen Service verlangt? Karinas knappes Budget lässt den Luxus solcher Ausgaben eigentlich nicht zu.

«Vielen Dank, junger Mann, Gott wird es Ihnen überreich vergelten.»

Die Nervosität in Silverios Lächeln entgeht Karina nicht.

«Aber natürlich zahlen wir Ihnen auch, was Sie verlangen.»

«Was Ihnen angemessen erscheint», sagt der Wachmann erleichtert.

«Und was machen wir, wenn es nicht auftaucht? Mein Mann liegt seit fünfzig Jahren in diesem Grab. Ich habe ihm ein wunderhübsches Kreuz aufstellen lassen, ein goldenes.»

«Was soll ich Sie anlügen? Davon wurden wirklich viele gestohlen. Kann sein, dass das Kreuz nicht mehr auftaucht. Aber die Parzelle schon, in der Gegend wurden nicht viele geraubt. Muss man nur überprüfen. Wie hieß denn nun Ihre Mamá?»

«Margarita López Zaragoza», sagt Karina und schaut dabei ihre Großmutter an, die, kaum dass sie den vollständigen Namen ihrer ungeliebten Schwiegertochter hört, die Bierdose hebt, mit den Lippen den Strohhalm sucht und einen großen Schluck trinkt.

«Ich kann Ihnen das gerne aufschreiben, oder ich schicke Ihnen eine Nachricht.»

«Der junge Mann hat ein hervorragendes Gedächtnis», unterbricht Maru sie. «Er hat sich die Namen von deinem Großvater und deinem Papi auf Anhieb gemerkt. Wir haben ihm eure Nummer gegeben, und auch die wusste er gleich auswendig. Beeindruckend, oder?»

«So gehört es sich», urteilt die Alte, als wäre Auswendiglernen eine moralische Pflicht, die von der Jugend vernachlässigt wird.

«Also, wir müssen dann los», sagt Karina, die ihrer Großmutter dringend die Dose abnehmen will. «Damit wir nicht voll in den Verkehr geraten.»

Bevor ihr das Bier abgenommen wird, nimmt Rebeca einen besonders großen Schluck, schafft es aber nicht, die Dose ganz zu leeren. Als sie sich von dem Wachmann verabschieden, segnet sie ihn mit dem Wunsch, dass Gott ihn erleuchten möge bei der Suche nach ihren Verwandten.

«Was für ein reizender Junge», sagt Maru hinter dem Lenkrad und biegt auf den Periférico ab. «Und so schlau.»

Rebeca stimmt ihr zu. «Er ist ein Engel, den uns mein Mann gesendet hat.»

36. EICHHÖRNCHEN

Das Abendessen mit ihrem Onkel und ihrer Tante war zäh und wenig ergiebig. Die beiden haben sie nervös empfangen, weil sie fürchteten, sie würde sie um Geld anpumpen, und sie selbst fühlte sich verletzlich, weil sie sich bei ihnen nicht als Leonor Llorente ausgeben konnte. Sie versuchte, das Eis mit Ehrlichkeit und Wein zu brechen. Ihre Großmutter äußere neuerdings beunruhigende Dinge darüber, was ihre Mutter getan habe, ob sie vielleicht wüssten, wovon sie sprach. Mit sichtlichem Unbehagen nannten sie die Demenz von Tante Rebe als einzig mögliche Erklärung für solche Bemerkungen.

«Nimm sie nicht ernst», riet ihr Onkel Paco. «Als es mit meiner Mamá bergab ging, dachte sie, ich wäre ihr geliebter Papst Johannes Paul II.»

Tante Celia schien darauf zu brennen, noch etwas zu sagen, doch ihr Mann war zum Schweigen entschlossen und verbot ihr mit subtilen Dominanzgesten den Mund. Also versuchte Karina, Risse in ihrer Version der Geschehnisse zu finden. Sie wechselte das Thema und sagte, sie überlege, sich ein Auto zu kaufen, um ihre Großmutter zur Physiotherapie zu fahren – Rebeca hatte jede Art von Sport immer als entwürdigend empfunden – und um keine Vergewaltigung zu riskieren, wenn sie spätabends aus der Uni kam. Onkel Paco, der sich für den größten Autoexperten hält, gab ihr begeistert Tipps, und als er sich entspannt zu haben schien, fragte sie beiläufig, ob er sich erinnern könne, was ihre Großmutter mit dem Auto ihres Papás gemacht hatte.

«Der Mustang, das war eine tolle Kiste», sagte ihr Onkel mit alkoholisiertem Überschwang. «Ich hätte den ja behalten, aber man» – er drückte mit seiner Zunge von innen gegen die linke Wange, um auf seine Frau zu zeigen – «hat es mir nicht erlaubt. Nicht wahr, Schatz?»

Tante Celia sah ihn mit einer Mischung aus Empörung und Zensurwillen an. Er war der Nichte in die Falle getappt. Onkel Paco versuchte, sich herauszureden: «Also, ich wollte meinem Cousin die Karre abkaufen, bevor das passiert ist, das war furchtbar.»

«Ich weiß schon, dass sie keinen Unfall hatten. Was ist wirklich passiert?», fragte Karina und flehte sie ganz unverhohlen an, ehrlich zu ihr zu sein. «Ich muss es wissen.»

Sie traute sich nicht zu sagen, dass man im alten Wohnhaus ihrer Eltern erzählte, ihre Mamá hätte ihren Vater erschossen. Onkel und Tante sahen einander an, und der Mann traf die endgültige Entscheidung. «Niemand war schuld. Sie hatten einen Unfall, und es ist leider so, wie das Sprichwort sagt – manche springen von der Klippe, aber niemand von der Schippe.»

«Abu!», ruft Karina an der Tür, über ihren Schultern hängen Stoffbeutel voller Essen, «ich bin wieder da!»

Um die Habseligkeiten ihrer Großmutter nach weiteren Spuren durchsuchen zu können, muss Karina alleine in Rebecas Zimmer sein. Sie könnte sie zwar am Nachmittag sedieren, damit sie in ihrem Schaukelstuhl einschläft; ihren fragilen Schlafrhythmus durcheinanderzubringen, wäre allerdings für sie beide verhängnisvoll. Lieber schafft sie ihre Großmutter aus der Wohnung. Das Problem ist, dass Rebeca nur in Begleitung ihrer Enkelin ausgeht, etwa zum Arzt oder um bei der Rentenkasse von Petróleos Mexicanos zu beweisen, dass sie noch lebt. Früher hat Karina sie auch für ein bisschen Abwechslung mit in den Supermarkt genommen, doch damit hat sie an dem Tag aufgehört, als ihre Großmutter beim Versuch, von ihrem Rollstuhl aus ein Bier zu stehlen, eine Dose aus einem hohen Turm zog und damit eine Blechlawine auslöste, die über ihr niederging und in der Explosion Dutzender durchgeschüttelter Dosen endete.

«Wo warst du?»

Sie könnte Maru bitten, ihre Großmutter zum Tee in ihre Wohnung einzuladen, aber sie fürchtet, die Nachbarin lässt sich dann bequatschen, Rebeca ein Gläschen auszuschenken.

«Im Supermarkt, habe ich dir doch gesagt. Wir hatten nichts mehr im Haus.»

Als sie die Sterbeurkunden ihrer Eltern gesucht hat, war Rebeca verdächtig überzeugt davon, dass sie in den Schubladen ihres Schreibtischs gar nicht erst nachschauen müsse, also hat deren Überprüfung oberste Priorität.

«Hast du Mangos mitgebracht?»

Die Mango ist die Lieblingsfrucht ihrer Großmutter, denn sie erinnert sie an ihre Kindheit.

Karina ist sich sicher, dass ihre Eltern nicht bei einem Unfall ums Leben kamen. Den verräterischen Drohungen ihrer Großmutter zufolge hat ihre Mutter ihrem Papá etwas Unverzeihliches angetan, und das passt ja zu dem Gerücht, sie habe ihn in ihrer Wohnung in der Ayacucho 27 umgebracht. Demnach könnte auch sie die Besucherin am 15. September gewesen sein.

«Es gibt gerade keine Mangos.»

Ob sie eine Gefängnisstrafe abgesessen hat? Ob sie unter der Auflage freigekommen ist, ihre Tochter nicht aufzusuchen? Vielleicht hat der Brand auf dem Panteón Margarita dazu gebracht, das Grab ihres Mannes zu besuchen. Und als sie dort ihren eigenen Namen eingraviert fand, beschloss sie, ihre virtuelle Mörderin zu besuchen und sie daran zu erinnern, dass sie noch lebt.

«Bei uns gibt es das ganze Jahr Mangos. Nicht immer die gleiche Sorte, aber es gibt immer welche. Oder vielleicht jetzt auch nicht mehr, ich weiß nicht, mit den ganzen Katastrophen. Wusstest du, dass San Antonio überschwemmt worden ist?»

Seit vier Jahren treibt ihre Großmutter die Neuigkeit um, dass ihr Heimatort überflutet wurde, als flussaufwärts ein Staudamm brach.

«Was für ein schöner Abend», sagt Karina mit einem Optimismus, der eher zu Leonor gehört denn zu ihr. «Willst du nicht vielleicht runtergehen und die Eichhörnchen füttern? Ich habe Erdnüsse für sie gekauft.»

Direkt nach Trinken und Stricken ist Tiere zu füttern immer Rebecas Lieblingsbeschäftigung gewesen: die Hühner und Kühe auf der Farm in Tabasco, die Vögel in ihrem Garten in Clavería – Kolibris, Spatzen, Tauben, Enten – und jetzt die Eichhörnchen in El Altillo. Seit sie von der Kampagne zur Ausrottung der Eichhörnchen im Wohnkomplex erfahren hat, steht Rebeca aufseiten der Nager, und ihre Enkelin hat den Auftrag, ihnen Nüsse und Früchte zu kaufen.

«Welche hast du genommen?»

Rebeca sagt immer, dass die Eichhörnchen die Erdnüsse gern selbst knacken, weil sie so sicher sein können, dass sie nicht vergiftet sind.

«Die mit Schale.»

Die Eichhörnchen sind eine Plage in der Siedlung. Sie nagen die Kabel an, sie fressen Müll und auch die Himbeeren, die eine Nachbarin in ihrem Wäscheabteil auf dem Dach anbaut. Die Hunde kommen voller Flöhe aus dem Garten, weil die Eichhörnchen diese dort verteilen. Darum hat Karina bisher immer vorgegeben, den Auftrag ihrer Großmutter vergessen zu haben. Sie fürchtet, dass bei der nächsten Bewohnerversammlung, wenn das Thema der Eichhörnchen-Überbevölkerung besprochen wird, jemand sie verpfeifen wird, weil sie sie füttern. Außerdem wird über den neuen Etat abgestimmt, und dann steht auf der Tagesordnung das heikle Thema der Schaukeln, auf denen angeblich Gespenster spielen und die Bewohner der Gebäude 11, 12, 15 und 29 nicht schlafen lassen. Während einige Mieterinnen und Mieter dafür sind, die Schaukeln abzumontieren, argumentieren andere, das sei kontraproduktiv, da die kleinen Gespenster, wenn man ihnen dieses Spielzeug wegnähme, sicher in die Wohnungen kämen, um dort alles kaputt zu machen.

«Und wenn wir sie hier füttern?» Rebeca zeigt auf das Wohnzimmerfenster, das zum Kinderspielplatz hinausgeht. «Ich bin gerade etwas müde.»

«Nicht so faul, Rebeca», sagt Karina im Tonfall einer Hauslehrerin. «Denk dran, was dir der Arzt gesagt hat. Du musst dich bewegen.»

Die Treppen hinunterzugehen, dauert fast zehn Minuten. Danach kommt Rebeca besser voran, und sie erreichen die baumbestandene Ecke des Wohnkomplexes, wo eine Mauer aus Vulkanstein die Einheit von der benachbarten abgrenzt.

«Komm, wir gehen zu den Bänken dahinten.» Karina will sie so weit wie möglich vom Haus wegführen. «Da sind immer ganz viele.»

Der gemeinsame Urahn aller Säuger war ein Tier, das dem Eichhörnchen nicht unähnlich war. Dessen im Vergleich zu seinen Reptilien-Vorfahren wichtigste Innovation war, dass es sein Essen kaute, um die Verdauung zu erleichtern. Wenn irgendetwas an Eichhörnchen niedlich ist, dann die Art, wie sie ihre Nahrung nagen und zerkleinern.

«Jetzt schau dir dieses Biest an, das hat gerade dem anderen seine Erdnuss geklaut.»

Das Verbrechen, von dem Señora Betty gesprochen hat, scheint ungeplant gewesen zu sein. Möglicherweise fühlte sich ihre Mutter von ihrem betrunkenen Ehemann bedroht und schoss auf ihn, um sich in verzweifelter Wut zu verteidigen.

«Biete ihr eine andere an.»

Das Schuldgefühl könnte ihr Verschwinden erklären: Sie konnte ihrer Tochter nicht mehr unter die Augen treten, nachdem sie sie zur Halbwaise gemacht hatte.

«Dumme Nuss, komm her zu mir», sagt Rebeca zum ängstlichsten Eichhörnchen. «Sonst beklauen die dich nur weiter.»

Mit Abscheu erinnert sie sich daran, wie die Augen ihres Vaters lethargisch wegglitten, wenn er getrunken hatte.

«Hör mal», sagt Leonor, nachdem sie sich eine Hand auf den Bauch gelegt hat. «Irgendwas ist mir nicht bekommen. Ich gehe mal eben aufs Klo.»

«Bring eine Banane mit, vielleicht mögen sie die.»

Mit dem dringenden Bedürfnis, den rumpelnden Darm zu entleeren, eilt Leonor zurück in die Wohnung. Anstatt ins Bad zu rennen, geht sie aber in Rebecas Zimmer und kniet sich vor den Schreibtisch. Sie hat zehn Minuten, bis die Alte im Garten sich Sorgen macht.

Die erste Schublade ist voller Medikamente, Handcreme, Augentropfen, Vaseline für die Lippen, abgelaufener Schminke, leerer Cremedosen und Parfümflaschen. Der Duft der senilen Kosmetika flutet den Raum. In der zweiten Schublade liegen mit Wollfäden gebündelte Kirchenheftchen, eine Tüte mit bunten Knöpfen, eine Bürste zum Schuheputzen und eine Keksdose aus Blech, in der Rebeca die Basteleien aufbewahrt, die Karina ihr als Kind geschenkt hat. Da die Erinnerung an ihre Kindheit sie immer schmerzt, will Karina nicht in diesem bittersüßen Behälter herumwühlen, aber Leonor ist fest entschlossen, keine Möglichkeit auszulassen, also öffnet sie die Dose und findet unter den Zeichnungen, Geburtstagskarten, Papierbooten und Stanniolblüten eine Handyschachtel, die sie mit Kleber, Pailletten und Geschenkpapier in eine Schmuckschatulle verwandelt hatte. Karina erinnert sich, dass ihre Großmutter darin Visitenkarten aufbewahrt. Sie findet die Kontaktdaten des Klempners, der Taxizentrale, des Salons, wo sie ihr Haar schneiden und färben ließ, des Zahnarztes, zu dem sie ihre Enkelin brachte, der Umzugsfirma, die ihre Möbel in die Wohnung geschafft hat, des Filialleiters der Bank, in der sie immer ihre Rente abholte, des Gebrauchtwarenhändlers, der Psychologin, zu der sie Karina als Kind schleifte, eines weiteren Taxiunternehmens; auch ein paar Dutzend Visitenkarten ihres Ehemannes, Ramiro Miranda, als Mitarbeiter von Petróleos Mexicanos. Und am Ende dieses Stapels der immer gleichen Karte eine vom Panteón Civil de Dolores. *Roberto Hernández Sacristán. Stellvertretender Direktor Abteilung Beerdigungen und Genehmigungen.* Die Adresse des Friedhofs, Telefon, Durchwahl und auf der Rückseite des Kärtchens, in blauer Tinte und windschief – sie erkennt sofort die Handschrift ihres Vaters, dessen Schulhefte ihre Großmutter auf dem Dachboden in Clavería aufbewahrt hat – eine Handynummer mit der nicht mehr verwendeten Vorwahl 044. Die Füßchen, auf die ihr Vater die Ziffern 1 und 9 stellte, sind unverkennbar. Karina murmelt «Yurika», die japanische Variante des Ausrufs, mit dem Archimedes die Entdeckung des nach ihm benannten Prinzips feierte, und Leonor belächelt diese Otaku-Albernheit spöttisch.

Der triumphale Enthusiasmus hält nicht lange an. Die Handschrift ihres Vaters auf dieser Visitenkarte multipliziert nur die Wege, auf denen sich ihr Geist verirren kann. Wenn ihr Großvater starb, als ihr Vater noch ein Kind war, und das Grab neununddreißig Jahre nicht angerührt wurde, bis er vermeintlich überraschend gemeinsam mit seiner Ehefrau ums Leben kam, was hätte er dann als Erwachsener auf dem Friedhof getrieben und warum hätte der für Beerdigungen Verantwortliche ihm seine Privatnummer geben sollen? Sie muss diesen Hernández suchen, herausfinden, bis wann er auf dem Friedhof gearbeitet hat und in welchen Fällen er Kunden seine Nummer gab.

«Abu», sagt Karina, als sie wieder an der Metallbank im Garten angekommen ist.

«Was? Was ist passiert?»

«Du bist eingeschlafen.»

«Ich habe geträumt.»

«Was hast du geträumt?»

«Dass ich gekocht habe, denn alle wollten zum Essen kommen.»

Da sie ein schlechtes Gewissen hat wegen der Verletzung ihrer Privatsphäre, verkneift sich Karina die Frage, wer alle waren, die in ihrem Traum zum Essen kommen wollten.

«Dann hast du bestimmt Hunger. Wir sollten mal wieder hochgehen.»

Am nächsten Tag wählt Karina die Nummer vom Friedhof und fragt nach Hernández Sacristán. Sie erklären ihr lediglich, dass er schon lange nicht mehr dort arbeitet. Seit dem Skandal um den Wiederverkauf von Parzellen haben die Mitarbeiter die Anweisung, nicht mehr als das absolut Notwendige herauszugeben. Leider taucht der stellvertretende Direktor auch nirgends im Internet auf, also bleibt nur eine Möglichkeit, wenn sie ihn finden will: Silverio zu suchen, mit dem sie keinen Kontakt mehr gehabt hat, seit er ihnen half, das Familiengrab zu finden und zu renovieren, und ihn darum zu bitten, ihr zu helfen, etwas über diesen Señor herauszufinden.

37. NACKTSCHNECKEN

Ungeachtet der viskosen Ewigkeit, die ihn verschlungen hatte, konnte er bei der Erinnerung daran, wie er die Hallelujas betuppt hatte, als sie ihn exorzieren wollten, ein wenig lachen. Um sich überzeugend zu winden – die elenden Geister mussten sich ja dagegen wehren, aus seinem Körper vertrieben zu werden –, stellte er sich vor, er wäre eine Leopardenschnecke mitten bei der hermaphroditischen Paarung. Sehr oft hatte er staunend die Doku über das Paarungsverhalten dieser Mollusken angeschaut. Sie hängten sich an Schleimfäden, wickelten sich in der Luft kreisend umeinander und penetrierten einander mit ihren riesigen violetten Penissen.

Er tat das, um die Sehnsucht des Pastors und seiner Schäfchen zu befriedigen. Er begann, sich auf dem Boden zu wälzen, als wäre bei ihm eine Schraube locker oder als wäre er selbst eine Schraube, die versuchte, sich aus der himmlischen Unterdrückung durch Gebete und Beschwörungen herauszuwinden, mit der man an diesem Sonntagmorgen bei ihm den Exorzismus vollziehen wollte. Dem Publikum schien seine Darbietung zu gefallen. Sie schrien Beschimpfungen gegen den Feind, während er sich selbst mit beiden Armen würgte, die für diesen Akt zu enormen Sexualorganen geworden waren.

Silverio dachte an seine Nachforschungen zum phallischen Ranking im Tierreich. Proportional zu ihrer Körpergröße gewannen die Genitalien der Nacktschnecken nicht, auch nicht die der Esel, nicht einmal die Penisse der Wale siegten, sondern die von Entenmuscheln – Meerestieren, von denen er nie gehört hatte, bevor er sich auf Google zu diesem Thema fortbildete. «*Pollicipes pollicipes* ist eine Art der Entenmuscheln in der Klasse der Rankenfußkrebse (Familie *Pollicipedidae*). Die Entenmuscheln leben als sessile Filtrierer auf den harten Oberflächen der Felsen in der intertidalen Zone des Meeres.» Asseln und Garnelen waren auch Krebstiere, ähnelten den Rankenfußkrebsen aber überhaupt nicht, die eher wie Ziegenhufe aussahen. Ihr Penis war zehnmal so lang wie ihr Körper – Silverio nahm an, das wäre für Menschen eher ein anatomischer Fluch; mit einem Penis, zehnmal so lang wie sein Körper, könnte er sich weder Hosen anziehen noch Fußball spielen, noch Motorrad fahren, noch sonst was. Da die Entenmuscheln ihr Leben «auf von der Brandung überspülten Felsen» verbrachten, bestand für sie die einzige Möglichkeit, sich ihren hermaphroditischen Nachbarinnen zu nähern, in einem sehr langen Begattungsschlauch.

«Riecht ihr das, liebe Schwestern?», fragte der Exorzist in Ekstase. «Das ist der Schwefelgestank der Hölle! Jetzt entfleuchen die verlorenen Seelen, die sich an den Körper unseres Bruders klammern. Riecht, wie sie fliehen, halleluja!»

«Raus, raus!»

«Halleluja, Jesus, dein Reich komme», brüllte die Gemeinde, während er sich über die wahnwitzige Interpretation seines Furzes kaputtlachte. Welche Hölle, Leute? Jedes Böhnchen ein Dämönchen. Sein irres Lachen bestätigte die kollektive Gewissheit, dass der Sohn ihrer Schwester Luz vom Satan besessen war.

Wie hatte seine Mutter in dieses Irrenhaus geraten können?

«Hört nicht auf zu beten, nicht dass die Dämonen in eure Körper fahren! Jesus, stärke uns mit deinem heiligen Harnisch.»

«Amen!»

Wer hatte den größeren Knall: er, der sich vorstellte, dass er eine Leopardenschnecke beim Sex war, oder der Pastor und seine Schäfchen, die glaubten, ein Wachmann könne sich mit verdammten Seelen füllen, als wären es Darmwürmer? Seine arme Mutter, ihr hatten sie an diesem Ort wirklich das Gehirn gewaschen.

Traurigkeit übermannte ihn, und er hielt inne. Er öffnete die Augen.

«Bruder, steh auf und geh. Geh hin in dein Haus zu den Deinen, sagte Jesus zu dem Besessenen von Gerasa, als sich all seine Dämonen ins Meer geworfen hatten wie eine Herde Schweine, geh hin zu den Deinen, Silverio, und verkünde ihnen, welch große Wohltat dir der Herr getan und wie er sich deiner erbarmt hat.»

Die Schäfchen fingen an zu klatschen. Silverio stand unter Schulterklopfen und Lächeln auf. Noch nie in seinem Leben hatte man ihm applaudiert. Nie war er beim Fußball ein gefeierter Torschütze gewesen, er hatte auch niemandem das Leben gerettet, aber jetzt jubelten sie ihm zu, als wäre er ein Held, ein Boxchampion, der gerade Luzifer ausgeknockt hatte.

«Mein Schatz», sagte seine Mutter, als er wieder auf den Beinen stand. «Gelobt sei Jesus Christus. Wie geht es dir?»

Die Schnecken liebten sich, wenn es geregnet hatte. Sie vermissten wohl das Meer, wo ihre Cousinen, die Seeschnecken und die Kraken, die Venusmuscheln und die Tintenfische, zwischen wässrigen Laken kopulierten. Die Mühelosigkeit nahm ihren sexuellen Begegnungen die Anmut. Das Krakenmännchen schob dem Weibchen einfach nur seinen Sexualarm unter den Rock, ohne ihm besonders nah zu kommen, und überreichte seine Samenpillen. Dann machte sich das Weibchen selbst daran, damit die vielen Eier zu befruchten, die es in den Riffen abgelegt hatte.

«Gut», sagte er. «Ja, ich fühle mich anders.»

Undankbarer Sohn, wie verspottest du deine Mutter!

Fasziniert von der auffälligen Färbung der Geschlechtsteile der Leopardenschnecke, informierte er sich über die chromatische Diversität von Penissen und fand heraus, dass die Südliche Grünmeerkatze – *Chlorocebus pygerythrus,* eine Affenart – ein blaugrünes Skrotum hatte, der Schaft türkis und die Eichel feuerrot.

«Ich hatte den Eindruck, dass es dir wirklich schlecht geht, aber ich konnte es dir nicht sagen. Der Pastor meinte, wenn ich es dir sagen würde, würden die Dämonen alles tun, damit du nicht mitkommst. Vergibst du mir?»

Die Natur war nicht besonders gerecht zu ihm gewesen. Seine niedrige Statur wurde durch keine besondere Ausstattung ausgeglichen. Im Vergleich zu seinem älteren Bruder war er mäßig bestückt. Das hatte ihn aber nicht davon abgehalten, schon beim ersten Ausrutscher mit Yadira seine ihm evolutionär zugedachte Aufgabe zu erfüllen.

«Klaro», log er. «Mach dir keinen Kopf.»

«Gelobt sei Jesus Christus. Schau deine Aura an, du leuchtest!»

38. MARGERITEN

Señora Maru nahm die ganze Schuld für die Verspätung auf sich: Sie hatte nicht auf die spanische Stimme des Navis geachtet, und so hatten sie sich zwischen den Villen von Lomas de Chapultepec verfahren und auf Straßen mit den Namen von Vizekönigen Neuspaniens Runden gedreht.

«Jetzt sind Sie ja hier, das ist die Hauptsache.» So akzeptierte Silverio ihre Entschuldigung und nahm auf der Rückbank des Autos Platz, neben Karina, die trotz des Lächelns, das sie sich zu seiner Begrüßung abrang, genervt aussah.

Er hatte gute Laute, das saftige Trinkgeld, das er sicher bekäme, wenn sie erst das renovierte Familiengrab sähen, beflügelte ihn. Er musste dringend seine Einnahmen steigern; seit die Kleindealerei und der Devotionalienhandel auf dem Friedhofsgelände nicht mehr möglich waren, hatte er schmerzliche Einbußen erlitten.

«Wir müssen einen großen Umweg machen», warnte er. «Es sind immer noch viele Straßen gesperrt, aber immerhin können wir ziemlich nah an Ihre Parzelle heranfahren.»

«Ah, gut», sagte Señora Rebe, «denn in der Hektik habe ich meinen Gehstock vergessen, nicht wahr, mein Liebchen?»

Frau Dr. Karina stimmte missmutig zu. Silverio sah zwei mögliche Erklärungen für ihre schlechte Laune: Entweder hatte sie ihre Tage, oder sie hatte sich gerade mit ihrem Freund gestritten. Als sie die Geier auf dem Friedhof beobachtete, hatte er sie angesprochen, weil er sie wunderschön fand. Das hübscheste Gesicht, das er je gesehen hatte: sanft und strahlend, lieb und verführerisch zugleich, mit dieser Stupsnase, die dafür gemacht schien, Maiskolben zu essen, ohne sich mit der Sauce zu bekleckern. Silverio war sich des sozioökonomischen Abgrundes bewusst, der ihn von ihrem nackten Körper trennte – die Postleitzahl, der Doktortitel, das Familiengrab zweiter Klasse –, aber schon sie zu kennen, war herrlich.

«An der Ecke biegen wir rechts ab», bedeutete Silverio der Señora Maru, als sie sich der Calle Guillermo Prieto näherten.

«Ich kann immer noch nicht glauben, wie riesig dieser Friedhof ist», sagte seine Fahrerin. «Darum hat es Ihnen so viel Mühe bereitet, das Grab zu finden?»

«Ja, das war wirklich schwierig, allerdings», antwortete Silverio, denn je größer die Mühe, die er sich gemacht hatte, desto höher natürlich sein Lohn. «Die Papiere aus der Zeit von Señor Ramiro waren eh nicht mehr da, weil es mal einen Wasserschaden im Archiv gab, und jetzt ist eben wirklich alles verloren gegangen. Und dann war es merkwürdig, dass weder Señor Carlos noch Señora Margarita im Register zu finden waren. So viel ich auch suche, nichts zu machen.»

«Aber das Gute ist, dass Sie das Grab gefunden haben», unterbrach ihn die Großmutter, «darauf kommt es an.»

«Ja, ich habe mir gesagt, ich muss es finden. Also bin ich selber los. Ich habe mindestens zwanzig Grabsteine geputzt, Minimum, denn wenn sie ganz voller Dreck waren, dachte ich: Na, das wird doch nicht dieses hier sein, aber nein, und immer so weiter, bis es schließlich auftauchte. Es ist ja nur noch das Mosaik mit den Namen übrig, also war es gut versteckt.»

«Und warum sind die Namen nicht im Archiv?», fragte Karina.

«Wer weiß. Vielleicht wollten sie die Parzelle rauben, sind aber nicht mehr dazu gekommen. Die neue Verwaltung hat ihnen das Geschäft verhagelt.»

«Diese Unseligen», sagte Señora Rebe, «das wird es gewesen sein.»

Sie parkten vor einem asphaltierten Weg, der zu schmal war für ein Auto. Der Himmel zog sich immer weiter zu. Am Morgen hatten die Zeitungen den lang ersehnten Regen für das Tal von Mexiko angekündigt, denn über dem Pazifik hatte sich ein Hurrikan gebildet. Nie zuvor hatte es in der Hauptstadt eine so lange Dürreperiode gegeben. Die Stauseen im Hochland waren nichts als trockene Erdgruben.

Rebeca ging langsam den Weg entlang, auf beiden Seiten von Enkelin und Nachbarin gestützt. Silverio hielt sich hinter ihnen und betrachtete ganz unverhohlen den Hintern der Doktorin.

«Hast du den Schirm dabei?», fragte die Großmutter.

«Nein», sagte Karina. «Den habe ich vergessen.»

«Ach, Kindchen, wie denn das?»

«Es hat ja schon so lange nicht mehr geregnet», nahm Maru sie in Schutz. «Mir ist es auch nicht in den Sinn gekommen. Ich wusste schon gar nicht mehr, wie ein bewölkter Himmel aussieht.»

«Sobald ich Regen abkriege, habe ich Schnupfen.»

«Nein, Rebe, dann muss man einfach viele Guaven essen.»

«Wie gut, dass Sie eine Ärztin im Haus haben, die auf Sie aufpasst», schaltete sich Silverio in galanter Absicht ein.

«Schön wär's», sagte Karina. «Aber ich mache meinen Doktor in Physik. Nicht in Medizin.»

«Ach so.» Silverio schämte sich furchtbar. «Ich dachte, Sie wären Ärztin, weil man mir gesagt hatte, dass Sie an der UNAM studiert haben.»

Karina lächelte pflichtschuldig. Er fühlte sich gedemütigt. Wieso war er nicht auf die Idee gekommen, dass man in vielen Sachen Doktor sein konnte? In der Rotunde lagen doch zig Skelette mit Doktortitel.

Doña Rebe ging immer langsamer, ihre Schritte waren kurz und unsicher.

«Wie weit ist es noch?», fragte die Alte. «Ich kann nicht mehr.»

«Wir sind fast da», behauptete ihre Enkelin ohne jede Evidenz, sie wusste ja gar nicht, wo die Parzelle lag.

«Nur noch ein kleines Stückchen hoch, wo diese Krypta mit den blau-gelben Mosaiken ist.» Was Silverio am Panteón am meisten störte, waren die Unmengen Fans des Club América, die hier bestattet waren. Man hätte ihnen einen eigenen Friedhof am Estadio Azteca anlegen sollen, vielleicht in einer Ecke vom Parkplatz.

Rebeca ging noch zwei Meter und blieb wieder stehen, erschöpft.

«Mein Kind», fragte sie, um Zeit zu gewinnen, «seit wie vielen Jahren bin ich schon verwitwet?»

«Siebenundfünfzig Jahre», antwortete Karina wie aus

der Pistole geschossen. «Komm, lass uns weitergehen, ehe uns der Regen erwischt.»

«Siebenundfünfzig Jahre. Ein ganzes Leben.»

Silverio erinnerte sich an seinen Vater, der noch vor seinem fünfzigsten Geburtstag gestorben war, weil er während der Pandemie nicht aufhören durfte zu arbeiten. Irgendwer musste ja den Müll abholen.

«Komm», versuchte ihre Enkelin, sie zu motivieren, «wir sind gleich da, und dann setzt du dich ein bisschen hin.»

«Hier entlang», sagte Silverio, als sie den befestigten Weg verließen und querfeldein weitergehen mussten.

Endlich erreichten sie das Grab, das dank der Grundreinigung, Lack und Farbe, die ihm Silverio gegönnt hatte, nagelneu aussah. Trotz des grauen Himmels funkelte die Farbe, mit der er die Buchstaben des Grabsteins nachgezogen hatte, wie echtes Gold. Der Metall-Christus war tatsächlich gestohlen worden, aber Silverio hatte ihn durch einen von einem anderen Grab ersetzt, das seit dem Feuer niemand mehr besucht hatte. Die Kübel an den Seiten fassten kaum die enorme Menge weißer Blumen, die Silverio bei Doña Lucha in Auftrag gegeben hatte, der Friedhofsfloristin.

«Es ist ja völlig unversehrt!», rief Señora Maru aus.

Die meisten Gräber um sie herum lagen in Ruinen, verrußt und verfallen.

«Ein Wunder», sagte die Alte gerührt.

Silverio erklärte ihnen, dass er sich die Freiheit genommen hatte, das Grab zu renovieren, damit sie es nicht in einem so schlechten Zustand vorfänden.

«Wegen der Señora habe ich Margeriten besorgt.»

«Ach, junger Mann», sagte Maru. «Sie sind wahrhaftig ein Engel, der meinen Nachbarinnen gesendet wurde.»

«Das wäre echt nicht nötig gewesen», sagte Karina.

«Nötig vielleicht nicht. Aber nachdem ich so lange gebraucht habe, um es zu finden, dachte ich mir: Ich werde es Ihnen ein bisschen aufpolieren. Und außerdem, weil es ja nicht im Verzeichnis steht, ist es besser, das Grab sieht nicht aus wie aufgegeben, sonst machen sie es doch noch weg. Wenn Sie möchten, kann ich Ihnen die Blumen immer mal austauschen, damit man sieht, dass sich hier jemand kümmert.»

Auf diese Art könnte Silverio eine regelmäßige Summe kassieren, so taten es viele Friedhofsarbeiter.

«Da wäre ich Ihnen dankbar», sagte die Großmutter. «Ich brauch auch nicht mehr lange, bis ich hierherziehe.»

Ein Windstoß fuhr in die Blumen und wirbelte den Geruch verbrannter Erde auf.

«Rebe! Sag so was nicht.»

«Ist doch wahr.»

«Nein, das kannst du nicht wissen. Guten Abend!»

Maru sprach laut zur Grabplatte, damit sie unter der Erde zu hören war. «Ich bin María Eugenia Soto, Nachbarin von Rebe und Kari. Sie haben mir so viel von Ihnen erzählt. Ich habe Ihre Mami und Ihr Töchterchen ins Herz geschlossen. Sie sind so gute Menschen, die zwei. Und Kari, da können Sie wirklich stolz sein, ist die hochbegabteste Doktorin der ganzen Universität. Erzähl es deinen Eltern ...»

Dass die Doktorin der Physik hochbegabt war, faszinierte Silverio und machte ihn zugleich beklommen. Er hatte ein paar Filme zu dem Thema gesehen – *A Beautiful Mind, Good Will Hunting* –, und die Hochbegabten hatten immer irgendwelche psychischen Probleme.

Ein gewaltiger Donnerschlag verhinderte, dass die Doktorin ihren Eltern und ihrem Großvater von ihren akademischen Erfolgen erzählen konnte.

«Das will wohl gleich regnen», sagte die Nachbarin Maru.

«Beten wir das Vaterunser», sagte die Großmutter.

Silverio konnte das Gebet nicht mehr auswendig, weshalb er einen Sicherheitsabstand zu den drei Frauen einnahm und andächtig schwieg. Er bemerkte, dass die Doktorin auch nicht die Lippen bewegte, sie erinnerte sich wohl ebenfalls nicht mehr. Ob sie Halleluja-Christin war, wie seine eigene Mutter, oder atheistische Kommunistin, wie die Muralisten und Wissenschaftler, die an der Rotunde begraben waren?

Nach dem Vaterunser erklärte Señora Rebe ihrem Ehemann, dass sie ihn so lange nicht habe besuchen können, weil sie weit weggezogen waren, damit das Mädchen schneller zu seiner Universität käme.

«Wie heißt der Taubenschlag, in dem wir wohnen?», fragte sie ihre Enkelin mit einem Hauch von Vorwurf in der Stimme.

«Aber Rebe, bitte, Taubenschlag», lachte Maru.

«El Altillo», antwortete Karina.

Silverio machte sich im Geiste die Notiz, El Altillo auf Google Maps zu suchen, um abzuschätzen, wie vermögend seine neuen Kundinnen waren; so könnte er die Tarife für seinen Service entsprechend anpassen.

«Genau. Ich hätte nie gedacht, dass ich mal an so einem Ort leben würde. Aber da sind auch gute Leute – wenn wir Maru nicht hätten, keine Ahnung, wie wir hierhergekommen wären.»

Die ersten Tropfen fielen vom Himmel, als würde jemand verächtlich auf die Gräber spucken.

«Wir müssen gehen, Abu.»

Auf dem Rückweg zur Straße brach der Regen los und hinterließ helle Krater auf den verrußten Grabplatten. Silverio hoffte, dass die Straße den Hügel hoch, wo er wohnte, noch nicht überschwemmt würde, ehe er zu Hause war.

«Meine Knie machen nicht mehr mit», jammerte Rebeca, die schon fast mit vollem Gewicht in den Armen ihrer Nachbarin und ihrer Enkelin hing.

«Wenn Sie möchten, kann ich Sie tragen», bot Silverio an.

«Wie das?», fragte Señora Maru, den Kopf zwischen die Schultern gezogen und das Gesicht verzerrt vor Abscheu gegen den Regen, der sie nass spritzte.

«Ich nehme Sie huckepack.»

Mit diesem Service dürfte das Trinkgeld um mindestens zehn Prozent steigen, dachte Silverio.

«Wohin denkst du», sagte Karina und schüttelte den Kopf. Silverio verstand nicht, ob ihre Widerspenstigkeit Resultat ihrer Trauer war oder ihrer Aversion dagegen, dass ein Schakal wie er ihrer Großmutter so nahe kam. Dann trage ich eben dich, meine Königin, dachte Silverio mit verletztem Stolz.

In diesem Moment ließ ein Donner den Boden des Friedhofs erbeben, und der violette Himmel stürzte auf sie.

39. KAMELE

Karina verlässt Afrika und durchquert die Sinai-Wüste. In der Ferne sind vier Berge zu sehen. Auf dem Gipfel des einen, so hat sie es im Katechismus-Unterricht gelernt, schloss Moses einen Bund mit Jahwe. Als Lohn für seinen Gehorsam würde Gott seinem Volk Israel das Gelobte Land geben. Neben anderen extravaganten Regeln verbot er ihnen, Tiere mit gespaltenen Hufen zu essen. So blieb auch den Kamelen die Röstung über ihren Lagerfeuern erspart.

Im Inneren der vier Berge wurde Bier ausgeschenkt. Die Dromedare waren aus einem Touristenresort an der Küste von Baja California Sur gerettet worden. Dort waren sie dafür genutzt worden, mit den Horden US-amerikanischer Touristen, die jedes Jahr in Los Cabos einfallen, *camel riding tours* zu unternehmen. Am Ende eines jeden Ausritts schlug man den Gästen vor, den Kamelen als Dank für ihre Dienstleistungen eine Literflasche Bier zu spendieren. Sie nahmen dann lustige Videos auf, in denen sie die Kamele mit Bier fütterten, als wären die bernsteinfarbenen Glasflaschen Babyfläschchen.

Sie hätte gerne gewusst, ob diese Tiere eine Alkoholabhängigkeit entwickelt haben. Sie erinnert sich an das tönerne Dromedar, das sie jedes Jahr in die Krippe gestellt hat, etwas abseits des Stalls, in dem gerade das Jesuskind geboren war. Während die Heiligen Drei Könige Caspar, Melchior und Balthasar dem neugeborenen Gott Weihrauch, Gold und Myrrhe darbrachten, warteten das Kamel, das Pferd und der Elefant draußen und fraßen den Schafen das Gras weg.

Eines der Dromedare hebt den Kopf, als hätte es gehört, wie Karinas innere Stimme seinen Herrn Melchior erwähnt. Wie ist es möglich, dass dieses Tier schon mehr als zweitausend Jahre gelebt hat? Die Quelle der ewigen Jugend könnte die Milch der Muttergottes sein. Während Josef, Maria und die Hirten abgelenkt waren und die Geschenke bewunderten, die die Heiligen Drei Könige dem Kind gebracht hatten, schleckte das Kamel das Gesicht Jesu ab, der gerade zum ersten Mal von der Brust der Jungfrau getrunken hatte. Das Kolostrum rann über seine Wangen, und das Dromedar konnte der Versuchung nicht widerstehen, diese Vormilch zu kosten. Natürlich ahnte es nicht, dass diese Vorwitzigkeit es zu einer ewig langen Geschichte Heiliger Kriege und der Ausbeutung im Zirkus – es überquerte den Atlantik in einem schlecht belüfteten Container, inbrünstig wünschend, diese Arche würde den rettenden Hafen nie erreichen – sowie zu ständiger Trunkenheit an den Ufern des Golfs von Kalifornien verdammen würde. Woran es sich wohl sehnsüchtiger erinnert? An die Milch oder an das Bier? An die opulente Tunika Melchiors oder an die glatt rasierten Beine der kalifornischen *Springbreakers*?

«Das da sind die, die spucken», sagt ein Mädchen.

«Erzähl keinen Scheiß», sagt ihr Bruder.

«Echt.»

«Du laberst nur.»

Karina wagt es nicht, sich einzumischen, auch wenn sie weiß, dass die *Camelidae* wiederkäuen und dass sie eine Mischung aus Speichel und Erbrochenem ausspeien, wenn sie gereizt werden. Das Mädchen bittet die Mutter, ihr Handy herauszuholen und den Streit zu klären.

«Siri! Ist es wahr, dass Kamele spucken?»

Mit unmenschlicher Geduld und Freundlichkeit bittet Siri um eine Wiederholung der Frage. Karina entfernt sich und denkt dabei, dass KI wie Siri doch längst in der Lage sein sollte, anspruchsvollere Fragen zu beantworten. Siri, wie lange hat mich meine Mutter gestillt? Elf Monate, Karina, möchtest du ein Video davon sehen? Ihre Großmutter ist immer noch stolz darauf, ihrem Sohn die Brust gegeben zu haben, bis er drei Jahre alt war. Siri, besteht ein Zusammenhang zwischen Stillen und Alkoholismus? Ich weiß es nicht, Karina, lass mich nachschlagen. Während die KI auf der Suche nach Fachartikeln zum Thema das Netz sondiert, multipliziert Karina die Fragen. Welche Art von Evolutionsdruck hat dazu geführt, dass sich bestimmte Drüsen der Reptilien in Zitzen verwandelten? Wonach schmeckt Dromedarmilch? Wie waren wohl die Brüste ihrer Mutter? Sie kann sich erinnern, wie sie nackt aussah, denn sie haben oft zusammen gebadet – ob das Wasser schon so knapp war und das Gas so teuer, als sie klein war? –, aber sie weiß nicht, ob ihre Fantasie ihrer Erinnerung Brustimplantate verpasst, um ihre eigene Unsicherheit zu kompensieren. Wie waren wohl die Brüste ihrer Großmutter, als sie jung war? Nachdem sie ihr beim Baden geholfen hat, trägt ihr Karina immer Feuchtigkeitscreme unter dem weichen Fleisch auf, um eitrige Wunden zu verhindern. Wie erklären die Kreationisten, dass männliche Säugetiere auch Brustwarzen haben? Wie viele Jahre als trockener Alkoholiker bleiben dem Kamel, das in der Wüste Alfalfa kaut? Siri, wann werde ich wieder Küsse auf meinen Brüsten spüren? Ich weiß es nicht Karina, willst du, dass ich auf Bumble nach einem Match für dich suche? Nein. Such mir lieber ein Video von einem Kamel, das spuckt.

40. SINTFLUT

Dem prasselnden Regen ausgeliefert, ruhten die Blicke von Karina und ihrer Großmutter auf Silverio, mit dem gleichen Anliegen: Er möge sich doch bitte den erschöpften Körper der Alten aufladen. Er hatte in seinem Leben schon so viele Säcke voller Glas, Aluminium, Plastik und Erde gewuchtet, so viele Wasserkanister, so viel nasse Pappe – sie befeuchteten sie nach dem Abholen, damit sie mehr Gewicht auf die Waage im Recyclinghof brachte –, dass eine Dame wie Doña Rebe keine Herausforderung darstellen dürfte.

«Na dann, Señora, halten Sie sich an meinem Hals fest.»

Silverio gratulierte sich selbst, dass er am Morgen so vorausschauend gewesen war, zu duschen und das teure Deodorant aufzutragen. Einen Arm legte er Rebeca um den Rücken, den anderen unter die Kniekehlen und hob sie hoch. Die Alte beschwerte sich über die Regentropfen, die ihr nun ins Gesicht fielen.

Mit der alten Dame in den Armen trabte Silverio los. Señora Maru und die Doktorin blieben zunächst zurück, doch am Ende des Wegs rannte die junge Frau vor und öffnete die Beifahrertür, damit Silverio ihre Großmutter hineinsetzen konnte.

Als sie endlich alle im Auto saßen, waren Kleider und Haare durchnässt.

«Die Sintflut ist da», sagte Maru.

Sie ließ den Verbrennungsmotor an und beschwerte sich schon im Voraus über den Verkehr, in den sie auf dem Weg nach Hause geraten würden. Sie schob den Hebel auf *Drive,* und bevor sie die Bremse löste, suchte sie mit der rechten Hand den Schalter für die Scheibenwischer. Ein Wasserfall stürzte auf die Windschutzscheibe und nahm ihnen die Sicht. Die seitlichen Fenster beschlugen schon von den Ausdünstungen der vier vom Lauf zum Auto erhitzten Körper. Die Scheibenwischer rührten sich nicht, sie verharrten zwischen Motorhaube und Windschutzscheibe.

«Und jetzt?», knurrte Maru, übers Lenkrad gebeugt.

«Was ist los?», fragte Karina mit gepresster Stimme.

«Die Scheibenwischer gehen nicht.»

Maru bewegte den Schalter hin und her, vergeblich.

«Es hat so lange nicht geregnet, dass sie eingerostet sind oder was weiß ich.»

«Wenn Sie möchten, steige ich aus und gucke nach», bot Silverio an und dachte an den Fünfhundert-Peso-Schein, mit dem sie ihm das entlohnen müssten.

«Dann wirst du komplett durchnässt», sagte Señora Maru. «Aber wie auch immer, wir müssen sie irgendwie in Gang kriegen. Was kannst du dir überziehen?»

Silverio war schon draußen. Er hob die Scheibenwischer an, rüttelte daran, rief der Señora zu, sie solle sie anschalten, aber wieder nichts.

Er stieg ins Auto, das Wasser strömte ihm über das Gesicht.

«Bestimmt haben die Eichhörnchen die Kabel zernagt»,

sagte Maru. «Bei einem Nachbarn haben sie neulich die Bremskabel durchgebissen, und er hatte einen Unfall. Die sind echt eine Plage!»

«Aber was ist denn los?», schrie Rebeca, um das tosende Wasser auf dem Dach und an den Fenstern zu übertönen.

«Rebe, die Scheibenwischer gehen nicht! So sehe ich nichts und wir können nicht los.»

«Gütiger Gott.»

«Da sind wir wohl fürs Erste Insass* innen», sagte Silverio in Karinas Richtung, um ihr zu demonstrieren, dass er dank des Austauschs mit seiner Tochter Daenerys zur Avantgarde der grammatischen Zivilisation gehörte.

«Das kann nicht wahr sein», murmelte Karina mit einer Frustration, die er für übertrieben hielt.

Silverio war zufrieden. Der Friedhof hatte den Regen dringend nötig, und mit seinen Kundinnen eingesperrt zu sein, bot ihm die Gelegenheit, ihre Geschäftsbeziehung zu festigen und einen kleinen Einblick in das exotische Leben einer Kernphysikerin zu erhalten. Um abzuschätzen, wie groß das Zeitfenster war, wischte er mit der Handfläche über die Scheibe zu seiner Linken und schaute zum Himmel, dessen Dunkelheit ein längeres Unwetter verhieß.

41. SOUTANE

Rund um das Auto hatte sich ein reißender Fluss gebildet, der die Straße hinabrauschte, auf die Schlucht zu. Die kaffeeschwarze Brühe trug die Asche von den Gräbern und Wegen mit sich. Diese plötzlichen Wassermassen kamen von weit her, vom Hurrikan Aurelia, der die Wolken aus dem Pazifik gesogen hatte und gekommen war, um sie über dem ausgetrockneten Tal auszuspucken. Silverio würde sich nicht wundern, wenn jeden Augenblick Delfine, Haie, Rote Schnapper und Königsrochen auf das Autodach von Señora Maru fielen.

«Musst du nirgendwohin?», fragte ihn Karina und riss ihn aus seinen maritimen Fantasien. «Es tut mir leid, dass du hier mit uns festsitzt.»

«Nein. Ich habe es nicht eilig. Meine Schicht war um drei zu Ende, darum habe ich dir vorgeschlagen, uns um die Zeit zu treffen.»

«Nicht dass wir hier noch die Nacht verbringen müssen», sagte die untätige Fahrerin.

«Ich glaube nicht, dass es so lange dauert», sagte Silverio. «Das zieht gleich ab.»

«Wie furchtbar, nachts auf dem Friedhof zu sein», sagte Señora Maru. «Haben Sie mal Geister gesehen?»

Silverio war unentschlossen, ob er der Señora den Gefallen tun und von den legendären Gespenstern des Friedhofs erzählen sollte, oder ehrlich sein und sie enttäuschen, indem er ihr sagte, dass ihm in seinen zehn Jahren hier nie etwas Übernatürliches oder Unerklärliches begegnet war.

«Ehrlich gesagt, nein. Aber andere Kollegen schon, sagen sie zumindest.»

Ein Riesenkalmar könnte die Windschutzscheibe zerschmettern, dann bräuchten sie keine Scheibenwischer, um freie Sicht zu haben.

«Was hat er gesagt?», fragte Doña Rebe die Fahrerin, sie konnte nicht verstehen, was auf der Rückbank gesprochen wurde.

«Dass die Arbeiter hier Gespenster sehen, Rebe.»

«Na klar», sagte die Alte finster, «hier dürfte es nur so wimmeln. Ich erinnere mich an den Padre, der auf der Farm herumspukte, wo ich aufgewachsen bin.»

Die Großmutter der Doktorin erzählte die Geschichte von den Gespenstern der Priester, die durch Tabasco geisterten, im Limbus gefangen, weil sie hingerichtet worden waren, der jakobinische Gouverneur Tomás Garrido Canabal hatte sie erschießen lassen. Der Señora zufolge erschien einer dieser Priester immer mitten auf der Straße und verursachte viele Autounfälle, weil die Fahrer ihm auszuweichen versuchten, sie wussten ja nicht, dass er ein Geist ohne Körper war.

Silverio revanchierte sich – fast schreiend, damit Doña Rebe ihn dem meteorologischen Getöse zum Trotz verstehen konnte – mit der Legende vom Padre Pro, einem Priester, der auf dem Panteón Dolores begraben war. Er war 1927 hingerichtet worden, weil er ein Attentat auf den Präsidenten Elías Calles geplant haben sollte. Sein Grab zog so viele katholische Pilger an, dass die Behörden schließlich gestatteten, ihn zu exhumieren und seine Überreste in eine Kirche in der Colonia Roma zu überführen.

Die Doktorin schien sich mit der Plauderei über Gespenster unwohl zu fühlen. Er hätte ihr gerne zu verstehen gegeben, dass er auch nicht an den Spuk glaubte.

Señora Maru ergriff wieder das Wort, und nachdem sie über die Gespenster geklagt hatte, die nach dem Brand in ihre Wohnsiedlung eingefallen waren, erzählte sie von der Frau, die sie mit eigenen Augen beobachtet hatte, wie sie in einer umzäunten und mit einer Kette verschlossenen Kapelle den Rosenkranz betete, in der Gemeinde Purificación de María in der Colonia Escandón.

«Nur der Priester hatte den Schlüssel zu dem Vorhängeschloss, und der hatte sich in Klausur begeben. Aber die Señora kniete dort, mit dem Rücken zu mir, sie war ein Geist. Ihr Gesicht habe ich nie gesehen, nur den Schleier, der ihren Kopf bedeckte.»

Ein Donnerschlag unterbrach ihre Geschichte.

«Wahnsinn», sagte Maru, «der Himmel stürzt ein. Es wird überall Überschwemmungen geben. Die armen Leute.»

Nach dem Unwetter würde Silverio Krebse, Muscheln und Austern sammeln gehen, damit seine Mutter damit eine Suppe kochte. Vielleicht würde er sogar eine Meeresschildkröte finden, riesig und von ihrem Panzer vor dem Tod bewahrt. Die würde er seiner Tochter bringen, damit sie sich um sie kümmern konnte.

Ein Blitz erhellte den Himmel. Er war ganz in der Nähe eingeschlagen, die Zeit zwischen Licht und Donner war sehr kurz; vielleicht hatte er einen der Bäume getroffen, die in der Schlucht noch standen.

«Ay!», schrie Doña Rebe, «was ist das? Mein Gott!»

«Was?», fragte Maru.

«Was da vorbeigeflogen ist.»

«Wo?», fragte die Nachbarin und versuchte, die Windschutzscheibe zu säubern und hinauszuschauen.

«Da drüben.» Die Alte deutete auf die Gräber zu ihrer Rechten. «Ganz in Schwarz gekleidet. Aber es ist geflogen. Oh, lieber Gott, lass uns gehen. Nur weg hier, bevor es Nacht wird.»

«Ganz ruhig», sagte ihre Enkelin. «Es ist noch früh. Weil wir so viel von Gespenstern geredet haben, hast du dir eins eingebildet.»

«Du glaubst, es war ein Gespenst?»

«Nein!» Der Krach des Gewitters führte zu nervigen Missverständnissen. «Das hast du dir nur eingebildet, wegen der Geschichte vom Priester.»

«Ja, ich glaube, das war der Priester in seiner schwarzen Soutane. Daran hatte ich nicht gedacht, sie haben ihn ja hier getötet.»

«Und wenn wir ein Vaterunser beten?», schlug Maru vor.

Karina schloss kurz die Augen und schüttelte den Kopf. Silverio sah sie an und gab ihr mit einer winzigen Geste zu verstehen, dass er einer Meinung mit ihr war: Ihre Großmutter hatte sich das Gespenst nur eingebildet, niemand würde bei einem solchen Unwetter draußen herumlaufen. Während die Damen auf den vorderen Sitzen mit ihren Gebeten die Flammen ihres antiquierten Aberglaubens entfachten, verharrten die jungen Leute hinten in einem verschwörerischen und arroganten Schweigen, im Vertrauen auf die Überlegenheit ihrer kritischen Vernunft.

42. DAS VERBRECHEN

Es waren nur noch wenige Tage bis zum *Día de los Muertos*, als Silverio mit Karina verabredet war, und so wurde sie Zeugin einer größeren Operation, bei der der gesamte Friedhof mit Studentenblumen geschmückt wurde. Silverio hatte herausgefunden, dass der Angestellte, den sie suchte, zwischen 2006 und 2015 hier gearbeitet hatte, bis ihn ein Herzinfarkt dahinraffte.

«Dieser Mistkerl», hatte ihm die Sekretärin des Direktors gesagt und damit Roberto Hernández Sacristán gemeint, «hat diese ganze Vereinbarung mit den Zeugen Jehovas eingefädelt, um ihnen illegal Gräber zu verkaufen.»

Er war neugierig, weshalb Karina an diesem dubiosen Gesellen interessiert war, und so hatte Silverio ihr vorgeschlagen, sich in einem Café zu treffen – am liebsten in dem Starbucks, wo Yadiras Freund arbeitete, einfach nur für das Vergnügen, sich von ihm bedienen zu lassen. Karina wollte aber lieber auf den Panteón Dolores kommen, den sie seit dem Unwetternachmittag in Marus Auto nicht mehr betreten hatte.

Damit sie sich auf dem Weg zum Grab der Mirandas nicht verirrte und er seinerseits nicht dabei beobachtet würde, wie er fragwürdige Gespräche mit einer Besucherin führte, hatte Silverio sie zur unverwechselbaren Krypta Limantour einbestellt; ein quasi idealer Treffpunkt, da sie weithin sichtbar war, aber in einem wenig frequentierten Bereich des Friedhofs lag.

Obwohl er pünktlich erschien, saß sie bereits mit einem aufgeschlagenen Buch auf den Knien auf den Stufen der Krypta. Ihre geschwollenen Augen verrieten ihm, dass die Doktorin gerade erst geweint haben musste.

Als sie zum Grab ihrer Eltern gingen und bevor sie zum eigentlichen Thema kamen, fragte Silverio sie, was sie gelesen hatte.

«Ich?», fragte die Doktorin in einem absurden Reflex. Er hatte die gleiche Ausweichstrategie, ein typischer Tick der Schüchternen. «Einen Roman, der mir empfohlen worden ist.»

«Ah ja, wie interessant. Wovon handelt er?» Dank seines Umgangs mit Daenerys hatte Silverio Übung in der Kunst der freundschaftlichen Befragung.

«Es geht um ein japanisches Mädchen, das die Atombomben überlebt und sich dann aufmacht, ihre Eltern zu suchen.»

«Und findet sie sie?»

«Ich bin noch nicht durch, aber sie sind bei der Explosion gestorben; ich weiß nicht, ob sie vielleicht ihre Geister trifft oder so.»

«Wow, das klingt gut. Ah, guck mal, da ist das Grab von Dámaso Pérez Prado.»

Karina kannte den Mambo-König Dámaso Pérez Prado nicht, mit dem Tepo oft im Geist angestoßen hatte. Einen guten Teil des Wegs verbrachte Silverio damit, ihr vom Leben des kubanischen Musikers zu erzählen.

«Wird immer so viel geschmückt für die Feiertage?», fragte sie, als sie an einem Karren voller Studentenblumen in schwarzen Plastiksäcken vorbeikamen.

«Sonst nicht. Aber sie glauben, dieses Jahr werden viele Leute kommen, wegen dem, was passiert ist.»

Die Behörden hatten vierzig mobile Toiletten geschickt, die auf dem Friedhofsgelände verteilt werden sollten. Der Direktor hatte die Angestellten im Archiv angewiesen, die Kabinen mit Begräbnismotiven zu dekorieren, weshalb sie nun aussahen wie Mausoleen aus grauem Stein mit Kreuzen an den Türen. Man hoffte, dass diese Sanitärkrypten den Besucherinnen und Besuchern gefielen und sie Fotos davon mit dem Hashtag #DiaDeLosMuertosEnElPanteonDolores in den sozialen Medien hochladen würden. Die Friedhofsleitung hatte den Ehrgeiz entwickelt, dem populären Umzug zum *Día de los Muertos* Konkurrenz zu machen. Der war vor fünfzehn Jahren in Mode gekommen, als die Stadtverwaltung dafür gezahlt hatte, dass ein Fest zum *Día de los Muertos* in einem James-Bond-Film vorkam; man hoffte darauf, den Friedhof zur Touristenattraktion zu machen.

«Also.» Karina beschloss offenbar, zur Sache zu kommen. «Danke, dass du nachgeforscht hast, worum ich dich gebeten habe. Du sagst, du hast was rausgefunden über diesen Vizedirektor?»

Silverio berichtete ihr, wie Hernández mit den Ältesten der Zeugen Jehovas den Handel geschlossen hatte, ihnen unter der Hand Parzellen zu verkaufen, nachdem das damalige Innenministerium, das von einer Gruppe ultrakonservativer Katholiken kontrolliert wurde, ihren Antrag auf einen eigenen Friedhof in der Südstadt abgelehnt hatte.

Als sie an das Grab der Mirandas kamen, nahm Silverio zum Zeichen seines Respekts die Kappe ab und schwieg, damit Karina ihre Eltern begrüßen konnte.

«Ich habe eine Visitenkarte von ihm bei uns zu Hause gefunden. Mein Papá hat auf der Rückseite seine Handynummer notiert. Ich weiß nicht, was sie miteinander zu besprechen hatten, aber ich bin mir sicher, dass ihre Daten deshalb nicht im Archiv sind. Beim Standesamt liegen auch keine Sterbeurkunden von ihnen vor. Als hätte es sie nie gegeben. Manchmal denke ich, er kam her, damit sie seinen Namen auf den Grabstein schreiben und er als tot gilt. Meine Großmutter sagt, die Totenwache war in den Funerarias Gayosso, aber ich habe alle Anzeigen durchgeguckt, nichts.»

«Wie?»

Silverio konnte der Argumentation von Karina nicht folgen, aber da sie Doktorin der Physik war, stellte er ihre Schlussfolgerung auch nicht infrage. Karinas Antwort ließ auf sich warten, sie schaute unverwandt den Grabstein ihrer Eltern an. Um sich nicht so unterlegen zu fühlen, hätte er ihr gerne erzählt, dass es sich bei dem ersten auf diesem Friedhof beigesetzten Toten um den General Domingo Gayosso gehandelt hatte und dass Señora Dolores Gayosso Mugarreta, die Schwester von Eusebio Gayosso, dem Gründer des Bestattungsunternehmens, die Ehefrau des Engländers gewesen war, dem die Stadt den Panteón verdankte.

«Mein Papá ist noch am Leben. Das ist die einzige Erklärung. Sie behaupten, meine Mamá hat ihn umgebracht, aber ich habe die Karte mit seiner Handschrift drauf. Schon aus statistischen Gründen ergibt es viel mehr Sinn, dass er sie auf dem Gewissen hat. Um unterzutauchen, ließ er sich für tot erklären, und meine Großmutter hat ihn gedeckt. Das ist die einzige Erklärung für ...»

Ihre Stimme versagte, weil ihr die Tränen kamen.

«Entschuldige. Ich habe sehr schlecht geschlafen. Ich kann seit anderthalb Monaten nicht mehr schlafen. Ich bin so furchtbar müde.»

Es war nicht das erste Mal, dass Silverio hörte, wie jemand seinen eigenen Tod vortäuschte, um der Justiz zu entkommen. Wie seine Mutter sagte, so etwas kam «sogar in den besten Familien» vor.

«Willst du dich hinsetzen?», fragte er Karina. Ihm fiel sonst nichts ein, womit er sie trösten könnte.

«Nein. Danke. Bloß ... Ich habe gedacht, wenn ich mit diesem Herrn reden könnte, würde ich rausfinden, was passiert ist. Das macht mich ... Ich kann nicht mehr.»

Das Wachpersonal des Friedhofs hatte keine Richtlinien, wie es sich in solchen Situationen zu verhalten hatte. Was sollte er ihr sagen? Beruhig dich, weine nicht, wird schon wieder?

«Und was sagt deine Großmutter dazu?»

«Nichts. Sie wird ihren Sohn natürlich nicht verraten. Sie hatten einen Unfall: Von dieser Version kriege ich sie nicht weg. Das klingt jetzt bestimmt esoterisch, aber ich habe es immer gewusst, irgendwie war mir klar, dass sie nicht tot sind, oder dass zumindest einer von ihnen mich beobachtet. Auf der Straße, in der Schule, keine Ahnung, ich hatte oft das Gefühl, dass mir jemand folgt.»

«Im Ernst? Also, er wohnt hier in der Stadt?»

«Oder ist ab und zu vorbeigekommen. Ich weiß es nicht.»

«Hör mal», sagte Silverio, und als er ihr in die Augen sah, wusste er, dass sie das Gleiche dachte wie er. «Wenn du willst, kann ich mal reinschauen, wenn ich Nachtschicht habe.»

Silverio rackerte sich seit drei Monaten mit der Exhumierung sterblicher Überreste ab, darum stellte es für ihn weder ein praktisches noch ein moralisches Problem dar, ein Grab zu öffnen und zu überprüfen, ob die Knochen zu den Inschriften passten.

«Hier rein?», murmelte die Doktorin mit gespielter Ungläubigkeit. Wie gut, dass Karina sich der Wissenschaft verschrieben hatte, dachte er. Als Schauspielerin würde sie verhungern.

«Ja, es ist nicht so schwierig. Einfach auf einer Seite aufmachen und nachschauen.»

«Ich dachte ... Es gibt ja so Mini-Kameras, die du durch ein Loch schieben kannst.»

Für fünfhundert Peso bekam man im Internet Industrie-Endoskope mit LED-Licht.

«Mit einem Bohrer könnte man doch ...»

«Ja, schon.»

Ein kleines Loch zu bohren und eine Kamera hineinzustecken, wäre natürlich weniger lukrativ, als eine Grube zu öffnen und Särge herauszuholen.

«Die Sache ist nur, in den Gräbern sind Zwischendecken zwischen Sarg und Sarg eingezogen, man könnte mit der Kamera also nur den oberen Sarg durchsuchen. Ich weiß auch nicht, ob du vielleicht selbst reinschauen willst, um zu sehen, was wirklich mit ihnen passiert ist.»

«Hat sie ihn erschossen?», flüsterte sie, als würde sie einen Geist fragen.

Die Operation würde Silverio nur eine Nacht kosten, denn er müsste nicht erst in die Gemeinschaftsgräber hinabsteigen und dort Knochen herausholen, um sie dann in ein ausgeräumtes Grab zu legen. Diese Vorsichtsmaßnahme ergriff er, damit nicht beim Auflösen von Parzellen mit abgelaufener Liegezeit den Arbeitern auffiele, dass hier systematisch Leichen verschwanden. Auch würde er keine Überreste zur Krypta Limantour bringen müssen, um sie dort zu Pulver zu zermahlen und wie Asche in eine Urne zu schütten.

«Wenn du willst, sehe ich nach», sagte Silverio.

«Ich kann nicht fassen, dass ich das überhaupt in Erwägung ziehe, aber ich sehe keine andere Möglichkeit. Ich suche schon seit sechs Wochen. Detektive kosten ein Vermögen, so viel habe ich nicht, und die können einem ja auch nichts versprechen. Mein Onkel und meine Tante sind so ... scheiße.»

Man merkte, dass sie wenig Übung im Beleidigen hatte.

«Ich weiß nicht mehr, was ich machen soll.»

«Das ist nicht fair, dass sie dir nichts sagen», ergänzte Silverio, um ihr bei ihrer Entscheidung zu helfen.

«Im Moment habe ich nur dreihundert Peso, aber wenn sie mir das Stipendium überweisen, kann ich dir mehr geben. Es kommt gerade alles zusammen. Meine Großmutter hat Blasenentzündung, die Waschmaschine ist kaputt, ich habe Onkel und Tante zum Essen eingeladen ...»

Den letzten Posten, den sie aufzählte, begleitete sie mit einem sarkastischen Lachen, danach zog sie zwei Scheine aus der Hosentasche. Silverio, mit den Qualen zum Monatsende hin nur allzu vertraut, lehnte das Angebot ab und blickte nach rechts und links, um sicherzugehen, dass niemand sie beobachtete.

«Später. Mach dir jetzt keinen Kopf.»

Er hatte in letzter Zeit so viele Nebenjobs erledigt, dass er es sich erlauben konnte, großzügig zu sein.

«Bitte, nimm es. Morgen überweisen sie mir sicher was.»

«Und wenn nicht? Besser später.»

«Danke, Silverio. Wirklich.»

«Dafür sind wir da. Schau mal, ich glaube, ich kann es nächsten Dienstag machen.»

«Am 1. November?»

«Ja. An dem Tag bin ich bis spät hier. Weil wir beim Dekorieren helfen, habe ich diese Woche nur tagsüber Dienst, sonst würde ich es noch früher hinkriegen.»

«Nein, Dienstag ist perfekt. Ich will es zwar wirklich dringend wissen, aber macht nichts. So lange schon ist nichts passiert. Nie ...»

Ihr kamen wieder die Tränen. Doch ihr Weinen war still und beherrscht, als stammte das Wasser, das aus ihren Augen floss, nicht aus ihrem Körper, sondern aus einer anderen, tieferen Quelle.

«Du wirst sehen, alles wird gut», sagte Silverio, verzweifelt, weil ihm keine besseren Worte einfielen, um sie zu trösten. Wenigstens wog das Verbrechen, das sie begehen würden, deutlich weniger schwer als das vorherige. Kein Tod, kein Blut, nur Knochen. Er würde nicht zehn, zwanzig, dreißig Leichen wegräumen müssen, wie sie es taten, wenn es darum ging, die Reste eines von den Angehörigen doch noch identifizierten Toten aus dem Gemeinschaftsgrab zu holen.

Sie verließen die Grabstelle mit hängenden Köpfen. Er hätte sie gerne abgelenkt, indem er ihr vom Matriarchat im Reich der Nacktmulle erzählte, von der Treue der Langusten, von der selbstlosen Schwangerschaft der Seepferdchenmännchen. Oder vielleicht hätte es ihre Laune gehoben, etwas über die postkoitale Diät der Gottesanbeterinnen zu erfahren, über die lesbischen Partys der Bonoboweibchen oder über die jungfräuliche Fortpflanzung gewisser nicaraguanischer Eidechsen. Man konnte von anderen Arten so viel lernen.

43. GEHEUL

Nachdem sie sich die Tiger in Indien angeschaut hat, stellt sich Karina der Herausforderung, irgendwie um die Berge von Sichuan herumzukommen, wo die Menschenmassen für die Pandas anstehen.

Sie geht an den Leuten vorbei, die schon fast bei dem Bambuswäldchen angekommen sind, wo sich die geklonten Schwestern befinden. Ihre Gesichter, ihre Haltung, ihr stumpfes Schweigen verraten ihre Erschöpfung. Um das Publikum zu unterhalten, wurden außerhalb der Anlage Bildschirme angebracht, und so kann Karina von Weitem die Videoübertragung von den Welpen sehen, die mit anarchistischer Tollpatschigkeit am Rand einer Rutsche hochklettern wollen.

«Und wer hat Kevin gesagt, dass wir schon gehen?», fragt ein Mann in der Schlange, als Karina an ihm vorübergeht. Sie kann die Antwort nicht mehr hören; sie denkt darüber nach, dass die Abneigung, die sie seit letztem Jahr ihrem Namen gegenüber verspürt, nicht dem Stolz entspricht, den sie früher empfand, wenn sie ihre Unterschrift mit dem Buchstaben K begann: K wie Grad Kelvin, die perfekte Maßeinheit, um die extremen Temperaturen im Weltraum und auf den Sternen zu messen; das K der Boltzmann-Konstante, welche die absolute Temperatur eines Systems in Relation zu seiner Energie setzt, und das K der K-Mesonen oder Kaonen, die so merkwürdige Quanteneigenschaften zeigen, dass Kazuhiko Nishijima und Murray Gell-Mann sie als «Seltsame Teilchen» bezeichneten. Im Studium hat ihr der Gedanke gefallen, dass sie ebenfalls diese Seltsamkeit aufwies, die sie von den anderen, den normalen Teilchen unterschied. Vielleicht könnte diese Erinnerung sie mit ihrem Namen aussöhnen.

Jenseits der Menschenmassen führt der Weg sie zur Beringstraße, die von den ersten Siedlern Amerikas durchquert wurde, auf den Spuren der großen Jagdtiere. Das erste Tier, auf das Karina in der Neuen Welt trifft, ist ein senil wirkender Braunbär, ein Greis, der vor über fünfzehn Jahren aus einem Wanderzirkus in Rente ging. Er ist damit beschäftigt, den Rand eines großen künstlichen Felsens zu beschnuppern, von dem ein Wasserfall stürzt, um in der borealen Prärie einen Fluss zu bilden. Damit sich kein Bürgerprotest gegen diesen rein dekorativen Verbrauch von Wasser erhebt, das in den Leitungen der Wohnhäuser so sehr fehlt, hängt neben dem Steckbrief von *Ursus arctos middendorffi* ein Erklärungszettel. Demnach bildet der Fluss einen Teil des neuen hydraulischen Systems im Bosque, bei dem Regenwasser aufgefangen wird und dann zum Bewässern und zur Reinhaltung der Grünanlagen von Chapultepec dient.

Der Wasserfall hat eine beruhigende Wirkung auf Karina. Sie würde ihn sich gerne noch länger anschauen, warten, bis sie die Lachse springen sieht, die stromaufwärts schwimmen, um in den abzweigenden Bächen zu laichen, aber sie muss weiter und sich sogar beeilen, denn zu Hause wartet ihre Großmutter auf das Essen.

«Bambis!», ruft ein Kind und rennt zum Gehege mit den kanadischen Hirschen.

Karina hat den Damhirsch gesehen, den Wapiti und den Weißwedelhirsch. Sämtlich Leihgaben aus anderen Zoos. Sie wiederholen es an allen Ecken und Enden: Für den neuen Zoo von Chapultepec wurde kein einziges Tier gefangen genommen.

Karina fragt sich, in welcher Reihenfolge sich die Geweihstangen verzweigen, und wie schon zuvor, beim Verlassen der australischen Steppe, wo sie überlebende Kängurus und Koalas mit Brandnarben gesehen hat, überlegt sie, wohin wohl das Emu-Waisenküken gebracht worden ist. Es macht sie traurig, nicht zu wissen, wo es ist. Wenn sie mehr Zeit hätte, würde sie zurückgehen und nach ihm suchen. Vielleicht lebt es bei den Kängurus und hatte sich nur versteckt, als sie dort vorbeikam.

«In Oaxaca essen die das», sagt ein Mann zu seiner Partnerin.

«Gemüse?»

«Nein, Hirsch.»

«Ach so», sagt sie nüchtern. «Ich dachte, das Grünzeug.»

Karina passiert Aridoamerika und gelangt zu den abgelegenen Wäldern von Chihuahua, deren jugendliche Pinien wie Weihnachtsbäume aussehen, die noch niemand mit Kugeln behängt hat. Dort lebt ein Paar Mexikanischer Wölfe, das gerade nicht zu sehen ist.

«Gucken wir jetzt die Pandabärchen an?», fragt ein Mädchen, dem das langweilige Wolfsgehege egal ist.

«Willst du denn nicht die Wölfe sehen?», fragt seine Mutter zurück.

«Wo sind die denn?», protestiert der große Bruder des Mädchens, das zu den Pandas möchte.

Kleine Rudel Mexikanischer Wölfe sind nicht stark genug, um erwachsenes Hochwild zu jagen, aber falls ein einzelner Hirsch wegen einer Verletzung geschwächt ist, könnte er eine leichte und fette Beute sein. Die Leitwölfin hat gerade vier Welpen geboren und braucht Fleisch, um sie durchzubringen.

«Ich will mein Selfie mit den Pandababys!»

«Wir gehen ja gleich», lügt ihre Mutter sie an, denn sie weiß sicher schon, dass die Schlange bei den geklonten Pandas zu lang ist, um es heute noch zu schaffen. «Aber zuerst schauen wir uns ein paar andere Tiere an.»

«Ich kann den Wolf nicht sehen», sagt der Junge im Tonfall eines unzufriedenen Kunden.

«Heul mal, vielleicht antworten sie dir.»

«Ich will zu den Pandas!»

«Wir gehen gleich, aber wenn sie sehen, wie du einen Tobsuchtsanfall hast, wollen sie bestimmt nicht rauskommen und dir Hallo sagen.»

Natürlich glauben die Leute an Gespenster. Die Gesellschaft füttert ihre Kinder mit Lug und Trug. Der Weihnachtsmann, die Engel im Himmel, wo ihr Großvater jetzt ist, die Zahnfee, der Coco, die Mär von der besseren Hälfte oder der Autounfall, bei dem ihre Eltern ums Leben kamen. Damit sie das Lügengebäude der modernen Zivilisation nicht verlassen, binden sie ihnen mit idiotischen Mythen die Füße zusammen.

Währenddessen folgen die Wölfe stets der Blutspur den Hügel hinauf, auf dessen Kamm der einzelne Hirsch vor seinen anderen Jägern geflohen ist.

«Auuuuuuuuuuuu!», heult der Junge.

«Lauter, Jordi, mal sehen.»

«AAAUUU!»

Der Hirsch erschreckt sich und läuft schneller. Die Decke aus gelben Piniennadeln auf dem Boden dämpft den Klang seiner Hufe. Sein Geweih ist riesig, der Jäger zählte dreizehn Enden, als er ihn ins Visier nahm. Wäre er nicht verletzt, hätten die Wölfe keine Chance.

«Ich glaube, die schlafen.»

«Lass uns endlich gehen, Papá.»

«Da ist er!», schreit das Kind, das geheult hat.

«Wo?», fragt sein Vater begeistert.

«Ich habe ihn gerade gesehen, wie er dahinten rausgeguckt hat.»

Karina hat nichts gesehen. Vielleicht hat der Junge sich den Wolf nur eingebildet. Oder er hat ein Gespenst gesehen, den Geist eines der fünf Wölfe – ein Elternpaar und drei Jungtiere –, die beim Brand umkamen. Für den neuen Zoo haben sie ein Paar aus Arizona geholt, eingefangen kurz bevor die Jäger erneut die südliche Unterart des amerikanischen Wolfs ausrotteten.

«Ich sehe ihn nicht», sagt der Vater. «Heul noch mal, vielleicht kommt er dann raus.»

Während das Kind wieder sein Geheul anstimmt, ist Karina in Gedanken weiter bei den Tiergeistern. Es muss nur der Friedhof abbrennen, schon sieht alle Welt Gespenster bei sich zu Hause. Aber niemand kommt darauf, dass die zu Hunderten im Zoo verendeten Tiere als Geister zurückkehren könnten. Vor dem schläfrigen Löwenrudel malt sich Karina aus, wie dessen transparente Spektren durch die Stadt streifen. Bäume, an denen unsichtbare Giraffen rütteln, Bären und Waschbären, die den Müll durchwühlen, eine Meute Hyänen auf den Liegewiesen der Universität, auf der Jagd nach knutschenden Pärchen. Die Löwen brechen durch die geschlossenen Pforten der Pferderennbahn. Panik in den Ställen. Die verhätschelten Vollblüter treten die Holztüren ihrer Boxen ein. Sie sind nicht zu bändigen. Die Überwachungskameras können den Grund für ihren Wahnsinn nicht einfangen. Tierärzte werden gerufen, um den kostbaren Rennpferden eine Diagnose zu stellen. Nach etlichen Untersuchungen, Blut-, Speichel- und Stuhlproben kommen sie zu dem Schluss, dass die Pferde an einer unbekannten Nervenkrankheit leiden. Um eine Epidemie zu verhindern, werden alle getötet und verbrannt. Zufrieden fressen die Löwengeister den Rauch ihres Fleisches.

Die riesigen Hunde- und Katzenpopulationen der Stadt verbringen den Tag damit, unsichtbare Beute zu jagen. Mit der ihnen eigenen Überheblichkeit verbellen die Chihuahuas die Elefanten. Die Ratten, aufgescheucht vom Klappern der Schlangengeister, strömen aus den Abwasserkanälen. Katzen stürzen von Balkonen, beim Versuch, sich die Tukane aus dem Moctezuma-Vogelhaus zu schnappen.

«Gehen wir jetzt endlich zu den Pandas?»

«Na gut, aber hör auf zu weinen.»

«Ich wein doch gar nicht.»

44. DAS KROKODIL

Das Unwetter ließ erst nach, als Silverio schon fast zwei Stunden mit seinen neuen Kundinnen im Auto von Señora Maru festsaß. Señora Rebe hatte schon geglaubt, ein Gespenst zu sehen, seine Mamá hatte schon durchgeklingelt, um zu fragen, wann er zum Essen käme, und Señora Maru hatte ihm schon ihr ganzes Leben erzählt. Die Doktorin war so wortkarg wie seine Tochter Daenerys.

«Ich habe nur einmal im Leben geliebt», sagte Rebeca, als Maru mit der Geschichte ihrer zweiten Scheidung fertig war. «Mein Ehemann war der einzige Mann in meinem Leben. Der einzige.»

«Ach, Rebe», sagte Maru. «Hattest du nicht mal in der Schule einen Freund?»

«Ja, schon, aber den hat ein Krokodil gefressen.»

Frau Dr. Karina, in Gedanken versunken, schreckte auf, als sie diese Antwort ihrer Großmutter hörte.

«Was?», fragte Karina überrascht. «Das hast du mir nie erzählt.» Das sagte sie im Ton eines ungläubigen Vorwurfs.

«Uff. Ich habe seit tausend Jahren nicht an ihn gedacht. Er hieß Crisóforo Aguirre Puentes, aber wir nannten ihn Cris. Er war meine Sandkastenliebe. Wir haben uns nicht mal geküsst.»

«So war das früher, mit Schwitzehändchen», sagte Señora Maru.

«Aber wie jetzt, ihn hat ein Krokodil gefressen?»

Das makabre Detail hatte Karinas Neugier geweckt.

«Ja. Er suchte gerne in den Feldern nach Schätzen, in der Gegend von San Antonio. Sein Papá arbeitete in dem Team, das diese riesigen Steinköpfe ausgegraben hat, wie hießen die?»

«Die olmekischen Kolossalköpfe», antwortete Silverio eifrig, als befänden sie sich in einem Wettbewerb, wer über die beste Allgemeinbildung verfügte.

«Genau die», sagte Doña Rebe. «Oh, er träumte davon, so einen zu finden. Aber er stieß nur auf so prähispanisches Gerümpel, Pfeilspitzen, Tonpüppchen. Kaputte Teller. Er hat mir so gerne seine Sammlung gezeigt! Wir wussten schon, dass man nicht zum Fluss gehen durfte. Eines Tages, das weiß ich noch, kam er zu mir und rief: Rebe! Rebe! Ich habe einen Schatz gefunden. Er war über und über mit Schlamm verschmiert. Eine wunderschöne kleine Skulptur aus grünem Stein hielt er in der Hand, aber auch sie voller Matsch. Bin gleich wieder da, sagte er zu mir, ich wasche sie nur schnell im Fluss ab. Er rannte los. Kam und kam nicht zurück. Kam nie mehr zurück. Man fand nur noch ein kleines Stückchen von ihm.»

Rebeca rieb sich den Oberkörper und beendete ihre Geschichte mit bebender Stimme und geschlossenen Augen.

«Das Krokodil hat ihn gefressen, weil er nicht hören wollte.»

«Wie furchtbar», sagte die Doktorin.

«Wer weiß, Kindchen», sagte Señora Maru, «wenn es ihn nicht gefressen hätte, gäbe es dich vielleicht nicht.»

Die Doktorin schwieg, bestimmt stellte sie sich das Szenario ihrer Nichtexistenz vor, und es schien ihr nicht allzu sehr zu missfallen.

Silverio fragte sich, was aus dem Schatz des jungen Mannes geworden war. Hatte den auch das Krokodil verschluckt? Lag er am Grund des Flusses begraben oder im Bauch der Bestie? Für wie viel könnte man auf Facebook eine olmekische Jadefigur verkaufen?

«Ob wir jetzt loskönnen?», fragte sich Maru und streckte den Kopf aus dem Fenster. Von einem hellgrauen Himmel fielen nur noch einzelne Tropfen.

Silverio bot an, auszusteigen und die Windschutzscheibe zu wischen. Er benutzte Doña Rebes Taschentuch als Putzlappen.

Maru ließ den Wagen an und fuhr los in Richtung Ausgang. Die Straßen des Friedhofs waren von schwarzem Schlamm und losen Steinen bedeckt. Die fehlende Vegetation zwischen den Gräbern hatte dem Wasser freie Bahn gelassen, die Erde wegzuspülen. Die Friedhofsleitung würde die Totengräber, die nichts mehr zu tun hatten, seit die Bestattungen ausgesetzt waren, für Räumarbeiten einsetzen müssen.

Señora Maru hielt an der nordwestlichen Pforte, damit Silverio aussteigen konnte.

«Vielen Dank für alles, junger Mann», sagte sie. «Jetzt sehen Sie zu, dass Sie schnell nach Hause kommen, bevor der Regen Sie noch mal erwischt.»

«Sie auch», antwortete er. «Was auch immer Sie hier brauchen, melden Sie sich gerne.»

«Warte kurz», sagte die Frau Dr. Karina und kramte in ihrem Rucksack. Sie bot ihm einen Fünfhundert-Peso-

Schein an. «Das ist nicht viel, aber später bekommst du mehr.»

«Ach, mach dir keinen Kopf», sagte Silverio und täuschte ein Zögern vor, ehe er das Geld annahm. «Also gut, vielen Dank. Sie geben mir Bescheid, wenn Sie die Sterbeurkunden gefunden haben? Dann nehme ich den Vermerk wieder aus dem Archiv.»

«Ja, ich sag dir Bescheid», antwortete Karina, ohne ganz bei der Sache zu sein.

«Wunderbar. Fahren Sie vorsichtig.»

Als sie weg waren, steckte Silverio den Schein in seine leere Brieftasche. Das Trinkgeld war hübsch, aber nicht ausreichend. Wenn er anfangen wollte, den Unterhalt für Daenerys zu zahlen, neben der Miete und dem monatlichen Schutzgeld für seinen Bruder im Gefängnis, brauchte er viele solche Scheine, um die fehlende Schmiere von den Friedhofsdealern auszugleichen. Er musste sich neue Einnahmequellen erschließen. Gräber zu reinigen war offenbar kein gutes Geschäft.

45. BON-DANA

Im Kopierraum des Instituts spuckt der Drucker mit enervierender Langsamkeit das Foto eines Froschs mit olivgrüner Haut und blauen Augen aus. Karina wartet neben der Maschine, bereit, das Bild in einer flachsfarbenen Mappe zu verstecken. Je mehr Zeit vergeht, desto höher ist die Wahrscheinlichkeit, dass jemand hereinkommt und sie dabei erwischt, wie sie Universitätsmittel verschwendet, um das Bild einer ausgestorbenen Amphibie zu drucken und es dann zum *Día de los Muertos* auf ihren Hausaltar zu stellen.

Hallo, Karina, wie geht's? Herzlichen Glückwunsch!

Marios Nachricht kam überraschend. Sie hat nicht damit gerechnet, dass er sich an ihren Geburtstag erinnern würde.

Hallo, vielen Dank! Gut, und Dir?

Karina spiegelte die neurotische Präzision, mit der ihr Ex-Freund bei Textnachrichten auf die Zeichensetzung achtete.

Alles gut. Schottland ist jetzt fast wie Acapulco! Die Eingeborenen sind bei diesem Wetter sehr verwirrt, hahaha.

Hahaha, antwortete Karina. *Kann ich mir vorstellen.*

Ich habe letztens eine traurige Nachricht über den Zoo gelesen. Das erinnerte mich daran, wie sehr Du die Frösche gemocht hast.

Mario hängte sofort den Link zu einer Nachricht über

das Aussterben des Blauäugigen Baumfroschs an, *Sarcohyla cyanomma*, dessen letzte Exemplare im Axolotl-Museum und Zentrum zum Erhalt der Amphibien im Zoo von Chapultepec gestorben waren.

Als Kind hat Karina manchmal gespielt, sie wäre ein Amphibienmädchen, so wie Tsuyu Asui, eine Figur aus *Boku no Hero Academia*, deren Superkraft es ist, sich wie ein anthropomorpher Frosch zu verhalten, mit Amphibienatmung, Saugfüßen und einer klebrigen Zunge mit großer Reichweite.

Oh nein! Der war so schön :(

Der kleine Frosch mit den blauen Augen stammte aus den Nebelwäldern von Oaxaca, die wegen des Temperaturanstiegs immer trockener und brandanfälliger wurden. Die Zerstörung seines Lebensraums in Kombination mit der weltweiten Ausbreitung eines für Amphibien tödlichen Pilzes hatte die frei lebenden Populationen des kleinen Froschlurchs ausgerottet.

Auf den Fotos sieht man nicht, dass er blaue Augen hat, aber diese grünen Flecken auf seinem Rücken finde ich ja schön.

Ja, er war sehr hübsch.

Entschuldige, dass ich Dir diese Nachricht an Deinem Geburtstag überbringe.

Mario hat nie mit Feinfühligkeit geglänzt; der einzige Filter zwischen seinem Geist und seiner Stimme ist seine gute Grammatik.

Erzähl mir lieber, wie es Dir ergangen ist; wie hast Du den Sommer verbracht, wirst Du im kommenden Semester Seminare geben, hast Du das Modell für Deine Doktorarbeit schon fertig, wann wird das Universum aufhören, sich so schnell auszudehnen?

Gut. Ja. Nein. In 13k Millionen Jahren, antwortete Karina. *Bis bald.*

Mit solchem Gewitzel glauben sie nicht zuletzt ihre verbale Kommunikation weniger formell und mühsam zu gestalten, direkter, kompakter, transparenter, der logisch-mathematischen Ausdrucksweise ähnlicher, die beide fließend beherrschen.

Hahaha.

Ich bin als Rechengehilfin für die Kaulquappen aus dem ersten Semester angestellt.

Sie wird Hausarbeiten und Tests korrigieren und die Neulinge in die Benutzung der Bibliothek einweisen.

Hoffen wir, dass sie bei der Abschlussprüfung nicht alle ausgerottet werden.

Karina hatte niemandem von dem kleinen bürokratischen Drama mit dem Grab ihrer Eltern erzählt, also beschloss sie, die Gelegenheit zu nutzen und sich mit Mario darüber auszutauschen.

Der Sommer endete seltsam, es stellte sich heraus, dass das Grab meiner Eltern auf dem Teil des Friedhofs liegt, wo das Feuer ausbrach – sie fügte drei Feuer-Emojis ein –, *aber wir konnten es nicht finden.*

Karina hat vor, zum *Día de los Muertos* einen Altar zu errichten; sie ist wegen Silverios Auftrag auf dem Friedhof so nervös, dass sie sich auf nichts Anspruchsvolleres konzentrieren kann. Es handelt sich um eine Art Beschäftigungstherapie, zusätzlich angetrieben von den atavistischen und abergläubischsten Gewissensbissen, die sie plagen, weil sie zulässt, dass das Grab ihres Großvaters geöffnet wird – sie traut sich schon nicht mehr, es auch als Grab ihrer Eltern zu betrachten. Im Zentrum ihres Altars wird ein im Fotostudio aufgenommenes Porträt des frisch diplomierten Ingenieurs Ramiro Miranda stehen.

Was?! Da, wo sie den Bischof geopfert haben?

Die Fotos von Hunden und Katzen, die sie auf dem vom Institutspersonal errichteten Altar gesehen hat, haben Karina auf die Idee gebracht, auf dem synkretistischen Altar in ihrem Wohnzimmer den ausgestorbenen Frosch zu ehren. Sie hat beschlossen, den mexikanischen *Día de los Muertos* und das entsprechende japanische Fest *Obon* zusammen zu feiern. Als Jugendliche hat sie im August, wenn in Japan das Seelenfest begangen wird, einen *bon-dana* für ihre verstorbenen Eltern aufgestellt, mit Papierlaternen, Bambusmatten, Süßigkeiten und *shōryō-uma* – den «Pferden», auf denen die Geister der Toten reiten, um die Welt der Lebenden zu besuchen. Eine Gurke mit Beinen aus Zahnstochern stellte das edle Ross dar, auf dem die Seelen in ihrer liebevollen *Bon-odori*-Choreografie zum Familienessen galoppiert kamen; hinzu trat eine stattliche Aubergine als Symbol für die Kuh, die sie schließlich ohne Eile wieder ins Jenseits zurückbringen würde.

War er Bischof? Ich dachte, ein Priester, der seit Jahren verschwunden war. Was auch immer.

Diesmal werden sich die Laternen mit Kalligrafien, die sie auf einem Basar an der Japanischen Oberschule gefunden hat, mit den Papiergirlanden verbinden, die sie vor zwei Tagen vor dem Friedhof gekauft hat, als sie Silverio besuchte; die Gurken und Auberginen zur Seelenwanderung werden friedlich neben den Totenschädeln aus Zucker stehen; die Studentenblumen aus Xochimilco neben dem grünenden Bambus.

Ich habe Fotos von ihm ganz in Rot gesehen, so kam ich darauf. Habt Ihr es inzwischen gefunden?

Ja. Vor einem Monat waren wir dort, und meine Großmutter hat sich etwas beruhigt. Aber die Leute drehen immer noch durch wegen der Gespenster. Wirklich beeindruckend. Wir befinden uns wohl noch im Mittelalter. Hier haben sie einen Priester geholt, um alle Gebäude mit Weihwasser zu bespritzen. Die Ketzer kamen raus, und es wurde eine Prügelei daraus.

Die rechten Beine des Froschs mit ihren langen und kräftigen Zehen sind gedruckt. Das erste blaue Auge kommt gerade erst aus dem alten Apparat – die guten Drucker stehen in den Büros der Forschungsgruppenleiter. Wenn sie Schritte hören sollte, wird sie das Blatt aus dem Drucker ziehen und in ihrer Mappe verstecken, auch wenn der arme Frosch dann ohne linke Beine bleibt.

Erinnerst Du Dich an meine Tante Gloria? Sie teilt jetzt in der WhatsApp-Familiengruppe nur noch Tipps, wie sich Geister vertreiben lassen. Der Stromverbrauch ist in die Höhe geschossen, weil die Leute die ganze Nacht das Licht anlassen.

Es ist damals gelungen, drei Exemplare des Froschs in den Zoo zu bringen, die einzigen, die man in ihrem natürlichen Lebensraum noch hatte einfangen können, im Zuge einer zweimonatigen Suche in den Bächen der Sierra. Man ist davon ausgegangen, dass das Zentrum zur Bewahrung der Amphibien des Zoos der beste Ort sei, um diese Spezies zu retten.

Das wusste ich nicht, aber ich kann es mir vorstellen. Das ist außer Kontrolle geraten. Was würden die panpsychistischen Philosophen wohl dazu sagen?

Um zu vermeiden, dass bei einem Stromausfall die Terrarien der Axolotl und anderer Amphibien über keine Heizung, Lüftung und Filteranlage mehr verfügten, war in dem Gebäude ein benzinbetriebener Generator eingebaut worden. Als der Brand die Stromversorgung im Bosque kappte, hätte der Generator automatisch anspringen müssen. Das Problem war, dass ihm das Benzin fehlte, weil die Engpässe bei der Treibstoffversorgung die Reserven des Zoos aufgezehrt hatten.

Ich weiß nicht, aber letztens habe ich eine interessante Interpretation von Gespenstern gelesen (Psychoanalyse kommt hier wieder schwer in Mode). Es hieß, der menschliche Geist projiziere auf die Gespenster Aspekte der eigenen Persönlichkeit, mit denen er sich nicht identifizieren kann, diejenigen, die er nicht in sein Ego integrieren kann, weil sie ihm Angst machen oder nicht zu der Vorstellung passen, die er von sich selbst hat. Die inneren Dämonen werden zu äußerlichen Erscheinungen. Ich fand das interessant, auch um zu verstehen, warum SO VIELE Leute felsenfest davon überzeugt sind, sie gesehen zu haben.

Eins der Froschweibchen hatte tatsächlich Eier gelegt. Die anderen Exemplare wurden in ein abgetrenntes Terrarium verlegt, damit sie sie nicht fraßen.

Ich glaube, es ist eine Frage der Einstellung. Als wir auf dem Friedhof waren, hat meine Großmutter geschworen, dass sie ein Gespenst gesehen hat, das just dann vorbeigeflogen ist, als sie mit unserer Nachbarin Maru über Gespenster redete. Beim Verarbeiten von Sinneseindrücken entsteht wahrscheinlich so viel neuronaler Lärm, dass jeder Glitch zum Geist werden kann. Und dann noch das Alter.

Der Drucker hat beide Augen des ausgestorbenen

Froschs ausgespuckt. Von ihm gibt es nur noch digitale Geister. Warum hat man ihn nicht geklont, so wie die Pandas, wie die Frettchen und so viele andere Arten? Die Feuerwehr brauchte länger als achtundvierzig Stunden, bis sie im Zoo war. Da waren die Tiere bereits dampfgegart und ihr Genmaterial unbrauchbar geworden.

Und wie geht es ihr?

Gut. Sie machte sich Sorgen wegen des Grabs, aber seit wir es gefunden haben, hat sie sich etwas beruhigt. Wie geht es Deinen Eltern? Hast Du vor, mal zu kommen?

Der Ausdruck ist fast fertig. Nur noch ein Zeh vom Hinterbein des Froschs fehlt. Wenn sie ihren Bon-dana-Mex-Altar fertig hat, wird sie Mario ein Foto davon schicken. Sie hat seit dem 5. September nicht mit ihm geredet, als sie sich noch nicht vorstellen konnte, was alles passieren würde.

Ich weiß nicht, ich sitze fest, die Tickets sind sauteuer, und es ist schwierig zu fliegen, weil die Flughäfen dauernd sabotiert werden. Die Klimakrise ist hier das einzige Thema. Fast absurd, sich noch mit Philosophie zu beschäftigen. Das Denken ist unter diesen Umständen wirklich schwierig.

Wie blöd, antwortete Karina. *Tut mir leid.*

Manchmal denke ich, dazubleiben war doch keine schlechte Idee. An der Fakultät gab es wenigstens keine Gespenster.

Mario legte mit seinem Kommentar den Finger in die Wunde. Auch wenn sie seine Entscheidung respektierte und verstand, hat Karina seine Abreise als ein erneutes Verlassenwerden empfunden. Sie beschränkte sich darauf, mit einer einigermaßen indifferenten Beileidsbekundung zu antworten: zwei Punkte und ein Schrägstrich.

46. SONNENBLÄTTER FALLEN AUF DIE ERDE

In den japanischen Wäldern lebt eine Gruppe pensionierter Rotgesichtsmakaken. Das Labor, in dem man sie misshandelt hat, ist geschlossen worden, und die Universität Kyoto hat alle Insassen an Mexiko verschenkt. Einer der Vorteile von Physik ist, dass sie ohne Tierversuche auskommt. Abgesehen von Schrödingers Katze ist kein einziges Tier auf dem Altar der Quantenmechanik geopfert worden.

Die Makaken erinnern sie an einen Roman, den sie vorletztes Jahr gelesen hat; sie hat ihn so lebhaft vor Augen, als wäre es erst gestern gewesen und das Vergehen der Zeit nur eine Illusion. Das Buch heißt *Sonnenblätter fallen auf die Erde*, von Miyamoto Nobuko. Die Protagonistin ist ein Waisenkind namens Yuriko, das mit den Makaken im Norden der Insel Honshū lebt. Der Titel spielt auf die Vorstellung an, die Atombomben, die die US-Amerikaner über Hiroshima und Nagasaki abwarfen, seien Stücke der Sonne, die begonnen habe zu zerbrechen.

«Da steht, das sind die Primaten, die am weitesten im

Norden leben», sagt eine Frau und zeigt ihrer Familie die Schautafel. «Abgesehen vom Homo sapiens.»

«Uns nennen sie also auch Primaten?», beschwert sich der Ehemann scherzhaft. «Ganz schön frech.»

Der Roman beginnt mit einem Traum von Yuriko, in dem ihre Mutter ihr sagt, sie müsse in den Norden reisen, um sie und ihren Vater wiederzutreffen. Yuriko erwacht in einem Waisenhaus vor den Toren von Hiroshima. Bevor es Tag wird, flieht sie aus dem Heim und beginnt eine lange Reise voller Hindernisse, fest davon überzeugt, sie müsse das nördliche Ende Japans erreichen, um ihre Eltern zu treffen. Karina fiel es streckenweise schwer, das Interesse am Roman zu bewahren, weil es ihr so unrealistisch vorkam, dass ein kleines Mädchen im von US-Amerikanern besetzten Japan der Nachkriegszeit auf eigene Faust überleben könne. Der Gipfel der Unglaubwürdigkeit wird erreicht, als Yuriko, die sich in einem Wald auf der Halbinsel Shimokita verirrt hat und in einem Schneesturm dem Tod nah ist, von einem Rudel Rotgesichtsmakaken gerettet wird: Sie bringen sie zu einer Thermalquelle, um sie in dem warmen Becken vor der Unterkühlung zu bewahren. Yuriko kommt zu dem Schluss, dass zwei dieser Makaken ihre Eltern sein müssen; sie bleibt bei ihnen und lernt, im Wald zu überleben, als wäre sie selbst eine Makakin.

«Glaubst du, sie geben ihnen Sushi zu essen? Die sind doch Japaner.»

Eines Tages treffen Yuriko und ihre neue Familie auf einen verwildert aussehenden Mann, der in einem Teich Kartoffeln wäscht. Da er ausgehungert wirkt, bietet sie ihm Beeren und Insektenlarven zu essen an.

«Eine Philadelphia Roll würde ihnen schon schmecken.»

«Iss die», sagt Yuriko dem wilden Vagabunden, «sie sind lecker und nahrhaft. Wie heißt du?»

«Mein Name ist Yoshie, Shiratori Yoshie.»

Die Figur ist inspiriert von einem Kriminellen gleichen Namens, berühmt, weil er vier Mal aus den sichersten Gefängnissen Japans ausgebrochen war, ehe er 1947 ein letztes Mal gefasst wurde.

«Und deiner?»

«Yuriko.»

Dankbar für die Hilfe des Mädchens erzählt Shiratori ihr seine Geschichte, von seiner Geburt bis zur ersten Inhaftierung im Gefängnis von Aomori, seiner Heimat, weil er gestohlen hat, um seine Spielschulden zu bezahlen. Nachdem er dort ausgebrochen und wieder gefasst worden war, ist er schließlich auch aus dem Gefängnis von Abashiri ausgebrochen, gefürchtet wegen seiner besonders hohen Sicherheitsstandards.

Yuriko fühlt sich ihm verbunden, weil auch sie aus einem Gefängnis ausgebrochen ist, dem Waisenhaus von Hiroshima. Seine Fluchtgeschichte fasziniert sie. Viele Monate lang aß Shiratori in seiner Zelle die Algen und den Tofu aus der Misosuppe, die sie ihm gaben, und goss die Brühe über das Schloss der Zellentür. Die tägliche Attacke mit einer heißen und salzigen Flüssigkeit ließ den Mechanismus rosten, und so konnte er das Schloss in einer Gewitternacht aufbrechen und im Schutz des ohrenbetäubenden Donners fliehen.

«Ich glaube schon, dass wir Primaten sind», sagt der Jugendliche zu seinen Eltern. «Darum haben wir ja angeblich die notwendigen Enzyme, um Insekten zu verdauen.»

Shiratori versteckte sich in den Bergen und lebte zwei Jahre in einer Höhle. Als er die Einsamkeit satthatte, wanderte er gen Süden, wobei er die Dörfer mied, um nicht geschnappt zu werden.

«Ich glaube nicht, dass sie dich noch suchen», sagt Yuriko. «Das Reich der aufgehenden Sonne gibt es nicht mehr.»

«Was redest du, Kind? Das Reich der aufgehenden Sonne ist ewig.»

«Es tut mir sehr leid, Yoshie, aber die Sonne wird nicht mehr geboren, sie stirbt jetzt. Auf meine Stadt ist ein riesiges Stück von ihr gefallen und hat viele Häuser und Menschen verbrannt. Die Geister meiner Eltern sind nach Norden geflohen. Darum bin ich hierhergekommen.»

«Du spinnst, Yuriko, die Sonne scheint weiterhin, siehst du das nicht?»

«Aber jeden Tag ein bisschen weniger. Achte darauf, und du wirst es merken.»

«Wenn du wirklich aus Hiroshima bist, wie bist du so weit gekommen?»

«Ein Fischer hat mich in seinem Boot mitgenommen. Ich habe ihm geholfen, den größten Thunfisch zu fangen, den er je gesehen hat.»

Dieser Teil des Romans, in dem Yuriko den Ozean betrachtet und mit den Fischen und Krebsen plaudert, die sie dem Meer zurückgibt, war zu langatmig für Karinas Geschmack; sie wollte wissen, wie die Geschichte weiterging.

«Und, sag, hast du deine Eltern gefunden?»

Karina hätte gerne eine Erinnerung an Zoobesuche mit ihren Eltern; oder an eine weite Reise, die sie unternommen hätte, um sie zu finden.

«Natürlich habe ich sie gefunden», sagt Yuriko zu Shiratori und deutet auf einen Baum. «Weil sie jetzt kleiner sind als früher, können sie in den höchsten Zweigen der Bäume schlafen. Ich muss weiter unten bleiben, bei den dickeren Ästen. Einmal bin ich mit ihnen hochgeklettert, da brach der Ast, und wir fielen runter. Sie konnten sich mit dem Schwanz an anderen Ästen festhalten, aber ich bin zu Boden gestürzt. Zum Glück lag hoher Schnee.»

«Und was ist mit dem Kaiser?», fragt Shiratori.

«Seine Feinde haben ihn besiegt, indem sie die Schwäche der Sonne ausgenutzt haben.»

Shiratori verabschiedet sich von Yuriko und ihren Makaken-Eltern und setzt seine Reise in den Süden fort. Der Zweifel zwingt ihn, die einsamen Wege zu verlassen und sich einem Dorf zu nähern, um herauszufinden, ob ihm das Mädchen die Wahrheit gesagt hat. Wer hat das Reich besiegt? Russland? China? Wer sind die Feinde, von denen Yuriko sprach?

Neben dem Gehege der Rotgesichtsmakaken ist ein japanischer Garten angelegt, in dem eine Familie Sikahirsche lebt, gestiftet von der japanischen Botschaft.

Als er nach Fukushima kommt, sieht Yoshie Shiratori auf dem Regierungsgebäude das gehisste Sternenbanner. Dieser Anblick verletzt seinen Stolz, denn obwohl er dreifach zu Unrecht im Gefängnis saß, liebt er sein Vaterland. Untröstlich wegen der Demütigung des Kaiserreichs, stellt er sich der Polizei. Kaum haben sie ihn ins Gefängnis gesteckt, beginnt er, den Tunnel für seine nächste Flucht zu graben.

Sikahirsche sind so niedlich, weil sie so klein sind und weil auch die erwachsenen Tiere kreisrunde weiße Flecken auf dem Fell haben. Karina fotografiert sie mit dem Handy. Gerne würde sie die Bilder bei Insta teilen, doch es wäre ihr peinlich, wenn ihre Kollegen so erführen, dass sie im Zoo gewesen ist.

47. NOCHE DE MUERTOS

Der Himmel sah an diesem Nachmittag aus wie der dunkelviolette Rücken eines Gottes mit Hypostase – so nannten die Forensiker das Absinken des Blutes in den Leichen. Es war ein denkwürdiger *Día de los Muertos* auf dem Panteón Dolores. Vor dem Gewitter hatten Orkanböen die Kerzen gelöscht, die Gläser mit Limo und Schnaps umgeworfen, die Papiergirlanden zerfetzt und die Zuckerschädel ins Rollen gebracht, die als Opfergaben auf den Altären die Schleckermäulchen unter den Geistern anlocken sollten.

Hallo Silverio, hatte Karina mittags geschrieben. *Wie geht es Dir? Ich wollte Dich fragen, ob Du mir Fotos schicken kannst. Egal wann. Bin sowieso wach.*

Sie hatte lange gebraucht, ihn darum zu bitten. Vielleicht misstraute sie ihm und brauchte handfeste Beweise, um ihm zu glauben.

Hallo, ja, ich gehe so um elf hin, willst Du Fotos von allem?

Er sah im Wachhäuschen fern, zusammen mit Víctor Hugo, seinem Nachtschichtkollegen. In den Nachrichten wurde berichtet, die im Versteck des vorige Woche festgenommenen José Guadalupe Pérez Berlanga gefundenen Beweisstücke ließen keinen Zweifel daran, dass der «Prophet» genannte Kopf der narcosatanischen Sekte *Nueva Sangre* der Hauptverantwortliche für den sechs Monate zuvor auf dem Friedhof verübten Ritualmord gewesen war. Silverio wusste, diese Beweisstücke waren von den Ermittlern gefälscht worden, um den Fall vor dem *Día de los Muertos* für gelöst zu erklären. Der Prophet und seine Getreuen waren des ihnen zur Last gelegten Verbrechens unschuldig, denn niemand hatte Tepo geopfert. Silverio versuchte, sein Gewissen mit dem Gedanken zu beruhigen, dass die Festnahme des Propheten letztlich ausgleichende Gerechtigkeit war. Zumindest hatte Tepos Tod auf diese Weise dazu beigetragen, den Satanskult in der Stadt zu bekämpfen.

Ja, bitte, was immer Du findest.

Silverio antwortete mit einer Hand, die den Daumen hochreckte.

«Hör mal», sagte er zu seinem Kollegen, «auf einem Altar habe ich ein einsames Herrengedeck gefunden. Trinken wir ein Bierchen? Auf die Toten.»

«Aber hallo.»

In Wirklichkeit hatte Silverio das Bier im Laden gekauft, wie auch den roten Plastikbecher, in dem er drei Tabletten Melatonin zerstoßen hatte, damit sein Kollege selig schlummerte, während er das Verbrechen der Mirandas aufklärte.

Als Víctor Hugo zur Toilette ging, bestäubte Silverio sein Glas mit dem Medikament und füllte es dann mit Bier. Bei Víctors Rückkehr lud er ihn ein, auf die Verstorbenen zu trinken, und stürzte sein eigenes Glas hinunter, um sich die Kalorien zuzuführen, die er später beim Graben brauchen würde.

Um elf Uhr nachts standen seine Pläne vor dem Scheitern. Víctor Hugo schnarchte schon, aber draußen hagelte es heftig, und die Blitze schlugen derart nah ein, dass Silverio beschloss, seinen Aufbruch zu verschieben.

Sollte er Hinweise darauf finden, dass Señor Carlos Señora Margarita getötet hatte, wollte Silverio eventuell seinen Bruder darum bitten, den Kontakt zu einem Kopfgeldjäger herzustellen, um ihn zu suchen. Das wäre sicher teuer, aber diesen Mistkerl dafür zahlen zu lassen, was er getan hatte, wäre es wert.

Guck mal, schrieb er an Karina und schickte ihr ein kurzes Video davon, wie die Eiskügelchen auf den Vorplatz prasselten, *es hagelt ziemlich heftig, ich warte noch ein Weilchen, und wenn's nicht aufhört, war es das für heute Nacht.*

Er würde nicht riskieren, dass ihn der Blitz traf, wenn er die Nase rausstreckte.

Fuck, klar. Wie blöd. Wann bist Du wieder dran?

Karina war offenbar sehr begierig darauf zu erfahren, was sich im Grab befand, also antwortete er ihr nicht, dass seine nächste Schicht in drei Tagen war, sondern beruhigte sie, indem er schrieb, der Regen lasse schon nach, er könne die Arbeit also noch heute Nacht erledigen.

Kurz bevor der 1. November zu Ende ging, wagte sich Silverio nach draußen in den Regen. Zum zweiten Mal in diesem Jahr legte er den Weg zur Krypta Limantour rennend zurück. In dieser Nacht fraß kein Feuer die Pflanzen des Friedhofs, sondern eine dicke Eisschicht, die dem Ort einen nordisch-weihnachtlichen Anstrich verlieh, fast sah es aus wie in der Ersten Welt.

«Guten Abend», sagte er, so wie er es immer tat, wenn er an ein Grab kam, das er nun leer räumen würde.

Ich lege los, schrieb er Karina um 0.26 Uhr. Sie antwortete, sie sei gespannt. Als er die Nachricht gesendet hatte, rief er eine Playlist mit Chicano Rap auf, um die düstere Stimmung zu vertreiben; er legte das Handy auf dem Grabstein der Familie Buendía ab, zog sich Handschuhe über, um keine Blasen zu bekommen (er wollte nicht, dass Schwielen an seinen Händen seine nächtlichen Aktivitäten verrieten), und begann, im Rhythmus eines zackigen Beats von El Chueko de California zu graben.

Dank seiner ausgefeilten Technik und seiner in den letzten Monaten trainierten Muskeln war Silverio schon so schnell wie ein erfahrener Totengräber, und so hatte er um 1.15 Uhr das Loch ausgehoben. Schweißgebadet legte er den Spaten beiseite, zog die Handschuhe aus und schaltete die Handy-Taschenlampe an, um zu sehen, mit welcher Art von Zwischenwand er es zu tun hatte. Das Grab war mit Ziegeln ummauert, was die verbleibende Arbeit deutlich erleichterte.

Als er den Durchbruch geöffnet hatte, stieß er in weniger als fünfzig Zentimeter Tiefe auf den Deckel eines Sarges. Seine Erfahrung ließ ihn vermuten, dass darunter noch mindestens zwei weitere lagen.

Während er die Ziegelsteine wegräumte, plauderte er mit den Bewohnern des Grabs.

«Entschuldigen Sie bitte die Störung, aber wir müssen herausfinden, was mit Ihnen passiert ist, denn das ist alles ziemlich merkwürdig. Sehen Sie, Señora Rebe hat es, bei allem gebührenden Respekt, faustdick hinter den Ohren, und wer weiß, wie sie es angestellt hat, aber im Archiv sieht es aus, als hätten Sie nie existiert. Wie kann das sein? Aber jetzt erzählen Sie mal. Welche Musik mögen Sie? Ich nehme mal an», er richtete sich an Doña Margarita, «Ihnen gefällt Luis Miguel. Sieht so aus, als käme er in die Rotunde, wie finden Sie das? Dann können Sie ihn kennenlernen. Ich bin gleich so weit. Schauen wir mal.»

Er war erfahren genug, um sofort zu erkennen, dass in dem Grab zwei neuere Särge lagen, eingesenkt vor nicht mehr als zwanzig Jahren; und darunter der zerfallene von Señor Ramiro. Auf den ersten Blick schien die Anwesenheit der drei Toten Karinas Verdacht zu widerlegen, was für Silverio durchaus enttäuschend war.

«Wir hatten Sie schon als Mörder gebrandmarkt, Don Carlos, was sagen Sie dazu? Darum störe ich Sie hier, aber wir sind gleich fertig. Ich hole Sie nur eben raus, mache ein paar Fotos für Ihre Tochter und fertig, dann lege ich Sie zurück an Ihren Platz und gute Nacht.»

48. DER ALTAR

Karina hat ihren Altar für den *Día de los Muertos* um neun Uhr morgens fertig aufgebaut. Ihre Großmutter liegt noch im Bett. Seit drei Nächten träumt Karina davon, wie sie das Familiengrab öffnet und darin sich selbst findet, nur noch Würmer und Gerippe; ihr Vater zielt mit einer Waffe auf sie, ihre Mutter lacht sie aus und läuft davon. Da diese grausigen Bilder sie ohnehin peinigen, beschließt sie, Silverio daran zu erinnern, ihr Fotos vom wahren Fund zu schicken. Nichts, was er findet, kann schlimmer sein als ihre Visionen.

Ihrer Großmutter zuliebe hat sie ein Foto der Urgroßeltern mit auf den Altar gestellt und eins von ihren Großtanten, die sie nie kennengelernt hat. Neben dem Porträt ihres Großvaters hat sie auch das Bild ihres Vaters mit dem gelben Ford Mustang und das Hochzeitsfoto ihrer Eltern aufgestellt, das einzige Bild ihrer Mutter, das überlebt hat – aus einem unerfindlichen Grund hat sich ihre Großmutter nicht getraut, es zu zerstören. Um ihre Eltern zu trennen, lehnt Karina das Bild des Froschs mit den blauen Augen an das Hochzeitsfoto, sodass ihre Mutter allein stehen bleibt, lächelnd in ihrem weißen Kleid und mit einem Blumenstrauß im Arm.

Ihre Großmutter findet den Altar sehr hübsch, doch sie versteht nicht, warum Karina eine Gurke und eine Aubergine daraufgelegt hat, vor allem, da der Großvater gegen diese violette Frucht, die in der mexikanischen Küche so gut wie keine Rolle spielt, allergisch war.

«Weißt du, was du hinstellen solltest? Ein Gläschen Cognac. Das hat Ramiro geliebt.»

Karina fällt auf, dass sie nicht vorschlägt, auch ihrem Sohn Carlos ein Gläschen einzuschenken, als ginge sie davon aus, dass er den Altar nicht besuchen kann.

«Wir kaufen dafür ganz sicher keine Flasche Cognac.»

«Ich kann Maru fragen, vielleicht hat sie welchen. Oder Brandy, Rum, was sie halt dahat.»

«Denk nicht weiter drüber nach. Es ist gut so. Wenn wir die Kerzen angezündet haben, können wir ihnen Atole hinstellen.»

Am Nachmittag beginnt die nervtötende Karawane der Kinder, die seit dem 31. Oktober in der Siedlung herumrennen und in Totenkopf-Eimerchen Süßigkeiten sammeln. Weil der Kontakt mit den Kindern ihrer Großmutter so viel Freude bereitet, hat Karina ihr eine Riesentüte Chili-Lutscher mit Mango- und Wassermelonengeschmack gekauft, an die Garderobe gehängt und sie angewiesen, jedem Kind nur einen Lutscher zu geben. Sie wollte ihr diesen Gefallen als Ausgleich für die Respektlosigkeit tun, das Familiengrab zu entweihen. Zwar hat die Großmutter ihr keine andere Wahl gelassen, als solche extremen Maßnahmen zu ergreifen, weil sie ihr die Wahrheit über ihre Eltern verschweigt, dennoch fühlt sie sich schuldig wegen des Auftrags, den sie Silverio für heute Nacht erteilt hat.

Um Zeit totzuschlagen – sie weiß, dass sie sich so kurz

vor der Grabschändung und bei dem ständigen Klingeln an der Wohnungstür nicht auf ihre Forschung konzentrieren kann –, beschließt Karina, die letzten Kapitel von *Dr. Stone* zu lesen. Dieser Manga hat ihr nie besonders gefallen, aber sie liest weiter, weil sie neugierig ist, ob die Helden am Ende wie der Rest der Menschheit versteinert werden.

Als am späteren Abend endlich die Klingel verstummt, verlässt Karina ihr Zimmer und fragt ihre Großmutter, wie es ihr mit den Besucherinnen und Besuchern ergangen ist.

«Gut, aber ich bin tot. Mindestens zwanzig Mal bin ich aufgestanden, um ihnen zu öffnen.»

Die Zahl ist eine für ihre Großmutter typische Übertreibung, es hat nur achtmal geklingelt.

«Das Training tut dir gut.»

«Es war zu viel. Rate mal, als was ein Junge verkleidet war. Als Tamal! Also wirklich, zum Totlachen. Ich sage ihm: Wonach schmeckst du denn? Und das Schlitzohr sagt: Nach Kacke. Also wirklich!»

Rebeca lacht sich schier kaputt über die Fäkal-Antwort des Kindes; der Humor ihrer Großmutter ist, wie so viele ihrer Eigenschaften, immer infantiler geworden.

Karina hat ihr Zauberkostüm von Ohngesicht noch, dem Geist aus *Chihiros Reise ins Zauberland*, dem sie sich sehr verbunden fühlt.

«Sind die Lollis weg?»

«Ja. Am Ende musste ich ihnen Erdnüsse geben. Sie wussten nicht einmal, was das ist. Sie haben noch nie eine Erdnuss in der Schale gesehen. Ein Mädchen hat mich gefragt, ob wir nicht diese Tabletten haben, wie heißen die gleich? Die du ins Wasser wirfst, damit sie sich auflösen.»

«Redoxon?»

«Genau. Stell dir vor. Sehe ich aus wie eine Apothekerin?»

«Komisch, dass Kinder nach Vitamin C fragen. Als was war sie verkleidet?»

«Ich kann mich nicht erinnern. Als Ärztin, glaube ich? Ich weiß nicht.»

Karina bereitet das Abendessen vor, während ihre Großmutter ihre Gespräche mit den Kindern Revue passieren lässt. Nichts hebt ihre Stimmung so sehr wie der Austausch mit den Kurzen.

«Guten Abend!» Plötzlich taucht Maru auf, sie steht schon im Flur und schaut herein. «Darf man?»

«Huch, Mädchen, was ist passiert?»

«Hallo, Maru.» Karina versteht nicht, dass die Nachbarin einfach so in die Wohnung spaziert.

«Die Tür war offen. Ich bin gerade erst gekommen, ich war mit den anderen vom Nachbarschaftskomitee Pan de Muerto essen.»

Rebeca tadelt sich selbst und dankt Gott, dass ihre Unachtsamkeit nicht von hypothetischen und unwahrscheinlichen Gelegenheitsdieben ausgenutzt worden ist. Nach einem Schwätzchen mit der Nachbarin verabschiedet Karina sie an der Wohnungstür und schließt ab.

Sie essen vor dem Fernseher. Um elf Uhr bringt Karina ihre Großmutter ins Bett und sagt ihr so warmherzig wie selten Gute Nacht. Danach zieht sie sich in ihr Zimmer zurück und schreibt an Silverio, um ihm zu sagen, dass sie wach bleibt und auf seine Nachrichten wartet.

Um sich abzulenken, loggt sie sich bei dem Netflix-Account ein, den sie sich mit Mila teilt. Sie sieht einen Film über das Leben von Erwin Planck, den Sohn von Max

Planck, der ein Attentat auf Hitler verübt hat. Sie stoppt den Film just vor Plancks Hinrichtung, um Silverios Nachricht zu beantworten, dass es aufgehört habe zu hageln. In El Altillo hat es nicht einmal geregnet.

Der Film endet damit, dass Max Planck in sein von den Bomben der Alliierten zerstörtes Haus in Berlin zurückkehrt. Beklemmung befällt sie, als der Abspann läuft und Netflix ihr vorschlägt, noch einen weiteren Film über den Zweiten Weltkrieg zu schauen.

Sie klappt den Computer zu und versucht, ihre Atmung zu kontrollieren. In dieser Nacht wird sie voraussichtlich herausfinden, dass ihre Eltern noch leben, oder zumindest, dass sie nicht dort begraben liegen, wo sie sie immer vermutet hat.

Sie steht auf und putzt sich die Zähne. Ihre Großmutter liegt friedlich im Bett. Wenn sie wüsste, was Karina organisiert hat, würde sie vielleicht aus dem Fenster springen, um irgendwie an eine Flasche Wodka zu kommen.

Karina geht zurück in ihr Zimmer, schaltet die Schreibtischlampe an und betrachtet ihre Pinnwand, die Grafiken an der Wand. Was kann sie tun, während sie auf das Ergebnis der Exhumierung wartet? Sie lenkt sich mit X ab, scrollt durch die Accounts der Physikerinnen und Physiker, die sie bewundert, schaut ein YouTube-Video, in dem Sabine Hossenfelder eine hitzige Diskussion mit einem Physiker aus den USA führt, geht wieder zu X, und während sie einen Thread über die Asienprotokolle zur genetischen Modifikation von Menschen liest, hört sie eine Abfolge stumpfer Schläge auf dem Boden im Zimmer nebenan. Sie befürchtet, dass ihre Großmutter aufgestanden und gestürzt ist.

Als sie ihr Zimmer verlässt, hört sie das friedliche Schnarchen hinter der geschlossenen Tür. Angst überfällt sie, als sie ein grauenvolles Knarzen hört: Der Schaukelstuhl bewegt sich. Im Wohnzimmer ist jemand.

«Maru?»

Karina hat ihr nach den Vorfällen vom 15. September einen nachgemachten Wohnungsschlüssel gegeben.

Ihr antworten raschelnde Papiere. Jemand hat im Schaukelstuhl Platz genommen, um die Fotos anzuschauen, die sie auf den Altar gestellt hat. Das Problem ist, dass das Licht aus ist.

«Papá? Bist du schon da?», sagt sie, um den Einbrecher zu verwirren, der sich Zugang zur Wohnung verschafft haben muss, und um ihm Zeit zu geben, zu fliehen, ehe sie ihn stellt.

Niemand antwortet. Keine Schritte sind zu hören. Der Schaukelstuhl knarzt. Ihr Verstand unterdrückt die übersinnlichen Spekulationen nicht.

Es ist der Geist ihres Vaters, der die Obstschale auf dem Altar umgeworfen hat, als er etwas zu trinken suchte – und er ist wütend, weil die Kerzen aus Wachs sind und nicht aus Mezcal.

Es ist ihre Mutter, lebendig, die ihr seit September folgt und nun in die Wohnung zurückgekehrt ist, um ihr die Wahrheit zu sagen, bevor Silverio ihr Bescheid gibt.

Es sind ihre zornigen Eltern, weil die unverschämte Kari sie in ihrer ewigen Ruhe gestört hat.

Karina schaut ins Wohnzimmer. Der Schaukelstuhl bewegt sich, doch er ist leer. Bevor die Panik sie lähmt, schlägt sie mit der Hand gegen die Wand und schaltet das Licht an. Der Altar ist zerstört. Das Obst und die Fotos sind auf dem Boden verstreut. Der Schaukelstuhl bewegt sich immer noch. Sie muss das mit ihrem Handy aufnehmen, sie braucht einen handfesten Beweis für diese Erscheinung.

Bevor sie sich ganz umgedreht hat, um das Handy aus ihrem Zimmer zu holen, sieht sie aus dem Augenwinkel, dass sich auf der Gardinenstange etwas bewegt. Ein Eichhörnchen. Also weder Maru noch ein Gespenst, noch ein Einbrecher. Sondern ein Eichhörnchen. Vermutlich war es so: Ihre Großmutter hat die Wohnungstür stundenlang offen stehen lassen. Das Eichhörnchen kam herein, um den Altar zu plündern, und um auf die Gardinenstange zu gelangen, ist es auf den Schaukelstuhl gesprungen und hat ihm den nötigen Impuls gegeben, damit er sich bewegt. Karina atmet erleichtert auf. Die Welt hat ihre normale Konsistenz zurückgewonnen.

Vor lauter Angst muss sie dringend pinkeln, aber sie kann das Eichhörnchen jetzt nicht allein im Wohnzimmer lassen. Sie muss es erst hinausbefördern. Es ist ein schönes Tier, das Fell braun und silbrig. Wo kann es sich hier stundenlang versteckt haben? Warum hat es bis jetzt gewartet, ehe es sich auf den Altar gestürzt hat?

Etwas bewegt sich auf der Vitrine: noch ein Eichhörnchen. Nicht ein, sondern zwei Eichhörnchen sind in der Wohnung. Oder noch mehr. Das Eichhörnchen auf der Vitrine ist kräftiger und hat die Backen voller Futter. Wahrscheinlich haben sie schon eine ganze Weile den Altar geplündert. Und wenn diese beiden ihre Eltern sind? Sie lacht sich selbst aus, wie leicht sie aus Angst dem Animismus verfallen ist.

Karina geht vorsichtig zur Wohnungstür. Sie öffnet sie sperrangelweit. Wenn sie dort hereingekommen sind, müssen sie dort auch wieder hinaus. Sie kehrt langsam zurück ins Wohnzimmer und nähert sich dem Fenster, immer dichter an das kleinere Eichhörnchen heran. Sie hofft, diese Annäherung genügt, damit beide hinausflitzen.

Die Tiere schauen sie an. Karina fürchtet, wenn sie sich in die Enge getrieben fühlen, könnten sie sie anfallen und ihre Bisse könnten Krankheiten übertragen. Sie sind klein, aber sehr flink. Können Eichhörnchen Tollwut haben? Sie muss verhindern, dass sie über den Flur in ihr Zimmer gelangen. Sie bewegen sich nicht. Ihre Strategie scheint zu sein, ganz ruhig zu verharren, wie Statuen, bis der Mensch, der sie bedrängt, sich zurückzieht.

Wie hat sie annehmen können, der Geist ihres Vaters wäre im Wohnzimmer? Die Umstände sind schuld: Es ist der *Día de los Muertos,* und Silverio öffnet in diesem Moment das Grab, in dem ihr Vater vermutlich begraben ist. Eichhörnchen sind unerschrockene Nagetiere, und die Kampagne zu ihrer Ausrottung aus der Siedlung treibt sie offenbar zu Verzweiflungstaten.

Nichts bewegt sich. Allem Anschein nach ist kein drittes Eichhörnchen in der Wohnung. Sie sehen frech, vorwitzig, respektlos aus. Unmöglich, ihr Geschlecht zu erkennen. Vielleicht sind sie Mutter und Tochter; die Mutter flieht nicht, weil sie Sorge hat, die Tochter könne nicht folgen, weil sie aus Angst vor diesem riesigen Tier mit dem Schlabbershirt wie gelähmt ist.

Sowohl die Eichhörnchen als auch Karina erschrecken sich, als der Kühlschrank anspringt. Das mechanische Brummen der Maschine klingt wie der grummelnde Bariton eines Raubtiers, der die Eichhörnchen erstarren lässt.

Karina hat Kühlschränke schon immer gemocht. Sie erinnert sich an die frühe Faszination, die sie in ihr weckten – ein subtiles Symptom ihrer anomalen Intelligenz. Die eisigen Möbel waren für sie magische Räume, die Liebkosungen und Experimente verdienten. Gerne legte sie Gegenstände hinein, um später über ihre gekühlten Texturen zu staunen: Sonnenbrillen, Socken, die Handys ihrer Eltern, die Zeitschriften ihrer Mutter. In der Vorweihnachtszeit schmückte Karina den Kühlschrank mit Zeichnungen. Sie war davon überzeugt, dass der Weihnachtsmann, weil es in mexikanischen Wohnungen keine Kamine gab, durch den Kühlschrank vom Nordpol kommen würde; das war nur logisch.

Der Kühlschrank ihrer Kindheit vereiste dauernd, weshalb er regelmäßig zum Abtauen vom Netz genommen werden musste. Manchmal beschleunigte ihr Vater den Vorgang mit einem kleinen Eispickel. Das Spülbecken in der Küche füllte sich mit den trüben Placken aus gefrorenem Wasser. Karina stellte sich auf Zehenspitzen an die Spüle, um zuzuschauen, wie sie schmolzen. Ihr Verschwinden war ein physikalisches Wunder, das die anderen nicht zu schätzen wussten.

Einmal fragte sie ihre Großmutter, warum das Eis auf dem Wasser schwamm. Sie antwortete, die Eisstückchen schwammen, weil sie kleiner waren als das Wasser um sie herum, doch diese Erklärung stellte Karina nicht zufrieden.

Mit sicherem Instinkt begriff sie, dass es so banal nicht war, sondern dass die Dichte des gefrorenen Wassers geringer war als die des flüssigen. Sie liebte es, sich Eiswürfel in den Mund zu stecken und zu spüren, wie sie auf ihrer Zunge schmolzen. Kindliche Pyromanie kam nicht selten vor, Karinas Glaziomanie aber war sehr ungewöhnlich.

Als es sich an das Brummen des Kühlschranks gewöhnt

hat, hört das Eichhörnchen auf der Gardinenstange auf, Karina mit seinen schwarzen Knopfaugen anzustarren, und bewegt sich Richtung Esszimmer. Um zu seinem Kameraden auf der Vitrine zu gelangen, muss es ungefähr anderthalb Meter weit springen. Karina nähert sich, um es dazu zu provozieren, und der Nager gehorcht, schnellt über den Abgrund und erreicht ganz knapp mit den Vorderpfoten das Möbelstück. Endlich wieder vereint, müssen sie sich jetzt nur dazu durchringen, zur Tür zu huschen und die Wohnung zu verlassen.

Da sie keine Anstalten machen, zu weichen, holt Karina den Besen aus der Speisekammer. Trotz der Notlage macht sie sich im Kopf eine Notiz, dass nur noch eine Packung Sojamilch übrig ist. «Die Milch ist sauer», hat ihre Großmutter gesagt, als sie sie zum ersten Mal probierte. Seit sie entsetzt das Video mit dem entzündeten Euter einer übermolkenen Kuh gesehen hat, gibt sich Karina Mühe, ihren Konsum von Milchprodukten auf ein Minimum zu reduzieren. «Ich habe eine andere Sorte mit weniger Fett gekauft.» Sie wollte ihrer Großmutter lieber verheimlichen, dass es keine Kuhmilch war. «Die schmeckt furchtbar», sagte die Alte. «Wie Wasser mit Erde.»

«Ich mag sie», sagte Karina.

«O nein, die schmeckt furchtbar.»

Karina hebt den Besen hoch und bringt ihn langsam in die Nähe der Vitrine, sie will die Eindringlinge zu der Seite drängen, die der Tür am nächsten ist. Die Operation glückt, doch anstatt zu springen, klettern die Eichhörnchen an der Seite der Vitrine herunter, sie halten sich mit ihren winzigen Krallen am Holz fest. Einen Meter über dem Boden wagen sie den Absprung und rennen in den Flur.

Sie schließt die Tür, bebend vor Anspannung. Der Altar ist zerstört. Die Pferde für die Geister sind umgekippt, und das Foto vom Frosch liegt auf dem Boden, weshalb ihre Eltern wieder gemeinsam vor der Kirche posieren, in der sie geheiratet haben.

Karina geht zurück in ihr Zimmer und checkt ihr Handy. Noch immer keine Nachricht von Silverio. Sie legt sich hin, um im Dunkeln zu warten. Sie betrachtet das Quantenglimmen der phosphoreszierenden Sterne an ihrer Zimmerdecke. Die Elektronen des Strontiumaluminats, angeregt vom tagsüber gesammelten Licht, setzen durch Quantensprünge grünliche Photonen frei. Karina versucht, sich an die Gleichung zu erinnern, die diesen Vorgang beschreibt. Sie hat sich damit befasst, als die Großmutter ihr die Tüte mit den Klebesternchen schenkte, damit sie ihr Zimmer im Haus in Clavería dekorieren konnte. Karina beschloss damals, die Konstellationen Jungfrau, Stier und Schütze nachzubilden, was ihr Sternzeichen und die ihrer Eltern sind. Auf diese Weise begleiteten sie sie, zumindest bis sie erfuhr, dass sie eigentlich nicht weiß, wer sie waren oder wo sie sind. Vielleicht stößt Silverio beim Öffnen des Grabs auf phosphoreszierende Knochen, die wie Sterne funkeln und pausenlos ihren Henker anklagen.

Endlich vibriert das Handy auf dem Tisch, eine ganze Salve, ausgelöst von vielen gleichzeitig eintreffenden Nachrichten. Bevor sie WhatsApp öffnet, liest Karina die Benachrichtigung auf dem Display: «Silverio Friedhof» hat ihr vierundsechzig Dateien gesendet.

49. SCHLANGENGIFT

Die kontinentale Trennung der Fauna ist im Reptilienhaus aufgehoben. Karina zögert, bevor sie eintritt. Ihre Großmutter hat ihr ihre Angst vor Schlangen vererbt. Rebeca stand gerade in ihrem Bettchen auf, als ihre eintretende Mutter losschrie, als hätte sich die Tochter in ein Monster verwandelt. «Bleib, wo du bist!» Eine Viper schlängelte sich um ein Bein des Bettes. Es ist Rebecas früheste Erinnerung: das Gesicht der Mutter, die um ihr Leben fürchtet und panisch um Hilfe ruft. Schließlich kam ein Zuckerrohrarbeiter mit seiner Machete, und das Mädchen dachte, er würde sie töten. «Halt still», flehte ihre Mamá das Kind an. Warum wollte man sie auf diese Art töten? Sie weinte. Der Mann hob die Waffe und verpasste ihrer Erinnerung eine tiefe Narbe. Neun Jahrzehnte haben sie nicht auslöschen können.

«So viele Giftschlangen», sagt ein Mann mit Akzent aus dem Norden, «fast wie beim Babyshower deiner Schwester.»

Ihre Großmutter bringt Jahre, Monate, Tage durcheinander, sie verwechselt Morgen und Abend, Verwandte und Medikamente, aber nichts davon macht sie selbst so fertig wie die Angst vor Gartenschläuchen, Gürteln oder Kabeln, die sich über den Boden schlängeln, um sie zu beißen.

«Pappnase», sagt seine Frau liebevoll.

Dem Schild am Eingang zufolge sind alle Tiere im Reptilienhaus bei illegalen Händlern, an Flughäfen oder bei polizeilichen Hausdurchsuchungen sichergestellt worden.

«Weißt du noch, wie Britney Spears mit einer von denen getanzt hat?»

Der Typ bezieht sich auf eine weiße Python.

«Uff, ja, stimmt. Welches Lied war das noch mal?»

«Das mit dem Ups, oder?»

Karina hat die Hochphase von Britney Spears verpasst, darum kann sie die Frage nicht für sich beantworten.

«Nee, was Geileres.»

«Keine Ahnung, aber das ist ja echt aus der Steinzeit.»

Die Angst ihrer Großmutter unterscheidet nicht zwischen harmlosen Nattern und Giftschlangen. Ihre Abneigung richtet sich gegen die Lautlosigkeit, gegen die fehlende anatomische Abgrenzung von Kopf und Schwanz, gegen die raue Haut, die gespaltene Zunge, den biblischen Mythos. Das Gift ist das geringste Problem. Skorpione, Spinnen und Wespen haben ihr nie Angst gemacht. Und der Alkohol ja auch nicht.

«Was ist das?», fragt ein tätowierter Jugendlicher seine Clique.

«Steht doch da», antwortet eine Freundin. «Kannst du nicht lesen? Das ist das Monster Godzilla.»

«Das ist ja voll klein.»

Karina hat noch nie eine Gila-Krustenechse gesehen, eine der wenigen giftigen Echsen, die es gibt, aber sie weiß, dass der Name Godzilla die japanischen Wörter für Gorilla und Wal verbindet.

«Ist halt nicht radioaktiv.»

Sie erinnert sich an einen Vortrag bei den Anonymen Alkoholikern, den sie auf YouTube gesehen hat. Dem Redner zufolge vergiftet sich der Alkoholiker, weil er es mit sich selbst nicht aushält; er betäubt seine Beklemmungen, seine Hemmungen, den Schmerz seiner Unreife und Minderwertigkeit.

«Ihre Haut ist so schön, ich könnte mir den ganzen Arm so tätowieren, was denkst du?»

«Tsssss.»

Karina ist zur Schlange geworden, die ihre Großmutter mit sedierenden Tropfen betäubt. Anders könnte sie sie nicht mehr betreuen. Die Schlangen würden rund um die Uhr ihr Bett umzingeln, und wenn sie aus der Uni käme, fände sie eine schreiende Rebeca vor.

«Bevor ich ins Heim gehe, nehme ich Gift», hat sie immer gesagt, wenn sie an dem Altersheim vorbeikamen, das neben der Gemeinde San Lucas in Azcapotzalco liegt. Ihre Enkelin gibt es ihr.

50. LEICHENSCHAU

Da das Gewitter die Grube in eine Schlammrutsche verwandelt hatte, musste Silverio extrem vorsichtig vorgehen, um die Särge unfallfrei herauszubekommen. Als er die oberen beiden geborgen hatte – der Sarg am Grund des Grabes brauchte nicht geöffnet zu werden, er gehörte Señor Ramiro –, machte er die Musik aus, um sich ganz auf den wichtigsten Teil seiner Mission zu konzentrieren, und schaltete die Taschenlampe seines Telefons ein.

Der oberste Sarg enthielt das Gerippe eines Mannes, der in Anzug und Krawatte gekleidet war. Da er die Anweisung hatte, die Knochen nach Brüchen abzusuchen, bat Silverio Don Carlos um Erlaubnis, ihn zu entkleiden. Unter dem Hemd lag ein Beutel, was bedeutete, dass bei dem Toten eine Autopsie vorgenommen worden war: Nach der Untersuchung wurden die Organe auf diese Weise im Brustkorb abgelegt. Mit einer Hand hielt er das Handy fest, mit der anderen überprüfte er die Knochen: Schienbein, Wadenbein, Rippen, Wirbel. Nichts war gebrochen.

Da ihm die Berührung von Schädeln großes Unbehagen bereitete, schob Silverio die Untersuchung des Kopfes bis zum Schluss auf. Die oberen Schneidezähne waren weggebrochen, was dem Gesicht etwas Grobes verlieh – wie ein

Landstreicher mit lückenhaftem Gebiss oder ein Kind, dem die Milchzähne ausfielen. Silverio hob den Schädel an, und als er ihn drehte, entdeckte er die kleine runde Öffnung auf der Rückseite. Bei der Renovierung der Massengräber hatte er solche Löcher in vielen Schädeln gesehen, deshalb bestand für ihn kein Zweifel daran, dass es sich um den Einschlag einer Kugel handelte.

Er wandte sich zu dem Sarg, den er noch nicht untersucht hatte, und fragte Señora Margarita, ob sie auch an einem Schuss gestorben sei. Karina hatte erwähnt, dass man in dem Wohnhaus, wo sie gelebt hatten, munkelte, sie habe ihren Mann getötet und sei geflohen, aber diese Version war nicht vereinbar mit der Tatsache, dass ihr Sarg unter dem von Don Carlos lag – was ja bedeutete, dass sie vor ihm oder gleichzeitig mit ihm gestorben sein musste.

Silverio legte den Schädel zurück auf das Kissen und widmete sich der anderen Kiste, deutlich bescheidener als der luxuriöse Sarg von Don Carlos. Der Anblick hätte unterschiedlicher nicht sein können. Anstelle eines elegant gekleideten Skeletts lag hier ein Sack aus fester Plane mit Reißverschluss, so wie die Gerichtsmedizin sie verwendet. Im Inneren war keine Kleidung, und Silverio verfügte nicht über die nötigen forensischen Kenntnisse, um ohne die Hilfe von Krawatten, Ohrringen, Röcken oder Schuhen das Geschlecht eines Gerippes zu erkennen. Angenommen, es handelte sich um Señora Margarita, warum war sie auf diese Weise begraben worden? Das Brustbein war gebrochen. Elle und Speiche des linken Unterarms zersplittert. Er kam auf die Idee, in dem Sack nach langen Haaren zu suchen, um so die weibliche Identität der Leiche zu bestätigen. Er fand keine, doch er bemerkte schwarze Reste von etwas, pulverisierte Kohle, Brandspuren. Darum gab es keine Kleider: Die Leiche war verbrannt worden.

Ein Warnton seines Handys: Er hatte nur noch zwanzig Prozent Akku. Mit der Musik und der Taschenlampe – er war nicht daran gewöhnt, die Knochen, die er herausholte, so lange zu beleuchten – hatte er fast die ganze Akkuladung aufgebraucht, und er musste noch die Fotodokumentation erstellen, um die Karina ihn am Morgen gebeten hatte.

Er machte sich an die Arbeit. Auf den Ganzkörperbildern der Leichen war der Hagel zu erkennen, der noch immer den Boden bedeckte. Er glitzerte wie ein Diamantenteppich. Silverio ging so professionell vor wie die Gutachter, die den toten Tepo fotografiert hatten. Wegen der schlechten Qualität seiner Kamera und der geringen Leuchtkraft der Handylampe kamen die Details der gebrochenen Knochen nicht gut heraus. Als er mit den Fotos von Señora Margarita fertig war, blieben acht Prozent Akku. Er beeilte sich mit Don Carlos. Auch wenn die Aufnahmen eine fachgerechte Nekropsie nicht ersetzen konnten, genügte die Form des Lochs im Schädel, um zu wissen, dass hier ein Verbrechen begangen worden war. Er machte mehr als zehn Fotos vom Scheitelbein und von dem kaputten Gebiss.

Ihm blieben drei Prozent Akku. Da er wusste, dass Karina noch wach war, begierig darauf, die Resultate seiner Leichenschau zu erfahren, beschloss er, ihr die Fotos sofort zu schicken, bevor der Apparat den Geist aufgab. Ihm standen noch etliche Stunden Arbeit bevor – die Särge zurücklegen, die Grube schließen, das Loch bedecken, sich in der Krypta Limantour umziehen –, und er wollte sie nicht die ganze Nacht warten lassen. Er öffnete WhatsApp und wählte alle Fotos aus, die er gerade gemacht hatte. Die Größe der Bilder verlangsamte das Hochladen und verbrauchte den Rest Akku. Er war so auf das rote Batterie-Icon fixiert, dass er nicht sah, ob die Fotos noch verschickt wurden, ehe der Bildschirm verlosch. Zum Glück hatte der Himmel aufgeklart, und das Mondlicht würde ihm dabei helfen, seine Arbeit zu beenden. Er musste sich beeilen, um ins Wachhäuschen zurückzukommen und den Apparat wieder zum Leben zu erwecken.

51. KRANKENHAUS

An seinen Extremen gleicht sich das Leben. Kinder und Alte ähneln einander auf viele Arten, vielleicht weil sie sich in der gleichen Entfernung zur Nichtexistenz befinden. Hier beginnt sich die Identität zu formen, dort sich aufzulösen. Karina hat das im Umgang mit ihrer Großmutter so oft gedacht. Gerade wird dieser Gedanke ihr wieder bestätigt, als sie durch das Zookrankenhaus geht, wo es einen Bereich mit Brutkästen gibt – Schildkröten, Krokodile, Gänse, Vulkankaninchen – und einen anderen mit senilen Tieren – Schwarzbären, Tiger, einem grauhaarigen und räudigen Schimpansen. Die Hilflosigkeit, das Ungeschick, das Ausgeliefertsein.

Mila hat noch drei Monate Schwangerschaft vor sich. Dass sie ein Kind erwartet, teilte ihre Freundin ihr mit einer Textnachricht mit: *Du wirst Tante.* Dank der in vitro befruchteten Eizelle ihrer Partnerin werden sie beide Mütter einer gemeinsamen Tochter. Mila wollte das Geschlecht des Embryos, der ihr eingesetzt wurde, nicht auswählen, aber ihre Frau bestand darauf, damit sie keinen Sohn bekämen, in dem später das männliche Bedürfnis erwachen könnte, nach seinem biologischen Vater zu suchen.

Außer den Neugeborenen und den Moribunden befinden sich hier die Käfige mit den Rekonvaleszenten nach Operationen. Karina ist es unangenehm, dass ausgerechnet den verletzlichsten Tieren jegliche Privatsphäre genommen ist, passend zum exhibitionistischen Zeitgeist.

Da hockt, den Körper in Binden und den Kopf in einem Trichterkragen, wie ihn frisch operierte Hunde tragen, eine Harpyie, die eine «Fraktur des Schultergelenks am rechten Flügel» erlitten hat, als sie gegen den Rotor eines Windrads in der Gemeinde Juchitán, Oaxaca, prallte. «Wir konnten erfolgreich eine Titanprothese einsetzen, die eigens für dieses Exemplar angefertigt wurde, und wir hoffen, dass es so eines Tages wieder fliegen kann.» Die Harpyie ist ein gigantischer Greifvogel, ihre riesigen Füße umklammern ein dickes Holzrohr etwa zehn Zentimeter über dem Boden. Die Immobilisierung der Flügel muss eine Qual für sie sein. Dennoch wirkt sie verdächtig gelassen, wohl wegen der Beruhigungsmittel, die in das Fleisch der Kaninchen gespritzt werden, die sie zu fressen bekommt.

Dieser rekonvaleszente Vogel weckt in Karina die Erinnerung an den Fischadler, der vor dem Brand jedes Jahr am See von Chapultepec überwintert hat. Sein vergängliches Nest baute er aus den Zweigen der Sumpfzypressen am Ufer, und er erbeutete die fetten Karpfen, die von den Parkbesuchern mit Toastbrot gemästet worden waren. Ihr taten die Fische leid, vom Adler aus ihrem trüben Element gerissen, und sie tröstete sich mit der Vorstellung, dass sie, beim Anblick der Welt aus der Luft und mit der Wärme der Sonne auf ihren Schuppen, in einem Zustand der Verzückung stürben, während der Vogel sie ausweidete.

Obwohl wieder Fische in dem See ausgesetzt wurden, ist der Adler nicht zurückgekehrt. Karina beneidet ihn um sein unstetes Leben, Horizonte in Hülle und Fülle, die an ihm vorbeiziehen, von einer Hemisphäre zur anderen, grenzenlos.

Im nächsten Käfig befindet sich eine überfahrene Sinaloa-Wüstenschildkröte. Ihr mit einer gelblichen Masse rekonstruierter Panzer ist ein auf die veterinäre Chirurgie übertragenes Kintsugi – die japanische Tradition, zerbrochene Keramik mit Goldpaste zu reparieren. Eine Zeit lang hat Karina die zerbrochenen Tassen ihrer Großmutter für ein künftiges Kintsugi-Projekt aufbewahrt. Als sie in die Wohnung zogen, hat sie sie weggeworfen.

Im letzten Käfig des Krankenhauses sitzt ein Affe mit dem Rücken zur Scheibe auf dem Boden. Der Affe hat bei einem Waldbrand Verbrennungen erlitten und verbrachte lange Zeit in einer keimfreien Kapsel, damit sich die Wunden nicht entzündeten. Als sie ihn betrachtet, erinnert sich Karina daran, wie sie einmal auf die Dachterrasse ihres Hauses gestiegen ist, um die Laken abzunehmen, die sie zum Trocknen in die Sonne gehängt hatte; ihre Großmutter hatte in der Nacht davor einen Urinunfall gehabt. In einem der engen Wäscheabteile sah sie einen Mann; er hockte mit dem Rücken zu ihr auf einem umgedrehten Eimer und rauchte. Sie fragte sich, ob er nicht in der Wohnung rauchen durfte oder ob er sich freiwillig aufs Dach aussperrte, um aus einer anderen Gefangenschaft zu fliehen.

52. GEISTERSTUNDE

Falls sie die Fotos bekommen hatte, dürfte Karina in Fragen ertrinken. Vielleicht hatte sie schon ihre Großmutter geweckt und verhörte sie gerade zum Mord an ihren Eltern; vielleicht hatte die den Autounfall erfunden, um ihre eigene Schuld zu vertuschen. Während Silverio im Dunkeln die sterblichen Überreste von Señora Margarita zurück an ihren Platz legte, mutmaßte er über die Möglichkeit, dass sie Don Carlos erschossen und dann Señora Rebeca ihr den Mord an ihrem Sohn mit gleicher Münze vergolten haben könnte.

Silverio zerrte den schlichten Metallsarg wieder an den Rand der Grube, hob die schmale Seite bis zu einem Winkel von fünfundvierzig Grad an und hörte, wie die Knochen sich am unteren Ende sammelten, während er den Kasten zurück ins Grab gleiten ließ. Als die Kante auf den Deckel von Don Ramiros Sarg traf, musste Silverio kräftig schieben, um den Widerstand des splitternden Holzes zu überwinden. Am Ende blieb ihm nichts anderes übrig, als ins Grab zu steigen, um ihn richtig zu positionieren.

Bevor er wieder hinausstieg, hörte er ein Knirschen, als würde in der Nähe des Grabs jemand über den Hagel gehen. Er reckte sich vor, konnte in der Dunkelheit aber nichts

Verdächtiges erkennen. Er redete sich ein, es wäre nur ein Windstoß gewesen, der die Eishäufchen von den Querstreben der Grabkreuze geweht hatte.

Den anderen, viel schwereren Sarg anzuheben, war mühsam. Er musste ihn in der Mitte umfassen, um ihn von der Grabplatte wegzubekommen, auf der er ihn abgestellt hatte, und ihn wieder zu seiner Grube zu ziehen. Er ließ ihn hinab, und bevor er ihn wieder mit Erde bedeckte, öffnete er ihn noch einmal – anders als der Sarg der Ehefrau hatte dieser einen zweigeteilten Deckel mit einem Glasfenster, um die Leiche für die Totenwache aufzubahren – und holte den Schädel heraus, um noch einmal das Loch zu berühren, wie der heilige Thomas, als er Jesus nach der Wiederauferstehung begegnete. Er steckte den Zeigefinger in den Kopf von Don Carlos und überlegte, ob er den Schädel mitnehmen und ein inoffizielles Gutachten anfertigen lassen sollte, um Kaliber und Art der Waffe zu ermitteln, mit der auf ihn geschossen worden war.

Leider konnte er Karina nicht fragen, weshalb er alleine entscheiden musste, ob er den Schädel für weitere Untersuchungen in die Krypta Limantour schaffen oder wieder in den Sarg legen sollte. Er entschied sich für die erste Option, denn das war praktischer, als ihn hier zu lassen und das Grab noch einmal öffnen zu müssen, wenn Karina ihn doch untersucht haben wollte. Mit dem Finger im Loch hielt er den Schädel, als wäre er eine Bowlingkugel, schloss den Sargdeckel und erstarrte, als er sah, was sich dahinter befand. Ein aufmerksames, funkelndes Augenpaar schwebte in der Dunkelheit und sah ihn mit kannibalischem Interesse an.

Sie war es. Er wusste es sofort, denn ihre Gegenwart flößte ihm fromme Ehrfurcht ein. La Muerte war gekommen, um ihn mit Einwilligung des Panteóns zu holen. Es hatte keinen Sinn, zu schreien oder sich mit einem Fluchtversuch lächerlich zu machen. Sein Unglaube schlug um in restlose Hingabe. Er würde sich erst rühren, wenn sie es ihm befahl. Er würde ihr bis zum letzten Moment in die Augen schauen, hypnotisiert von ihrem überirdischen Glanz. Seine Knie allerdings zitterten, und weil er mit den Füßen am Abgrund stand, lockerte deren rhythmisches Beben den Boden und löste einen kleinen Erdrutsch aus, mit dem er ins Grab stürzte. Diese Finte elektrisierte den Tod und brach den Bann, in den Silverio geschlagen war. La Muerte flog über das Loch, verwirrt vom plötzlichen Verschwinden ihres heiligen Festmahls. Silverio hörte ihren kehligen Protest und suchte eilig nach einem Versteck. Er hob den Deckel des Metallsargs, und das Knirschen der verrosteten Scharniere vermischte sich mit einem Kreischen von betrogenem Hunger. Er sprang ins Dunkel, und die Tür zum Jenseits schlug hinter ihm zu.

53. OHNE FILTER

Karina sieht mit ihrer Großmutter fern. Die Fotos ihrer Eltern, das Schweigen Silverios und der Schlafentzug haben sie in einen katatonischen Zustand versetzt. Seit drei Tagen hat sie die Wohnung nicht verlassen, der Pyjama ist ihre schützende Rüstung. Sie hat ihrem Doktorvater und der Sekretärin des Instituts für Gravitation geschrieben, dass sie krank sei und für eine Woche zu Hause bleiben müsse. Soll sie zum Friedhof gehen und Silverio suchen, die Polizei rufen, ihre Großmutter mit den Bildern konfrontieren? Auch wenn sie der Gedanke gequält hat, ein Elternteil hätte sie verlassen und ein neues Leben ohne sie angefangen, hat die Bestätigung, dass beide tot sind, eine neue Art von Trauer bei ihr ausgelöst, zum ersten Mal in ihrem Leben als Erwachsene.

«Mauricio Garza Sada, vielen Dank, dass Sie heute Abend unser Gast bei *Ohne Filter* sind.»

«Danke Ihnen für die Einladung, Adela – ich freue mich, hier zu sein und mit Ihrem Publikum teilen zu können, was wir machen.»

«Kommen Sie gerne nach Mexico City, oder würden Sie lieber ganz auf Ihrer Ranch in Nuevo León bleiben, wo Sie, wenn ich das richtig verstanden habe, zurückgezogen leben, seit Sie nicht mehr Gouverneur des Bundesstaats sind?»

«Ja, natürlich, es gibt sehr gute Restaurants hier in der Stadt, vor allem sehr guten Pozole.»

«Es ist ja kein Geheimnis, dass Sie sich gerade mit unserem Regierungschef getroffen haben, um ihm anzubieten, den Zoo von Chapultepec – der offiziell Zoologischer Garten Alfonso L. Herrera heißt – wiederaufzubauen. Vorausgesetzt, man gibt Ihnen die Konzession und erlaubt Ihnen, Tiere von Ihrer Ranch herzubringen und den Zoo so zu leiten, wie es Ihnen passt, um es mal in aller Deutlichkeit zu sagen. Bevor Sie uns verraten, was für eine Antwort Sie erhalten haben, erklären Sie doch bitte für die, die Sie noch nicht kennen, ganz kurz, wer Mauricio Garza Sada ist.»

«Der Herr sieht aber gut aus», sagt Rebeca. «Er ist aus dem Norden, oder?»

«Ja. Sie hat es gerade gesagt, er war Gouverneur von Nuevo León.»

«Schau, vor allem, mehr als Politiker, Unternehmer, Sammler, Philanthrop, you name it, bin ich Jäger. Mein Vater war einer der Grundpfeiler der Grupo Monterrey, und er nahm mich zu meiner ersten Jagd mit, als ich fünf Jahre alt war. Ich habe den Hirsch nicht selbst geschossen, aber ich war auf dem Foto, nicht wahr? Von da an lernte ich, dass man in diesem Leben einer Beute folgen muss. Ich sehe, wie die Menschen unterwegs sind, so antriebslos, keine Ahnung, wo's langgeht, mit lauter Abhängigkeiten, und ist ja auch klar! Nie im Leben haben sie etwas gegessen, was sie selbst in der Natur aufgespürt und erjagt haben. Es ist eine Sache, arbeiten zu gehen und dir von dem Lohn was leisten zu können, aber es ist was ganz anderes, draußen selbst das

Essen für dich und deine Familie zu suchen, damit ihr nicht verhungert. Ich habe schon auf allen Kontinenten gejagt, außer in der Antarktis, denn leider weiß meine Frau nicht, wie man Pinguin kocht.»

«Pinguin», wiederholt ihre Großmutter, erheitert von dem Witz und Feuer und Flamme für den alten Jäger. Karina findet den selbstgerechten Machismo des Typen abstoßend, aber sie bringt nicht die Kraft auf, umzuschalten oder das Wohnzimmer zu verlassen und in ihrem Zimmer zum neunzigsten Mal das düstere Fotoalbum anzuschauen, das sie auf dem Handy hat.

«Schön», fasst die Moderatorin zusammen, «Sie wurden in den Unternehmen Ihrer Familie ausgebildet, waren Bürgermeister von San Pedro Garza García, Senator für den Bundesstaat Nuevo León und schließlich Gouverneur. In Ihrer Regierungszeit ging das Verbrechen so stark zurück, dass Ihre Partei Sie wieder aufstellen oder gleich zum Präsidentschaftskandidaten machen wollte. Wie haben Sie das geschafft – und warum wollten Sie nicht weitermachen? Das Land braucht doch jemanden, der dem Feudalregime der Narcos endlich einen Riegel vorschiebt.»

«Wie ich das geschafft habe? Das kann ich Ihnen nicht sagen, sonst schnappen sie mich, bevor ich wieder in mein Flugzeug steigen kann. Ich kann bloß wiederholen, dass ich kein Bürohengst bin und auch kein Zeremonienmeister, ich bin Jäger. Na ja, und warum ich nicht weitermachen wollte? Weil ich gemerkt habe, dass ich etwas viel Dringlicheres zu tun hatte. Nach meiner Regierungszeit bin ich nach Tansania gereist, um in einem Reservat zu jagen, das ich sehr mag. Ich war seit Jahren nicht da gewesen, und was ich dort vorfand, war erschütternd. Eine Wüste. Die Stämme litten

Hunger, also legten sie ihren Respekt ab und gingen da rein, um zu jagen. Natürlich! In Nuevo León haben wir ein ernstes Dürreproblem, aber das ist gar nichts im Vergleich zu dem, was die da erleben. Und es war überall das Gleiche. Also habe ich mir gesagt: Ich muss ein Refugium aufbauen und diese wunderbaren Kreaturen retten. Ich konnte nicht mal jagen. Ich bin los und hab mit den Besitzern geredet, um lebende Tiere zu kaufen. Das ist jetzt zehn Jahre her, und zum Glück haben wir inzwischen Tiere aus aller Welt, sogar Saigas habe ich, das sind Antilopen aus den asiatischen Steppen, wirklich witzig.»

«Wie heißen die, hat er gesagt?», fragt ihre Großmutter, die den Typen mit ungewöhnlicher Aufmerksamkeit anhimmelt.

«Hab's nicht mitgekriegt», sagt Karina, deren Aufmerksamkeit zwischen dem Fernseher und dem Lauf einer Pistole am Hinterkopf ihres Vaters flackert.

«Zehn Jahre lang diese Zufluchtsstätte für Tiere aufbauen», sagt die Reporterin. «Zehn Jahre raus aus dem Rampenlicht, auf der Suche nach Tieren, sie nach Mexiko bringen, hier die Pflanzen aussäen, die sie fressen, oder Beutetiere für sie ansiedeln – und auf einmal sind Sie zurück in den Medien, mit heftigen Anschuldigungen: Sie bezichtigen die Regierung des Ökozids, werfen ihr vor, sie betreibe Todeslager – vergleichen die Zoos mit den Konzentrationslagern der Nazis. Hier reden wir ja *Ohne Filter*, aber da draußen, wie können Sie davon ausgehen, dass sie Ihnen nach solchen Anschuldigungen die Konzession erteilen?»

«Ich habe kein Interesse daran, gut dazustehen, Adela. Wenn sie mir die Konzession nicht geben, ist es ihr Problem. Die Regierung ist der Lage nicht mehr gewachsen.

Wie kann es sein, dass auf dem Friedhof, da, wo sie die Rotunde der Illustren Persönlichkeiten haben, ein Priester verbrannt wird? Glauben Sie, so was könnte auf meiner Ranch passieren? Oder glauben Sie, sie haben nicht versucht, meine Elefanten kaltzumachen, um an das Elfenbein zu kommen? Das Eden ist locker hundertmal so groß wie ganz Chapultepec, aber wenn sich da irgendwelches Gesindel ohne Erlaubnis einschleichen will, kreist nach einer Viertelstunde der Hubschrauber über ihnen.»

«Wie viel wird es denn kosten?»

«Das ist keine Frage des Geldes. Sie werden China ein Vermögen dafür zahlen, dass wir ihre geklonten Teddybären haben dürfen. Aber was bringt das, wenn wir nicht die Erlaubnis haben, dass sie sich auch fortpflanzen? Mir sagt keiner, was ich mit meinen Tieren tun und lassen darf.»

«Worum geht es dann, wenn nicht ums Budget?»

«Passen Sie auf. Auf meiner Ranch habe ich um die siebzig Strauße, also, an dicken Eiern mangelt es mir nicht.»

Die Moderation lacht sich kaputt über den plumpen Sparwitz.

«Wir sprechen hier mit Mauricio Garza Sada, Unternehmer, Politiker und Jäger von Raubtieren, von denen einige Vor- und Nachnamen haben. Wir machen eine kurze Pause, und danach fragen wir ihn, wie der Zoo aussehen soll, den er in Chapultepec aufbauen will.»

Karina stellt den Fernseher stumm, und einem plötzlichen Impuls folgend sagt sie zu ihrer Großmutter, Silverio habe ihr gerade geschrieben, dass er eine Kopie der Sterbeurkunden ihrer Eltern gefunden hat. Sie sagt, den Totenscheinen zufolge seien sie nicht bei einem Unfall gestorben, sondern bei einer Gewalttat.

«Das stimmt nicht», sagt die alte Frau. «Wer hat dir das gesagt?»

«Silverio, der Wachmann, der uns geholfen hat, das Grab zu finden. Er hat weiter nach den Papieren für das Grab gesucht.»

«Ach, Mädchen, sei nicht so naiv. Der will dir nur Geld abknöpfen.» Sie reibt Zeigefinger und Daumen aneinander.

«Warum sollte er die Unterlagen erfinden? Er sagt, mein Papá wurde umgebracht.»

«Was für ein Dreckskerl!», schreit ihre Großmutter. «Der will dich auspressen, der will ...» Karina hat sie noch nie so wütend gesehen. «Das sind ganz miese Tricks! Ah!» Sie reißt die Augen auf, als hätte sie gerade eine Erleuchtung. «Hat er dir auch erzählt, dass er hergekommen ist und mich abfüllen wollte?»

«Was?»

Offensichtlich ist ihre Großmutter bereit, alles Mögliche zu erzählen, um sie von der Wahrheit abzubringen.

«Ja. Dieser junge Mann. Ich hatte mich schon nicht mehr an ihn erinnert, aber eines Tages kam er mit einer Flasche hier an und begann, mir einzuschenken. Er wollte Geld. Ein Wunder, dass er uns nicht ausgeraubt hat. Ich glaube, keine Ahnung, wahrscheinlich hatte er nicht mehr die Zeit oder so. Er ist ein Verbrecher.»

«Wann war das?»

Karina ist nicht auf die Idee gekommen, dass Silverio, der so bescheiden auftrat, als es um das Trinkgeld ging, der Besucher gewesen sein könnte, der ihre Großmutter am 15. September betrunken gemacht hat.

«Ich weiß es nicht. An einem Abend, als du feiern warst.

Glaub ihm kein Wort. Am besten, du antwortest ihm gar nicht erst. Sag ihm, dass wir die Papiere schon gefunden haben, und vielen Dank. Wenn er sich hier noch mal blicken lässt, steck ich ihn ins Gefängnis.»

Wenn stimmt, was ihre Großmutter sagt, wie soll sie ihm dann noch vertrauen? Wie kann sie wissen, ob die Fotos, die er ihr geschickt hat, echt sind? Er könnte sich die Knochen woanders beschafft oder den Schädel mit einem Bohrer durchlöchert haben.

«Aber woher wusste er, wo wir wohnen? Warum hast du mir das nicht gesagt? Ich habe dich immer wieder gebeten, dass du mir verrätst, wer dich besucht hat, und du hast Stein und Bein geschworen, dass du dich nicht erinnerst.»

«Schimpf nicht mit mir. Bitte glaub nichts von dem, was er sagt. Er ist bestimmt nach Santo Domingo gefahren, damit sie ihm da die Papiere anfertigen.»

Die Werbung war vorbei, und das Interview mit dem Magnaten aus dem Norden wurde ohne Ton fortgesetzt.

«Womit hast du ihm die Flasche bezahlt?»

«Er hat nichts verlangt. Ich sag dir, der will irgendwas. Kein Zweifel, dass er verrückt nach dir ist und dir was antun will. Geh nicht zum Friedhof. Ich flehe dich an. Du bist alles, was ich habe, mein Mädchen, bitte, schwör mir, dass du nicht gehst.»

Karina schließt die Augen und atmet tief ein und aus, um sich zu beruhigen. Sie hat mehr als eine Stunde mit Silverio alleine auf dem Friedhof verbracht und keinerlei verdächtiges Verhalten bemerkt. Aber warum hat er ihre Großmutter besucht und es dann geheim gehalten? Hat er vor, sie noch einmal in dieses riesige verlassene Mausoleum zu bestellen, um sie dort zu vergewaltigen?

«Ich rufe ihn sofort an, damit er bestätigt, dass er dich besucht hat.»

Karina weiß, dass Silverio ihr nicht antworten wird, weil sein Handy ausgeschaltet ist, seit er ihr die Fotogalerie geschickt hat. Wäre sie bei der Exhumierung dabei gewesen, hätte sie jetzt Klarheit. Das hat sie noch gedacht, als sie am Grab standen: Ob sie sich nicht auf dem Friedhof verstecken könnte, bevor er schließt, um dann persönlich die Graböffnung zu überwachen. Aber die Vorsicht funkte ihr dazwischen, die Angst, nachts allein mit einem Unbekannten an einem Ort zu sein, der sich für sexuelle Gewalt geradezu anbietet – als die Unregelmäßigkeiten in der Verwaltung des Friedhofs bekannt wurden, hat Karina auch etwas über Anzeigen wegen Vergewaltigung gelesen. Wäre sie ein Mann oder Silverio eine Frau, würde sich die Lage vielleicht anders darstellen; aber sie kann nicht ausschließen, dass auch unter diesen Umständen die Aussicht, bei Nacht auf einem Friedhof herumzulaufen, sie abgeschreckt hätte.

«Nein, mein Kind, ich flehe dich an, wenn er merkt, dass wir ihm auf die Schliche gekommen sind, wer weiß, wozu er fähig ist, nur damit wir nicht zur Polizei gehen. Der kann uns großen Schaden zufügen. Lass es sein, ruf ihn nicht mehr an. Schwör es mir, bitte.»

Karina nickt.

«Gut. Vergiss seine Märchen. Schau, die Sendung geht weiter, mach wieder laut, ich will hören, was dieser Herr sagt.»

Sie weiß kaum etwas über Silverio, aber er weiß viel über sie: wo und mit wem sie zusammenlebt, was sie studiert hat, dass sie Einzelkind ist und wenig Verwandtschaft hat, wie ihre Eltern hießen, in welchem Jahr sie vermutlich gestorben sind. Unter diesen Umständen hat ihre Großmutter recht: Es wird am vernünftigsten sein, ihn nicht wieder zu besuchen. Vielleicht ist sein ausgeschaltetes Telefon ein Köder, um sie auf den Friedhof zu locken, ihr zu sagen, er müsse ihr etwas zeigen, sie an einen abgelegenen Ort zu bringen und ihr, ehe sie schreien kann, den Mund mit Klebeband zu verschließen.

«Von allen Tieren, die Sie haben», fragt die Moderatorin in dem Moment, als Karina den Fernseher wieder laut stellt, «welches ist denn Mauricio Garza Sadas Lieblingstier?»

Es frustriert sie, dass sie so blauäugig war. Sie hat keinen Augenblick lang an Silverios Aufrichtigkeit gezweifelt, auch nicht an der Echtheit der Bilder, die er ihr geschickt hat. Indem sie ihm ihre Befürchtungen und Vermutungen anvertraute, hat sie ihm alle Werkzeuge an die Hand gegeben, um sie zu manipulieren.

«Ach, ich habe so viele, aber wenn ich eines aussuchen müsste ... dann wäre es der Dalai Lama. Das ist ein Yak-Männchen, ein wolliger Stier von anderthalb Tonnen, beeindruckend. Ich selbst habe ihn aus Tibet mitgebracht. Jedes Horn ist so lang.» Er präsentiert eine Armlänge. «Das Biest ist verdammt gefährlich, aber bei mir benimmt er sich, weil er weiß, wer ich bin.»

Sie sollte allerdings auch nicht unhinterfragt hinnehmen, was ihre Großmutter ihr gerade erzählt hat. In der Nacht vom 15. September hat Karina auf dem Küchentisch eine Flasche sauteuren Whisky gefunden. Wenn er so klamm ist, wie es den Anschein hatte, wie ist er dann an eine solche Flasche gekommen, und warum hat er sie an eine Alte verschwendet, die ganz offensichtlich auch kaum Geld hat? Er könnte den edlen Tropfen gestohlen haben, um ihre Großmutter damit auszuknocken und ihre Enkelin in ihrem eigenen Haus in die Falle zu locken. Vielleicht war er noch in der Wohnung, als der Wachmann vom Eingang der telefonischen Bitte Karinas folgte, hochkam, klingelte und vor der Tür Rebecas Namen rief. Der Gedanke, was ihr in dieser Nacht hätte zustoßen können, lässt sie schaudern. Das drängende Verlangen, ein Verbrechen aufzuklären, von dem sie nicht einmal weiß, ob es stattgefunden hat – ihr Anfangsverdacht war das Delirium einer betrunkenen Alten –, hat ihre psychische Gesundheit ruiniert und sie in physische Gefahr gebracht.

«Und wer sind Sie?», fragt die Moderatorin, völlig hingerissen von diesem Großkotz von Rancher, der meint, er sei der Auserwählte, um die Megafauna des Planeten zu retten.

«Ein Jäger, Adela, nichts weiter.»

«Mauricio, vielen Dank, dass Sie *Ohne Filter* mit uns gesprochen haben.»

«Es war mir ein Vergnügen.»

54. BIENE, SCHATTEN, FEUER

Bei seinem Sprung in den Sarg bewahrte der Sack aus fester Plane, in dem die Leiche lag, Silverio vor den Spitzen der gebrochenen Knochen Doña Margaritas. Er fiel aufs Gesicht, und als er sich umdrehte, stieß er den Sack zur Seite; die Knochen klimperten wie die Klangstäbe der Marimba, die am Morgen zusammen mit den Mariachis und den Bolero-Trios auf den Friedhof gekommen war, um den *Día de los Muertos* musikalisch zu begleiten.

Das knöcherne Marimbastück endete mit einem heftigen Schlag, als La Muerte auf dem Metalldeckel des Sargs landete. Auf den Aufprall folgte das schrille Kreischen ihrer Sense, mit der sie den Zinkdeckel durchlöchern wollte. Es hörte sich an, als würden dreihundert Fingernägel gleichzeitig an einer Tafel kratzen. Mit ihrem hohlen Kopf kam es La Muerte nicht in den Sinn, dass das Gewicht ihrer eigenen Raubtier-Inkarnation den Deckel auf die Kiste drückte und so verhinderte, dass sie an die Belohnung gelangte, die sich im Inneren befand. Zum Glück war das Grab zu schmal, als dass sie den Sarg von der Seite her hätte attackieren können. Solange seine Angreiferin auf dem Deckel hockte, war Silverio in Sicherheit.

La Muerte kämpfte bis zur Erschöpfung mit dem Metall. Ein dumpfes, schleifendes Geräusch verriet Silverio, dass sie sich zum Ausruhen auf den Sarg gelegt hatte. Er hielt ganz still, um sie nicht aufzuscheuchen, und nach unbestimmter Zeit in dickflüssiger Dunkelheit nahm Silverio an, er sei tot.

Er war an den Punkt gekommen, an die Unsterblichkeit der Seele zu glauben. Sein Körper wurde bereits von Würmern zerfressen; wie wäre sonst das Kribbeln zu erklären, das er auf jedem Zentimeter Haut spürte? Er hätte nicht gedacht, dass Verwesen so unangenehm wäre. Er wünschte, es gäbe aasfressende Maulwürfe, unterirdische Geier, die ihn abnagen und bis auf die Knochen sauber zurücklassen würden.

Er war an den Punkt gekommen, beten zu wollen, doch er kannte kein einziges Gebet. Er war so verängstigt und fühlte sich so von den Würmern bedrängt, dass er erwog, die Nationalhymne anzustimmen, um sich Erleichterung zu verschaffen. Oder vielleicht ein Reggaeton-Stück, das zum Göttlichen passen würde. «Ich will dich in den Himmel tragen, Baby, komm mal rüber, los, unsere Hitze ist groß ...» Aber dann hatte er eine bessere Idee.

Tina Modotti, Schwester, du schläfst nicht, nein,
du schläfst nicht:
vielleicht hört dein Herz die gestrige Rose
wachsen, die letzte gestrige Rose, die neue Rose.

Einmal, als er mit Daenerys über das Für und Wider der Sabotage von Kohlekraftwerken diskutierte, hatte Silverio zu seiner Tochter gesagt, sie hätte sich bestimmt blendend mit einer revolutionären Künstlerin verstanden, die auf dem Panteón begraben lag. Sie hieß Tina Modotti und war nach offizieller Lesart am 5. Januar 1942 an einem Herzinfarkt gestorben. Daran starben Frauen ihres Alters – sie war sechsundvierzig Jahre alt – allerdings nicht.

«Was ist mit ihr passiert?»

«Ich glaube, sie wurde umgebracht, weil sie Kommunistin war. Sie hatte Biss und war ziemlich streitlustig. Ich glaube, sie war ihrer Zeit weit voraus.» So weit, dass sie nackt für befreundete Fotografen posierte. «Sie war in der UdSSR unterwegs, in Spanien, New York, überall. Zuerst haben sie ihren Freund getötet, einen Kubaner, der wurde auch im Panteón begraben.» Das Grab von Julio Antonio Mella existierte nicht mehr, doch sein Name tauchte im Register von 1929 auf.

«Scheißkerle. Glaubst du, sie wurde vergiftet?»

«Bestimmt. Sie wollten nicht mehr das Risiko eingehen wie bei Trotzki. Von dem hast du aber gehört, oder?»

«Ja», sagte Daenerys mit dem gesenkten Blick einer schwindelnden Novizin. In der Schule lernten sie rein gar nichts mehr in Geschichte.

«Das war einer von der Russischen Revolution. Zuerst versuchte ihn David Alfaro Siqueiros zu beseitigen, ein Muralist, der hier an der Rotunde liegt. Damals waren die nicht im Stil von ‹Ich bin Künstler, Frieden und Liebe› unterwegs, nee, die haben sich eingebracht. Er hat Trotzki eine Kugel verpasst, aber der ist nicht gestorben. Also mussten sie noch einen Killer hinschicken, damit der ihn in die ewigen Jagdgründe befördert, mit einem Eispickel.»

«Was ist das?»

Die neue Rose gehört dir, die neue Erde gehört dir:
du hast dir ein neues Kleid angelegt aus tiefem Samen
und dein sanftes Schweigen füllt sich mit Wurzeln.
Du wirst nicht vergebens schlafen, Schwester.

«Eine Hacke, die man beim Bergsteigen benutzt.»

«Und Tina Modotti liegt auch an der Rotunde?»

«Nein, wo denkst du hin? Die liegt ganz dahinten, fünfte Klasse.»

Silverio erinnerte sich: Feld fünf, Reihe achtundzwanzig, Parzelle sechsundzwanzig.

«Auf ihrem Grabstein steht ein echt cooles Gedicht, das ihr ein chilenischer Dichter geschrieben hat. Den haben sie auch umgebracht, weil er Kommunist war.»

Die Sachverständigen, die Pablo Nerudas Überreste exhumierten, konnten kein Gift nachweisen, aber sie schlossen aus, dass er an Krebs gestorben war, wie man behauptet hatte.

«Soll ich es dir aufsagen?»

«Kannst du das etwa auswendig?»

Silverio pfiff verächtlich.

«Beim Dinosaurier-Ei. Oder glaubst du, ich kann nur Morro-Raps?»

«Lass hören.»

Er wollte nicht, dass die Schergen der Machthaber Daenerys umbrachten, weil sie eine aufständische Vegetarierin war. Er wollte nicht, dass sie sich die Flügel verbrannte, weil sie zu nah an die Öfen heranflog, in denen sie den Goldschmuck einschmolzen.

Rein ist dein süßer Name, rein ist dein zerbrechliches
Leben.
Aus Biene, Schatten, Feuer, Schnee, Stille,
Meeresschaum …

Er machte sich Sorgen um seine Tochter, und gleichzeitig beneidete er sie. Er hatte keine Ideale, nur Schulden und Laster und sein Karma, eine durchschnittliche Allgemeinbildung, den Morro-Rap, eine verwitwete Chefin, einen kriminellen Bruder und eine zu große und zu kampfeslustige Tochter.

In deines Landes alten Küchen, auf den staubigen
Wegen, etwas spricht und geht vorüber,
etwas kehrt zur Flamme deines goldhellen Volkes zurück,
etwas erwacht und singt,

sang er in der kalten Stille des Jenseits.

Die Deinen sinds, Schwester, die heut deinen Namen
nennen,
sie, die von überall, vom Wasser und vom Lande,
mit deinem Namen schweigen und nennen wir andere
Namen.
Denn die Flamme stirbt nicht.

55. TOTEM

Karinas Totem schläft. Sie hat es gerade gefunden und sofort erkannt. Wäre sie eine andere Spezies, sie wäre ein Gürteltier. Sein Körper ist von einer gegliederten Rüstung bedeckt, die Zartheit mit Härte verbindet, es hat große Ohren und kleine Augen und eine rosa Schnauze, die auf der Suche nach Insekten im Laub herumstöbert. Die Pandabären interessieren sie nicht, deren Niedlichkeit ist zu sanft, zu offensichtlich. Sie möchte nicht ständig berührt werden, und der schwarz-weiße Pelz der Pandas ist eine unverschämte Einladung zur Umarmung.

Wenn ihr die Welt auf die Pelle rückt, zieht sich Karina in die unantastbare Sphäre der exakten Wissenschaft zurück. Jedes mathematische Zeichen ist eine Hornplatte, die ihre widersprüchlichen Empfindungen beschützt (für eine kranke Großmutter, eine abergläubische beste Freundin, einen kaltherzigen Ex-Freund), ihre kindischen Hobbys (sie guckt immer noch Animes, und sie wird nie damit aufhören) und ihr vom potenzierten Im-Stich-gelassen-Werden wundes Selbstwertgefühl. Um ihre emotionale Unsicherheit zu überspielen, hat sie den Furcht einflößenden Weg der theoretischen Physik anstelle der herzwärmenden Astronomie gewählt. Sie liebt es, Sterne zu betrachten und *Big*

Data zu analysieren, doch zu Beginn ihres Studiums stand für sie außer Frage, dass nur der Triumph, eine Quantentheorie der Schwerkraft zu entwickeln, ihre emotionalen Unzulänglichkeiten ausgleichen könnte. Nun, da es für sie zu spät ist, um Galaxien zu erforschen, hat sie erkannt, dass nichts diese Löcher füllen kann.

Wenn das Gürteltier sich zusammenrollt, bildet sich ein Hohlraum in seinem Magen. Die dort eingeschlossene Luft riecht nach Angst, Fleisch, Erde. Der Jäger nimmt den Geruch wahr, kommt aber nicht heran. Das reicht, um zu überleben.

«Mamá, warum weint die Señora?»

So ist sie noch nie genannt worden, *Señora*. Ihre Großmutter hat noch zwischen *Señora* und *Señorita* unterschieden, je nach Familienstand der gemeinten Frau. In ihrer Welt gab es achtzigjährige Señoritas und Señoras von zwanzig Jahren.

«Psst», rügt die Mutter das Mädchen. «Steck deine Nase nicht in fremde Angelegenheiten. Wir gehen weiter.»

«Aber ich will das Gürteltier sehen.»

«Das schläft.»

Sie hatte erwartet, dass die Katharsis sie beim Anblick des Emus ereilen würde, den sie in Australien nicht angetroffen hat. Wie so oft lag sie falsch bei der eigenen Wettervorhersage.

«Und darum weint sie?»

«Wir gucken uns jetzt die Aras an. Komm.»

So wie das Gürteltier hat Karina im letzten Jahr viel geschlafen. Das Antidepressivum hat sie in eine Haustiervariante von *Dasypus novemcinctus* verwandelt, ein Plazentatier der Ordnung Cingulata, das in den tropischen Wäldern Amerikas lebt; es ist verwandt mit den Ameisenbären, ernährt sich von Ameisen, Larven, Früchten, Knollen und gelegentlich Aas und wird in seiner Heimat auch Tatú, Toche, Mulita Grande und Quirquincho genannt.

Die Härte ist notwendig. Ohne die Abwehrmechanismen, die ihre Psychologin als Hindernisse auffasst, hätten die Enttäuschungen sie längst aufgefressen. Um ohne Kruste zu leben, braucht man ein Übermaß an Glück und Privilegien.

In früheren Zeiten gab es Riesengürteltiere. Ein prähistorischer Exkurs auf dem Steckbrief besagt: *Das Riesengürteltier wog an die 200 kg bei einer Körperlänge von 2,40 m und einer Höhe von 1 m am Scheitelpunkt des Panzers, welcher dank seiner Querbänder in der Mitte beweglich war. Es sind keine Belege für eine Interaktion des Riesengürteltieres mit den ersten Menschen in Amerika bekannt. Da es sich aber wegen seiner Größe um ein vergleichsweise schwerfälliges Tier handelte, dürfte es eine leichte Beute für unsere Vorfahren gewesen sein.*

Sie sollte sich nicht zum Opfer stilisieren. So beschwerlich ist ihr Leben auch wieder nicht gewesen. Sie konnte ohne Weiteres ihren Schulabschluss machen. Es hat ihr an Ausgeglichenheit gemangelt, aber nicht an Zuneigung. Ihre Organe funktionieren einwandfrei. Trotz der vom Nebel in ihrem Kopf erzeugten Stille weiß sie, dass ihr Gehirn ein gut gestimmtes Instrument ist und wieder die Musik der Quantensphären spielen wird. Auch wenn ihr etwas fehlt, hat sie doch genug.

Der Schlaf des Gürteltiers löst bei ihr einen seltsamen, weinerlichen Optimismus aus. Es ist Zeit zu gehen – bevor sie obendrein anfängt, von Brautkleidern und Babysachen zu träumen. Sie hat noch viel Urwald vor sich.

56. ERSTICKEN

Silverio begann zu japsen, zu gähnen, er wurde wirr im Kopf. Die Luft im Sarg enthielt immer weniger Sauerstoff, sie ließ ihn wegdämmern, und dann würde er nie wieder zu sich kommen. Er versuchte zu widerstehen, sich wach zu halten, sich inmitten dieser völligen Abwesenheit von Reizen zu orientieren. Weder wusste er, wo er war, noch, seit wann. Er erhob sich aus dem irren Bett seiner Übelkeit – vielleicht hatte er Drogen genommen und konnte sich nicht erinnern. Er streckte die Arme aus und suchte den Lichtschalter, doch als er die Wand berührte, erwachte auf der anderen Seite eine Bestie und fing an, mit einem Hammer auf die Schallmuschel seines hohlen Schädels einzudreschen. Er riss den Mund auf, um nicht in Ohnmacht zu fallen. Mit aller Kraft drückte er gegen das Blechdach. Als er es einen Spalt weit aufstemmen konnte, fluteten Knurren und feuchter Schlamm die Kiste. Er suchte den Luftzug und fand den Schmerz. Die Knochen ächzten, als Silverio sich verzweifelt herumwälzte, um die vom Deckel eingequetschten Fingerspitzen zu befreien und dem Atem des Todes zu entgehen: La Muerte geriet in Wallung, als sie sein Fleisch so nah witterte.

Es gelang ihm, die Hand aus der Falle zu ziehen, und er

spürte, wie sie in einer schwarzen Flamme verbrannte. Er schrie haltlos, entsetzt, ihm wurde schwindelig, trunken vor zellulärer Müdigkeit. Der Sarg trieb auf einem unterirdischen Fluss den Wasserfällen des Erbrechens entgegen. Die Eitelkeit erweckte ihn wieder; die Befürchtung, wenn sie seine Leiche fänden, wäre sein Gesicht von seinen eigenen Magensäften zerfressen. Auch wenn der Kohlenstoff sein Blut vergiftete, lebte er noch und war bei Bewusstsein. Er versuchte, sich zu beruhigen. Er stellte sich die Zukunft vor. Morgen würden sie das Loch finden, den Spaten, den freiliegenden Sarg, sein Handy ohne Akku, voller Totenschädel und Nachrichten, die Karina als Drahtzieherin dieses gescheiterten Verbrechens kompromittierten. Man würde sie ins Gefängnis stecken, und sie würde den Ursprung des Universums hinter Gittern entdecken. Ihre Großmutter würde sich alleine in ihrer Wohnung mit dem Orangenlikör betrinken, den Tepo zubereitete. Daenerys würde auf den Friedhof kommen und einen von Silverios Knochen für Pancha werfen.

Inzwischen platzte ihm schier der Kopf, und die wütende Bestie des Todes schnaubte, die Schnauze an die Ritze gepresst, an der sie die kühle Hand ihrer Beute witterte. Es musste ein Traum sein. So war der Tod nicht. Er konnte weiterschlafen, für immer weiterschlafen, bis der Wecker klingelte. Er schloss die Augen, presste die Lider zusammen, und in einem Regen funkelnder Phosphene hörte er seine Panchita bellen. Lass mich schlafen, du räudiger Hund, Straßenköter, Ana Francisca. Aber Pancha bellte immer weiter, sie kam unter den Gräbern entlanggerannt, ohne Angst, sich mit dem Monster anzulegen. Prankenhiebe brachten das Bellen zum Schweigen, kurzes Getümmel, dann entfernten sich die Pfoten rasch. La Muerte hatte das Grab verlassen. Vielleicht setzte sie Pancha nach, ohne zu merken, dass die längst tot war.

Silverio fürchtete, die Ruhe könnte eine Falle sein, doch die Luftnot zwang ihn, den Deckel des Sargs aufzustemmen, um dann zu sehen, wie der Rand des nassen Grabes im ersten Morgenlicht glänzte.

57. HAI

Karinas Wut schreit nur im Traum. Wenn sie mit ihrer Großmutter gestritten hat, mit Onkel und Tante, mit den dümmsten und arrogantesten Studierenden, erwacht sie am nächsten Tag mit Herzrasen und steht mit dem Gefühl auf, nicht geschlafen zu haben. Sie kocht Kaffee und setzt sich daran, Zusammenfassungen von Artikeln aus Fachzeitschriften zu lesen, immer auf der Suche nach Neuigkeiten, die ihre Theorie stützen könnten.

Hallo, Karina, schreibt ihr Mario. *Wie geht es Dir? Schau mal, wie wir in Edinburgh aufgewacht sind, ein Meter Schnee!*

Ihre Großmutter bleibt von Tag zu Tag länger im Bett. Sie frühstückt ein paar Babybananen – ihre Abneigung gegen die Tabasco-Banane wäre ein Fall für die Psychoanalyse – und setzt sich vor den Fernseher, wo sie den immer gleichen Kanal sieht.

Gut, und Dir? Beeindruckend!

Karina behandelt ihre Großmutter mit der üblichen kühlen Geduld. Seit anderthalb Monaten hat sie sie nicht mehr mit dem Thema konfrontiert. Das Semesterende nähert sich, und sie hat ihre Doktorarbeit, ihre Seminare und ihre Postgraduiertenkurse praktisch vergessen. Sie läuft wie auf

Autopilot, erfüllt ihre Aufgaben gerade so, dass niemand im Institut es merkt.

Ich sitze seit drei Tagen in meiner Wohnung fest. Mein Roomie ist mit seinem Videospiel beschäftigt, aber ich drehe durch.

Das bevorstehende Weihnachtsfest zwingt sie erneut, darüber nachzudenken, ob Silverios Bilder doch echt sein könnten. In dem Fall hätte ihre Großmutter ihre Mutter umgebracht. Wahrscheinlich war Margarita, nachdem sie im Morgengrauen ihren Ehemann erschossen hatte, zu ihrer Schwiegermutter gefahren, um ihre Tochter abzuholen, die bei der Großmutter geschlafen hatte, und dann mit ihr außer Landes zu fliehen. Schafften sie es über die Grenze, könnten ihr Bruder und ihre Mutter sie in den fernen Ebenen von Minnesota aufnehmen. Aber etwas lief schief. Irgendwie kam ihre Schwiegermutter dahinter, was sie getan hatte, und nahm ungestraft Rache.

Wann kannst Du wieder raus?

Karina spart schon für eine Privatdetektivin – nicht noch einmal will sie einem Gauner in die Hände fallen. Das hätte sie von Anfang an tun sollen. Sie hätte sich viele bittere Pillen erspart.

Der Polarwirbel spielt verrückt. Noch nie hat er sich so auf dieser Seite des Atlantiks festgesetzt. Niemand weiß, was passieren wird. Aber es wird weiter schneien.

Maru kommt mit einem Topf Punsch zu Besuch. Während sie im Wohnzimmer mit ihrer Großmutter plaudert, zieht sich Karina zum Arbeiten in ihr Zimmer zurück. Auch wenn sie die Noten erst zum 7. Januar eintragen muss, will sie das Massaker lieber vor Jahresende hinter sich bringen.

Und habt Ihr genug zu essen im Haus, oder wie macht Ihr das?

Der süße Duft des Gebräus aus Winterfrüchten dringt durch die Zimmertür. Karina weiß, dass der Punsch die alkoholischen Gelüste ihrer Großmutter wecken wird, doch zum ersten Mal kümmert es sie nicht.

Wir haben genug Konserven, um einen Monat zu überleben. Ich weiß schon nicht mehr, wie Avocados schmecken. Die sind hier teurer als meine Antidepressiva.

Mario nimmt sie seit seinem zwölften Lebensjahr, seit er während der Scheidung seiner Eltern einen Nervenzusammenbruch erlitt. Karina hat sich immer daran gestört, dass er nicht einmal versuchte, damit aufzuhören. Sie verurteilte ihn mit ungerechter Schärfe, indem sie seinen Medikamentenkonsum mit dem Alkoholismus ihrer Großmutter gleichsetzte.

Wenn es Dich tröstet, ich kann sie mir hier auch nicht leisten. Außerdem gehen die besten in den Export, für uns bleibt nur der Ausschuss. Tut mir sehr leid, dass Du festsitzt.

«Kindchen! Kari!»

«Was ist los?»

«Wie kann es sein, dass schon der 21. Dezember ist? Warum hast du mir nichts gesagt?»

«Ich habe es dir gesagt.»

«Ich habe deine Abu gefragt, warum ihr keinen Baum aufgestellt habt, und sie sagte, ihr hättet ihn gerade rausgeworfen. Ich sage ihr: Nein, Rebe, Heiligabend kommt doch erst.»

Karina hasst Weihnachtsdeko. Sie erinnert sie an die schlimmsten Besäufnisse ihres Papás. Einmal ist er über die Krippe gestolpert und hat sie dabei kaputt gemacht.

Ihre Mutter erzählte Karina dann, die Rentiere des Weihnachtsmanns hätten den Schaden angerichtet. Einer ihrer Hufe hätte das Jesuskind zerquetscht. Sie hätten Hunger gehabt und wären gekommen, um etwas Moos zu fressen. Die kleine Stadt Bethlehem lag in Ruinen. Um zu verhindern, dass auch die Tiere der Heiligen Drei Könige solche Zerstörungen anrichteten, stellte Karina ihnen mehrere Näpfe mit Wasser und Futter hin. Ob die wohl ausreichen würden, um einen Elefanten, ein Kamel und ein Pferd satt zu bekommen?

Wenigstens geht es mir nicht wie einer Freundin aus der Neurobiologie, die im Labor übernachten muss, um die Seehasen zu füttern.

«Und hat Paco nicht angerufen, um uns zum Abendessen zu sich einzuladen? Wann soll ich denn den Stockfisch machen?»

SEEhasen?

Karina versucht, den Stich ungerechtfertigter Eifersucht zu ignorieren, den ihr die Erwähnung dieser Neurobiologin versetzt. Sie fragt sich, ob sie Mario von dem Drama erzählen soll, das sie in den letzten Monaten durchgemacht hat. Sie fürchtet, ihre Mutmaßungen und Nachforschungen würden ihn abschrecken, würden ihm als einem distinguierten Mann des Geistes unerträglich vulgär vorkommen.

«Weißt du, wer wirklich guten Stockfisch macht?», fragt Maru rhetorisch. «Die Señora Pepa aus Gebäude elf. Ihr Großvater war Spanier. Ab November kriegt sie Bestellungen, weil sie immer den besten Kabeljau kauft, aber wenn ihr wollt, kann ich sie fragen, ob sie noch was für euch hat.»

Ja! Die Gattung heißt Aplysia. Ich glaube, bei Euch drüben werden sie Betrunkene Nacktschnecken genannt. Seltsa-

me Tiere, und weil sie so riesige Neuronen haben, werden sie viel in der Forschung verwendet. Superwichtig vor allem für die Neurophysiologie, fast alle Mechanismen des Gedächtnisses sind an ihnen erforscht worden.

«Ich habe dir gesagt, dass Tante Celia eine Nachricht geschickt hat. Sie erwarten uns wie immer am 24. abends.»

Doch das Weihnachtsessen wird diesmal nicht so sein wie sonst.

Karina und Rebeca kleiden sich jedes Jahr Weihnachten auf die gleiche Weise: Die Enkelin trägt eine graue Hose und eine weiße Bluse, darüber einen schwarzen Wollmantel. Die Großmutter ein weinrotes Flanellkleid mit Blumenmuster und Perlmuttknöpfen. Rebeca zieht außerdem schwarze Handschuhe über, um ihre verkrümmten und von Altersflecken überzogenen Hände zu verbergen. «Ich sehe aus wie eine Giraffe», beklagt sie sich immer.

Und was sagt Deine Freundin zur Tierquälerei in den Laboren?

«Wir können nicht mit leeren Händen kommen. Ich habe immer den Stockfisch gemacht.»

Genau darüber forscht sie. Sie will beweisen, dass Mollusken fühlende Tiere mit einer Vorstellung von sich selbst sind, was ja eine Voraussetzung dafür ist, einem Organismus Leidensfähigkeit zuzuschreiben.

«Sie hat mich gebeten, dass wir Nachtisch mitbringen. Ich kaufe Maiskuchen.»

«Ich habe deinen Stockfisch noch nie gekostet», beschwert sich Maru.

Und sie wird ihn auch nie kosten: Rebeca kann nicht mehr kochen, und Karina ist nicht bereit, eine Woche lang Schalen mit eingesalztem Fisch auf dem Küchenboden herumstehen zu haben. Außerdem hat sie gelesen, dass der Großteil dessen, was in Fischläden und Restaurants als Kabeljau oder Schwarzer Marlin verkauft wird, eigentlich Fleisch von illegal gefangenen Haien sei.

«Wir können da nicht mit Maiskuchen auftauchen», sagt Rebeca aufgebracht. «Ich bin doch nicht das Hausmädchen, das gnädigerweise zum Essen eingeladen wurde.»

An Heiligabend wird Karina so tun, als freute sie sich, Onkel Paco und Tante Celia zu sehen, diese Kleingeister, die sich geweigert haben, ihr zu helfen, als sie sich auf der Suche nach der Wahrheit an sie wandte. Sie wird freundlich alle Fragen der Cousins über Quantenmedizin und astronomische Anzeichen für außerirdisches Leben beantworten und so tun müssen, als fände sie die Unverschämtheiten ihrer ungezogenen Neffen amüsant.

Wie interessant, antwortet Karina, eifersüchtig auf die thematische Nähe zwischen Marios Forschung und der seiner Neurobiologen-Freundin.

«Möchtest du ein Tässchen Punsch?», fragt Maru sie.

Karina wirft ihrer Familie vor, dass sie den Alkoholismus ihrer Großmutter nie als Krankheit betrachtet hat, die sie beide in Gefahr bringt. Im Gegenteil: Sie feierten mit Lachsalven die Ausfälle und Missgeschicke von Tante Rebe, wenn sie zu tief ins Glas geschaut hatte. Am größten war der Jubel, wenn sie politisch unkorrekt wurde, sich das Maul über Inzest zerriss, homophobe Anspielungen machte oder sich mit klassistischem Hochmut über das Gesellschaftsleben in Tabasco ausließ.

«Danke, Maru, ich nehme mir gleich selbst. Ich mache noch schnell meine Noten fertig, dann komme ich.»

Bevor sie nach Coyoacán zogen, hatte Onkel Paco sie

jeden Sonntag zum Essen in sein Haus in Ciudad Satélite eingeladen, im nördlichen Speckgürtel der Stadt. Karina verabscheute den Kohlegeruch, der nach dem Grillen in den Kleidern hing, die endlosen Tischgespräche und die schleichende Verwandlung ihrer Großmutter in eine sadistische Hexe. Als es ihr gelungen war, sich von diesen familiären Verpflichtungen zu befreien, genoss sie die Abende alleine zu Hause, aber wenn der Onkel ihr dann nachts die volltrunkene Großmutter zurückbrachte, bezahlte sie teuer für das Privileg. Ohne den strengen Blick der Enkelin besoff sich Rebeca hemmungslos.

Dieses Mal wird es umgekehrt sein: Karina hat nicht vor, ihre Großmutter vom Alkohol fernzuhalten; sie hofft im Gegenteil, dass sie viel trinkt, genug, um die Fragen des Gespenstes zu beantworten, das sie in dieser Nacht bei ihrer Rückkehr nach Hause erwarten wird.

58. BISS

Die Sonne ging gerade auf, als Silverio aus dem Grab kletterte. Halb sieben, schätzte er. Er musste sich beeilen, um vor dem Schichtwechsel wieder im Wachhäuschen zu sein. Sein leeres Handy hatte er zwar auf ein trockenes Eckchen des Grabsteins gelegt, aber als der Hagel schmolz, hatte sich eine Pfütze gebildet und das Gerät durchnässt. Silverio schüttelte es so kräftig, wie er konnte, und hoffte, dass das Wasser es noch nicht zerstört hätte.

Bei seinem Sturz in das Loch hatte er versehentlich den Schädel von Don Carlos gegen den Sims des Familiengrabs der Mirandas geschlagen, weshalb das wichtigste Beweisstück für das Verbrechen zerbrochen war. Es ließ sich gewiss wieder zusammenfügen, doch wie sollte er Karina den Zustand des Schädels erklären? Er zog es vor, die konkaven Knochenstücke wieder im Sarg zu deponieren, der noch immer im Schlamm lag.

Er dachte daran, was für einen Schrecken ihm die hinter dem Stein hockende Bestie eingejagt hatte, und eine Minute lang suchte er nach Spuren von ihr. Auf dem Zinkdeckel von Doña Margaritas Sarg hatte sie ein Chaos von Kratzern hinterlassen, aber um das Grab herum fanden sich keine Fußspuren; vielleicht waren sie mit dem Hagel verschwunden, der den Boden bedeckt hatte, als sie erschien. Oder die Bestie konnte schweben, wie der schwarze Geist, den Señora Rebeca – jetzt fiel es ihm wieder ein – über den Gräbern gesehen hatte, an dem Nachmittag, als sie im Auto von Señora Maru darauf warteten, dass das Unwetter abzog.

Als der Sarg wieder in der Grube war, begann er mit der Sicherheit, die ihm das Tageslicht verlieh, das Grab wieder zu verschließen.

Karina würde ihm nicht glauben, dass La Muerte ihm eine Bestie auf den Hals gehetzt hatte, als er gerade die Leichenschau abschließen wollte. Er stapelte die Ziegel am Fußende der Särge auf und beeilte sich, das Loch mit Erde zu füllen, klopfte sie mit dem Spaten platt und sprang dann in Kreisen darauf herum, um sie auf die Höhe des umgebenden Bodens zu bringen. Sein Körper war euphorisch, glücklich, am Leben zu sein.

Er lief zur Krypta Limantour, um die Werkzeuge zu verstecken und sich umzuziehen, ehe jemand sein nächtliches Verschwinden bemerkte. Als er am Wachhäuschen ankam, schnarchte sein Kollege immer noch. Silverio hängte sein Telefon ans Ladekabel und wartete, ob es anging. Es war tot.

Er hatte die Nummer von Karina und ihrer Großmutter im Kopf, wollte aber nicht riskieren, dass die Alte ranging, wenn er sie anrief. Lieber warten, ob sein Telefon vielleicht wieder ansprang, wenn er es zum Trocknen in Reis gelegt hätte.

Er ging sich das Gesicht waschen. Der Kontakt mit dem eisigen Wasser brachte ihn wieder in Ekstase. Sein Exhumierungsgeschäft war Geschichte. Nie wieder würde er sich mit dem Tod anlegen. Er musste die zweite Chance nutzen, die ihm Panchas wundersames Eingreifen beschert hatte.

Zurück im Wachhäuschen, weckte er Víctor Hugo. Er fürchtete, die Melatonintabletten, die er ihm ins Bier gemischt hatte, könnten zu hoch dosiert gewesen sein.

«Jetzt steh aber mal auf, du Sack.»

Nur mit großer Mühe gelang es dem Wachmann, die Augen zu öffnen.

«Wie spät ist es?»

«Sieben, mein Süßer. Jetzt steh auf, bisschen zackig und den Rundenzettel unterschreiben.»

«Was ist dir denn da passiert?», fragte Víctor Hugo.

Die Nägel an Silverios rechter Hand waren violett unterlaufen. Er sagte, er habe sich die Finger in der Klotür geklemmt und dann sei ihm auch noch das Handy in die Schüssel gefallen. Darum habe er den Akku herausgenommen und versucht, es mit Toilettenpapier zu trocknen.

Als er in der Morgensonne zum Handydoktor ging, träumte Silverio von dem neuen Leben, das er von nun an führen würde. Er würde mit seiner Mutter in die Kirche der Hallelujas gehen. Er würde Daenerys vorschlagen, die Weihnachtsferien bis Neujahr bei ihm zu verbringen. Er würde aufhören, Marihuana und anderen Stoff zu kaufen, dann würde er mit seinen legalen Einkünften schon auskommen. Er würde Karina dabei helfen, den Mord an ihren Eltern aufzuklären. Er würde nach Almoloya gehen und seinem Bruder sagen, dass er sein Schutzgeld nicht mehr zahlen werde. Das Leben konnte herrlich sein, auch wenn er weder Frau noch Kohle hatte. Welcher Deal, Jaiba, du Arsch? Ich komme, um dir zu sagen, dass du von mir keinen Cent mehr kriegst. Mach, was du willst, ich habe keine Angst mehr vor dir. Siehst du diese blauen Flecken? Da hat mich La Muerte angenagt, aber ich habe ihr nicht geschmeckt.

59. HEILIGABEND

«Was darf ich dir anbieten, Tante?», fragt ihr Neffe Paco Rebeca.

«Das, was du trinkst.»

Sie weiß, dass ihr Neffe üblicherweise Whisky mit Coca-Cola trinkt, und so entzieht sie sich der Verantwortung, selbst um etwas Hochprozentiges zu bitten.

«Auf dein Wohl, Tante, auf die Familie!»

Es ist der dritte Whisky, den sie ordert. Karina zählt schon ihr ganzes Leben lang die Drinks der Großmutter – ein Cuba Libre, zwei Tequila, vier Whisky – und untersucht die Korrelation dieser Zahlen mit wahrnehmbaren Auswirkungen auf Rebecas Nervensystem. Sie hat eine informelle Äquivalenztabelle erstellt: Das dritte Glas lässt Rebecas Gesichtsmuskulatur erschlaffen, das vierte verleiht ihrem Blick etwas bösartig Schalkhaftes, das fünfte beeinträchtigt ihr Gleichgewicht und macht ihr die Zunge schwer, das sechste führt zu einer launischen Schläfrigkeit.

«Prost, mein Lieber. Wie schön, mit euch zusammen zu sein. Vergesst nicht, dass ich noch lebe.»

«Wie sollten wir das vergessen?», protestiert Tante Celia.

«Ich wollte es nur gesagt haben.»

Das Weihnachtsessen ist eine Verschwendung von Wegwerftellern und -bechern. Da es sich um ein zwangloses Buffet handelt, steht Karina immer wieder auf und versorgt ihre Großmutter mit kleinen Portionen der am besten verträglichen Gerichte. Sie will nicht, dass ihr das Essen nicht bekommt und Magen-Darm-Probleme nachher zu Hause die Befragung verhindern. Damit der Schlaf Rebeca nicht übermannt, plant sie, ihr nach dem Essen eine Tasse Kaffee anzubieten.

«Sag mal, Mädchen», fragt Rebeca die Freundin ihres Großneffen Tadeo, «ist dir nicht kalt?»

Ihre Großmutter ist bereits enthemmt. Karina dreht sich zu Celia um, der die Fragen ihrer angeheirateten Tante immer unangenehm sind.

«Nein», antwortet das junge Mädchen im Minirock mit einem strahlenden Lächeln. «Es geht mir bestens, vielen Dank.»

«Du hast so wenig an, darum. In Tabasco, wo wir Sánchez herkommen, da ist es wirklich heiß, aber glaub mal nicht, dass man da so herumlaufen kann wie du, praktisch in Unterhose.»

«Abu!», mahnt Karina.

«Was denn? Je mehr Haut du da zeigst, desto mehr wirst du gestochen.»

Die Anspielung bleibt nicht unbemerkt, und alle außer der Freundin des Neffen, Tante Celia und Karina prusten los.

«Die Mücken, was denkt ihr denn», echauffiert sich Rebeca gehässig. «Ihr Schweinchen. Es war ein Witz, mein Kind», sagt sie zu der beschämten jungen Frau. «Du siehst wirklich hübsch aus. Würde sich nur meine Enkelin mehr wie du zurechtmachen, denn so kriegt sie ja nie einen ab. Das sage ich ihr immer.»

«Noch jemand Maiskuchen?», fragt Tante Celia, um Karina aus dem unangenehmen Moment zu retten. «Der sieht wirklich lecker aus, Tante.»

«Das brauchst du mir nicht zu sagen. Ich wollte Stockfisch mitbringen, aber ihr wolltet ja nicht. Tja, euch entgeht was.»

«Soll ich dir ein Stück bringen, Tante?», fragt ihr Neffe Paco.

«Nein. Ich bin satt. Aber gerne noch ein Gläschen. Nur ohne Verlängerung.»

«Whisky pur?»

«Ein Schlückchen.»

Zum ersten Mal in ihrem Leben freut sich Karina über jedes Glas, um das ihre Großmutter bittet.

Das Gespräch der Familie driftet ab und dreht sich um menschliches Klonen. Verlässlichen Quellen der Schwester von Tante Celia zufolge gibt es in Korea bereits transgene Soldaten, bei denen tierische Gene ergänzt wurden, um ihre kriegerische Leistungsfähigkeit zu steigern. Die katholische Kirche habe ihren Gläubigen ja sogar den Verzehr von genmanipulierten Produkten verboten, so wie von diesen neuen Hähnchen mit den unterdrückten Stresshormonen.

«Habt ihr etwa noch nie eine Kuh gemolken?», fragt ihre Großmutter plötzlich in dem Versuch, das Gespräch wieder auf ein Gebiet zu lenken, auf dem sie sich auskennt.

«Nein, Tante, du etwa?»

Die Versammlung muss sehr lachen, als sie mit großer Geste vorführt, wie man die Zitzen handhaben muss.

«Und ihr habt echt die rohe Milch getrunken?», fragt Onkel Pacos Schwippschwager.

«Aber natürlich, die ist wunderbar. Nie bin ich krank geworden. Viel nahrhafter als die Milch von heute. Die ist ja fürchterlich.»

«Ich habe den leisen Verdacht, du hast die Bazillen mit Schnaps abgetötet», witzelt Onkel Paco.

«Du sagst das zwar im Scherz, du Miesmacher, aber ein Glas Anisschnaps mit Cola funktioniert wirklich. Das bringt dich auf die Beine.»

«Nicht dein ...», sagt Cousin Tadeo angeekelt. «Ich will gar nicht wissen, wie das schmeckt.»

«Köstlich.»

«Komm, Tante, erzähl doch Tadeo mal, wie seine Großmutter war. Er kann sich kaum noch an sie erinnern.»

«Wunderschön. Sie hatte die grünen Augen des Piraten Lorencillo. Habe ich euch erzählt, dass der unser holländischer Urahn war? Ja, er verliebte sich in unsere Urururgroßmutter. Die Culebro-Frauen waren sehr hübsch. Und deine Großmutter ... Teufel, sie war eine Schönheit, ja, aber die Kokette war ich. Keine Frage, ich musste es ja irgendwie ausgleichen. Als der Geoingenieur von Pemex auf die Ranch kam, habe ich mich rangehalten. Sie ließ sich bitten, denn bei ihr standen die Herren ja Schlange. Ein Libanese hat unserem Papá sogar eine ganze Ranch angeboten, wenn er sie seinem Sohn zur Frau gäbe.»

«Zu schade», sagt Onkel Paco, den der Whisky auch enthemmt hat. «Wir könnten heute Multimillionäre sein.»

«Und was hast du gemacht, um den Ingenieur zu erobern, Tante?»

Ihr Cousin kennt die Geschichte schon und grinst in Erwartung der Antwort.

«Ich hab's ihm gegeben. Was hätte ich sonst machen sollen? Ich wollte, dass er wiederkommt. Also habe ich ihn angespitzt.»

«Krass, Tante», sagt ihr Neffe Paco, «du bist echt 'ne Wucht.»

«Und was hätte ich dafür gegeben, mehr Kinder mit ihm zu haben! Aber es klappte nicht. Das lag an dem ganzen Dreck, den er eingeatmet hat, als er die Bohrlöcher untersucht hat. Erdöl ist Gift. Jahrelang dachte ich, mit mir stimmt was nicht, weil ich nicht schwanger geworden bin. Ich hörte auf zu rauchen, hörte auf zu trinken, bis es schließlich eingeschlagen hat. Und das war's. Nur eins. Mehr nicht.»

«Aber schau nur, was für eine wunderschöne Enkelin er dir geschenkt hat», sagt Tante Celia, um Karina zu schmeicheln.

Rebeca dreht sich um und schaut ihre Enkelin an.

«Sie ist ein kluges Köpfchen», sagt sie, als wäre das ein Trost dafür, keine hübschere Enkelin zu haben. «Gott sei Dank. Sie haben ihr gerade einen Preis verliehen, nicht wahr, mein Kind?»

«Herzlichen Glückwunsch, Kari!»

«Hammer, Cousinchen!»

Der Preis, den ihre Großmutter meint, war die Auszeichnung, die sie vor vier Jahren beim Studienabschluss erhalten hat. Karina spart sich die Klarstellung und bedankt sich für die Glückwünsche.

Ein rotgesichtiger Junge taucht im Wohnzimmer auf und fragt, ob sie jetzt die Geschenke auspacken können.

«Erst um Mitternacht», sagt seine Mutter, deren Verwandtschaftsverhältnis mit ihrem Onkel Karina nicht klar ist.

«Ich konnte gar nichts mehr für euch besorgen, weil ich gesundheitlich angeschlagen war», lügt Rebeca.

«Was hattest du denn, Tante?», fragt Celia.

Karina weiß, wenn die Familienfeier sich zu sehr in die Länge zieht, könnte Rebeca den Höhepunkt ihres Rauschs erreichen, bevor sie wieder in der Wohnung sind, was ihre Pläne ruinieren würde.

«Neunzig Jahre», antwortet Rebeca. «Reicht das nicht?»

«Aber neunzig gute Jahre, Tante. Prost!»

Rebeca hebt ihr leeres Glas.

«Ich habe nichts mehr. Schenkt mir noch ein bisschen ein. Es bringt Unglück, nicht anzustoßen.»

«Schenk deiner Tante noch etwas ein», befiehlt Onkel Paco seinem Sohn Santiago, dem stummen Säufer.

«Ich mach schon», sagt Karina.

Das Treffen gipfelt im Austausch der Geschenke. Wie immer hat der Bruder von Tante Celia für alle billigen Schnickschnack gekauft: bunt bemalte Sanduhren, Quarzkugeln, Weihrauch-Etuis. Im vergangenen Jahr hat er Rebeca eine Schaumstoffhülle geschenkt, mit der sich bei Hitze Bierdosen kühlen lassen. Karina bekam eine Sonnenschutzfolie für das Armaturenbrett des Autos, das sie nie hatte.

«Verdammt. Das schmeckt ja nach gar nichts», beschwert sich die Alte, nachdem sie den Drink probiert hat, den ihr Karina zubereitet hat.

«Ich habe ihn schön leicht gemacht, so wie du gesagt hast.»

«Wann habe ich das denn gesagt? Lügnerin. Mal sehen, mein Sohn.» Sie wendet sich an Santiago, ihr tyrannisches Wesen kommt jetzt voll zum Tragen. «Schenk du mir was ein, diese Schnarchnase will mich für dumm verkaufen.»

Ihr Cousin erhebt sich vom Sofa und geht zu Tante Rebe, den Blick auf Karina gerichtet, um ihre Erlaubnis einzuholen. Karina nickt. Ihre Großmutter ist immer noch in der wütenden Phase ihres Suffs, sie verträgt noch ein paar Gläschen mehr.

60. LEBEN UNTER WASSER

Silverios durchnässtes Handy konnte nicht mehr repariert werden. Er hatte keine andere Wahl, als die Zahlung seines Halbmonatslohns abzuwarten und sich ein neues zu kaufen. Sobald seine Kontakte wiederhergestellt waren, schrieb er Karina eine WhatsApp, um sein Verschwinden zu erklären und sie zu fragen, ob sie die Fotos bekommen habe. Da sie nicht antwortete, beschloss er, sie anzurufen. Es war besetzt.

Wegen der Ausgaben für das neue Handy blieb ihm kein Geld, um seiner Tochter ein Geburtstagsgeschenk zu kaufen. Zum Glück war Daenerys nicht materialistisch. Sie war gegen Fast Fashion, gegen Tagebau, gegen Parfüm, das aus dem Ambra von Walen hergestellt wurde. Er wollte ihr einen Bildband über Tiere schenken, aber was er in den Antiquariaten im Stadtzentrum fand, lag außerhalb seines Budgets.

Silverio fand eine geniale Lösung für seine missliche Lage, doch er fing schon an, seine Idee zu bereuen, als er eine Stunde lang in der Metro stand und in seinem Rucksack das furchtbar schwere Geschenk für seine Tochter trug.

«Mach die Augen zu», sagte er zu ihr, als sie in der veganen Eisdiele saßen.

Mit Mühe zog er das Paket aus dem Rucksack. Er hatte es in Zeitungspapier gewickelt, weil das nachhaltig und gut für die Umwelt war. Statt einer Schleife hatte er eine Blume daraufgeklebt, die ihm die Floristin geschenkt hatte.

Er legte seiner Tochter das Geschenk auf den Schoß. Sie öffnete sofort die Augen.

«Was ist das?»

«Mal sehen, ob es dir gefällt.»

Daenerys zerriss das Zeitungspapier mit einer kindlichen Neugier, die in Verwirrung umschlug, als sie sah, dass ihr Geschenk zum fünfzehnten Geburtstag ein großer rosa Stein war, ungeschliffen.

«Mist», sagte Silverio. «Andersrum. Dreh ihn mal um.»

Auf der anderen Seite fand Daenerys das spiralförmige Muster einer Schnecke in einem etwas dunkleren Rosa als der umgebende Stein.

«Ein Fossil!»

«Jawollja!» Silverio war sehr erleichtert, als er die Reaktion seiner Tochter sah. «Das ist ein hundertachtzig Millionen Jahre alter Ammonit, das heißt, der war unterwegs, als die Dinosaurier gelebt haben.»

Er erwähnte dieses Detail, weil er sich erinnerte, wie sehr Daenerys diese Tiere als kleines Mädchen geliebt hatte.

«Es ist riesig. Und wunderschön! Wo hast du das her?»

Silverio hatte nicht vor, ihr zu gestehen, dass er schon seit Jahren wusste, wo in einem der Mausoleen des Cimitero Italiano eine Platte mit einem riesigen Fossil verbaut war. Der Stein, der das Monument umhüllte, war als Arzo-Marmor bekannt und stammte anscheinend aus der Heimat des italienischen Herrn, dem er ein Stück von seinem Grab gestohlen hatte.

«Ein so großes Fossil wirst du nirgendwo finden, aber dein Papá weiß, wo man suchen muss. Gefällt es dir denn?»

«Und wie!»

Nachdem er seine Tochter am Abend bei ihren Großeltern abgesetzt hatte, dachte Silverio wieder an Karina und rief sie noch mal an. Seit einer Woche versuchte er vergeblich, sie zu erreichen.

Einige Stunden später, wieder zu Hause, aber noch nicht müde, beschloss er, sich mit YouTube-Videos die Zeit zu vertreiben. Der Algorithmus schlug ihm eines vor, das «Amazing Sea Turtle Footage!» hieß; ein Taucher hatte eine intime Szene zwischen zwei Meeresschildkröten eingefangen. Um am Weibchen angedockt zu bleiben – die Panzer waren wirklich unhandliche Hindernisse bei der Paarung –, musste das Männchen pausenlos die Flossen bewegen. Trotz der Erschwernisse, die ihnen das nasse Element und die harten Panzer auferlegten, kopulierte das Paar voller Eleganz im blauen Raum, bis drei Störenfriede dazukamen und begannen, das Männchen mit Bissen in den Schwanz und die Flossen zu bedrängen. So versuchten sie es von dem Weibchen zu trennen, um dann selbst zum Zug zu kommen.

Während das Männchen darum kämpfte, nicht von seiner Geliebten getrennt zu werden, zeigte Silverios Handy eine neue Nachricht an. Er stoppte das Video, um zu sehen, ob sie von Karina war.

Ich schreibe Dir mit der Bitte, dass wir keinen Kontakt mehr haben. Meine Großmutter hat mir erzählt, dass Du am 15. Sept. bei ihr warst. Es wundert mich, dass Du mir das nicht gesagt hast. Ich verlange keine Erklärungen von Dir, ich glaube nur, es ist für sie und mich das Beste, wenn wir keinen Kontakt mehr mit Dir haben. Keine Sorge, ich werde der Friedhofsverwaltung nichts melden. Ebenso bitte ich Dich um Diskretion. Versuch nicht mehr, uns zu erreichen. Bitte, ich bitte Dich.

Als Karina Ende Oktober zu ihm kam, weil sie seine Hilfe brauchte, um diesen Hernández zu finden, war Silverio aufgefallen, dass Señora Rebe ihr nichts von seinem Besuch erzählt hatte. Die alte Dame hatte ihn damals gebeten, ihr nichts zu verraten, und da Karina es bis dahin offensichtlich nicht herausgefunden hatte, zog er es vor, das Geheimnis zu wahren.

Hallo Karina, entschuldige, aber ich musste deiner Großmutter schwören, Dir nichts zu sagen. Wenn Du erlaubst, dass ich Dich anrufe, kann ich Dir das Ganze besser erklären.

Die Nachricht erreichte die Empfängerin schon nicht mehr. Karina hatte ihn blockiert, sobald sie ihre Bitte mit einer angedeuteten Drohung abgeschickt hatte: Sie würde ihn nicht melden, solange er sie nicht kontaktierte und Diskretion wahrte.

Er wählte ihre Nummer, und eine automatische Bandansage wies ihn sofort ab. Der Teilnehmer sei nicht verfügbar.

Vielleicht hatte Karina die Fotos nicht erhalten und glaubte, Silverio hätte sich das kaputte Handy als Vorwand dafür ausgedacht, dass er sie ihr nicht schickte. Ein anderes mögliches Szenario war, dass sie die Fotos zwar bekommen hatte, aber ihre Großmutter decken wollte. Außer dass sie ihr Silverios Besuch gestanden hatte, könnte sie ihrer Enkelin noch derart makabre Details enthüllt haben, dass die lieber nie wieder etwas von der Sache hören wollte.

Allmählich gewann die Empörung Oberhand. Es konnte doch nicht sein, dass Karina ihm nicht die Chance gab zu antworten, nach allem, was er für sie getan hatte. Ihretwegen hätte er fast sein Leben gelassen, sein Handy war hinüber, die Fingernägel der rechten Hand würden ihm abfallen, und sie hatte ihn nicht einmal für seine Arbeit bezahlt.

Um sich von seiner Wut abzulenken, schaute Silverio das Video vom Unterwassersex weiter. Das Schildkrötenpaar hatte die Belagerer verscheuchen können und schwamm gemeinsam weiter, aneinandergekoppelt inmitten der unermesslichen Weiten.

Keine Chance.

Mit ihrer unverfrorenen Undankbarkeit tat sie ihm letztlich einen Gefallen. Wenn ihre Großmutter und ihre Mutter Mörderinnen aus Leidenschaft waren, wer weiß, wozu Karina in der Lage war. Besser so. Ein Mörder in seinem Leben war genug.

Er wollte gerade YouTube schließen und auf eine Pornoseite gehen, als der Algorithmus ihn mit einer unwiderstehlichen Ankündigung von seinem Vorhaben abbrachte: «Delfin masturbiert mit totem Fisch».

Das Video war in einem Aquarium aufgenommen worden, vor der Scheibe eines grünlichen Beckens von mehreren Metern Tiefe. Der Delfin war weiß – Silverio brauchte eine ganze Weile, bis er herausgefunden hatte, dass es sich um einen rosa Delfin aus Hongkong handelte, *Sousa chinensis*. Anscheinend hatte er seinem Mittagessen den Kopf abgerissen und es danach als Futteral benutzt, um sich damit am Boden des Beckens zu befriedigen.

Die zweiundvierzig Sekunden, die das Video dauerte, reichten aus, um Silverios Laune zu heben, der nekrophile

Erfindergeist des Meeressäugers verblüffte ihn. Daenerys hatte ihm viel von der Intelligenz der Delfine erzählt, von ihrer Fähigkeit, Eigennamen zu verwenden und Werkzeuge zu benutzen – es gab eine Gruppe, die sich Schwämme in die Schnauze steckte, um ihre Haut zu schützen, wenn sie auf der Suche nach Futter den Sand durchwühlten. Dennoch hätte er nie gedacht, dass sie zu diesem Grad an technologischer Raffinesse imstande wären. Er hätte das Video gern mit seiner Tochter geteilt, aber es war zu spät abends, und Yadira könnte sauer werden, wenn sie sähe, dass er ihr obszönes Material schickte; sie verstünde nicht, dass es sich um eine Tierdoku handelte.

Nachdem er konventionell masturbiert hatte, löschte Silverio das Licht. Es fiel ihm schwer, die Augen zu schließen und sich in der Dunkelheit zu entspannen, weil er sofort seinen Aufenthalt im Jenseits noch einmal zu durchleben begann; er spürte unter den Falten der Decke Beckenknochen und Schädel, er war kurz davor zu ersticken. Er schaltete die Lampe wieder an – eine Antiquität mit einem Schirm aus zerbrochenem Buntglas, die er aus dem Müll gerettet hatte – und kehrte zu YouTube zurück, um sich weiter über das Sexualleben der Delfine fortzubilden.

61. DIE ENTFÜHRUNG

Ihre Großmutter quetscht den Fahrer, der sie am frühen Morgen des 25. Dezember wieder in ihre Wohnung fährt, schamlos aus. Wie alt er sie schätze. Wo seine Familie herkomme. Ob er verheiratet sei. Wie viele Kinder er habe. Welcher Religion er angehöre. Der Mann antwortet, er sei katholisch, und sie redet sich in Rage, indem sie ihm von der Verfolgung der Katholiken in Tabasco erzählt; sie ist viel zu klar im Kopf, um in die Falle zu tappen, die ihre Enkelin ihr gestellt hat. Es war falsch, ihr die Whiskydosis zu reduzieren. Wenn sie zu Hause sind, wird sie das ausgleichen müssen.

«Der Stockfisch hat mich richtig durstig gemacht», sagt Leonor zu Rebeca. «Ich nehme noch einen Becher von dem Punsch, den uns Maru gebracht hat. Trinkst du einen mit?»

«Der ist ihnen total misslungen», sagt Rebeca. «Weder haben sie ihn gründlich gewässert, noch hatte er die nötige Schärfe.»

«Wollen wir das Jesuskind ins Bett bringen? Was meinst du?»

Die seit einigen Jahren unterbrochene Tradition sieht vor, nach dem Weihnachtsessen das Jesuskind aus seiner Schachtel zu holen und es in sein Strohbettchen in der

Krippe zu legen. Karina mochte es immer sehr, das winzige Porzellanbaby in den Händen zu halten und es in die Krippe zu betten, wo seine Eltern, die Hirten und die Engel es schon erwarteten.

«Natürlich», sagt Rebeca und gibt sich Mühe, klar und deutlich zu sprechen und die alkoholische Schwerfälligkeit in ihrem neuromotorischen System zu verbergen.

Leonor holt den Topf aus dem Kühlschrank, schenkt zwei Tassen ein, und während sie darauf wartet, dass die Wassermoleküle in der Mikrowelle in Wallung geraten, holt sie die Flasche Brandy Presidente, die sie in der Speisekammer versteckt hat. Sie kippt einen großzügigen Schluck in jede Tasse. Es ist das erste Mal, dass sie zusammen mit Rebeca trinken wird.

«Was machst du?»

Ihre Großmutter versucht, sich in ihrem Schaukelstuhl das Kleid aufzuknöpfen.

«Dummerchen», antwortet die Alte; Leonor verletzen solche harmlosen Beleidigungen nicht.

«Ich helfe dir gleich», sagt sie und bietet ihr eine Tasse Punsch an.

Ihre neunzigjährigen Sinne sind zwar stark beeinträchtigt, doch den beißenden Duft von Äthanol erkennt ihre Nase sofort. Sie nimmt einen Schluck, ohne etwas zu sagen. Wenn sie sich ganz normal verhält, bemerkt ihre Enkelin das Wunder vielleicht nicht: Das Jesuskind hat den Punsch in Wein verwandelt.

Karina hat für diesen Anlass eine Spotify-Liste mit Weihnachtsliedern vorbereitet. Sie stellt ihr Handy lauter, und es ertönen die Villancicos, die ihre Großmutter ihr beigebracht hat.

«Möchtest du noch?», fragt Leonor die alte Dame.

Rebeca hat den Punsch in zwei Minuten geleert, als Leonor auf der Toilette war, vielleicht angetrieben von der Sorge, ihre Enkelin könnte merken, dass sie ihr ein Getränk mit Schuss gegeben hat.

«Welcher Hafer hat dich denn jetzt gestochen?», fragt sie ihre Enkelin, während der Chor heller Stimmen sie einlädt, zu schauen, wie die Fische im Fluss trinken, weil sie den neugeborenen Gott erblicken.

«Ja oder nein?»

Rebecas Lider sind schon schwer, und ihr Blick beginnt zu flattern, als er sich auf die Punschtasse richtet. Eine Macht, die größer ist als ihr Wille, sagt Ja. Leonor nimmt die Tasse und geht in die Küche, um sie ihr halb mit Punsch und halb mit Brandy zu füllen.

«Ich hole das Jesuskind aus deinem Schrank. Bin gleich wieder da.»

Sie lässt die Alte mit ihrem Drink allein und geht in ihr Zimmer, wo sie den Schuhkarton bereitgestellt hat, in dem das Jesuskind das Jahr in Seidenpapier eingewickelt verbringt.

«Hier ist es.»

Sie legt ihrer Großmutter den Karton aus dem feinen Schuhladen El Borceguí auf den Schoß.

«Wenn du willst, pack es schon mal aus, ich mache die Krippenbeleuchtung an.»

Leonor kehrt Rebeca den Rücken zu und kniet sich vor den Stall von Bethlehem. Sie sucht das Netzteil der Lichterkette und steckt es in die Dose in der Wand.

«Was ist das?!»

Rebecas Stimme ist schrill, als sie die skandalöse Überraschung erkennt. Anstelle des Jesuskindes hat Rebeca zwei Fotos ausgepackt: eins von ihrem Sohn, eins von Margarita.

Karina hatte dem Bruder ihrer Mutter in Minnesota geschrieben, ob er nicht Kinderbilder von ihr habe. Er hat ihr eins per WhatsApp geschickt, und sie hat es im Institut ausgedruckt, am selben Fotodrucker wie den Frosch mit den blauen Augen für ihren Altar am *Día de los Muertos*.

«Was denn?», fragt Leonor.

Auch wenn sie sie nur als Erwachsene kannte, scheint es Rebeca auf Anhieb klar zu sein, dass sie ihre Schwiegertochter vor sich hat.

«Wo hast du das her? Wo ist das Jesuskind?»

«Keine Ahnung. Zeig.»

Leonor tut so, als hätte sie die Bilder noch nie gesehen.

«Sind das meine Eltern? Wo kommt das Foto von ihr her?», fragt sie.

Rebeca zerknüllt das Seidenpapier, das sie auf der Suche nach dem Jesuskind mit ihren verkrümmten Händen durchwühlt.

«Wo hast du es hingetan?»

«Ich habe den Karton gerade aus deinem Schrank geholt. Ist es nicht da drin?»

Leonor weiß: Das einzige Mittel, um dem Schmutz der Lüge beizukommen, ist eine noch dreckigere andere Lüge.

«Das kann nicht sein. Du hast es da nicht rausgeholt?»

«Nein.»

Rebeca bemüht sich, die destillierten Dämpfe zu verscheuchen, die sie am klaren Denken hindern. Sie sucht rund um ihren Schaukelstuhl, um auszuschließen, dass das Jesuskind zu Boden gefallen ist.

Leonor greift nur ungern auf das Mittel der psychologischen Folter zurück, aber Karina hat sich anscheinend damit abgefunden, das Geheimnis nie mehr lüften zu können. Sie musste etwas unternehmen. Sie kann nicht sicher sein, dass die Fotos von Silverio gefälscht sind.

«Mädchen, lass die Spielchen. Hol das Jesuskind.»

Als Kind hat Karina Trauerfeiern für ihre Puppen organisiert und sie im Garten von Clavería begraben.

«Wovon redest du? Woher kommen diese Fotos?»

Leonor hält sie ihr wieder vor die Nase.

«Warum hast du die Fotos von Mamá versteckt? Wo hast du die anderen?»

Rebeca nimmt die Fotos und schüttelt den Kopf. Sie schaut sich das lächelnde Abbild ihres Sohns an und streichelt sein Gesicht.

«Wolltest du nicht das Jesuskind holen?», fragt sie mit ohnmächtiger Wut in der Stimme. «Na schön.»

Sie wirft die Fotos wieder in den Karton und schließt den Deckel.

«Lass mich damit in Ruhe.»

Die Bedingungen dürften ihr klar sein: Wenn sie das Jesuskind retten will, muss Rebeca die Wahrheit sagen.

«Warum gibt es keine Fotos von Mamá?»

Die schmalen Lippen der alten Frau beben vor Zorn. Es wäre großes Pech, wenn sie in diesem Augenblick einen Herzinfarkt erlitte. Leonor müsste den Rettungswagen rufen, während Karina ihre Großmutter um Verzeihung bäte.

«Wenn du wüsstest ...»

«Wenn ich was wüsste?»

«Was hast du dem Jesuskind angetan?»

Zwar hat sie gewusst, dass ihre Großmutter diese alte

Tonfigur besonders liebt, dennoch überrascht es sie, wie wirkungsvoll deren Entführung ist.

«Wenn ich was wüsste?»

«Hattest du diese Fotos?»

«Großmutter. Sag es mir. Bitte. Wenn ich was wüsste?»

«Was ich alles für dich getan habe.»

Karina hat eine Hypothese im Ärmel. Wenn ihre Mamá ihren Papá getötet hat, wie man ihr im Haus in der Calle Ayacucho sagte, wer hat dann ihre Mutter getötet?

«Hast du sie getötet?»

«Was?» Die Wirkung des Alkohols hält an, die alte Frau spricht immer undeutlicher. «Wofür hältst du mich? Gott hat die beiden bestraft, und er wird auch dich bestrafen, wenn du so weitermachst.»

«Wie hat er sie bestraft?»

«Sie stürzten gemeinsam in den Abgrund. Deutlicher geht es ja kaum.»

Es hat keinen Sinn. Wenn ihre Eltern wirklich in die Schlucht gestürzt sind, kannte Karina die Wahrheit bereits, und das Bild vom Schädel ihres Papás war gefälscht.

«Wer?», fragt sie; Leonor und Karina erinnern sich an das zerschnittene Foto, auf dem ein Mann ihren Vater umarmt.

«Pedro und sie. Er war der Bruder, den mein Sohn nie hatte. Ich habe es ihm gesagt. Sei vorsichtig. Was soll das werden, deine Frau will bei ihm arbeiten? Don Pedro Rodríguez de Llano. Nein, sag ich zu ihm, lass das Saufen sein und sorge selbst für deine Familie. Nein, die zahlen so wenig, die haben keinen Respekt vor mir, was stimmt nicht mit denen? Mein Sohn, Ihr lebt mietfrei in einer Wohnung, die ihm gehört. Und jetzt soll er auch noch für euren Unterhalt aufkommen? Niemand wird dir einen roten Teppich ausrollen. Carlos wollte immer sein wie er, aber er konnte es nicht.»

«Wer hat ihn getötet?»

«Diese missratene Person sagte ihm, sie würde ihre Mutter in den USA besuchen, aber sie ist mit ihm nach Acapulco gefahren. Ja, sag ich zu ihr, lass das Mädchen bei mir. Carlos trinkt so viel. Also. Ich hatte ihn gewarnt. Entweder du reißt dich zusammen, oder sie verlässt dich. Es ist nicht mehr wie früher. Bis Regina kam und ihm sagte, sie hätten sie gefunden. Wir müssen jetzt ganz stark sein, sagte ich zu ihm, wir müssen zusammenhalten. Ich habe mich um dich gekümmert, während er alles geregelt hat.»

Darum hatte er die Karte von Hernández Sacristán mit der auf der Rückseite notierten Nummer.

«Hör auf zu saufen, dann kriegst du deine Tochter wieder. Ich wollte nicht, dass du ihn in dem Zustand siehst. Darum konnte ich mich um ihn nicht kümmern, und er hielt es nicht aus.»

Leonor erinnert sich, dass Señora Betty ihr im alten Wohnhaus erzählt hat, man hätte im Morgengrauen einen Schuss gehört. Niemand sah die Mörderin das Haus verlassen.

«Was hat er getan?»

Rebeca hebt die Hand und formt sie zu einer Pistole. Leonor fürchtet, sie werde auf sie zielen, aber stattdessen öffnet die alte Frau den Mund und setzt sich die arthritische Knarre an die Lippen. Das Loch im Schädel ihres Vaters rührt nicht von einem Genickschuss her, sondern von einer Kugel, die durch den Gaumen eindrang. Er hat Suizid begangen, weil sein tyrannisches und unreifes Ego – das «Königskind», von dem die Anonymen Alkoholiker sprechen – nicht ertragen konnte, dass seine Kränkung ungesühnt blieb.

«Er war nicht schuld», sagt Rebeca mit der Ruhe derer, die sich diese Worte schon unzählige Male vorgebetet haben. «Sie hat ihn umgebracht.»

Karina möchte ihre Mutter gegen diese kalte Verleumdung in Schutz nehmen, die ihre Großmutter schon in der Nacht des 15. September angedeutet hat. Es gelingt ihr, die wütende Empörung mit dem Gedanken zu bändigen, dass es keinen Sinn hat, mit einer alten Frau zu diskutieren, die nicht nur ausgesprochen töricht ist, sondern auch sehr betrunken. Karina hat die gewaltsame Konfrontation, von der sie manchmal träumt, nie gesucht, aber Leonor ist nicht so zurückhaltend.

«Sag das noch mal», fordert sie die Alte streitlustig heraus.

«Schandmaul.»

Die Frechheit dieser Unbekannten schüchtert Rebeca nicht ein.

«Sag noch mal, was du eben gesagt hat.»

Leonor wünscht sich, die Villancicos würden verstummen, damit ihre läppischen Akkorde nicht den Knall ihrer Ohrfeige übertönen. Als sie gerade ihre Muskeln entsichert, unterbricht sie das Plärren des Telefons.

«Das ist sie», sagt ihre Großmutter, als hätte sie seit Jahren auf den Anruf ihrer Feindin gewartet.

«Das wird Tante Celia sein», antwortet Karina, denn sie hat vergessen, ihr Bescheid zu sagen, dass sie gut zu Hause angekommen sind.

Es ist zwei Uhr morgens. Karina führt die starre Hand zum Apparat und nimmt den Hörer ab.

«Hallo?»

Keine Antwort. Das statische Rauschen ist ein Feuer, das an- und abschwillt, als bliese jemand mit einem Blasebalg der Beklemmung Luft hinein.

«Hallo?»

62. TEZCATLIPOCA

Die Hunde kamen durch die Schlucht. Sie waren von Lomas aus der Spur gefolgt. Die Überwachungskameras einer Villa hatten die nächtliche Präsenz von etwas festgehalten, das aussah wie ein schwarzer Jaguar mit einem toten Hund im Maul. Das Video ging viral, und die Umweltbehörde startete eine groß angelegte Suche nach dem Tier. Da alle Spürhunde der Hauptstadt darauf trainiert waren, illegale Substanzen oder menschliche Leichen zu erschnüffeln, musste ein Hundegeschwader aus dem Südosten geholt werden, darauf spezialisiert, für Tierschutzorganisationen oder Hotels an der Riviera Maya Raubkatzen aufzuspüren.

Silverio erfuhr über Funk von der Operation. Er beaufsichtigte gerade das Entladen von Material für den Wiederaufbau des Krematoriums. Es war ihm zwar nicht erlaubt, seinen Posten zu verlassen, doch als es im Funk hieß, die Hunde und die ihnen folgenden Leute versammelten sich bei der alten Parzelle Unión y Amistad aus der Zeit Porfirios, wo Bäcker und Hausangestellte ruhten, hatte er beschlossen, dort vorbeizuschauen. Am Ende dieses geheimen Gartens lag eine seit Jahren verschlossene Kapelle mit einem Keller, der von außen betreten werden konnte und der einst als Ossarium gedient hatte.

Das perfekte Versteck für ein nachtaktives Raubtier. Die Hunde bellten wütend am oberen Ende der Treppe, die in der Dunkelheit versank. Ein Mann lud ein Betäubungsgewehr, während ein anderer aus einer Kühltasche eine Hühnerbrust holte und sie in den Kellereingang warf.

«Tezca!», rief der Kerl. «Tezca, ich habe dir dein Hühnchen mitgebracht!»

Keine Antwort. Sie brachten die Hunde fort, damit sie aufhörten zu bellen und die Menschen hören konnten, was im Inneren des Verstecks vor sich ging. Alle hielten still und warteten ab. Fast eine halbe Stunde verging, bis sich etwas vernehmen ließ, ein Schlabbern, das erst lauter wurde und dann verstummte.

Die Hühnerbrust war voller Betäubungsmittel. Sie rechneten mit fünfundvierzig Minuten, bis das Tier fertig gefressen hätte und die Substanz ihre Wirkung entfaltete.

Mit einem Selfiestick führte einer der Jäger ein Handy in das Beinhaus ein und filmte das Innere. In einer geräumigen Nische, einst für Knochen von Bäckern und Hausangestellten eingerichtet, konnte man das Tier schlafen sehen. Ein Mann holte einen Aluminiumstab mit einer dicken Drahtschlaufe an der Spitze hervor. Ein anderer ergriff das Gewehr, und ein Dritter hielt eine Decke aus festem, khakifarbenem Stoff bereit. Die drei stiegen in den Keller hinunter. Die kleine Gesellschaft wartete angespannt. Falls das Beruhigungsmittel nicht ausreichend wirkte, wäre das Einfangen ein lebensgefährlicher Kampf.

Sie kamen mit einem schwarzen Tier in den Armen wieder aus dem Loch. Als sie es auf dem Boden ablegten, um seine Vitalfunktionen zu prüfen, erkannte Silverio es wieder. Es war die Bestie, die La Muerte ihm am 2. November zur Geisterstunde auf den Hals gehetzt hatte. Ihre Fänger nannten sie Tezcatlipoca. Sie waren überglücklich. Es handelte sich um einen schwarzen Jaguar aus dem Zoo von Chapultepec. Niemand wusste, wie er den Brand überlebt hatte. Da die Inventur der bei der Katastrophe verendeten Tiere von der Armee übernommen worden war, waren die Veterinäre davon ausgegangen, Tezcatlipocas Fehlen in der Liste sei auf eine Unachtsamkeit zurückzuführen und nicht auf eine heldenhafte Flucht.

«Der hier hat also die Hunde der Leute gefressen», sagte der Rathausbeamte, der gerade in einem Kleinlaster bei der Parzelle Unión y Amistad eingetroffen war. «Wie kann es sein, dass ihn so lange niemand gesehen hat?»

Silverio hatte ihn nicht nur gesehen, sondern eine ganze Nacht unter ihm verbracht. Rückblickend wurde ihm klar, dass auch Señora Rebe ihn gesehen hatte, als sie bei dem Unwetter in Señora Marus Auto saßen.

«Ein ziemlicher Brocken», sagte der Tierpfleger, der ihn aus seinem Versteck getragen hatte. «Ein Wunder, dass er sich selbst das Jagen beigebracht hat. Das ganze Leben lang Zimmerservice und auf einmal, zack, auf die Straße. Das arme Ding.»

Silverio erkannte die Verdienste des Jaguars an: Was musste er an Hunger, Angst und Verwirrung ausgestanden haben, ehe er zur Geißel der Hunde wurde.

«Da unten in der Schlucht haben wir sein Speisezimmer gefunden. Alles voller Knochen.»

Später würde Silverio herausfinden, dass der schwarze Jaguar den Namen Tezcatlipoca zu Ehren des mächtigen mittelamerikanischen Gottes trug, der über die Krieger wachte und für die schöpferische Zerstörung zuständig war. Sein Name bedeutete «der rauchende Spiegel», und sein Totemtier war der Jaguar.

Was Silverio davon überzeugt hatte, es mit einer übernatürlichen Bestie zu tun zu haben, war das Leuchten seiner Augen gewesen. Diese Eigenart Tezcatlipocas ging allerdings auf natürliches Gewebe zurück, das *tapetum lucidum*: ein konkaver Spiegel im Augenhintergrund, der das Licht auf die Netzhaut zurückwarf und bei vielen Tieren die Nachtsicht verbesserte, etwa bei Fledermäusen, Haien, Pferden, Krokodilen und sogar bei Kühen.

Bevor sie ihn in einen Transportkäfig sperrten, fragten Silverio und andere Friedhofsmitarbeiter, ob sie Fotos von sich mit dem Jaguar machen dürften. Als Silverio zu dem bewusstlosen Tier trat und ihm eine Hand auf den Leib legte, spürte er eine starke Verbindung zu ihm. Er hatte ihm nichts vorzuwerfen. Es hatte ihn angegriffen, weil dies sein Schicksal war; weil La Muerte das Tier geschickt hatte, um ihm einen Schrecken einzujagen.

Als er Daenerys erzählte, dass der Jaguar eingefangen worden war, reagierte sie wie erwartet. Sie fand es furchtbar, dass man ihn nicht in den Urwald brachte, dem sie ihn entrissen hatten, und ihn dort in die Freiheit entließ. Silverio erklärte ihr, dass das Tier eine Gefahr für die Menschen sei, weil es sich daran gewöhnt hatte, in Wohnhäuser einzudringen und Haustiere zu fressen. Vielleicht hätte er sie überzeugen können, wenn er ihr gesagt hätte, dass dieses Tier ihn im vergangenen Jahr angefallen und sie damit fast zur Waise gemacht hatte. Er unterließ es aber, weil er ihr nicht erklären wollte, was er zur Geisterstunde in einem offenen Grab zu suchen hatte.

«Sie haben mir gesagt, dass sie ihm Fisch, Huhn und

Rind zu fressen geben. Vom Feinsten. Außerdem stecken sie den Raubtieren das Futter in ausgehöhlte Kürbisse oder Kokosnüsse, die sie an Kordeln aufhängen, damit sie ihren Spaß haben, bis sie an die Belohnung herankommen.»

«Ja und?», antwortete seine Tochter. «Fändest du es okay, in einem Käfig zu leben, bloß weil sie dir dein Essen an Kordeln aufhängen?»

Silverio wollte schon scherzen, dass er dazu gerne bereit wäre, wenn es nur Barbecue gäbe, aber dann erinnerte er sich wieder an seine dunkle und endlose Gefangenschaft im Grab und starrte schweigend ins Leere.

«Pa?», fragte Daenerys drängend.

«Was ist los?»

«Du warst weg.»

«Ja.»

Er war weg gewesen und hatte herausgefunden, dass die Hölle ein ausgesprochen langweiliger Ort war.

«Aber ich bin ja wieder da.»

63. UNVERFRORENHEIT

Leonor weiß, solange sie ein Rätsel zu lösen hat, kann sie sich nicht mit Gefühlen aufhalten. Eine Online-Recherche hat sie an diesen Ort geführt, wo sie herausfinden will, ob Pedro Rodríguez Winter weiß, wie ihr Vater gestorben ist. Sie hat die unbequeme Option verworfen, dem Arzt zu eröffnen, dass sie die Tochter von Margarita López ist, der Geliebten seines verstorbenen Vaters. Sie wird sich weder dafür entschuldigen müssen, dass sie ihn belügt, noch dafür, dass sie ihm mitten in der Hochsaison der ästhetischen Chirurgie seine kostbare Zeit raubt. Sie wird bis zum Ende der Sprechstunde Leonor bleiben, aber das wird sie nicht daran hindern, ihre Nachforschungen abzuschließen.

«Ich wollte Ihnen etwas erzählen», sagt Leonor in einem so schamhaften Tonfall, dass das Verb «gestehen» wohl besser gepasst hätte.

«Erzähl es mir», sagt der Arzt mit gutmütiger Gleichgültigkeit.

Karina hat es noch niemandem gesagt. Milas morbide Seite fände den Klatsch viel zu pikant, um mitfühlend zu reagieren, und der Psychiater vom medizinischen Dienst der Universität schien sich so gar nicht für den Grund zu interessieren, warum Karina mit dem Vollbild einer Depression in die Sprechstunde gekommen war.

Auch ihrer Großmutter gegenüber hat sie das Thema nicht wieder angeschnitten, denn sie fürchtete, dass sie bloß wieder alles abstreiten und damit ihre ohnehin zerrüttete Beziehung weiter belasten würde. Zwei Monate sind vergangen, seit Rebeca die Rettung des Jesuskindes damit bezahlte, dass sie die Wahrheit über den Tod ihres Sohnes und ihrer Schwiegertochter preisgab. Bisher stimmt diese Version mit der Beweislage überein.

«Der Hauptgrund, warum ich mich operieren lassen will, ist der Tod meines Vaters vor zehn Jahren.»

Carlos Llorente, der Vater von Leonor, starb an einer Schussverletzung, als er in der Antarktis gegen japanische Walfänger kämpfte. Sein Spezialgebiet ist die Erforschung von Walgesängen gewesen, er wollte ihre Sprache entschlüsseln, und von seinem Beispiel beseelt, hat sie Tontechnik studiert.

«Okay», sagt der Arzt, der nicht versteht, warum jemand sich wegen des lange zurückliegenden Todes seines Vaters eine Nasenplastik machen lassen sollte. «Erzähl mir mehr.»

Leonor hat den Arzt finden können, weil in einer der alten Illustrierten die von Rebeca erwähnten Namen unter einem Foto standen: Pedro Rodríguez de Llano und Regina Winter de Rodríguez; einem digitalen Nachruf auf Regina Winter Malagón war zu entnehmen, dass sie am 29. Dezember 2028 gestorben war. Es genügte, die Kombination Rodríguez Winter zu googeln, um den Schönheitschirurgen zu finden, sein Foto, seine ärztliche Zulassung sowie die Angaben der Klinik, wo er praktiziert.

«Ich habe mich sehr gut mit ihm verstanden, und ich

spüre, dass ich ... Das klingt jetzt furchtbar, aber ich möchte lieber ihm als meiner Mutter ähneln, denn ich identifiziere mich viel mehr mit ihm. Aber ich bin ein Ebenbild meiner Mutter.»

Leonors Mutter heißt Luisa und ist Gesangslehrerin.

«Dabei sind wir wie Öl und Wasser, und das belastet mich, es ist so mühsam.»

Der Chirurg lächelt mit professioneller Empathie.

«Das ist gar nicht furchtbar, es ist hübsch, dass du dich mit ihm identifizierst und ihm ähnlicher sehen möchtest.»

Hübsch ist die sanfteste und harmloseste Form der Schönheit. Darauf reduziert sich also das Alibi, das Leonor für den Fall vorbereitet hat, dass Karina sich nicht trauen würde, sie beim Arzt zu opfern.

«Hast du Fotos von ihm?»

«Ja.» Sie hat einige Fotos ihres imaginären Vaters aus dem Internet heruntergeladen. «So traurig ... Sehen Sie, entschuldige, siehst du einem deiner Elternteile ähnlich?»

«Tatsächlich ja, meinem Vater.»

Sein Ton bei diesen Worten ist auffällig kälter als zuvor.

«Wow», erwidert Leonor mit Oberschichtsattitüde, «und wie versteht ihr euch?»

Der Arzt runzelt die Stirn und wendet den Blick vom Bildschirm ab, auf dem er die physiognomischen Daten analysiert, die das System auf Grundlage der Fotos der Patientin errechnet hat. Er schaut sie ungläubig an. Genau wie er ist auch Karina entsetzt, wie übergriffig Leonor ist.

«Er ist schon lange tot», sagt er, und seine Stimme verrät eine leichte Verärgerung.

«Das tut mir leid.»

Karina kann Leonors Unverfrorenheit kaum ertragen.

«Kein Problem. Hast du die Fotos gefunden?»

«Ja. Hier sind sie.»

«Mal sehen.»

Während der Arzt die Gesichtszüge des portugiesischen Physikers João Magueijo analysiert, lädt Leonor nach.

«Wenn es nicht zu indiskret ist» – das ist es allerdings, wie sie weiß –, «wie alt warst du, als dein Vater starb?»

Der Arzt blinzelt und sieht sie an, überrascht von der Dreistigkeit seiner Patientin, die außerstande zu sein scheint, die Gemütsverfassung anderer Menschen zu erkennen.

«Ich war schon groß.»

«Und war es schlimm für dich?»

Pedro hebt die Brauen und blickt zur Seite. Diese Antwort genügt. Kein Anzeichen von Trauer, nur Enttäuschung und Überdruss. Karina ist sich sicher, dass er Bescheid weiß.

«Es war schwer», sagt er, ohne ihr Zeit zu geben, weiter in seinem Leben herumzuwühlen. «Guck mal. Ich sage meinen Patienten immer, ich operiere keine Nasen, Kinne oder Wangen. Ich operiere Menschen. Mich interessiert, dass sich deine Person in Harmonie befindet. In diesem Fall» – der Chirurg schaut zwischen Leonor und dem portugiesischen Physiker auf seinem Bildschirm hin und her – «sind die Züge deines Vaters eher eckig, wenn auch nicht scharfkantig, und deine sind viel runder. Wenn wir nur deine Nase operieren, damit sie nachher aussieht wie seine, werden wir kein gutes Ergebnis erzielen, denn dein Gesicht ist anders. Was wir machen können, ist Folgendes ...»

Während der Chirurg Leonor die blutigen Eingriffe erklärt, die nötig sind, damit sie João Magueijo ähnlicher wird – Knochen abschleifen, Fett absaugen, Lider kürzen –, fühlt sich Karina von einem unerwarteten Kummer erfasst: Pedro muss eine sehr schlechte Meinung von der Geliebten seines Vaters haben. So wie sie sich Pedro Rodríguez de Llano als einen egoistischen, unmoralischen und gierigen Verführer vorstellt, dürfte der Arzt Margarita López de Miranda in seiner Vorstellung mit einem ganzen Repertoire misogyner Etiketten ausstatten: eine Nymphomanin, die sich hochschläft und Familien zerstört. Gerne würde sie dieses ungerechte Bild von Margarita widerlegen, doch das kann sie nicht, ohne sich vor den Augen des Arztes und seiner Helferin Patricia in eine labile, betrügerische und manipulative Aufschneiderin zu verwandeln, genau wie ihre eigene Mutter. Der Apfel fällt nicht weit vom Stamm, würde ihre Großmutter sagen.

«Wenn du willst, schicken wir dir diese Bilder an deine Adresse.»

Karina hat vergessen, das E-Mail-Konto leonor.llorente@gmail.com, das sie auf dem Formular angegeben hat, tatsächlich einzurichten.

«Dann kannst du sehen, wie du dich mit den neuen Gesichtszügen fühlst, bevor du wiederkommst und wir den Eingriff planen. Was meinst du?»

«Perfekt.»

Falls Patricia die Bilder abschickt, ehe sie das Sprechzimmer verlässt, wird das System automatisch melden, dass diese Adresse nicht existiert, und Leonor wird nicht wissen, wie sie sich aus der Situation herauswinden soll.

«Vielen Dank, Herr Doktor.»

Leonor steht mit einer Hast auf, die den Arzt verwirrt.

«Hat mich gefreut.»

Sie hat geglaubt, in dem Sohn von Pedro Rodríguez de

Llano könnte sie einen Leidensgenossen finden, jemanden, der das Schicksal einer schamvollen Verwaisung mit ihr teilt. Doch der harmlose Schwindel hat ihre Einsamkeit nur noch vertieft und ihr eine weitere Dosis Scham hinzugefügt, weil sie sich nicht getraut hat, sich ihm zu offenbaren.

Es stimmt, dass ihre Mutter sich unanständig verhalten hat. Doch obwohl Karina früher zu schnellen und strengen Urteilen neigte, verspürt sie nun keinen Drang, sie zu verdammen. Denn sie hat selbst das finstere Ferment von Schuld und Groll gekostet, sie kennt den Hochmut und das Kerkergefühl, sich für unentbehrlich zu halten, den Drang, zu fliehen, und die Gewissheit, dass ihre Flucht einem Mord gleichkäme, weil das Leben eines anderen Menschen von ihrem aufopferungsvollen Edelmut abhängt.

«Danke dir, Leonor», antwortet der Chirurg ohne eine Spur der Höflichkeit, mit der er sie empfangen hat.

Leonor geht zum Ausgang der Klinik. Margarita hat den Ausgang nie gefunden. Dass sie keine Familie in Mexiko hatte; die Verantwortung, alleine eine Tochter großzuziehen, deren Verstocktheit die Psychologen ratlos machte; das Totalversagen ihres Mannes; die Heiligkeit der Ehe: All das hielt sie gefangen.

«Bei wem hatten Sie den Termin?», fragt die Rezeptionistin, bevor sie die Rechnung stellt.

«Bei Pedro.» Sie verbessert sich: «Bei Dr. Rodríguez Winter.»

Auch wenn sie nicht ausschließen kann, dass sich ihre Mutter wirklich in den besten Freund ihres Mannes verliebt hat, vermutet sie, dass dieser verbotenen Romanze ein unbewusster Wunsch nach Rache zugrunde lag.

«Gut. Das macht dann dreitausendfünfhundert Peso, bitte.»

Leonor zahlt bar, um keine Spuren ihrer wahren Identität zu hinterlassen. Die Rezeptionistin erinnert sie daran, dass die Folgetermine preisgünstiger sind; ob ihr der 2. März morgens passen würde, um mit den Ergebnissen ihrer präoperativen Untersuchungen wiederzukommen? Leonor sagt, sie sei nicht sicher, sie werde sich besser später noch einmal melden, um den Termin zu bestätigen. Die Rezeptionistin weist sie darauf hin, dass im kommenden Monat nur noch wenig frei sei, weshalb sie dazu rate, den Termin jetzt festzumachen. Karina weiß zwar, dass Leonor Llorente nicht noch einmal aus ihrem Grab auf dem Panteón Dolores auferstehen wird, um zum Schönheitschirurgen zu gehen, aber sie akzeptiert, dass der nächste Termin an diesem Tag eingetragen wird.

64. URWALD

Der Amazonas-Regenwald ist im Zoo ein kompakter Bereich. Die ganz üppigen Lebensräume sind weit weniger ausgedehnt als die Wälder der gemäßigten Zonen, die Steppen und Wüsten, als könnte die wuchernde Vegetation die geringere Fläche wettmachen. Dschungeltiere leben im Verborgenen, und die Mission der Zoos ist es, sie zur Schau zu stellen. Der Tapir hat keine andere Wahl, als seine Siesta direkt an der Scheibe zu halten. Die Brüllaffen schaukeln an einem schmalen Baldachin aus zurechtgestutzten Bäumen, wobei es den Männchen vor allem darum zu gehen scheint, ihre Genitalien zu zeigen. Der Tukan hüpft von Ast zu Ast. Karina ist zuvor nie aufgefallen, wie überproportional groß sein greller Schnabel ist.

Auf einer Lichtung sonnt sich die Nacht. Der schwarze Panther ruht wie die Sphinx von Gizeh. Er hat den Brand überlebt. Er heißt Tezcatlipoca. Karina hat mitbekommen, wie er eingefangen wurde, als sie eigentlich für nichts einen Kopf hatte, außer sich wieder und wieder die makabren Fotos anzuschauen, die Silverio ihr geschickt hatte und die sie zu löschen beschloss, als sie mit der Therapie anfing.

Der Jaguar blinzelt schlaftrunken, hebt den Kopf, leckt sich die Nase und schnuppert. Er scheint einen wohlbekannten Geruch zu wittern. Seine Schnurrhaare funkeln vor dem schwarzen Pelz. Er erhebt sich und tritt an die Scheibe. Die Handvoll Leute, die dort stehen und ihn anschauen, sind hingerissen, machen Videos und Fotos. Karina vermutet, dass der Jaguar den Geruch ihrer Haustiere wahrnimmt und sein Appetit geweckt wird, weil er sich an die Hunde erinnert, die er in den Lomas gejagt hat. Er vermisst ihren Geschmack, die Jagd – ein so mächtiges Raubtier in Gefangenschaft zu halten, ist eine Sünde gegen die Natur –, seine Fähigkeit, die arroganten Pudel zum Schweigen zu bringen, die es wagten, ihn anzubellen, als könnten ihre domestizierten Eckzähne einen Gott einschüchtern.

Der Jaguar war von allen Gespenstern, die nach dem Brand die Stadt heimsuchten, das gefährlichste. Karina fragt sich, wie weit sein Unterschlupf vom Grab ihrer Eltern entfernt gewesen sein mag. Sie erinnert sich, dass in den sozialen Medien eine Meldung mit der Schlagzeile «Der Dämon der Lomas ist gefasst!» viral ging. Er hatte mehr als zwanzig Rassehunde sowie das vietnamesische Schwein gefressen, das die Tochter des brasilianischen Botschafters wie einen König verwöhnt hatte.

«Ich habe mal ein Video von einem Jaguar gesehen, der mit einem Krokodil gekämpft hat», sagt ein Junge.

«Und wer hat gewonnen?», fragt sein Vater.

«Der Jaguar.»

«Natürlich.»

Im hellen Sonnenlicht kommt ein Spiel verschiedener Schwarztöne im Fell von Tezcatlipoca zum Vorschein. Das Übermaß an Melanin hat ihm das typische Fleckenmuster seiner Art nicht ganz genommen. Dem Steckbrief zufolge haben etwa fünf Prozent der Jaguare die Mutation eines rezessiven Gens, die sie zu Panthern macht. Das orangefarbene Fell mit schwarzen Rosetten ist eine perfekte Tarnung im Unterholz, wo das Sonnenlicht nur tupfenweise herabdringt, aber der Melanismus bildet keinen so großen Nachteil, dass die Mutanten sich nicht fortpflanzen würden.

Karina spürt den Blick des Jaguars. Sie hat diese paranoide Erfahrung schon ein paarmal gemacht und sich darum nie ganz von der Illusion verabschieden können, dass ihre Eltern noch leben. Sie entfernt sich von der Scheibe und beobachtet ihn aus dem Augenwinkel weiter, während sie vor dem kleinen Garten des Ozelots steht. Tezcatlipoca legt sich wieder vor seine Höhle, die tagsüber abgeschlossen ist, damit er sich nicht versteckt.

Der Eingang zur Höhle sieht aus wie der in einem Wald in einer deutschen Serie, die Mario gut fand – Karina hat lange nichts von ihm gehört, vielleicht sollte sie ihren Besuch im Zoo zum Anlass nehmen, um ihm ein Foto und Grüße zu schicken; sie könnte die lächerliche Statue am Eingang mit ihm teilen, das Bluteis am Stiel bei den Löwen oder den Tank mit den geklonten Albino-Krokodilen, gezüchtet, um weißes Leder zu gewinnen. Die Serie hieß *Dark*, und durch die Höhle konnte man in die Vergangenheit reisen, immer in Sprüngen von dreiunddreißig Jahren.

Wenn sie durch dieses Portal treten könnte, würde sie ins ausgehende 20. Jahrhundert reisen, um die Romanze ihrer Eltern zu verhindern. Sie könnte ihnen bei ihrem ersten Date folgen und zu ihnen an den Tisch treten, wo dann Leonor Llorente ihren Mann Carlos der Untreue bezichtigen würde. «Du bist ein verdammtes Arschloch, du lässt dich nicht nur volllaufen, sondern setzt mir auch noch Hörner auf? Wovon willst du die Rechnung bezahlen, du hast doch keine Arbeit! Hast du ihr schon erzählt, dass du alles beim Pferderennen verloren hast? Hat er dir gesagt, er wäre Single?» Das würde Leonor Margarita fragen. «Oder bist du eine von diesen Schlampen, denen es scheißegal ist, ob sie eine Familie zerstören? Hat er dir schon gesagt, dass ich mit seiner Tochter schwanger bin? Er will das Kind Rebeca nennen, weil er nie seine Nabelschnur durchtrennt hat, ohne seine Mamita kann er nicht leben. Erzähl es ihr, Carlos, erzähl es deiner Freundin.»

«Stell dir vor, du spazierst so durch den Parque Hundido und begegnest da diesem Tier.»

«Nee, klar, das tötet mich.»

Sie malt sich die Verwirrung ihres Vaters aus, wie er rot anläuft und nicht versteht, woher diese Fremde mit so vertrauten Gesichtszügen seinen Namen und den seiner Mutter kennt. Er würde die junge Margarita anflehen, dieser Frau kein Wort zu glauben, aber Karina ist sich sicher, dass diese Täuschung genügen würde, um die Beziehung zu verhindern und sie beide – und auch sich selbst – vor dem schmerzhaften Ende zu bewahren, das sie nahmen.

«Besser das als Krebs, oder? Wenigstens geht es schnell.»

Die Vorstellung ist absurd. Man kann nicht in die Vergangenheit reisen, denn die Vergangenheit ist kein Ort, sondern der tiefste Bereich der gegenwärtigen Realität. Dorthin zurückzukehren, hieße, sich selbst zu zerstören. Diese Unmöglichkeit ist in dem Fall, den Karina sich vor der Jaguarhöhle ausmalt, offensichtlich. Die Begegnung ihrer Eltern zu sabotieren, würde bedeuten, dass sie niemals geboren wäre, was wiederum den Sabotageakt unmöglich machen würde. Man kann den eigenen Vater nicht töten, bevor man geboren ist. Darum ist die Vergangenheit ein unzerstörbarer Teil der Realität. Sie zu attackieren, wie so viele Leute es tun, indem sie sie unterdrücken oder verfälschen, ist ein Selbstmordkommando. Karinas Reisen in ihre Vergangenheit haben sie übel zugerichtet. Sie ist am Boden, ihr fehlt das Rückgrat der Lüge, das ihren Körper aufrecht gehalten hat.

«Mir wäre es lieber, mich würde ein Eisbär fressen», sagt der Junge mit der selbstlosen Haltung eines Umweltschützers.

Sie würde es vorziehen, ganz allmählich in der Zeit zu verschwinden wie in einem Schwarzen Loch. In der Nacht, als ihre Großmutter sie mit ihrer Ahnungslosigkeit konfrontiert hat – «das Mädchen weiß nichts» –, hat Karina auf einen Schlag viele Lebensjahre verloren, in denen sie nicht gewusst hat, wer sie war. Jetzt beginnt sie von Neuem.

«Hast du ein Foto vom Panther gemacht?», fragt eine Frau ihre Tochter.

Karina hat es versucht, aber der Lichteinfall um diese Tageszeit verwandelt die Scheibe in einen rauchenden Spiegel, und das Foto des Jaguars wurde zu einem geisterhaften Selbstporträt.

Auch sie sollte sich beeilen, nach Hause zu kommen. Rebeca muss ihre Tabletten nehmen, Wasser trinken, auf die andere Seite gelagert werden, damit sie sich nicht wund liegt.

Sie setzt ihren Weg gen Süden fort und gelangt an einen Nebenfluss des Amazonas. Ein paar Meter vom Ufer entfernt pickt ein ihr vertrauter Vogel im Kies. Obwohl sie ihn nur ein einziges Mal gesehen hat, als er aus dem Ei schlüpfte, ist sie sicher, es ist das Emu-Waisenjunge, das den Brand überlebte, weil der Vater nicht aufhörte zu brüten, als das Gehege bereits in Flammen stand.

Der Steckbrief gibt ihr recht. Der Emu ist hier untergebracht, weil ein Capybara-Weibchen – Wasserschweine sind die größten und freundlichsten Nagetiere der Welt – es adoptiert hat, als die Strauße es abwiesen.

Bei dem Emu und dem Capybara leben auch noch eine Familie von Schienenschildkröten, fünf Totenkopfäffchen und zehn patagonische Mönchssittiche. Die Affen und die Schildkröten waren ein Geschenk der kolumbianischen Regierung. Die Sittiche stammen aus einem Heim für exotische Tiere in Kastilien.

«Was für einen Krach diese Vögel machen.»

«Hast du das Video von diesem besessenen Papagei gesehen?»

«Nein. Welches?»

«Ein kleiner Papagei, in den ein Geist gefahren ist, und dann hat er geredet wie ein Anwalt.»

«Verarsch mich nicht, was für ein Scheiß.»

Die Gelassenheit des Capybaras und der Schildkröten steht im Kontrast zum Aufruhr der Sittiche, zum hektischen Hin und Her der Affen und zum unentwegten Picken des Emus, der Nachrichten durch den Boden bis in seine Heimat zu morsen scheint. SOS. Holt mich hier raus.

«Wie geil wäre es, sich bei der Affenhitze in das Wasserbecken zu werfen.»

«Diese Pfütze lacht dich an?»

Plötzlich merkt Karina, dass sie Durst hat und ihr heiß ist. Zeit, aufzubrechen. Der langsame Gang um die Welt hat sie müde gemacht, immer nur zu schauen, ohne eine Erfrischung zwischendurch. Der Anblick so vieler unglücklicher Tiere hinterlässt einen bitteren Nachgeschmack.

Sie geht an dem Souvenirladen vorbei, und als sie auf den Weg zum Ausgang abbiegt, gerät sie in einen Fußgängerstau. Zuerst denkt sie, dass sie am Ende doch versehentlich bei den geklonten Pandas ansteht.

«Entschuldigen Sie», fragt sie eine Frau, die freundlich und ein wenig bedrückt aussieht. «Warum diese Schlange?»

«Wegen gar nichts. Ich bin seit sechs Uhr früh hier, seit wir draußen anstanden, um die Pandas zu sehen. Und jetzt ist Streik, und man lässt uns nicht raus.»

«Wieso? Was für ein Streik?»

«Keine Ahnung. Aber es nervt.»

65. DIE FLASCHE

Silverio schaute dem Spektakel voller Entsetzen zu: Die Nichten seines Kollegen Calacas tanzten auf den Gräbern in der Rotunde der Illustren Persönlichkeiten Reggaeton; dort hatten die Nachtwächter die Weihnachtsfeier organisiert. Eine der Grabschänderinnen zog ganz besonders den Jubel der Umstehenden auf sich, als sie auf den Sockel von General Carlos Pacheco kletterte und das lebensgroße Bronzestandbild des verstümmelten Kriegshelden aus Chihuahua schamlos antwerkte.

General Pacheco schien sich nicht daran zu stören, dass die junge Frau ihre Pobacken wie wild am unteren Teil seines übergeschlagenen Mantels rieb, aber Silverio machte diese Respektlosigkeit gegenüber einem Kriegshelden wütend. Ohne Rücksicht auf den eigenen Schmerz hatte Pacheco mit zerfetzter Wade und Hand die feindlichen Linien erreicht. Bereits auf der Plaza de Armas in Puebla hatte ein Schuss in den Oberschenkel ihn niedergeworfen, und während ihn seine Männer trugen, zerfetzte ihm ein weiterer Schuss den rechten Arm, der ihm dann, ebenso wie das Bein, amputiert werden musste – in einer Zeit, als das einzige Anästhetikum der Schnaps war. Ohne Männer wie ihn wäre Mexiko in den Händen der Habsburger verblieben, und das Schloss Chapultepec wäre heute vielleicht kein Museum, sondern ein Landsitz der Herrscherfamilie.

Silverio saß auf seinem Gartenklappstuhl, trank Punsch mit Cognac Louis XIII und pries das Glück im Unglück, dass der Held nicht Arm und Bein auf derselben Seite verloren hatte. Auf diese Weise konnte der intakte linke Arm die Krücke halten, die das fehlende Bein ersetzte – die Krücke, die das Mädchen als Stange für ihre Tabledance-Pirouetten nutzte. Es dürfte zwar ziemlich mühsam gewesen sein, mit der Linken schreiben und unterschreiben zu lernen, doch hatte ihn der Verlust des rechten Arms gewiss davor bewahrt, der Legion von Heuchlern und Speichelleckern die Hand zu geben, mit denen er während seiner langen Laufbahn als Gouverneur von Chihuahua, Morelos, Puebla und der Hauptstadtregion zu tun hatte, als Kriegs- und Marineminister, Minister für Fortschritt, Kolonisierung und Industrie, ein Amt, das er vierzehn Jahre lang innehatte und in dem er für viele der von den Anhängern des Porfiriats gefeierten Reformen verantwortlich zeichnete.

Die junge Frau küsste General Pacheco auf den Mund, und ihre verkommenen Cousins filmten das nekrophile Spektakel. Ein paar Schritte weiter nördlich drehte sich der General und ehemalige Präsident Manuel González, ebenfalls ein versehrter Kriegsheld der Schlacht von Puebla, gewiss vor Neid im Grab um. González' Ruhm bestand darin, dass er Porfirio Díaz den Präsidentensessel in den vier Jahren, die dessen zweiter und überlanger Präsidentschaft vorausgingen, warmgehalten hatte. Neben seiner Kumpanei mit dem Diktator war er vor allem für seine unersättliche Lüsternheit bekannt, die der Legende nach darauf zurückging, dass er seinen rechten Arm in der Schlacht verloren hatte. Seine Fleischeslust war so groß, dass er sich eine Geliebte aus Tscherkessien herbeischaffen ließ, denn diese Kaukasusregion war weltberühmt für die Schönheit ihrer Frauen. Seine Knochen mussten vor Wut beben, als er sah, wie sich der nackte Bauch dieses Mädchens am Ankurbler Pacheco rieb (den Beinamen *der Ankurbler* hatte der Mann aus dem Norden seiner erfolgreichen Wirtschaftspolitik zu verdanken).

Was für ein mieser Heiligabend. Anstatt einer Belobigung, weil er sich als einziger Wachmann dem Brand im Mai mit eigenem Leib entgegengestellt hatte, war Silverio vom Chef die nach Neujahr meistgehasste Schicht des ganzen Jahres zugeteilt worden: die Weihnachtsnacht.

Weil der Winter alle Hitzerekorde brach und die Rotunde immer noch in Ruinen lag, ohne Überwachungskameras und ohne dass die Restaurationsarbeiten begonnen hätten, hatten Silverios Kameraden ein Weihnachtsessen unter freiem Himmel organisiert, das sich dank des Alkohols und der Lautsprecher zu einer Absturzparty auf den Gräbern der Illustren Persönlichkeiten des Vaterlandes ausgewachsen hatte. Der grüne Marmorsarg von Amado Nervo diente als Bar, und auf dem ausladenden Sockel des Denkmals für Guillermo Prieto war die Festtafel angerichtet.

Seine drei Kollegen dieser Nachtschicht waren mitsamt ihrer weitläufigen Verwandtschaft angerückt, um auf dem Friedhof zu feiern. Silverio war alleine gekommen. Daenerys verbrachte die Feiertage bei Yadiras Familie – sie war wütend, weil ihre Großmutter darauf bestanden hatte, Truthahn zu braten –, und seine Mutter war zu Hause geblieben und betete für die Seelen derer, die das Fest des Antichristen feierten. Es stand nämlich an keiner Stelle der

Bibel geschrieben, dass der liebe Herr Jesus im Dezember geboren sei; was im Dezember gefeiert wurde, war also etwas anderes: ein satanisches Fest der Römer.

Wenigstens der Punsch schmeckte. Der Cognac Louis XIII, den er mitgebracht hatte, passte sehr gut dazu. Es war die letzte und edelste Flasche aus der Spirituosensammlung von Jaiba, die Silverio aus dessen Mietwohnung mitgenommen hatte, als er hinter Gittern gelandet war. Sein Bruder wurde Jaiba genannt, in Abwandlung des Spitznamens «Jaibol», den man ihm wegen seiner extravaganten Vorliebe verpasst hatte, edle Brände mit Limo zu panschen und die Mischung dann mit Eiswürfeln aus einem *Highball*-Glas zu schlürfen. Aus Jaibol wurde Jaiba, Flusskrebs, als er anfing, seinen Opfern mit Zangen die Zähne auszubrechen. Silverio trank wenig Alkohol, darum hatte er die Flaschen nach und nach verteilt. Am 15. September, als Karinas Großmutter ihn darum gebeten hatte, ihr heimlich etwas Alkohol in die Wohnung zu bringen, hatte er einen Whisky ausgewählt, der ihm besonders edel zu sein schien. Die letzten Flaschen der Sammlung hatte er heute als seinen Beitrag zur Weihnachtsfeier in seinen Rucksack gepackt.

Als er nun den Punsch kostete, hing er in Gedanken jenem Abend nach. In der Hoffnung, Karina anzutreffen, war er nach El Altillo gefahren, doch zu seiner Enttäuschung war nur die Alte zu Hause gewesen, und sie interessierte sich überhaupt nicht für die verlorenen Papiere des Grabs. Nachdem sie ihn gebeten hatte, den Whisky zu öffnen und zwei Gläser zu füllen, prahlte sie mit den akademischen Meriten ihrer Enkelin. Sie sagte, sie sei sehr stolz auf ihre Forschung und wolle nicht, dass sie sich weiter von der

Sache mit dem Grab ablenken ließe. Da sie so ernst und in sich gekehrt sei, wirke sie nicht so, aber sie sei sehr sensibel. «Wenn sie herauskriegt, dass Sie gekommen sind, um mich abzufüllen, wird sie sauer. Besser, wir sagen ihr nichts. Warum sollen wir sie auch weiter belasten? Ich trage mein Kreuz und sie ihres.» Silverio fand sich damit ab, Komplize dieser machiavellistischen Großmutter zu sein. Sie stießen mehrmals miteinander an. «Schwören Sie mir, dass Sie es ihr nicht sagen.» Silverio küsste das Kreuz, um seinen Mund in ein Grab zu verwandeln. Um halb neun abends hatte er die Wohnung verlassen, vollkommen betrunken.

Der lasziven Handlungen am Standbild General Pachecos überdrüssig, wandte Silverio den Blick zur westlichen Seite der Rotunde, wo sich eine noch schlimmere Szene abspielte: Toños Schwiegervater, ein siebzigjähriger Kfz-Mechaniker, pinkelte gegen das gläserne Denkmal des Ingenieurs und sozialistischen Abgeordneten Heberto Castillo Martínez.

Der Wächter in Silverio konnte diesen Verstoß nicht hinnehmen. Er stand auf und ging hinüber zur anderen Seite der Rotunde. Er lief zwischen den Gräbern von Melchor Ocampo und seinem Schwiegersohn hindurch, dem Arzt und Verteidiger der Verfassung José María Mata Reyes, und stellte den Mann zur Rede, der wie ein Pendel an der Ecke des Denkmals schwankte.

«Hören Sie mal, warum gehen Sie nicht zur Toilette?»

«Wollte ich doch, aber ich habe die Tür nicht gefunden», antwortete der Kerl, dessen Verwirrung angesichts der Gestaltung des Monuments gerechtfertigt schien: Mit seiner Milchglasfront erinnerte es tatsächlich an den Eingangsbereich einer öffentlichen Toilette.

«Das ist kein Klo, das ist ein Grab.»

«Von wem?», fragte der Señor, ohne das Ventil seiner Blase zu schließen.

«Von Heberto Castillo. Und Schluss jetzt!»

«Einen Moment, ich bin gleich fertig.»

Das war aus der Republik geworden: Betrunkene, die auf Helden pissten, und Nymphomaninnen, die sich an der bronzenen Geschichte rieben.

Auf dem Weg zurück zu seinem Klappstuhl rief ihn Calacas zu der Gruppe von Männern, die auf den Gräbern von Mariano Escobedo und José Juan Tablada plauderten. Er setzte sich auf das steinerne Buch, das als Grabstein des Schriftstellers diente.

«Jetzt sag mal, Chiquinerd, hast du was von Teporocho gehört?»

«Nix», log er und bereute es sofort, sich zu seinen Kollegen gesetzt zu haben.

«Der hätte längst wieder da sein müssen», sagte Toño. «Er hat doch sein ganzes Leben hier verbracht.»

Silverio wunderte sich immer wieder aufs Neue, dass niemand auf die Idee kam, der am Grab der Erdbebenopfer gefundene Priester könnte Tepo gewesen sein. Auch die Behörden hatten den Fall nicht aufklären können. Um ihn dennoch abzuschließen, hatten sie die Leiche als die eines vor vielen Jahren entführten und seither verschollenen Priesters identifiziert.

«Ich bin sicher, der ist hinüber», sagte Calacas. «Entweder war er so blau, dass ihn der ganze Alkohol erledigt hat, den er sich hinter die Binde gekippt hat – oder diese narcosatanischen Arschlöcher haben ihn gekillt, als er sie erwischt hat, wie sie das Priesterlein verbrannten.»

An Tepos Fehlen erinnert zu werden, war das Letzte, was Silverio noch gebraucht hatte, um ihm den Abend endgültig zu verderben.

«Wisst ihr, warum ihm das passiert ist?», sagte Calacas. «Weil er keinen Respekt vor der Knöchernen hatte.»

Calacas war zu seinem Spitznamen gekommen, weil er Schädel aus den Gemeinschaftsgräbern holte, um daraus Kerzenhalter für die Santa Muerte zu machen, deren Altar er mit größerer Hingabe pflegte als die übrigen Friedhofsarbeiter.

«Mit eigenen Augen habe ich gesehen, wie er ausgespuckt hat, als er an ihrem Altar vorbeikam. Wie kann er nur? Meine Süße hat sich das genau gemerkt. Ich sag's ja nur, Chiquinerd. Musst selbst wissen, ob du nicht doch mitmachst bei dem Opfertisch, den wir ihr herrichten.»

Silverio nickte bedächtig, unverbindlich. Seit er aus dem Grab auferstanden war, ging er sonntags mit seiner Mutter in die Kirche der Hallelujas. Er glaubte zwar anders als sie nicht daran, dass die Welt in zwei Jahren untergehen würde, am Ostersonntag 2033, aber die Gottesdienste hatten ihm geholfen, mit dem posttraumatischen Stress nach der Begegnung mit dem Tod klarzukommen.

«Was mir ja am meisten auf den Sack geht», sagte Toño, «ist, dass sie wegen ein paar Scheißnarcosatanisten unsere Klapperdürre aufs Korn nehmen. Was hat denn La Muerte damit zu tun? Wieso nehmen sie ihr ihre Altäre weg? Ich glaube fast, die Kirche selbst hat diesen Vogel verbrannt, damit die Pfaffen als die armen Opfer dastehen und noch mehr Geld einsacken.»

«Meine Theorie ist, das war die Regierung», sagte ein Typ mit rasiertem Kopf, den Silverio nicht kannte. «Die wollten uns von dem ganzen Dreck mit dem Wassermangel und den Preisen ablenken, von den Aktivisten, die rumlaufen und Leute töten, von dem auslaufenden Öl und allem, aber da haben sie sich ins Knie geschossen.»

Bei der Erwähnung der Aktivisten erinnerte sich Silverio beklommen an seine Tochter. Er beschloss, sie anzurufen und zu fragen, wie ihr Weihnachtsfest lief.

«Wo willst du hin?», meckerte Calacas, als Silverio sich vom Grab erhob.

«Was geht dich das an?»

Er nahm den Weg von der Rotunde zum ökologischen Krematorium, das gerade gebaut wurde. Als der blasphemische Lärm der Party nicht mehr zu hören war, nahm er sein Handy heraus und rief Daenerys an. Er ging weiter bis zur Schlucht, während er darauf wartete, dass sie das Gespräch annahm, was sie nicht tat.

Beim Blick auf die Stadt fühlte er sich sehr allein. Zehn Millionen Frauen, und keine war mit ihm zusammen. Er dachte an ein Mädchen, das er in der Kirche gesehen hatte – sie hatte ein weißes Tuch auf dem Kopf getragen, eine Camelia-Bluse, einen knöchellangen Rock. Sie würde die Toten nie so schmutzig antanzen. Wobei: Vorsicht. Der Schein konnte trügen. Señora Rebeca zum Beispiel sah aus wie ein harmloses Großmütterchen, aber sie soff wie ein Loch und hatte ihre eigene Schwiegertochter getötet.

Er wollte nicht zur entweihten Rotunde zurück. Sein Glas Punsch mit Schuss hatte er dabei. Die Heiligen Drei Könige funkelten am Himmel. Er ging zu dem Grab, an dem er neu geboren worden war.

«Guten Abend», sagte er zu den drei Bewohnern der Gruft der Mirandas. «Frohe Weihnachten.»

Er erzählte Señora Margarita, das Monster, das auf ihnen gehockt hatte, sei ein Jaguar gewesen, der auf dem Friedhof Unterschlupf gefunden hatte.

«Ich habe Ihrer Tochter die Schweinerei schon vergeben. Das war nicht in Ordnung, was sie mit mir gemacht hat, aber ich habe mich von all meinem Groll befreit. Eines Tages würde ich gerne noch mal mit ihr reden, damit sie auch weiß, dass von meiner Seite aus keinerlei böse Absicht vorlag, dass ich aber auch nicht sauer bin wegen dem, was sie mir angetan hat. Aber das Blöde ist, sie hat mich geblockt. Ihre Festnetznummer weiß ich allerdings noch auswendig.»

Er machte eine Pause, um über diese unverfrorene Idee nachzudenken.

«Sollen wir sie anrufen? Damit sie sieht, dass ihre Drohungen mich nicht schrecken? Ich lebe ja nicht mehr in mir. Mit Jesus Christus bin ich gekreuzigt worden.»

Er bekreuzigte sich mit dem Cognacglas in der Hand.

«Wollen Sie ihr Hallo sagen?»

Er holte sein Handy wieder heraus und tippte die zehn Ziffern von Karinas Nummer. Wahrscheinlich hatten sie keine Anruferkennung, es sei denn, sie hatten unterdessen ihr uraltes Telefon ausgetauscht.

Ein-, zwei-, dreimal klingeln. Ihm wurde kalt.

«Ja?»

Silverio hielt die Luft an, als er Karinas Stimme hörte. Durch die Leitung drang Weihnachtsgedudel wie in einem Einkaufszentrum. Er wollte ihr ein frohes Fest wünschen, doch die Luft blieb ihm weg, als drückte ihm eine kalte Hand die Kehle zusammen.

«Ja?», wiederholte Karina mit ungeduldiger, rauer Stimme.

Silverio atmete aus, zugleich mit einem Windstoß, der den Staub von den Gräbern aufwirbelte. Er holte wieder Luft und suchte nach Worten, um seinen Anruf zu rechtfertigen, ehe sie genug hätte und auflegte.

«Mamá?»

Karinas Frage war fast unhörbar, ein beschämtes, heimliches Flüstern.

Er hatte ihr doch selbst die Fotos von Señora Margaritas Skelett geschickt, wie konnte sie glauben, dass ihre Mutter lebte und sie anrief? Er traute sich nicht, sie zu enttäuschen. Ihre Mutter war ja tatsächlich da. Und vielleicht hatte sie seine Synapsen gehackt, damit er ihre Tochter anrief, obwohl es ihn seinen Job kosten konnte, falls Karina ihn, wie angedroht, anzeigte. Er schwieg. Er fürchtete, aus seinem Mund würde nicht seine Stimme kommen, sondern die dieser vermeintlichen Mörderin, mit der er eine Nacht unter der Erde verbracht hatte. Verzeih, wollte er zu Karina sagen, ich wollte dich um Verzeihung dafür bitten, dass ich dich verlassen habe. Meine Tochter, ich liebe dich sehr, ich bin so stolz auf dich, sei glücklich, schwing dich hoch hinauf.

«Wer ist das?», hörte er Señora Rebeca fragen.

Ihre alkoholgesättigte Stimme versetzte ihn wieder an den Nachmittag zurück, als er mit ihr Whisky getrunken hatte.

«Niemand», antwortete Karina, und unmittelbar danach hörte Silverio einen trockenen Schlag und ein Tuten. Sie hatte aufgelegt.

Ehe er sich von dem Grab entfernte, schwor er Karinas Eltern, dass er ihre Tochter nicht noch einmal belästigen werde. Er hoffte, sie eines Tages in einem Meme zu entdecken, berühmt, weil sie herausgefunden hatte, dass sich in den Schwarzen Löchern weitere Universen befanden, besser gestaltet als dieses. Halleluja.

Vielleicht würde er ihr irgendwann auch noch einmal persönlich begegnen, eines fernen Tages, wenn sie auf den Friedhof käme, um ihre Großmutter neben Mann, Sohn und Schwiegertochter zu begraben. Wenn die Totengräber dann die Särge herausholten, um Platz für die Señora zu schaffen, würden sie bemerken, dass der Zinkdeckel der schlichtesten Kiste ganz zerkratzt war. Ihn amüsierte die Vorstellung, wie seine ängstlichen Kollegen diese Spuren einem viel dunkleren Wesen zuschreiben würden als dem schwarzen Panther, der sie hinterlassen hatte. Wenn die Trauergäste sich von Doña Rebes Begräbnis entfernt hätten, würde er ans Grab treten und sie willkommen heißen.

66. TRAUERFEIER

Es ist ein Jahr vergangen, seit Karina mit der Psychotherapie angefangen hat. Ihre Doktorarbeit geht langsamer voran, als ihr lieb ist. Sie ist immer noch mutlos, die Seele wund vor Trauer. Die Antidepressiva haben die böse Überraschung zwar abgedämpft, können den Schmerz aber nicht vertreiben. Die ersten drei Sitzungen bei der Psychologin hat sie damit verbracht, gegen ihre Großmutter zu wettern. Auch mit der Versöhnung geht es langsam.

Die Therapeutin besteht darauf, dass sie mehr Zeit an der frischen Luft verbringen, sich bewegen, den Kopf frei bekommen soll. Sie scheint eher auf die heilenden Kräfte von Wolken und Photonen zu vertrauen als auf Psychopharmaka.

Nachdem sie die Fakultät für Psychologie verlassen hat, schlendert Karina durch die Gärten der Universität. Sie liebt die Straßen hier, Copilco sieht eher aus wie ein pittoreskes mittelalterliches Dorf als wie ein heruntergekommenes Univiertel aus Druckereien und Mensen. Sie bleibt am Zeitungsstand vor der Metrostation stehen und liest die Schlagzeilen. Leichen, Models, Politiker, zwei Pandas. Soeben wurde der Zoo wiedereröffnet.

Zwischen den wenigen gedruckten Zeitschriften, die

im Digitalzeitalter noch überleben, liegt das Lieblingsblatt ihrer Großmutter. Sie blickt sich um, will sichergehen, dass kein Student der Naturwissenschaftlichen Fakultät Zeuge dessen wird, was sie nun tut. Sie bittet den Verkäufer um ein Exemplar der *¡Hola!*, das sie dann hastig in ihrem Rucksack versteckt, wie ein Teenager, der Pornos kauft. Mit klopfendem Herzen geht sie fort.

Hätte sie es eilig, könnte sie die Metro nehmen und an der nächsten Station wieder aussteigen. Sie geht lieber zu Fuß. Zum ersten Mal seit langer Zeit hat sie nicht das Gefühl, von einem unbefriedigten Bedürfnis verfolgt zu werden. Sie kommt zu Hause an, schaut in den Briefkasten, geht die Treppen hoch. Anstatt die Wohnungstür aufzuschließen, klingelt sie bei Maru.

«Komme schon!», ruft die Nachbarin.

Maru begrüßt sie überschwänglich.

«Ich habe versäumt, dir die zweihundert Peso zurückzuzahlen, die du mir letztens für die Apotheke geliehen hast.»

«Ach, Kindchen, mach dir keinen Kopf», sagt Maru im selben Augenblick, in dem sie den Schein annimmt und in ihrer Schürzentasche verstaut. «Wie geht es denn deiner Großmutter mit dem Infekt? Sie sah nicht gut aus.»

«Es geht ihr schon besser. Vielen Dank für die Brühe, die du ihr gebracht hast, die hat sehr geholfen.»

«Morgen auf dem Markt kaufe ich ihr Stachelgurken. Die mag sie am liebsten, das habe ich gemerkt.»

Sie verabschieden sich. Maru schließt die Tür, und Karina öffnete ihre. In der Wohnung herrscht Stille. Ihre Großmutter schaltet den Fernseher nicht mehr aus eigenem Antrieb an. Sie sitzt nur in ihrem Schaukelstuhl und streichelt die Stickereien auf einer Serviette, als würde sie nähen.

«Abu, ich bin wieder da.»

Ein Moment der Unsicherheit verstreicht.

«Wo warst du?», fragt Rebeca dann mit der rauen Stimme eines Menschen, der seit vielen Stunden kein Wort gesagt hat.

«An der Uni. Ich habe dir ein Geschenk mitgebracht.»

«Was?»

Zur Antwort legt Karina ihr die Zeitschrift auf den Schoß.

Rebeca wiegt das großformatige Blatt in der Hand, als wäre es eine Melone.

«Die wird auch immer dünner.» Das sagt sie jedes Mal, seit Karina denken kann. «Wie viel hat sie gekostet?»

«Fünfzig Peso.»

Obwohl sie den Preis auf ein Viertel des tatsächlichen Betrags reduziert hat, um sie nicht aufzuregen, findet ihre Großmutter das viel zu teuer. So geht es ihr mit allen Waren, denn um sich bei begrenzten Ressourcen über Wasser zu halten, hat ihr Verstand begonnen, jegliche Aktualisierung ihres Weltwissens über Bord zu werfen; sie erwartet also, dass alles das Gleiche kosten müsse wie vor siebzig Jahren.

«Wer ist das?», fragt sie, als sie das Titelbild betrachtet; sie hält es sich so nah ans Gesicht, dass ihre Nasen sich fast treffen.

«Casandra Peñafiel», liest Karina unter dem Foto.

«Wahnsinn. Sie sieht aus wie fünfzehn, wie macht sie das?»

In der Antwort würde sicher eine Schönheitsklinik wie die von Pedro Rodríguez Winter vorkommen.

«Ich bringe dir deine Lupe, damit du ein bisschen lesen kannst.»

Als sie wieder ins Wohnzimmer tritt, hat ihre Großmutter die Zeitschrift aufgeschlagen und schon den düstersten Artikel gefunden. «Das gefürchtete Familientreffen zur Trauerfeier von María Josefa Borbón-Dos Sicilias.»

Es überrascht Karina, wie schnell die getrübten Augen und arthritischen Hände ihrer Großmutter zwischen so vielen Seiten frivoler Lebendigkeit den Tod ausfindig machen. Rebeca strengt sich sehr an, um die Titelzeile zu lesen und die Identität dieser Adeligen in Trauerkleidung zu ermitteln.

«Pepita!», klagt sie, als wäre eine entfernte Cousine gestorben.

Rebeca hat ihr ganzes Leben lang davon geträumt, zum Adel zu gehören. So wie sie hat auch ihr Sohn sich danach gesehnt, ein anderer Mensch zu sein, und hat getrunken, um sich selbst zu vergessen.

Karina legt ihrer Großmutter den Griff der Lupe zwischen die Finger, aber ihre Hand zittert so, dass die Bilder nicht vergrößert, sondern durcheinandergewirbelt werden, als stürzten sie auf den Ereignishorizont eines Schwarzen Lochs zu. Karina hält ihre Hand, um die Linse zu beruhigen. Die Alte beugt sich vor, um besser zu sehen, während ihre Enkelin ihr die pompöse Beschreibung der Begräbnisfeier vorliest. Rebeca vergnügt sich damit, jene Anwesenden zu kritisieren, die keine schwarze Krawatte oder eine zu tief ausgeschnittene Bluse tragen.

«Die Überreste von Doña María Josefa werden eingeäschert und in eine Nische im Inneren der Familienkapelle in der Kirche der Barfüßigen Karmeliterinnen gebettet. Angesichts all der Gerichtsverfahren, die von unehelichen Nachkommen der spanischen Aristokratie angestrengt wurden, ist die Kremierung der Überreste des Hochadels recht üblich geworden. Die Familien möchten so bittere Erfahrungen vermeiden wie die Exhumierung von José Miguel Zamoyski Borbón y Borbón, welche, unsere Leserinnen und Leser erinnern sich, durchgesetzt wurde, um mit einem Vaterschaftstest zu bestätigen, dass er im Alter von zweiundsiebzig Jahren mit einer jungen Dame venezolanischer Herkunft, die in seinem Palais in Madrid arbeitete, eine Tochter gezeugt hatte.»

«Undankbares Pack», sagt ihre Großmutter. «Komm du bloß nicht auf die Idee, mich zu verbrennen wie einen Müllsack.»

Stünden Rebeca nicht ihre Vorurteile gegen Einäscherungen im Weg, hätte sie die Angestellten des Krematoriums schmieren können, um die Leichen ihres Sohns und ihrer Schwiegertochter unwiederbringlich zu Staub zu verwandeln. Da sie diese Abkürzung zum Vergessen nicht nahm, hat sie ihrer Enkelin den Weg zur Rückkehr in die Vergangenheit offengehalten.

Rebeca tut so, als hätte es das weihnachtliche Geständnis nie gegeben. Als Karina sie zu einem Termin beim Urologen brachte, tischte ihre Großmutter dort erneut die fiktive Version ihres Lebens auf. Karina widersprach ihr nicht. Trotz dieser Kontinuität nimmt sie eine deutliche Veränderung bei Rebeca wahr. Sie ist sanfter und geduldiger geworden. Nicht mehr ganz so besessen vom Tod. Sie beschwert sich nicht mehr, dass Gott sie vergessen hat, und auch wenn ihr Verfall fortschreitet, scheint das Greisenalter sie mit jedem Tag weniger zu quälen.

«Der große Abwesende beim Begräbnis der Herzogin war ihr ältester Sohn, der Erbe ihrer wichtigsten Adelstitel, Graf de las Torres de Alcorrín. Er lag in Pretoria, Südafrika, im

Krankenhaus, wegen eines Angriffs, den er bei der Großwildjagd erlitt, nachdem sein Schuss einen Elefanten verfehlte. Der Graf schwebt nicht mehr in Lebensgefahr, doch es ist ungewiss, ob er je wieder eigenständig gehen kann.»

«Er ist nicht zur Trauerfeier gekommen, schamloser Lump», schimpft die Alte.

«Was soll er denn machen, wenn ihn ein Elefant getreten hat?»

«Gut, dass er ihn getreten hat. Ich gratuliere ihm.»

Karina lacht über die Strenge ihrer Großmutter, und ihr fällt wieder ein, dass der Zoo von Chapultepec gerade wiedereröffnet worden ist. Vielleicht geht sie bald hin, zusammen mit dem Waisenmädchen, das nie mit seinen Eltern in Chapultepec war.

67. DIE RÜCKKEHR

Der weihnachtliche Hexensabbat an der Rotunde der Illustren Persönlichkeiten zog heftige Konsequenzen nach sich. Eins der Videos, auf denen die Nichte von Calacas mit der Statue von General Carlos Pacheco tanzte, ging in den sozialen Netzwerken viral und galt als unwiderlegbarer Beweis, dass auf dem Panteón Dolores weiterhin satanische Rituale zelebriert wurden. Wegen der schlechten Lichtverhältnisse und weil die Tonspur mit dem Reggaeton fehlte, erschien das laszive Twerken der jungen Frau – offenbar eine vom Teufel besessene Hexe – als ein nekrophiler Fruchtbarkeitsritus. Der Skandal erreichte die höchsten Sphären der Macht, weshalb am 2. Januar 2031 ein Team von Restauratoren vom Instituto Nacional de Bellas Artes anrückte, um die Rotunde wieder instand zu setzen. Die Angelegenheit zog auch die Aufmerksamkeit des Bürgermeisters auf sich, der versprach, die Friedhöfe auf dem Stadtgebiet gegen jegliche Form unerlaubter religiöser Praktiken zu schützen. Er behob deshalb den Mangel an Wachleuten auf dem Friedhof mit einem Geschwader vierbeiniger Roboter, hergestellt von der Firma seiner Schwiegermutter und mit einem automatisierten, satellitengestützten Orientierungssystem, Nachtsichtkamera sowie

Wärme- und Bewegungssensoren von großer Reichweite ausgestattet.

Sobald die Roboter mit ihren nächtlichen Rundgängen begannen, war es den Wachen verboten, das Diensthäuschen zu verlassen, da die Bewegungsmelder sonst auf dem Polizeipräsidium Alarm auslösen würden. Die Gewerkschaft meldete lauwarme Bedenken wegen dieser Usurpierung der Aufgaben ihrer Mitglieder an, ließ sich aber mit dem Kompromiss abspeisen, dass es keine Entlassungen geben würde. Der Einsatz der Roboter beeinträchtigte die Aktivitäten der Hexer und Santeros nicht, da diese ihr Werk wie immer bei Tag verrichteten.

Silverio begegnete den Maßnahmen mit gemischten Gefühlen. Einerseits freute er sich, dass die Rotunde der Illustren Persönlichkeiten endlich renoviert wurde; sobald die psychedelische Grabskulptur von David Alfaro Siqueiros ihren neuen Anstrich erhalten hatte, machte Silverio ein Foto von ihr und lud es als WhatsApp-Profilbild hoch. Andererseits beraubte ihn die Ankunft der Roboter des netten Zeitvertreibs, nachts zwischen den Gräbern herumzustreifen, und machte ihn zu einer Art Trainer seelenloser Hunde, die er jeden Morgen aufladen, waschen und ölen musste.

Schon bald zeigte der Friedhof sein Missfallen gegenüber den Eindringlingen. Die Roboter wichen von den programmierten Routen ab, und ihre Koordinaten verschwanden von der Satellitenkarte, die sie leiten sollte. Sie schlugen grundlos Alarm und verfolgten nicht existente Objekte. Häufig landeten sie in offenen Gräbern oder blieben im Gestrüpp stecken, das wieder auf den anonymen Grabfeldern wucherte. Mindestens zweimal pro Woche mussten die Wachen um Mitternacht ihren Posten verlassen, um das System der von Dämonen besessenen Roboter neu zu starten oder sie mit Besen aus den Löchern zu fischen, in die sie sich geworfen hatten.

Nach acht Monaten wurde die Rotunde der Illustren Persönlichkeiten wiedereröffnet, und kurze Zeit später feierte man die Einweihung des ökologischen, emissionsfreien Krematoriums im Inneren einer Pyramide, umhüllt von Solarpaneelen, die ihr das Aussehen eines riesigen schwarzen Diamanten verliehen. Anstatt die Leichen in Gasöfen einzuäschern, setzte die ökologische Kremierung auf Solarstrom und alkalische Hydrolyse, um bei einer Temperatur von über hundertachtzig Grad die Überreste in einer korrosiven Brühe zu zersetzen. Das Endergebnis war das gleiche wie immer: dehydrierte Knochen, die zermahlen wurden, damit man den Angehörigen eine Urne mit Asche aushändigen konnte.

Die Friedhofsfloristin Doña Lucha hatte gemeint, wären die Politiker echte Visionäre, dann hätten sie kein Krematorium gebaut, sondern eine Klinik zur Kryokonservierung, um Todkranke einzufrieren und sie dann für die Reanimation bereitzuhalten, bis die Medizin in der Lage wäre, sie zu heilen. Die Aussicht auf Unsterblichkeit würde massenhaft Leute dazu bringen, sich ihre Kapsel mit flüssigem Stickstoff zu reservieren.

«Aber stellen Sie sich doch mal vor», hatte Silverio geantwortet, «dann würde ihnen doch niemand mehr Blumen bringen.»

«Kein Problem», hatte die geschäftstüchtige Visionärin gesagt, «dann lasse ich die Nelken Nelken sein und verkaufe einfach Schals, Handschuhe, Mützen, damit niemand frieren muss, wenn er seine lieben Frostbeulen besucht.»

Trotz der Schmutzkampagne der Medien gegen das ökologische Krematorium zogen seine subventionierten Tarife Kunden an, die ihre Begräbniskosten reduzieren wollten. Der beständige Strom von Besucherinnen und Besuchern kehrte auf den Friedhof zurück, und mit ihm erblühte rund um die Solarpyramide auch wieder das informelle Gewerbe.

Gegen Ende einer Nachtschicht, die er eingesperrt im Wachhäuschen verbracht hatte, nahm Silverio den üblichen Anruf vom Polizeipräsidium entgegen. Nummer PD2 stecke anscheinend an einem Rondell im Nordwesten des Friedhofs fest. Als sie ihm den Standort schickten, erkannte Silverio sofort, wo sich der Roboter befand: an der Krypta Limantour.

Wie damals in der Feuernacht eilte er vom Wachhäuschen zum Mausoleum. Ehe er ihn sah, hörte er schon das penetrante Klopfen des Roboters gegen die Eisentür von Tepos altem Unterschlupf. Silverio war lange nicht mehr hier gewesen. Seit er nicht mehr heimlich Knochen ausgrub, hatte er die Krypta, die ihm als Umkleidekabine und Lager gedient hatte, nicht mehr betreten.

Der Roboter war darauf programmiert, den Kontakt zu Menschen zu vermeiden, solange er im Einsatz war – der Instinkt seiner Schaltkreise sah vor, zu fliehen, sobald sich jemand auf weniger als zwei Meter näherte –, doch Silverios Eintreffen brachte ihn nicht davon ab, unermüdlich gegen die Krypta anzurennen. Silverio konnte sich ihm weiter nähern und ihn hochheben. Im Versuch, dem Häscher zu entrinnen, begann der Roboter heftig mit den Pfoten zu strampeln, doch vergebens, und Silverio brauchte nicht lange, um ihn zu deaktivieren. Er legte das leblose Gewicht von PD2 auf einer Grabplatte ab und sah nach, was der Roboter in der Krypta gesucht haben mochte. Er schaltete die Taschenlampe seines Handys an, öffnete die Tür zum Mausoleum und trat ein.

Eine solche Veränderung hatte er nicht erwartet. Die Wände im Inneren der Krypta waren von einem Netz schimmernder Linien überzogen, die Silverio gleich als Schneckenspuren identifizierte. Der Raum schien für ein unterirdisches Quinceañera-Fest geschmückt zu sein, und anstelle der Torte gab es eine Tüte schimmliger Donuts, die er selbst vor einem Jahr hier zurückgelassen hatte. Vom nächtlichen Graben hatte Silverio immer einen Bärenhunger bekommen und danach mindestens eine Banane und einen Donut gegessen.

Er fing an, die für dieses Lichtspektakel verantwortlichen Mollusken zu suchen. Tepos Habseligkeiten waren noch vollständig, nur von einer dicken Staubschicht bedeckt: seine Matratzen und Glasflaschen, seine Pornohefte und die Reliquien seiner Frau Yolanda. Auch die Überbleibsel von Silverios altem Leben waren erhalten, seine verdreckten Kleider, die Hacke, der Spaten, die Meißel, der Mörser, um die Knochen zu mahlen, die Milchpulver- und Kaffeedosen, die er verwendet hatte, um den Kunden die Asche zu übergeben.

Nachdem er mehrere leere Schneckenhäuser gefunden hatte, kam Silverio auf die Idee, hinter der Tür nachzusehen. Dort fand er eine riesige Schnecke, die, gleichgültig gegenüber der Schwerkraft, auf ihrem Schleimteppich am verrosteten Metall hochkroch.

«Wo bist du denn gewesen, Alter?», fragte Silverio sie.

Er erinnerte sich an ein Gespräch mit Tepo, als sie vor

der Leiche eines Drogentoten standen, der in einer anderen Krypta des Friedhofs an einer Überdosis gestorben war.

«Ich glaube, der wird als Grabheuschrecke wiedergeboren.»

«Warum?»

«Na, die heißen doch hier *cara de niño,* Kindergesicht. Schau dir das Gesicht von dem armen Kerl an, der war noch ein Hosenscheißer.»

Nur logisch, dass sein Freund, der in seinem Leben so viele Schnecken gefangen und sie den Köchen des Restaurants Covadonga verkauft hatte, als eines dieser glitschigen Tiere wiedergeboren wurde. Silverio pflückte es mit Zeigefinger und Daumen von der Tür. Die Schnecke zog sich sofort in ihr Haus zurück. Weißer Schaum legte sich über die exponierten Stellen ihres Körpers.

«Ganz ruhig, ich bin es, Silverio.» Er zögerte, bevor er den Spitznamen aussprach, den er so wenig leiden konnte. «Der Chiquinerd.»

Kaum zu glauben, wie viel Speichel so ein Lebewesen produzieren konnte, das zugleich auch noch seinen eigenen Zufluchtsort mit sich herumschleppte.

«Komm, komm, komm raus», lockte er, aber die Schnecke hörte nicht auf ihn.

«Hast du gesehen, was für eine Scheißapokalypse du angerichtet hast? Weil der feine Herr meinte, er müsste auf der Wiese rauchen?»

Silverio erinnerte sich daran, was er über die Leopardenschnecken gelernt hatte, und er nahm an, dass auch diese Schnecke ein Hermaphrodit war.

«Ich tippe mal, du bist zur Schnecke geworden, weil dir der Junge neulich so gefiel, stimmt's oder hab ich recht?»

Tepo zeigte sich nicht. Silverio beschloss, ihn ans Licht zu bringen und zu warten, bis er sich aus seinem Schneckenhaus herauswagte. Er wollte ein Selfie mit ihm machen und es an Daenerys schicken, damit sie seinen Freund kennenlernte – ihn flutete eine Traurigkeit, die er nicht mehr gespürt hatte, seit er seine verkohlte Leiche gesehen hatte.

Wenn er aufhörte, ihn so anzustarren, vielleicht würde Tepo dann den Mut fassen, aus dem spiralförmigen Labyrinth herauszukommen, das zu einem Fossil werden und in hundert Millionen Jahren in einem außerirdischen Museum für Paläontologie landen könnte.

Während er über eine so ferne Zukunft nachdachte, in der keine Menschen mehr existierten, begann die Sonne hinter den Vulkanen ihren Arbeitstag. Die Nacht verschanzte sich hinter den Gräbern, um die Herrschaft nicht abgeben zu müssen. Die hohe Spitze des Limantour-Mausoleums warf einen so langen Schatten, dass es aussah, als würde sie eine Dosis schillernden Schleim in die schmucklose Parzelle der Väter der Verfassung von 1917 injizieren.

«Tepo», rief er noch einmal.

Zurück im Wachhäuschen, würde er in seinem Bericht an die Polizei behaupten, der Roboter habe sich in einer Nische festgeklemmt, und es sei sehr mühsam gewesen, ihn zu befreien. Weitere zehn Minuten vergingen. Silverio genoss die Ruhe der Morgendämmerung mit dem Hintergrundrauschen der Autos auf der Avenida Constituyentes. Das Leben kehrte nach und nach auf den Friedhof zurück. Pilze gediehen auf den Baumstümpfen, Löwenzahn überzog die Gemeinschaftsgräber mit gelben Sprenkeln, Ameisen unterhöhlten die Mülltonnen, Schnecken schmückten die Krypten, Snack- und Getränkeverkäufer hatten sich am

Fuß der ökologischen Pyramide niedergelassen, und Drogenabhängige zogen sich in die Tiefe der Mausoleen zurück, um dem Sirenengefiepe der Elektrohunde zu entgehen.

Das Schneckenhaus begann, sich zu heben, hochgedrückt von Tepos Körper, der sich ausstreckte. Bald reckte er die Stielaugen empor. Silverio hielt ganz still, um ihn nicht zu erschrecken. Was zur Hölle, schien die Schnecke zu denken, als sie sich umschaute, ich war doch schon in mein Quartier gekrochen.

Silverio zog vorsichtig sein Handy heraus und begann, Fotos zu machen. Er suchte den richtigen Winkel, damit Tepo noch größer aussah, als er war, eine Riesenschnecke, für die die spanischen Köche sicher ein Vermögen ausgegeben hätten.

Das Tier entrollte langsam seinen klebrigen Fuß auf der Eingangsstufe zum Mausoleum. Beim Abschied wurde Silverio philosophisch zumute, und er fragte sich, wie das Leben der Menschen wohl wäre, wenn jeder eine glitzernde Spur hinterließe, wo immer er langging. Vielleicht würden die Leute sich dann besser überlegen, welchen Weg sie einschlügen.

Wohin ging Silverio mit diesem Roboter, den er sich über die Schulter geworfen hatte wie eine verirrte Ziege? Er schritt voran ohne Angst noch Hoffnung, wie die Helden, die in die Hölle hinabstiegen und wiederkamen, nur um davon zu erzählen. Traurig nur, dass er sich nicht traute, es irgendjemandem zu erzählen, wer würde ihm schon glauben, dass er den Angriff eines bolivianischen schwarzen Panthers überlebt hatte, versteckt im Sarg einer Frau, die höchstwahrscheinlich – leider würde er die Wahrheit nie erfahren – ihren Ehemann getötet hatte?

Guck!!!, schrieb Silverio unter Tepos Foto, das er seiner Tochter schickte. Da es schon halb acht am Morgen war, saß Daenerys bestimmt im Bus zum Vorbereitungskurs für die Uni, zu dem sie mit Bestnoten in den Eingangsprüfungen angenommen worden war.

Zehn Minuten später antwortete sie mit einer Reihe lächelnder Emojis, die als Augen glänzende Herzchen hatten.

Bring sie ins Gebüsch, sonst tritt noch jemand drauf!

Ich habe ihn in seinem Zuhause gelassen. Der ist cool, oder? Er sagt, er heißt Tomás, aber er wird Teporocho genannt.

Hahaha. Was ist ein Teporocho?

Ein Vagabund. Das Wort «Teporocho» war, wie die Tiere, die Daenerys so mochte, vom Aussterben bedroht.

Ich zeig Dir mal einen.

Silverio hatte niemandem die wahre Identität des Mannes offenbart, den der Zufall am Erdbebengrab geopfert hatte.

Viel Glück im Kurs!

Danke! Bist Du bereit für Samstag?

Klaro! Ich habe schon die Ketten, die sind nicht zu knacken.

Daenerys antwortete mit dem Sticker eines Pandas, der mit den Vorderpfoten das Victory-Zeichen macht.

68. DAS UNIVERSUM BEGINNT NOCH IMMER

Karina kämpft sich durch die Menschenmenge zum verstopften Ausgang des Zoos vor. Sie muss die Streikenden bitten, sie hinauszulassen, weil sie die Verantwortung für eine alte Frau trägt. Je näher sie dem Ausgang kommt, desto lauter werden die Schreie, Slogans, Hilferufe.

«Lasst uns raus!», schreit eine Frau mit kräftiger Stimme.

Der Tumult endet in einer stillen Szene: Die Metalltore sind geschlossen, und eine Gruppe von Frauen, alle über fünfzig, hat sich an die Gitterstäbe gekettet. Auf der anderen Seite dieser menschlichen Vorhängeschlösser halten deutlich jüngere Demonstrantinnen Plakate und Banner hoch, auf denen sie die Gefangenschaft von Tieren anprangern. Dies ist kein Streik, sondern eine Kundgebung.

Es wird immer schwieriger, sich in Richtung Zaun zu bewegen. Karina bittet um Erlaubnis, schubst, entschuldigt sich, vertraut auf die Vernunft der Demonstrantinnen.

«Das ist illegal!», schreit ein Mann mit der Autorität eines Juristen.

Sie drängelt sich bis zum Gitter durch und sagt zu einer der angeketteten Frauen, sie müsse hinaus, um sich um ihre Großmutter zu kümmern, die bei sehr schlechter Gesundheit sei. Wegen des Lärms versteht die angekettete Frau sie nicht richtig und erwidert wütend, die Tiere hätten auch Rechte. Das Missverständnis lässt sich nicht klären.

«Weißt du, ob sie den Eingang auch blockiert haben?», fragt eine Unbekannte sie.

Jetzt steckt Karina zwischen dem Gitter und der erbosten Masse fest.

«Sie haben uns als Geiseln genommen!», schreit jemand in sein Handy. «Sag Mauricio Bescheid!»

Karina geht zu einer anderen Frau, die an das Tor gekettet ist, und wiederholt die Gründe für ihre Notlage. Die Señora trägt Hosen und eine Bluse mit Leoprint; sie schüttelt den Kopf. Karina fragt sie, wie lange der Protest noch dauern wird.

«Bis die Welt es kapiert.»

Die Halsstarrigkeit dieser Fanatikerinnen macht sie zornig. Sie dreht sich im Kreis, überfordert vom Andrang der Leute und von der sengenden Sonne. Was würde Leonor tun? Vielleicht sollte sie losbrüllen, vielleicht den Notruf wählen – die Bereitschaftspolizei dürfte nicht lange brauchen, immer gewaltsamer geht sie gegen die Umweltproteste vor – oder aber eine Stelle suchen, wo sie über den Zaun springen kann.

«Lasst uns raus!», ruft auch sie. «Hilfe!»

Sie hat seit Jahren nicht geschrien, und es weckt ihre Lebensgeister. «Lasst uns raus!»

Sie streckt die Arme durchs Gitter, sie hält die Gefangenschaft nicht aus.

Mitten im Geschrei hört sie ihren Namen. Das muss eine akustische Täuschung sein, hervorgerufen durch die Reizüberflutung. Dann hört sie ihn wieder und dreht sich um. Auf der anderen Seite des Zauns, ganz am Ende, steht ein Typ mit einer Kappe von Africam Safari, einem Tierpark mit «kontrollierter Freiheit» vor den Toren der Stadt Puebla. Er trägt eine getönte Motorradbrille und einen weißen Mundschutz. Auch wenn sein Gesicht fast völlig verdeckt ist, kommt ihr seine kleine Statur bekannt vor.

Er nimmt die Sonnenbrille ab, damit sie ihn erkennt. Silverio. Sie versteht nicht, was er hier macht. Sie will ihm zurufen, dass sie nicht Karina heißt, sondern Leonor Llorente. Allerdings weiß Silverio, dessen unglaubliches Erinnerungsvermögen sie auf Anhieb beeindruckt hat, sicher, wer Leonor Llorente war, denn ihr Grab liegt an einem der Hauptwege des Friedhofs.

Es wäre ein Leichtes, ihn zu ignorieren und in der Menschenmasse unterzutauchen, doch sie denkt bei seinem Anblick, dass er ihr vielleicht hinaushelfen könnte. Sie signalisiert ihm, dass sie näher kommen wird, und schiebt sich am Zaun entlang.

«Ich bin's, Silverio», sagt er, nachdem er wieder die dunkle Brille aufgesetzt hat, die die Hälfte seines Gesichts verdeckt.

«Was machst du hier?»

Er bedeutet ihr, sich so weit vorzubeugen, dass er ihr etwas ins Ohr flüstern kann, ohne dass es jemand mitbekommt.

«Ich bin inkognito hier.»

Karina vermutet, dass ihn irgendeine Regierungsstelle hergeschickt hat, um den Protest zu infiltrieren.

«Arbeitest du jetzt hier?»

«Nein, ich bin immer noch da oben. Aber ich komme in diesem Aufzug, damit mich die Kameras nicht erkennen.»

«Seit wann bist du Aktivist?»

«Ich nicht, aber siehst du das große Mädchen dahinten? Sie ist meine Tochter.»

Karina kann eine gewisse Ähnlichkeit zwischen ihr und Silverio erkennen.

«Hör mal, ich muss dringend raus, meine Großmutter ist alleine zu Hause.»

«Wie geht es Doña Rebe?»

«So lala. In letzter Zeit nicht besonders gut. Kannst du mir helfen, hier rauszukommen?»

«Ach Mist, das ist jetzt blöd, die haben nämlich die Schlüssel mitgenommen. So können die hier sagen, dass jemand anders sie festgekettet hat.»

«Aber das ist kein Spaß. Ihr habt uns als Geiseln genommen.»

«Ja, stimmt schon, aber sie meinen, man muss zu so drastischen Mitteln greifen, weil das Artensterben auch so drastisch ist. Meine Tochter ist Antispeziesistin. Aber es gibt auch eine Gruppe, die sind mehr Punk und wollten die ganzen eingesperrten Tiere töten. Auf die Aktion hier konnten sie sich für diesmal einigen. Keine Ahnung, was als Nächstes kommt.»

Karina nickt, ratlos und beschämt.

«Sind alle Ausgänge blockiert?»

«Ja, alle. Ich weiß nicht, wo die Bullen zuerst eintreffen werden. Ich denke mal, bei diesem hier.»

«Und wie lange dauert das?»

«Nicht mehr lange, schätze ich.»

«Ich muss meiner Großmutter in anderthalb Stunden ihre Tabletten geben.»

«Kann das nicht Doña Maru machen?»

Karina nickt, die Vertrautheit Silverios mit ihrem Leben verwirrt sie. Ja, sie kann Maru darum bitten, nach ihrer Großmutter zu schauen. Seit Langem hat sie für den Notfall ihre Schlüssel, aber vielleicht ist sie nicht im Haus. Bei dem Krach bringt es nichts, sie anzurufen, also schreibt Karina ihr in einer Nachricht, dass sie wegen einer Blockade festsitze – sie will nicht zugeben, dass sie alleine in den Zoo gegangen ist –, und fragt, ob Maru bei Rebeca vorbeigehen könne.

«Mal sehen, ob sie antwortet.»

«Na ja, wenn du mal jemanden brauchst, der sie pflegt, meine Mutter macht so was. Ein paar Jahre hat sie ausgesetzt, weil sie ziemlich depressiv war, aber in letzter Zeit geht es ihr besser. Sie hat früher in einem Heim gearbeitet. Sie kann auch Spritzen geben und alles. Sie hat ein Händchen dafür.»

Silverio verhält sich, als hätte sie ihn nie geblockt oder ihm damit gedroht, ihn bei der Friedhofsverwaltung anzuzeigen für das, was er getan hat, um ihr zu helfen. Ihre Großmutter hat sie zwar an seiner Aufrichtigkeit zweifeln lassen, aber die Fotos, die er geschickt hatte, waren echt, und er hat dennoch nie wieder versucht, mit ihr Kontakt aufzunehmen.

«Danke.»

Maru hat ihre Nachricht noch nicht gelesen. Die Pflege ihrer Großmutter stellt sie vor immer größere Herausforderungen. Karina denkt langsam ernsthaft darüber nach, sie in ein Heim stecken zu müssen.

«Hast du da drinnen einen schwarzen Jaguar gesehen, der Tezcatlipoca heißt?»

«Ja, das ist der, den sie auf dem Friedhof gefangen haben, oder?»

Silverio nickt und wechselt abrupt das Thema, als wollte er eine andere Angelegenheit umschiffen.

«Wie gesagt, wenn du willst, stelle ich dir meine Mamá mal vor. Ich glaube, sie könnte sich gut mit Doña Rebe verstehen, sie sind ja auch beide Großmütter.»

«Wie alt ist deine Tochter?»

Karina ist überrascht, wie jung sie von Weitem aussieht.

«Fünfzehn. Bald wird sie sechzehn. Sie will Doktorin werden wie du, aber in Biophysik. Sie will erforschen, wie das Leben begann. Ich habe ihr tatsächlich mal von dir erzählt – aber nur, dass du Wissenschaftlerin bist.»

Die Klarstellung spielt auf den delikaten Umstand an, dass sie Komplizen waren.

«Dass du über den Anfang vom Universum forschst, wie es sich immer noch im Raum ausbreitet und so.»

Sie blickt weiter Silverios Tochter an, die unhörbare Forderungen herausschreit, ohne sich vom Zorn der eingesperrten Menschenmenge beirren zu lassen. Wenn ihr Ziel war, dass die Leute den gleichen Stress verspüren sollen wie die Tiere in ihren Käfigen, hätte der Plan nicht besser aufgehen können. Ein paar junge Leute haben sich bereits an die Gitterstäbe gehängt und rütteln affenartig daran.

«Habt ihr keine Angst, dass euch was passiert?»

«Ich schon. Darum bin ich hier. Aber die haben keine Angst. Letztes Mal haben sie uns mit Tränengas vertrieben. Scheiße, das brennt wie Drecksau. Wenn gleich die Bullen kommen, geh lieber nach hinten, für den Fall, dass es hier hässlich wird.»

«Ja.» Karina wäre gerne weniger ängstlich. «Ich weiß nicht, ob diese Art von Aktionen wirklich dabei hilft, die Dinge zu ändern. Ihr kommt sehr aggressiv rüber.»

Silverio zuckt mit den Schultern.

«Sie sagen, wenn es nur ein Einziger versteht, war es die Sache wert, auch wenn alle anderen wütend werden. Sie wollen auch, dass überall in den Nachrichten kommt, wie sie Gott und die Welt im Zoo eingesperrt haben. Und ich glaube, das wird wirklich überall gebracht, so was gab es ja bisher noch nicht.»

Das Telefon in ihrer Hand vibriert. Drei Nachrichten von Maru, sie habe auf der Dachterrasse die Wäsche gemacht und darum so lange gebraucht, um zu antworten. Sie werde eine Nudelsuppe kochen und Rebeca einen Teller bringen.

Super, Maru! Vielen Dank!

Ihre Nachbarin antwortet mit einer langen Reihe von Kuss-Emojis. Karina steckt das Handy wieder ein und sieht, dass auch Silverio seine Nachrichten checkt.

«Maru hat mir geantwortet», sagt sie. «Sie geht gleich zu meiner Großmutter.»

«Uff, gut. Also, ich muss mich mal bewegen, wir haben gerade Bescheid gekriegt, dass die Polizei anrückt. Entschuldige bitte das Chaos. Es hat mich gefreut ...»

«Warte.» Die Eile des Abschieds zwingt sie, sich kurzzufassen. «Ich wollte dir noch danken. Du hast mir sehr geholfen, du weißt gar nicht, wie sehr.»

«Ja?»

Obwohl sie Silverios Gesicht nicht sehen kann, spürt sie seine Anspannung.

«Ja. Ich erzähle es dir ein andermal.»

Sie weiß nicht, wann sie es tun wird, vielleicht, wenn sie seine Nummer entblockt und ihm schreibt, um ihn nach den Kontaktdaten seiner Mutter zu fragen.

«Alles klar.»

Silverio nimmt zum Abschied noch einmal kurz die Sonnenbrille ab. Karina sieht ihm nach, während er fortgeht, und merkt dann, dass Daenerys sie mit gerunzelter Stirn anschaut. Sicher fragt sie sich, wer diese Frau ist, mit der sich ihr Vater durch den Zaun unterhalten hat. Um ihre Miene etwas aufzuhellen, lächelt Karina, und das Mädchen erwidert den Gruß unsicher.

Sie befolgt Silverios Rat und entfernt sich vom Tor, bevor die Räumung beginnt. Karina ist daran gewöhnt, Tumulten in der Metro aus dem Weg zu gehen, aber die Stimmung hier ist eine andere, denn die Leute halten mit ihrer Ungeduld und ihrem Frust nicht hinter dem Berg. Sie schreien, pfeifen, schimpfen. Als er bemerkt, dass sie sich in die entgegengesetzte Richtung bewegt, anders als alle anderen, schnauzt ein Mann sie an, in beleidigtem Ton und ohne eine Antwort zu erwarten: «Wo gehst du denn hin?»

Sie hört, wie hinter ihrem Rücken die Polizeiwagen mit Applaus empfangen werden, und sie stellt sich vor, wie eine Legion von Emus die Ordnungskräfte besiegt. Endlich ist sie der Menschenmenge entkommen, und als sie auf den Boden blickt, der mit sechseckigen Steinen gepflastert ist, gewinnt sie die geistige Klarheit zurück, die sie verloren hatte. Sie hat keine Eile. An einem fernen Ort im Weltraum beginnt das Universum noch immer. Sie geht am Souvenirladen vorbei, kommt nach Feuerland, taucht ins Meer der Pinguine und begibt sich mit ihnen auf die Reise.

DER AUTOR DANKT

Den ehrenamtlichen Autorinnen und Autoren von Wikipedia, besonders dem, der die Größe hatte zu vermerken, dass man am Grab von James Joyce auf dem Friedhof Fluntern «das Brüllen der Löwen im Zürcher Zoo hört».

Juan García, Nachtwächter der Parzelle Unión y Amistad auf dem Panteón Civil de Dolores, und Alejandro Briseño Piña, ehemaliger Chef des Friedhofsverbands der Gemeinde Miguel Hidalgo, die ohne Eile und ohne Vorbehalte mit mir sprachen.

Vera Michalski-Hoffmann, Chantal Buffet und Guillaume Dollmann von der Fundación Jan Michalski für ihre Unterstützung.

Mayra González Olvera, Romeo Tello Arista und Natalia Rodríguez Priego für ihr Vertrauen, ihre Geduld und ihre sorgfältige Verlagsarbeit.

Alejandro Magallanes für das unverwechselbare Gesicht, das er diesem Buch verliehen hat.

María Gómez de León, Vito D'Onghia, César Tejeda, Gustavo Cruz, Anamari Gomís, Ana Clavel und Isaí Moreno für ihre Lesebereitschaft und ihre Ratschläge.

Im Gedenken an Rebeca Monterde Porras und Ruth Sánchez Culebro, unbezwingbare Großmütter, sowie an den Orang-Utan Toto (26. Dezember 1991–8. Dezember 2021) und die Pandabärin Shuan Shuan (6. Juli 1987–6. Juli 2022), die ich so oft im Zoo von Chapultepec besucht habe.

MIX
Papier | Fördert
gute Waldnutzung
FSC® C014496